KB123294

고려가요 연구사의 쟁점

고가연구총서 3

고려가요 연구사의 쟁점

고가연구회

보고사

머리말

고려가요의 연구사가 높이 축적되어 있는 가운데에, 한국 고전시가의 통서를 수립하는 목표를 가지고 10년 전서부터 모여서 공부해온 고가연구회가 지난번 향가 관련 2책에 이은 고려가요 관련 2책을 다시 출간하게 되었다. 작품론에는 문제가 많은 난해구를 중심으로 각기 한 작품씩 배당된 논문들이 실렸고, 일반론에도 연구사의 쟁점이 되는 사항에 초점을 맞춘 논문들을 실었다.

이들 논문이 최근의 고려가요 연구를 집약했다고 말하기는 어렵지만, 적어도 문제가 되며 쟁점 대상이 되는 사항들을 다룸으로써 고려가요 연구의 발전에 일정하게 기여하는 바가 있을 것이다. 비슷한 시기에 같이 한국 고전시가를 공부해온 연구자들이 모인 고가연구회는 주기적으로 발표 모임을 가지고 그 모임에서 정리된 내용을 출간하여 학계에 보고하기로 약속하면서 만들어졌다. 95년 결성되어 첫 번째 보고를 『향가의 깊이와 아름다움』(2009), 『향가의 수사와 상상력』(2010) 2책으로 마친 뒤에 두 번째 보고인 이번 2책을 내기까지 5년 간 자체 발표와 토론을 거친 논문을 학계에 미리 보고하기도 하면서 정리해 왔다.

고려가요라는 명칭은 고려국어가요와 경기체가를 아우르는 상위개념으로 쓰이기도 하고 고려국어가요만을 지칭하는 하위개념으로 사용되기도 한다. 또한 그것은 국어가요나 경기체가뿐 아니라 고려시대의 무가(巫歌) 계통 노래나 원가사는 없이 한역시의 형태로만 전하는 소악부(小樂府) 등을 모두 포함할 만큼 더 넓은 개념으로 사용되기도 한다. 본서에서 사용한 '고려가요'도 이러한 광의와 협의의 의미로 두루 쓰였다. 본서에서는 주로 고려국어가요를 연구대상으로 하였으나, 소악부나 무가계 노래 등도 포함하여 논의하였다. 한편, 고려국어가요에 해당하는 말로 고려속요, 속요, 고려속가 등도 흔히 쓰인다. 이들은 조금씩 다른 내포적 의미를 지닐 수 있기에, 본서에서는 이러한 용어들 또한 각론에서 별도의 수정 없이 사용할 수 있도록 하였다.

작품론에서는 그 동안 난해구로 알려졌던 여러 군데의 어휘들을 새로운 시각으로 재해석하였다. 고가연구회의 연구 방향이 양주동 선생이 창도하시고 최철 선생에게 이어져 내려온 바를 계승하여 문학적 해석을 전제한 해독을 추구하는 것이기에 문맥에 합당하지 않은 전대의 해독을 지양하여 원본에 밀착된 전편을 산출하려고 노력하였다. 어학의 체제를 원용하거나 음악학의 지식을 적용한 것도 완벽한 원본 산출이라는 목표에 충실하려는 노력에 지나지 않았다. 또한 어휘들이 산생된 배경을 중시한 고증 작업도 결국은 이 목표에 당도하려는 점에 있어서는 같은 방향의 연구에 해당된다.

고려가요 연구사는 초기 연구에 해당하는 장르의 명의 규정으로부터 쟁점을 일으키며 전개되어 왔다. 총론에서 다루는 문제는 연구사 초기로부터 쟁점화되어 온 근본적인 것이다. 근본에 대한 명확한 인식이 서야만 올바른 연구가 이끌어짐은 췌론의 여지가 없다. 명의와 작자 문제 그리고 역대의 수용 과정을 첫 번째 논문에서 논한 까닭이다. 또한, 정확한 원본 확정을 위한 어석 연구사를 정리하여 고려가요 연구의 발전적인 방향을 전망하여 보았다. 이어지는 각론으로는 한국시가 서정성의 본원이라고 할 수 있는 고려가요의 서정성을 탐구하고, 고려의 국교인 불교의 영향 문제를 따져보았으며, 당대인들의 고려가요 인식을 점검하기 위하여 소악부의 본령을 캐어 보았다. 고려가요 연구에 필수항이라고 할 운율의 문제를 한국시가 율격론 수립이라는 다음 단계 연구까지 염두에 두면서 다루었다. 또한 수사학의 차원에서 표현의 문제를 치밀하게 다룬 성과와, 음악학을 동원하여 여음구와 반복구의 의미를 천착한 성과는 고려가요의 다층적 해석에 기여하는 바가 클 것이라 기대한다. 일본에 보존되어온 동아시아의 고가악인 최마악은 앞으로의 고대가요 연구에 중요한 지표가 된다. 이에 대한 연구가 영성한 즈음에 본서에 관련 논문을 싣게 된 것을 한국 고대가요 연구사의 중대한 계기로 생각한다. 월령체 가사와 고려가요의 연장체 형식을 연계한 논문도 종전에 다루지 못한 새로운 연구 영역 개발이다.

위와 같은 내용의 고려가요 연구서 2권을 내면서 학계에 기여하는 바가 무엇인지를 헤아리지 않을 수 없다. 우선, 막다른 고비에 이른 듯한 느낌마저 주는 고려가요 연구에 새로운 관심을 불러일으키기를 바란다. 인문학계에 요즈음 나타난 반가운 현상인 대중적 취미의 확산에도 기여하기를 바란다. 양주동·최철 두 분 선사께서 계도하신 바대로, 눈 밝은 선비를 기다리는 먼 마음이란 그침 없는 고려가요 연구사의 발전을 기도하는 충직함이며, 우리들의 작은 노력은 그 마음의 발현일 따름이다. 이런 우리의 충심을 헤아려 출판을 주선해주신 보고사 김흥국 사장과 편집에 수고를 나누어주신 담당자 여러분께 고마운 생각을 전해 드린다.

2016년 3월

고가연구회 회원 일동

차례

내용과 사상

소악부 제작 동기에 보이는 국문시가관 – 【윤덕진】

형식과 수사

속요의 율격 – 【손종흠】

-名, 句, 行을 중심으로-

고려속요의 언어·문학적 관습이 운율 층위에 미친 영향 – 【박경우】

고려가요 의문문의 수사적 의미와 기능 – 【최선경】

고려가요 여음구와 반복구의 문학적·음악적 의미 – 【김진희】

장르와 전승

고려 속가와 일본 최마악(催馬樂) 비교 – 【최정선】

고려가요 연장체 형식과 월령체 가사의 상관성 — 【김형태】

총론

고려가요의 갈래, 작자, 수용

◉

최철

1. 고려가요의 갈래와 명의

고려가요라 하면 개념이 분명하지 않다. 고려시대 시가를 뜻한다고 하면 여기에 속하는 노래란 한둘이 아니다. 고려시대에 창작·향유된 시가에는 사뇌가, 시조, 가사, 민요, 한시 등이 있는데, 이들 모두를 일컬어 고려가요라 하지는 않는다. 균여의 사뇌가는 신라가요 향가에서 주로 논의하고, 시조와 가사는 조선시대의 노래로 간주한다. 고려가요란 고려시대에 창작된 것으로 속요와 경기체가를 아우르는 개념으로 설정하기로 한다. 이 두 노래야말로 신라나 조선의 노래가 아니라 고려시대의 산물이라는 점에서 고려가요로 지칭하는 것이 타당할 것이다. 이렇게 말하여 놓고 보아도 고려가요라는 용어는 어색한 용어임에는 틀림이 없다. 고려가요의 갈래시비는 먼저 용어를 중심으로 일어났다. 이 문제에 관한 지금까지의 논의를 정리하면 다음과 같다.

	1	2	1+2
조윤제	장가	경기체가	
이병기	별곡	별곡체	
정병욱	〈청산별곡〉류	〈한림별곡〉류	별곡
이명구	속요	경기체가	고려가요
북한문학사	고려인민가요·고속가	〈한림별곡〉체·경기체시가	고려국어시가
최철	고려국어가요	경기체가	고려가요

어떤 용어를 정식으로 사용할 것인가에는 각각 문제가 있다. 우선 1에서 장가라고 하는 것은 시형이 계속 길어질 수 있고 여러 분장이 합쳐 이루어졌다는 데서 붙여진 이름이다. 그러나 이럴 경우 〈사모곡〉과 같은 짧은 형식의 노래가 7편이나 있어 이를 설명하기란 쉽지 않다. 더욱이 장가라는 용어가 단가에 대한 대칭이라면 단가는 곧 시조를 지칭한 것이라 말할 수 있는데, 시조의 대가 되는 장가라면 시기나 형식으로 보아 조선시대의 가사가 더 가깝다고 할 것이다. 뿐만 아니라 시조에도 장형이 있는가 하면 연시조와 같이 여러 장이 연속된 작품이 있다는 점을 고려할 때, 이 용어는 합당한 것이 아니다. 또 속요라고 하는 것은 노래의 내용을 지칭한 것이다. 『고려사』 악지에서 속악이라고 명명한 것과 비슷하다. 따라서 속요라는 명칭은 노래가 민요이며, 내용이 속되고, 저속한 계층이나 하층민에 의해 불린 저급한 노래라는 오해를 불러일으킬 소지를 가지고 있다.

별곡이란 용어는 이 시대 노래이름에 별곡이란 이름이 붙어 있으니 이 말에 따라 별곡이란 갈래 명칭을 삼은 것 같으나 〈청산별곡〉도 별곡이고, 〈한림별곡〉도 별곡이다. 〈가시리〉나 〈사모곡〉에는 별곡이란 명칭이 붙어 있지 않다. 더욱이 조선시대에 불린 노래 가운데서도 〈화전별곡〉, 〈상대별곡〉과 같이 별곡이 붙은 노래가 있으며 소설에도 〈추풍감별곡〉이 있다. 별곡이란 곡과 가사가 결합된 노래를 이르는 말이다. 별곡의 기본 특성은 그것이 가사에 의해서가 아니라 곡에 의하여 규정되는 데 있다. 또한 본래 있었던 노래에 대신한 별도의 다른 노래라는 해석도 있으나 이것으로도 별곡의 참뜻을 명료하게 밝히기는 어렵다. 별곡과 별곡이 아닌 노래의 차이를 고려의 가요에서 명칭만으로 명확히 구별하기는 어렵다.

이병기는 1을 별곡이라고 하고 2를 별곡체라고 하여 이 둘 관계의 유사성을 나타냈고, 정병욱은 1과 2를 합친 갈래의 명의를 별곡이라고 하였다. 즉, 고려의 가요를 별곡으로 보았다. 이는 신라시기 우리의 옛노래를 향가라고 칭함과도 같다. 1과 2를 각기 차별성을 두어 불러야 할 경우 〈청산별곡〉류와 〈한림별곡〉류로 나누었다. 1과 2는 크게 다름이 없는 노래이고, 특히 형식에서 볼 때 그러하다는 논리이다. 또한 1을 민요니 속요니 하는 것에 대해 반론을 제기하였다. 그러나 이 두 노래가 서로 일치하지 않는다는 점에 문제가 있다. 조윤제나 이병기는 1과 2를 아우르는 명칭을 사용하지 않은 데 반해, 정병욱은 이 둘을 합해 별곡이라 하였고, 이명구는 고려가요라 하였다. 즉 초기에는 이 둘의 관계를 나누어 연구하지 않다가, 후에 와서 이 둘 관계의 차이점을 고려하게 된 것이다.

장덕순(『한국문학사』, 1975)이 이 시대의 노래를 고려라고 하는 왕조명을 내세워 명명한 것은, 이 시기 노래의 내용이 고려시대의 성격을 드러냄은 물론 시형 역시 고려의 과도기적 면모를 보여주고 있다는 점을 고려한 데 있다.

경기체가와 속요는 성격이 다르다는 논의가 제기되었다. 속요는 자연스런 우리말을 통해 감정을 구사하는 데 비하여 경기체가는 한문문구나 한자어를 구사하였고 노래 끝에 일정한 격식이 있다는 점, 또 속요는 원래 민요로 불리던 것이었다는 점이 조윤제(『한국문학사』, 1963), 이병기(『국문학전사』, 1957) 이래로 널리 인정되었고, 임동권은 『한국민요사』(1969)에서 고려 국어가요를 민요로 취급하기에 이르렀다. 경기체가가 일정한 시기에 한학에 깊은 식견을 가지고 있었던 사람들에 의하여 창작된 식자층의 문학이라면 속요는 이와 다른 계층의 문학이다. 도남은 고려문학이 평민문학과 귀족문학으로 완전히 갈라졌다는 점에서 민족문학의 위기라는 표현을 쓰고 있다. 이병기는 『국문학전사』에서 이 둘 사이의 차이가 그리 큰 것은 아니라고 하고, 속요는 일종의 민요로 전승되었을 뿐만 아니라 경기체가의 창작원리에도 민요에서 보이는 넘기고 받는 소리가 작용하고 있다고 하였다. 이명구는 『고려가요의 연구』(1973)에서 경기체가가 한학자의 귀족문학이라는 점을 역사적 사실을 통해 구체화하였다. 고려후기에 새로 대두한 신흥사대부가 그들의 득의한 참신하고 발랄한 생활의욕을 나타낸 노래가 바로 경기체가라고 하였다.

이런 논의가 지속되는 가운데서도 이 두 노래의 닮은 점을 찾기도 하였다. 정병욱은 속요와 경기체가의 형식상 유사점에서 닮은 점을 찾았다. 곧 장(연)이 나뉘어 있고, 여음이 붙어 있고, 대체로 3음보가 우세하다는 점을 들었다. 이러한 공통점을 인정한다면 정병욱의 주장대로 이 두 가지 시가군은 하나의 역사적 형태로 규정하여야 할 것이거니와 명칭도 별곡이라는 전래의 것을 사용함이 타당하다 할 것이다.

정병욱의 견해처럼 외형적인 시형이나 율격, 나아가 시대정신이나 심리적인 욕구까지 동일한 일면이 있다면 속요와 경기체가가 한 갈래라는 이론은 나름대로 설득력을 지닌다. 그런데 이명구는 경기체가가 신흥사대부의 득의에 찬 정신을 나타냈다고 하였다. 고려의 경기체가는 현존하는 것이 고작 세 편이고 조선에 들면서 더욱 활발히 창작·향유되었다. 이렇게 본다면 경기체가야말로 조선조 전기 문학의 한 갈래로 더 자라난 것이라고 이해할 수 있다.

정병욱은 속요와 경기체가는 한 갈래라는 점을 내세우면서 속요를 단순히 작자미상이라고 하여 민요라고 단정할 수는 없다고 하였다. 〈쌍화점〉같은 속요는 분명히 작자를 밝힐 수 있는데도 불구하고 덮어두었다고 하였다. 〈청산별곡〉과 같이 작자를 분명히 알 수 없는 노래도 그 노래의 짜임이나 표현기교를 추적하여 보면, 이는 당대의 상당한 식자층 인물임을 추정할 수 있다고 하였다. 작자층이 누구인가 하는 문제가 문학의 갈래를 결정하는 중요한 기준이 아니라는 점이 대두되면서 고려 국어가요 갈래 시비를 심화시켰다. 그러나 속요 중에 창작시가로 분명히 드러난 시가가 어느 정도 되며, 또한 긴밀한 구성을 가진 노래는 반드시 식자층의 인물이라야 창작이 가능한가 하는 문제가 남는다. 고려 국어가요는 12세기 후반에서 14세기까지 불린 민요, 참요와 함께 구전가요로서 중요한 자리를 차지하고 있다. 고려 국어가요의 창작자들이란 대체로 도시의 평민계층의 사람들이다. 이것은 노랫말이 일반인의 생활과 정서를 반영하고 있다는 점을 통해서 알 수 있다. 이들 도시 평민계층의 사람들이란 이 시기의 대중적 인물들이다. 그것은 노래의 내용이 세태적이고 꾸밈없는 솔직한 애정행각이나 기행적인 사랑을 드러내고 있다는 점에서 발견된다. 언어표현의 생동성, 운율조성의 효과성, 세련된 어휘선택, 조흥구나 삽입구의 적절한 도입, 섬세한 비유나 기발한 알레고리 등은 실제로 이 시기 노래의 특징으로 내세울 수 있다.

이 글에서는 고려시기 국어가요와 경기체가를 아우르는 명칭으로 고려가요를, 그리고 고려가요에는 속악에 해당되는 국어가요와 경기체가의 서로 다른 두 종류의 노래가 있는 것으로 보고, 이 시기 시가의 갈래와 명의를 일단 정한다.

2. 고려 국어가요의 작자 및 수용 양상

2.1. 고려 국어가요의 작자

고려시기 국어가요로서 작자가 명기되어 있는 작품은 드물다. 『고려사』 악지 속악조의 기록에 의하면 작자가 밝혀진 것은 〈오관산〉(문충), 〈벌곡조〉(예종), 〈총석정〉(기철), 〈동백목〉(채홍철), 〈정과정〉(정서) 등이다. 그러나 작자가 밝혀진 속악에 대해서도 엄밀한 의미에서 순수한 개인창작으로 볼 수 있을 것인가에 대해서는 의문이다. 먼저 〈동백목〉의 관련기록을 보면,

> 충숙왕조에 채홍철이 죄로 먼 섬에 유배되었는데 이곳에서 덕릉을 사모하여 이 노래를 지었다. 왕이 그 이야기를 듣고, 그 날로 소환했다. 어떤 사람들은 말하기를 예부터 이 노래가 있었는데 채홍철이 그 노래 즉, 가사를 고치어 자기의 뜻을 붙였다고 한다.[1]

이 기록에 따르면 채홍철이 〈동백목〉을 창작했다고 보기는 어렵고, 예부터 있던 노래에 자신의 뜻을 우의하여 재창작한 것에 불과함을 확인할 수 있다. 이러한 의문은 〈정과정〉에도 적용된다. 〈정과정〉은 정

---

1 『고려사』 악지, 속악조, 〈동백목〉.

서의 작품으로 기록되어 있지만, 〈정과정〉의 5, 6행의 가사 내용은 〈만전춘〉의 3연과 유사하다. 이는 〈만전춘〉이 〈정과정〉의 가사를 본뜬 것으로 볼 수도 있지만, 이 두 작품이 영향을 받은 다른 독립된 노래가 있었다고 볼 수도 있을 것이다. 당시 민간에 유포되어 있던 민요를 본받아 다시 착상한 것이거나 혹은 개작한 것이었을 가능성도 생각해 볼 수 있다. 이렇게 본다면 작가가 알려진 속요도 다시 말해, 순수한 개인 창작이라고 보기보다는 본래는 민요였을 것이라는 추정이 가능하다.

한편 작가가 알려지지 않은 국어가요를 두고 작가를 추적해 보는 연구도 이루어졌지만, 제한된 자료만을 근거로 고려 국어가요의 작자를 단정하는 것은 무리이다.[2] 이미 여러 논자들에 의하여 지적되어 온 것처럼 원래 형태는 민간에서 구전되던 민요였던 것이 뒷날 궁중의 속악 가사로 수용되어 개편된 것으로 보는 것이 타당할 것이다.

대부분의 고려 국어가요가 원래 민간에서 구전되던 민요이었음을 주장할 수 있는 논거를 든다면, 지방적 성격을 띤 속요가 많다는 점, 민요 특유의 구조, 표현, 시어, 율격을 가졌다는 점, 내용에 상사나 상열이 많다는 점, 우리말로 되었을 뿐 아니라 입말을 위주로 하고 있는 점, 제작연대와 작가가 분명하지 않다는 점, 『고려사』 악지에 민요와 함께 기록되어 있다는 점, 가창에 있어서 기녀나 전문적인 소리꾼이 불렀다는 점 등을 지적할 수 있다. 『고려사』 악지 속악조에는 지방적

2 고려가요가 민요가 아니라는 주장은 그 근거로 속요가 민요라고 보기에는 문학적, 음악적으로 세련되어 있다는 점을 들고 있다. 그러나 고려가요가 궁중음악으로 향유되었다는 점에 유의한다면, 이는 궁중속악으로 개편되는 과정에서 이루어진 것이라고 보는 편이 타당하다.

성격을 띤 속악들이 상당수 보이는데, 이를 구체적으로 보면, 경기지방에서 불린 〈장단〉, 〈금강성〉, 〈송산〉, 〈예성강〉, 〈오관산〉 등과 북서지방에서 불린 〈원흥〉, 〈서경〉, 그리고 남도지방의 〈월정화〉, 〈안동자청〉, 호서지방의 〈정산〉, 〈장생포〉 등이 해당된다. 가사가 남아 있는 속요 가운데도 〈정읍사〉, 〈처용가〉, 〈서경별곡〉에서는 그러한 성격-〈정읍〉, 〈경주〉, 〈서경〉-이 잔존함을 볼 수 있다.

고려 국어가요의 가사가 넘나드는 현상은 〈정과정〉과 〈만전춘별사〉의 경우가 그러하며, 〈서경별곡〉의 3연은 정석가의 6연 및 익재의 한시 내용과 동일하고, 〈삼장〉은 〈쌍화점〉 제2연의 가사 내용과 동일하다. 이는 궁중속악으로 수용, 재창작될 때 각기 다른 속요에 수용되면서 나타난 현상으로 보아야 할 것이다. 뿐만 아니라 고려 국어가요는 당시 백성들의 집체적 창작물로서 노래에 반영된 사상과 감정, 정서가 공동체적인 성격을 지니고 있다.

이상에서 논의한 바와 같이 고려 국어가요의 대부분은 원래 민간에서 유포, 전승되던 민요를 궁중속악의 가사로 수용, 개편한 작품임을 알 수 있다.

2.2. 고려 국어가요의 재창작

민요로 전승된 노래가 어떠한 경로로 궁중속악으로 개편되었을까에 대해서는 대부분의 논자들이 『고려사』 열전 간신 오잠조와 『고려사』 악지 속악조의 〈삼장〉, 〈사룡〉에 대한 기록을 논거로 삼고 있다.

> 潛은 충렬왕조에 등제하고 累官하여 승지에 이르렀다. 왕이 뭇 소인을 친압하여 宴樂을 좋아하매, 잠이 김원상, 내료 석천보, 천경 등과 더

불어 폐행이 되어 성색으로써 임금을 즐거워하도록 힘써 관현방 태악에 재인이 부족하다고 하고서 행신을 나누어 보내어 여러 도의 妓로 색과 예가 있는 자를 뽑고, 또 서울의 무당 및 관비로 가무를 잘하는 자를 뽑아 궁중에다 등적하여 두고 비단옷을 입히고 馬尾笠을 씌워 따로이 일대를 만들어 남장이라고 칭하며 신성을 가르치니, 그 사에 이르기를 '…삼장가사…'라고 하였고 또 이르기를 '…사룡가사…'라 하였는데 고저 완급이 모두 곡조에 맞았다. －『고려사』 권 125, 열전 38, 오잠조

위의 두 노래는 충렬왕조에 지은 것이다. 왕이 군소배를 친근히 하고 연악(宴樂)을 좋아했다. 간신 오잠, 김원상, 내료 석천보, 석천경 등이 성색으로 왕을 기쁘게 해주기에 힘썼다. 관현방에 태악재인이 부족하다고 제도에 행신을 보내어 관기로 자색과 기예 있는 자를 뽑고 또 성중의 관비와 여무로 가무 잘하는 자를 뽑아 궁중에 등적해 두었다.
－『고려사』 권 71, 악지, 속악조

고려 충혜왕은 자못 성색을 좋아하여 폐행(아첨해서 사랑 받는 신하)과 더불어 후전에 있으면서 신성의 음사를 지어 스스로 즐거워하였다.
－『세종실록』 권 3, 기해, 정월조

앞의 기록들을 근거로 하여 원의 복속기 즉 충렬왕에서 충혜왕에 이르는 시기에 왕이 성색을 좋아하고 군소배를 친압하니 간신들이 왕을 즐겁게 하고자 하여 각 지방의 관기를 뽑아들여 궁중에 등적해 두는 과정에서 각 지방에 유포·전승되던 민요가 궁중으로 흘러들어갔을 것이고, 궁중으로 흘러 들어간 민요는 다시 폐행이나 이를 연행하던 기생, 악공들에 의해 속악의 악곡과 향유층인 상층 지배층들의 취향에 맞게 재창작된 것으로 보고 있다. 이처럼 고려 국어가요의 창작, 성행 시기를 원의 복속기인 고려말로 봄에 따라 현전 고려 국어가요의 내용

이 이들 왕들을 즐겁게 하기 위해 남녀상열의 내용을 주로 한 남녀간의 사랑이나 이별의 아픔 등을 담고 있는 것이라 결론짓고 있다.

그러나 이러한 견해가 현전하는 기록을 기초로 하고 있다고 하더라도 일방적으로 고려 국어가요가 모두 이 시기에 향유되었으며 남녀상열의 내용을 주로 하고 있다고 단정하는 데는 몇 가지 문제가 있다.

첫째, 이 시기에 등장하는 것으로 기록에 남아 있는 것은, 충렬왕대:〈태평곡〉, 〈사룡〉, 충숙왕대:〈동백목〉, 충혜왕대:〈후전진작〉 뿐이다. 그 외에 〈만전춘〉, 〈서경별곡〉, 〈동동〉 등이 조선조에 들어와 비판의 대상이 되고 있기는 하지만 이 곡들이 반드시 이 시기에 수용되었을 것으로 볼 근거는 없다. 더구나 가사가 전하는 고려 국어가요의 대부분은 조선조에 들어와 비판의 대상이 되면서도 조선 중기까지 궁중속악으로 향유되었다는 사실을 염두에 둔다면, 고려 국어가요의 성격에 대한 좀더 다른 시각의 접근이 요구된다.

둘째, 이 견해는 〈삼장〉과 〈사룡〉을 논의의 근거로 삼으면서도 속악조에 명기되어 있는 다른 속악들에 대한 논의는 회피하고 있다. 〈삼장〉과 〈사룡〉을 제외하면 속악조에 실린 노래에는 남녀상열이라고 볼 만한 내용이 거의 없다. 굳이 살피자면 객지에 나간 사람의 아내가 지었다는 〈거사련〉을 들 수 있는데, 아내가 남편을 그리워하는 이러한 노래는 시경에도 정풍으로 들고 있어 남녀상열이라고 속단할 수 없다. 속악조에 실린 노래들은 효(〈오관산〉), 송축(〈동동〉, 〈서경〉, 〈대동강〉, 〈장단〉), 부부절의(〈거사련〉, 〈월정화〉, 〈안동자청〉, 〈예성강〉), 연군지사(〈동백목〉, 〈정과정〉)를 내용으로 하고 있음을 확인할 수 있다.

고려의 음악에 대한 상황을 전하는 자료로는 『고려사』 악지 외에는 별로 없다 그러나 서긍(徐兢, 1091~1153)의 『고려도경』(高麗圖經) 권 40

악률조에 의하면 고려에는 대악사 260명, 관현방 170명, 경시사(京市司) 300명이라는 규모를 갖춘 음악관서가 있었고, 그 밖에 백희(百戲) 수백명도 마련되었던 것으로 되어 있다. 서긍은 고려 예종이 훙거한 직후 송나라 휘종이 보낸 전위사(奠慰使)의 제할관(提轄官)으로 고려에 와, 당시의 상황을 상세하게 관찰, 기록하여 『고려도경』이라는 제목을 붙여 휘종에게 복명하는 뜻으로 바쳤다. 『고려도경』에는 당시 고려의 음악에는 좌우 두 부서가 있었던 것으로 지적되어 있는데, 좌부는 당악이라고 하여 중국의 음악이고, 우부는 향악이라고 하여 그것은 이음(夷音) 즉 고려 자체의 음악이라고 기록되어 있다. 그리고 이밖에 기생들이 참여하는 음악은 하악(下樂)이라고 했다고 기록되어 있다.[3]

이 기록에 의하면 예종 당시에 이미 고려에는 상당한 규모의 음악관서가 있었고, 음악도 당악과 향악으로 나뉘어 있었으며 향악은 고려 자체의 음악임을 알 수 있다. 또한 하악이라고 기록된 것은 기생들이 참여하는 것으로 보아 궁중향연에 사용된 것으로 짐작된다.

그러면 당시에 사용된 향악은 어떤 것이었을까? 『고려사』 악지에 삼국의 속악이 소개되어 있는 것을 보면 삼국의 속악이 고려조에 수용, 향유되었음을 짐작할 수 있다. 그러나 이때의 향악이 모두 삼국의 음악이라고 보기는 힘들다. 고려속악으로 전해지고 있는 음악들의 일부가 이미 향악 또는 하악으로 편입되어 불리웠을 가능성은 상당히 높다.

또한 『고려사』 악지의 용속악절도(用俗樂節度) 부분을 보면, 원구와 사직에 제사하고 태묘, 선농 및 문선왕묘에 제향을 드릴 때 아헌, 종헌 및 송신에는 다 향악을 번갈아 연주한다는 기록이 보인다. 이러한 점

3 차주환, 「고려사 악지 해설」, 『고려사 악지』, 을유문고, 1972.

들을 본다면 고려속악을 단순히 고려말의 혼란상과 대비하여 남녀상열의 노래라고 규정짓는 것은 피상적인 견해가 아닌가 한다. 고려 국어가요가 민요에서 궁중음악으로 유입되는 과정 중에 궁중음악에 맞게 재창작되었을 것이지만, 이 시기를 고려말로 한정지을 수는 없다. 이미 무신정권 이전에 속요의 상당수가 궁중으로 유입되어 음악을 담당하는 관리나 연향을 담당하였던 기생이나 악공에 의해 궁중음악에 맞게 재창작되어 향유되었으리라 보인다.

그렇다면 현존하는 고려 국어가요의 내용이 상사를 주제로 하는 것이 많은 이유는 무엇일까?[4] 전래한 옛민요 가운데서 이러한 부류의 노래는 그 주제의 성격상 이른바 '충신연주지사'로 쉽게 전용될 수 있다는 점에서 그 일단을 찾을 수 있다. 여기에 다시 송도지사가 덧붙여진다면 민요의 본래적 의미는 보다 쉽게 확장, 전용될 수 있을 것이다.[5] 실제로 〈동동〉과 〈정석가〉는 송축의 말이 삽입되어 있으며, 『고려사』 악지에 실린 〈서경〉, 〈대동강〉, 〈장단〉 등은 군주에 대한 송축의 내용을 지니고 있다.

2.3. 고려 국어가요의 수용 양상

2.3.1. 고려 국어가요와 조선조 궁중음악

고려 국어가요는 조선조 사대부들에 의하여 남녀상열지사니 음사니

4 실제 고려속악을 고려말의 퇴폐적인 상황과 연관시켜 고려가요의 내용을 추정하는 논의가 있었다.

5 김명호, 「고려가요의 전반적 성격」, 『한국시가문학연구』, 신구문화사, 1983.

하여 비판의 대상이 되었지만, 조선조의 기록들을 보면 그런 비판에도 불구하고 조선 중기까지는 고려 국어가요가 궁중음악으로 여전히 쓰였음을 확인할 수 있다. 편찬연대가 확실하지 않은 자료를 제외한다고 하더라도 영조조에 서명응이 편찬한 『대악후보』는 세조조의 음악을 기록하고 있는데, 〈서경별곡〉, 〈쌍화점〉, 〈이상곡〉, 〈유구곡〉 등의 가사와 악보가 기록되어 있고, 〈동동〉, 〈정읍〉, 〈처용가〉, 〈이상곡〉이 실려 있어 세조조와 성종조에까지 조선의 궁중음악으로 여전히 향유되고 있음을 알 수 있다. 고려 국어가요는 조선중기에 들면서 악보에 수록되는 사례가 현저히 줄어들고, 『양금신보』 후에는 기록된 자료가 없다.

그러나 조선조에서 고려 국어가요를 궁중음악으로 받아들인 양상은 고려가 삼국의 음악을 받아들이는 것과는 달랐다.[6] 조선조에는 고려 국어가요를 궁중악으로 수용하여 사용하면서도 계속적인 비판과 수정을 가하였다. 구체적으로 고려 국어가요를 대상으로 한 비판은 『성종실록』과 『중종실록』에 두드러지는데 『성종실록』에 의하면 〈후정화〉, 〈만전춘〉은 변풍의 규정을 받았으며,[7] 종묘악 〈보대평〉, 〈정대업〉 같은 것은 정대한 노래로 평가했다. 그 나머지 〈서경별곡〉, 〈만전춘〉 같은 속악은 남녀상열지사라는 비난을,[8] 〈후정화〉, 〈만전춘〉은 음사의 규정을 받는다.[9] 그리고 중종조에 와서는 〈동동〉, 〈정읍사〉가 음사의

---

6 김학성 교수는 「고려가요의 작자층과 수용자층」, 『한국학보』, 여름호, 일지사, 1983에서 고려가 삼국의 음악을 수용한 것은 민족 재통일의 입장에서 이루어진 적극적 수용으로 보고 있다.

7 『성종실록』 권 219 19년 8월 갑진 10월.

8 『성종실록』 권 215 19년 48권 정유 11월, '如西京別曲 男女相悅之詞 甚不可 樂譜則 不可卒改 依曲調 別製歌詞 何如.'

비판을 받고 있다.[10]

〈서경별곡〉과 같은 그 나머지 속악은 남녀가 서로 좋아하는 가사이므로 지극히 불가하다. 악보는 갑자기 고칠 수 없으니 곡조에 의하여 따로 시가를 짓는 것이 어떻겠는가?(『성종실록』 권 215, 19년 4월 정유)

전일 신에게 악장 가운데 음사나 석교(釋敎)에 관계있는 말을 고치라고 명하시기에 신이 장악원 제조(提調) 및 음률을 아는 악사와 진지한 의논을 거쳐 아박정재 동동사 같은 남녀음사에 가까운 말은 〈신도가〉로 대신하였으니, 이는 대개 음절이 그와 같기 때문입니다.…무고정재 〈정읍사〉는 〈오관산〉으로 대용하였으니 이것 역시 음률이 서로 맞기 때문입니다.(『중종실록』 권 32, 13년 4월 기사삭)

이처럼 비판이 된 속요는 〈이상곡〉처럼 후에 기록에 나타나지 않거나, 〈쌍화점〉이나 〈북전〉처럼 왕조의 공덕을 찬양하는 내용의 한문가사로 바뀌거나, 〈동동〉, 〈정읍〉처럼 음률이 맞는 다른 가사로 대치되었다. 바뀐 가사들을 보면 〈쌍화점〉과 〈북전〉의 한문가사가 왕조의 공덕을 찬양하는 내용이고, 〈신도가〉는 신왕조인 조선의 수도 한양에 대한 칭송의 노래이며, 〈오관산〉은 고려 국어가요라 해도 효를 주제로 하고 있다는 점에서 이 모두가 조선조의 정치이념에 맞는 방향으로 변화되었음을 알 수 있다.[11] 반면 곡조에 대한 비판도 없지는 않았으나

9 『성종실록』 권 240 21년 5월 임신, '眞勻雖俚語 乃忠臣戀主之詞 用之不妨 但間歌鄙俚之詞 如後庭花 滿殿春之類亦多.'

10 『중종실록』 권 32 13년 4월 기사, '前者 命臣改制樂章中 語涉淫詞釋敎者 臣與掌樂院提調 及解音律樂師 反覆商確 如牙拍呈才動動詞 語涉男女間淫詞 代以新都歌 蓋以音節同也 … 舞鼓呈才井邑詞 代用五冠山 亦以音律相協也.'

11 조윤미, 「고려가요의 수용양상」, 이화여대 석사학위논문, 1988.

곡조는 대부분 그대로 쓰이고 있다. 조선시기 〈정대업혁정〉이란 노래의 선율과 가사가 〈만전춘〉과 같고 역시 조선시기 노래인 〈영관〉의 선율과 가사는 〈서경별곡〉과 같다고 하였다.(『성종실록』 4권 215, 19년 4월 정유) 즉 고려 국어가요는 고려왕조가 망하고도 조선조의 궁중음악으로 상용되어 오다가 서서히 자취를 감추었는데, 이는 조선조의 국권이 확립됨에 따라 조선의 유교이념에 맞는 방향으로 음악이 정리되었음을 시사해 준다.

2.3.2. 고려국어가요와 사대부문학

고려 국어가요가 사대부문학에 처음 등장한 것은 익재와 급암의 『소악부』에서다. 『익재난고』 권 4 소악부에는 11편의 한역시가 있는데 이 가운데 7편(〈정과정〉, 〈처용〉, 〈오관산〉, 〈제위보〉, 〈거사련〉, 〈사리화〉, 〈장암〉)이 『고려사』 악지에 수록되어 있고, 급암의 한역작품은 『급암선생시고』 권 3에 6장이 실려 있다. 이 중 4장은 〈삼장〉을, 5장은 〈안동자청〉을 한역한 것으로 보인다.[12] 이후로 고려 국어가요는 조선조 사대부 문학에서도 자주 나타나고 있는데 남효온은 〈오관산〉[13]을 한시화하였으며, 김수온은 〈술악부사〉(述樂府辭)를 지었는데 이는 〈만전춘〉의 1연과 동일하다.[14]

十月層氷上 寒凝竹葉棲 與君寧凍死 遮莫五更鷄
(어름우희 댓잎자리 보와 님과 나와 어러주글만뎡 정둔 오늘밤 더듸

12 이우성, 「고려말기 소악부 고려속요와 사대부 문학」, 『한국한문학연구』 1집, 1976.
13 『추강집(秋江集)』 권2, 紀行二十四首中其二十.
14 허균 찬, 『國朝詩刪』 권 1.

새오시라)

이처럼 고려 국어가요를 한시화한 것이 개인문집이나 선시집(選詩集)에 보이기도 하지만, 조선후기 대표적인 악부집인 이익(李瀷)의 『해동악부』(海東樂府)(『성호선생문집』(星湖先生文集) 권5, 6), 이유원(李裕元)의 『해동악부』(海東樂府), 『임하필기』(林下筆記) 권 38에 많은 악부가 보인다.[15]

且停處容舞	이제 처용무를 멈추고
聽我處容歌	나의 처용가를 들어보라
彼一俳優耳	그는 일개 배우일 뿐
君子不同科	군자와 같은 격일 수는 없네
出非蒲輪聘	포륜은 초청되어 나타난 것도 아닌데
鞶石又如何	반석이 또한 어찌된 일인가?
當時松岳眞人降	그때에 송악에 진인이 내려오니
大運歸向如奔波	큰 운세 질주하는 파도처럼 돌아가네
宮中牝鷄待晨明鳴	궁중에는 새벽마다 암탉이 우니
始林王氣陰鎖磨	계림의 왕기 점점 사라지네
(후략)	

– 이익, 『해동악부』 권5, 〈처용가〉

이익이 〈처용가〉에 제하여 지은 악부이다. 여기에서 처용은 고려 국어가요에서 지닌 벽사의 기능이 제거되고 신라말기의 혼란을 이용해

15 악부는 원래 한대의 음악을 맡은 관부의 명칭이나 그 기간에 만든 노래를 악부라고 칭하게 되었으며, 후세에는 악부체를 모방하여 지은 시체 혹은 곡조가 있는 가사면 모두 악부로 칭하게 되었다.(이용기 편, 정재호 등 주해, 『樂府』, 고려대 민족문화연구소, 1992)

세상을 속이고 영화를 얻고자 하는 인물로 그려지고 있다. 이와 같이 악부시들은 고려 국어가요를 한역한 것이 아니라 그 제목을 취하여 작자의 의도에 따라 악부화하고 있다.

다음은 고려가요를 악부화한 작품을 정리한 것이다.

고려속요	이익의 『해동악부』	이유원의 『해동악부』	참고
장단(長湍)	장단곡		
한송정(寒松亭)		한송정	한송정곡 (이덕무의 『청비록』)
금강성(金剛城)	금강성	금강성	
벌곡조(伐谷鳥)	벌곡조사	벌곡조	(『석천집』 권 8 잡체)
사룡(蛇龍)	남장가		악부(『서포집』 권2)
거사련(居士戀)		거사련	
사리화(沙里花)	사리화		
장암(長巖)	장암곡	장암가	
제위보(濟危寶)		제위보	
오관산(五冠山)	오관산	오관산	
안동자청(安東紫靑)		안동자청	
동백목(冬栢木)		동백목	
장생포(長生浦)	장생포		
총석정(叢石亭)	총석정	총석정가	
대동강(大同江)	대동강	기자악	
월정화(月精花)		월정화	
예성강(禮成江)		예성강	
양주(楊洲)		양주곡	

— 이 글은 『고려국어가요의 해석』, 연세대학교 출판부, 1996, 7~11, 24~34쪽에 실린 글을 수정·보완한 것임.

고려가요 어석(語釋)의 연구사와 그 전망

◉

박재민

1. 서론

1927년 봄, 자산(自山) 안확(安廓)이 『현대평론』 1권 4호에 「麗朝時代의 歌謠」[1]를 발표하여 고려시대 가요 연구의 남상(濫觴)이 된 이래, 고려가요는 굴지 연구자들의 주목을 받으며 어학적·문학적 연구 대상이 되어 왔다. 이러한 주목을 받은 까닭은 아마 민족 문학사의 가장 깊은 곳에서 생성되었던 이 유주(遺珠)[2]들이 지닌 어학적·문학적 가치 때문이었을 것이다. 2002년 김명준[3]의 조사에 따르면 1927년[4] 이래 고

1 안자산, 「麗朝時代의 歌謠」, 『現代評論』 1권 4호(5월호), 現代評論社, 1927.

2 양주동을 비롯한 몇 연구자들이 향가 혹은 고려가요를 칭해 즐겨 사용하던 말이다. "百濟文學의 唯一한 遺珠인 『井邑詞』"(양주동, 「古歌謠의 語學的 硏究」, 『동아일보』 1939년 6월 21일 4쪽)

3 김명준, 『고려속요집성』, 다운샘, 2002, 687~730쪽.

4 고려가요 연구 목록을 필자는 세 번 본 적이 있다. 첫 번째는 김열규·신동욱이 편집한 『高麗時代의 가요문학』(새문社, 1982)의 부록, 두 번째는 최용수의 『高麗詩歌硏究』(계명문화사, 1996)의 부록, 그리고 상게한 김명준 저술의 부록이었다. 그런데 이 세 편 연구 목록 모두에 "金素園, 「高麗寺歌」, 『불교』 통권8호, 1925." 혹은 "김소원, 「고려시가」, 『불교』 8, 불교사, 1925."라고 하여 김소원의 논문을 고려가요 연구의 嚆矢로 오인하게끔 소개하고 있다. 그러나 김소원의 논문 「高麗寺

려가요를 대상으로 한 논저·논문은 무려 1000여 편을 헤아리는데 100년이 못 되는 연구사와 10여 편 남짓한 작품 수에 비추어 볼 때, 고려가요가 그간 얼마나 연구의 애호대상이 되어 있었는가를 넉넉히 짐작할 수 있다.

그러나 연구의 편수가 늘어날수록 오히려 연구사의 길은 복잡해져만 감을 본다. 구설을 신설들이 덮고, 또 서로간의 설(說)들이 복잡하게 인용되면서 연구는 바야흐로 다기망양의 상황에 이른 듯하다. 이에 필자는 앞으로만 향하던 발길을 잠시 멈추고, 선학들이 지나 온 연구의 여정을 차분히 회고할 필요를 느낀다. 이러한 필요성에서 본고는 '고려가요 텍스트의 확보와 어석의 측면'에 주로 주목하여 연구사를 정리하려 한다. 옛 문헌 속에 잠들어 있던 고려가요가 누구의 학구적 열정에 의해 현대인의 주목 대상이 될 수 있었는지, 불완전하던 텍스트의 이해가 누구의 지성에 힘입어 현재의 수준까지 이를 수 있었는지를 밝히는 것을 목적으로 한다.

2. 초기 연구자들의 텍스트 확보

현재 고려가요라는 말은 우리 전공자 혹은 관심 있는 일반인들에게 너무도 친숙하여 이 어휘를 들으면 으레 고려시대에 향유되었던 「청산별곡」등의 우리말 노래를 연상하지만, 불과 100년 전만해도 사정은 달랐다. 우리의 옛 노래라고 하면 당대인의 입으로 가창되던 시조 정도

歌」는 金秋溪가 중국 항주에 있는 '高麗寺'를 대상으로 지은 7·5조 唱歌로 '고려의 詩歌'와는 하등의 관련이 없다. 따라서 고려가요 연구사 목록의 첫 머리에는 安自山의 「麗朝時代의 歌謠」가 놓여야 한다.

를 떠올렸을 뿐, '고려시대의 노래'란 것이 있었는지를, 있다면 어떤 책에 어떤 내용으로 수록되어 있는지에 대해 명확히 인지하지 못하고 있었다.

안자산(安自山)과, 1930년 당시 경성제대에서 문학을 전공하던 김태준(金台俊)은 그들이 지니고 있던 우리의 옛 노래에 대한 인식 정도를 다음과 같은 증언한다.

> 朝鮮의 詩歌를 짓는 法은 오직 時調 한 法만 잇슬가 疑心하고 各方面으로 다른 詩形을 차저 본 일이 잇섯든 結果 高麗時代에 流行하든 詩歌를 發見함에 及하니……[5]

> 李朝에는 龍飛御天歌 月印千江曲을 爲始하여 靑丘永言 海東歌謠 歌曲源流 等 歌詞詩調集이 無數히 잇스나 高麗 때엔 무엇이 잇섯는고 - 퍽 궁금하기를 마지 아니하엿다. 그래 先輩長者들에게 널리 물어본 結果…… 數年 後에 비로소 李王職藏書館에 俗樂歌詞란 책이 잇고 거기에는 時代不明한 古歌가 만히 잇다는 것을 알엇다. 그 후 그 古歌들을 본즉 確實히 高麗의 것이라고 考證되는 者도 적지 안헛다.[6]

이 두 글에는 그 당시 지식인들 사이에 '고려가요'에 대한 정보가 전혀 공유되어 있지 않았던 정황이 담겨 있다. 조선의 노래로 용비어천가 혹은 시조가 있는 것으로 알고 있지만, 그 이전의 가요에 대해서는 공히 미지의 상태였음을 고백하고 있다.

이러한 의심과 궁금증에서 고려가요를 확보하려는 욕구와 움직임이 나타나게 된다. 안확은 "結局 高麗時代에 流行하든 詩歌를 發見"하

---

5 안자산 앞의 책, 152쪽.

6 김태준, 「高麗歌詞是非-梁柱東氏에게 一言함」, 『朝鮮日報』, 1939년 6월 10일자.

게 되었고, 김태준의 역시 꾸준한 관심으로 선배들에게 수소문한 결과 "李王職藏書館에 俗樂歌詞란 책이 잇고 거기 …… 그 古歌들을 본 즉 高麗의 것이라고 考證되는 者가 적지 않음"을 알게 된 것이다.

이후 이들은 그 결과물들을 각각 公刊한다. 안자산의 고려가요 텍스트 공간은 세 차례에 걸쳐 이루어지는데, 1차는 전술한 1927년 「麗朝時代의 歌謠」에서, 2차는 1929년 「朝鮮詩歌의 苗脈」[7]에서, 3차는 1930년 「朝鮮歌詩의 條理 一~十四」[8]를 통해서이다. 3차분[9]인 1930년 『동아일보』의 지면을 통해 소개한 작품을 보이면 다음과 같다. (밑줄은 필자)

> 睿宗의 短歌·<u>鄭瓜亭</u>·北殿(9월 5일), <u>井邑詞</u>·<u>西京別曲</u>·<u>가시리</u>(9월 6일), <u>青山別曲</u>·感君恩·<u>雙花店</u>(9월 7일), 靖東方·儒林歌(9월 9일), <u>動動</u>(9월 10일), <u>鄭石歌</u>(9월 11일), <u>處容歌</u>·<u>履霜曲</u>·漁父歌·鳳凰吟(9월 13일) <u>思母曲</u>·文德曲·<u>滿殿春別詞</u>(9월 14일), 翰林別曲(9월 16일), 關東別曲·竹溪別曲(9월 18일)

한편, 김태준은 1934년 조선어문학회 기획으로 『朝鮮歌謠集成』[10]을 펴내게 된다. 비록 『조선가요집성』이란 제명을 달고 있지만, 동학(同學)의 평판 "新羅歌謠篇 二十四首, 百濟古歌篇 二首, 高麗歌詞篇

7 안자산, 「朝鮮詩歌의 苗脈」, 別乾坤 12월호, 開闢社, 1929.

8 안자산, 「朝鮮歌詩의 條理 一~十四」, 『동아일보』, 1930년 4월 16일~9월 21일 연재.

9 1차분인 「麗朝時代의 歌謠」에서는 普賢十願歌 11首의 원문·도이장가의 원문·경기체가 몇 수(翰林別曲·關東別曲·華山別曲·騎牛牧童歌·六賢歌)를 소개하고 있고, 2차분인 「朝鮮詩歌의 苗脈」에서는 정읍사 전문·서경별곡 일부·청산별곡 제8장·정석가 구슬장·만전춘 제1장을 소개하고 있다.

10 김태준, 『朝鮮歌謠集成』, 朝鮮語文學會, 1934.

二十二首, 李朝初期의 것 五十首 등의 어느 것이 佳作이 아니랴마는 特히 高麗歌詞篇 以上은 可히 몇 十年만에 찾어 낸 옛 어버이 모습 같은 感激을 자어내는 者들이다. ……무엇이 어떻다 하여도 이 冊 가운데서는 高歌詞의 撰出과 그 解讀이 壓卷일 것이다."[11]을 보면 '고려가사의 選出'이 이 책이 지닌 가장 특징적인 면모 중 하나였던 것으로 확인된다. 고려가요 부분을 소개하면 다음과 같다. (밑줄은 필자)

> **百濟古歌**(附高句麗) : 井邑詞 · 山有花
>
> **高麗歌詞** : 睿宗이 二將을 悼한 노래 · 動動다리 · 處容歌 · 鄭瓜亭(眞勻) · 翰林別曲 · 西京別曲 · 鄭石歌(딩아돌아) · 靑山別曲(살어리) · 滿殿春別詞 · 履霜曲 · 思母曲 · 雙花店 · 가시리 · 感君恩 · 關東別曲(安軸) · 竹溪別曲(安軸) · 楞嚴讚 · 觀音讚 · 西往歌1(懶翁和尙) · 西往歌2(懶翁和尙) · 樂道歌(懶翁和尙)

이들의 공간(公刊)은 세 가지 측면에서 의의를 지닌다. 하나는 이들로 인해 고려가요의 각 편이목록화될 수 있었고, 나아가 학적연구대상의 범주를 확정할 수 있게 되었다는 점이다. 위에서 보이는 "井邑詞 · 動動 · 處容歌 · 鄭瓜亭 · 西京別曲 · 鄭石歌 · 靑山別曲 · 滿殿春別詞 · 履霜曲 · 思母曲 · 雙花店 · 가시리"의 12편은 현대의 고려가요 개론서에서 빠짐없이 등장하는 작품들인데, 이로 이 두 공간이 짜 놓은 틀의 핵심이 현대까지 계승되고 있음을 확인할 수 있다. 둘째, 노랫말과 그 관련 기록들을 폭넓게 전재하여 학계와 일반에 공개함으로써 고려가요의 본격적 연구에 누구나 참여할 수 있는 바탕을 마련해 주었다는 점이다. 당시만 해도 학자나 일반인들이 쉽게 접근할 수 없었던 태

---

11 서두수, 「朝鮮歌謠集成」, 동아일보 1934년 2월 27일 3쪽.

백산본 『악학궤범』과 이왕직장서관(李王職藏書館)의 『속악가사』의 노랫말을 전사하여 신문지면이나 출판물로 공간함으로써 학술의 대중화를 이끌어 내게 된 것이다. 셋째, 고려시대의 노래를 대거 발굴하여 학계와 일반에 보고함으로써 그동안 공백으로 여겨졌던 고려시대의 가요 정황을 메우게 되었다는 점이다. 1930년대 초반, 우리의 노래라고 하면 1929년 소창진평에 의해 해독된 향가 25수와, 『청구영언』 등으로 전하던 조선시대의 시조를 대표로 삼았었는데 이들에 이르러 곡목과 노랫말이 구체적으로 제시됨에 따라 국문 시가를 사적 안목으로 다룰 수 있는 기틀을 마련[12]하게 된 것이다.

한편, 안확과 김태준의 업적은 현대 고려가요 연구의 시발점이자 초석이 되었지만, 현대의 학적 기준으로 엄밀히 살펴볼 때 흠이 전혀 없는 것은 아니었다. 그 중 가장 큰 것이 텍스트의 불완전한 전재이다. 이들이 공간한 것을 『악학궤범』과 『악장가사』의 원문에 비추어 면밀히 살피면 적지 않은 곳에서 오식이 나타남을 본다. 고려가요를 수록하고 있는 『악학궤범』과 『악장가사』가 학계 일반에 충분히 공개되지 못한 상황에서, 가장 손쉽게 원전을 확인할 수 있게끔 제공된 저술들에서 생겨난 오류들은 후에 일부 후대 연구서에서 그대로 답습되어 오석의 요인이 되기도 하였다.[13] 오류의 정황 일부를 간략히 예시하면 다

12 한국 시가사의 일획을 그은 조윤제의 『朝鮮詩歌史綱』은 1937년 발간되는데, 이 두 연구자의 公刊이 없었더라면 훨씬 더 많은 시간과 고충이 필요했을 것이다. 두 업적과 조윤제의 저술을 비교해 보면 고려가요의 발생과 향유 배경을 알려주는 자료가 일치하는 것이 많이 보이는데 이로 두 업적이 후학에 끼친 便益을 넉넉히 짐작할 수 있다.

13 이 현상은 김태준의 『고려가사』(1939)와 지헌영의 『향가여요신석』(1947)에서 두드러진다. 김태준의 책에 나타난 독특한 원문오류가 지헌영의 『향가여요신석』에 그대로 답습된 경우가 적지 않다. 가령, 김태준이 잘못 인식한 '누로기 미와'에 근거하

음과 같다.

조롱곶누로기이와잡ᄉᆞ와니내엇지하리잇고∅∅∅∅∅∅∅∅∅∅∅∅
〈안확〉

조롱곶누로기미와잡ᄉᆞ와니내엇더ᄒᆞ리잇고얄리얄리얄랑셩얄라리얄라〈김태준〉

조롱곶누로기미와잡ᄉᆞ와니내엇디ᄒᆞ리잇고얄리얄리얄라셩얄라리얄라 〈악장가사 原典〉

어와아븨즈이며處容아븨즈이여∅∅滿頭揷花게우샤기울어신메리예
〈안확〉

어와이븨즈이여處容아븨즈이여附葉滿頭揷花계오샤기울어신머리예
〈김태준〉

어와아븨즈이여處容아븨즈이여附葉滿頭揷花계오샤기울어신머리예
〈악학궤범 原典〉

3. 30·40년대의 어석

3.1. 김태준의 『고려가사』

고려가요 텍스트가 공개되자 학계에서는 이의 해석에 노력을 경주하기 시작한다. 1929년 소창진평의 향가연구에 자극받아 우리의 고가 연구에 주목하던 당대의 학적 분위기를 감안할 때 이러한 움직임은 필연적인 것이었다.

여 지헌영 역시 '누룩이 메워, 가득히 채워'(지헌영 앞의 책, 123쪽)로 해독하고 있음을 본다.

먼저 선편을 잡은 것은 김태준이었다. 김태준은 1934년에 간행한 『조선가요집성』이 지닌 한계-교정의 불완전성-를 늘 마음에 두고 있었다.[14] 그리하여 고려가요만을 떼어내어 1939년 『고려가사』라는 주석서를 저술한다. 원문을 제시하고 이해가 어려운 어구를 지목해 해설을 하는 식이었다. 그 방식을 예시하면 다음과 같다.

> 原文 : 四月 아니니저 아으 오실셔 곳고리새여 〈『동동』 四月〉
> 註 : "곳고리새여 - 黃鳥(꾀꼬리). 訓蒙字會에서 「鶯」을 곳고리 앵이라 하였다."
>
> – 김태준, 『高麗歌詞』, 學藝社, 1939, 26쪽.

이러한 방식은 주석서로서의 틀을 무난히 갖춘 것이라 할 수 있다. 고려가요로 알려진 작품들을 망라하여 원문을 제시하고 그 중 어려운 어구를 옛 문헌이나 자신의 배경 지식을 통해 해석해 나가고 있음을 보기 때문이다. 즉 "원문 – 난해 어휘 선별[곳고리] – 문증[훈몽자회]"의 세 단계를 밟고 있는 것이다.

그러나 최초의 주석서 『고려가사』[15]는 다음과 같은 약점을 지닌다. 첫째, 본격 학술서로서의 형식을 갖추고 있는 것에 비해 원문의 검증이 부실했다는 점이다. 1934년의 『조선가요집성』에서도 적지 않은 오류가 있었지만 1939년의 『고려가사』는 그것보다 더 부실한 원문 상태

14 "너무도 기쁜 나머지 『朝鮮歌謠集成』을 編해 본 것이엿다. …… 그러나 나도 倉卒間에 만든 일이라 註釋과 校正이 不完全한 것이 만흔 것은 勿論이엿고……徐徐히 研究를 거듭하여 後日의 機會에 좀 더 完全한 『高麗歌詞集』을 내 노흐려고 생각해 왓섯다." 〈김태준, 高麗歌詞是非 – 梁柱東氏에게 一言함, 조선일보 1939년 6월 10일자〉

15 1934년에 펴낸 『조선가요집성』에도 약간의 설명이 부기되어 있으나, 전격적으로 어구를 풀이한 한 최초의 저술은 『고려가사』라 할 수 있다.

를 보이고 있다.

다음 약점은 문증이 소극적으로 이루어져 있다는 점이다. 위에서 '곳고리'를 설명하기 위해 『훈몽자회』를 인용한 것을 보았지만, 책 전체를 통틀어 볼 때 이러한 부분이 매우 드물다는 점이다.[16] 그리고 문증 이외 방언과 민속을 이용한 주석도 보이고 있다. 하지만, 주석은 1차적으로 문증이고, 문헌적 실례가 없을 때 택할 수 있는 것이 민속적, 방언적 활용이다. 이 점에서 주석서로서의 『고려가사』는 한계가 있다.

이 책이 지닌 주석적 약점 중 가장 큰 것은 해석의 결과가 고르지 못한 곳이 많다는 점이다. 즉 경우에 따라서는 빼어난 해석[17]을 행하기도 하였으나 일부의 구절에서는 다음과 같은 수위의 해석이 돌출하기도 했다는 것이다.

> 六月ㅅ보로매 아으 별해 ᄇᆞ룐 빗다호라 도라보실 니믈 젹곰 좃니노이다 〈동동 6월〉
>
> 六月 보름에 아아 흐르는 별빛 갓고나 못니즐 님을 제각금(별이나 사람이나) 쫓는도다 〈34쪽〉

---

16 『고려가요』의 주석을 위해 동원된 문헌은 『삼국유사』, 『삼국사기』, 『고려사』 등을 포함하여 총 20종에 불과하다. 대부분 작품과 관련된 한시나 역사적 관련 기사를 위해 인용되었고, 麗謠 주석의 본질이라고 할 수 있는 '고유어'의 문증은 『훈몽자회』에서 6회, 『천자문』에서 2회 인용했을 뿐이다.

17 그가 한 해석 중에 현재까지도 유력한 풀이로 남아 있는 몇 예를 보이면 다음과 같다.
새셔가만하여라(동동 9월) – 歲序가 晩하여라, 져미연 ᄇᆞᄅᆞᆺ(동동 10월) – 얇게 썬 보리수, 소셩경(서경별곡) – 작은 서울, 설믜(처용가) – 聰明·知慧 예컨대 눈설믜(目巧) 등.

김태준의 『고려가사』가 고려가요 주석의 선편이 되며 학계의 첫 머리에 놓이자 양주동은 「古文學의 受難」이라는 기고문을 통해 이에 대한 전면적 비판[18]을 가한다. 이것은 아마 잘못된 주석이 초래할 고문학 이해의 혼란에 대한 우려 때문이었을 것이다. 그리고 한 달이 되지 않아 새로운 어석을 연재하는데 그것이 바로 『동아일보』에 실린 「고가요의 어학적 연구」[19]이다.

3.2. 양주동의 『여요전주』

동아일보에 실었던 「정읍사」, 「동동」, 「처용가」, 「정과정」이 모태가 되어 1947년 드디어 『여요전주』[20]가 출간된다. 이 저술은 고려가요 연구 70년사를 통틀어 가장 우뚝한 업적이 되며 가장 긴 그림자를 학계에 드리우고 있는데, 그렇기에 이의 설명에 상당한 지면을 할애하지 않을 수 없다. 잘 알려진 에피소드지만, 일찍이 자신이 수립한 학설에 이숭녕을 위시한 제가들이 학적 시비를 걸자, 이를 "山 밑에 지나가는 빗소리·나의 舊說에 색다른 칠을 하여 꾸민 新說 혹은 臆說"[21] 등의 말로 일축한 적이 있는데, 당시의 연구사를 면밀히 검토해 볼 때 그 말이 가히 과장만은 아님을 알 수 있다. 그의 『여요전주』는 주석에 소요된 문헌의 양으로 보나, 자료 각편의 질로 보나 1940년대의 업적이

18 양주동, 「古文學의 一受難 金台俊氏의 近著 麗謠註釋 (1-2)」, 『조선일보』, 1939년 5월28일~5월30일.

19 「井邑詞」(1939.6.21. ~ 7.12, 10회), 「動動」(7.23~8.25, 20회), 「處容歌」 (10.8 ~ 11.16, 21회), 「鄭瓜亭」(1940.2.8 ~ 1940.2.20., 9회).

20 양주동, 『麗謠箋注』, 乙酉文化社, 1947.

21 양주동, 「古歌箋箚疑」, 『인문과학』 2, 연세대학교 인문과학연구소, 1968, 3쪽.

라고는 믿기 어려울 정도의 방대함과 정밀함을 갖추고 있다.

이 책이 지닌 기본적인 장점은 일자 일획을 빠뜨리지 않고 설명한 섬세한 기술체계에 있다. 『악학궤범』과 『악장가사』에 수록된 「정읍사」(28), 「동동」(140), 「처용가」(108), 「정과정」(33), 「쌍화점」(37), 「서경별곡」(39), 「청산별곡」(69), 「정석가」(49), 「이상곡」(40), 「사모곡」(20), 「가시리(21)」, 「만전춘」(53) 등 12수[22]를 배열하고, 각 작품을 대체로 어절 혹은 품사별로 끊어 1조로 삼았는데 12수의 조가 무려 609조에 이른다.[23]

주석의 대상을 609조로 설정하고 모든 조에 옛 문헌에 근거하여 평이한 어휘[24]부터 가장 난해한 어휘에 이르기까지 낱낱이 고어로 문증을 행했는데, 그 인용례를 헤아려보면 총 1616개에 이른다. 1조를 설명하는 데 3개가량씩의 문헌례를 예시하였던 것이다. 가장 기본적인 틀 하나를 예시하면 다음과 같다.(「동동」의 3월령 '滿春ᄃᆞᆯ욋고지여'에 대한 설명임)

> (3) **고지여** 「곶」(花)의 感嘆法呼格.
> 곶됴코 여름ᄒᆞᄂᆞ니(灼實其華, 有灼其實) (龍歌一章)
> ᄀᆞᅀᆞᆯ고지 드리옛고(垂秋花) (杜諺卷一·三)
> 나ᄂᆞᆫ 고ᄌᆞᆯ 박차(蹴飛花) (杜諺卷十五·三三)
> 花曰 骨 (鷄林類事)
>
> – 양주동 앞의 책, 94~95쪽.

---

22 총 16수가 수록되어 있으나 「한림별곡」, 「관동별곡」, 「죽계별곡」, 「도이장가」는 제하고 논한다.

23 위 작품 옆 괄호 속의 숫자가 각 작품이 지닌 條의 개수이다.

24 "註釋 中에 極히 平易한 말까지 引證을 끄리지 안헛음은 써 語彙와 音韻의 變遷 材料를 삼기 위함이오."(양주동, 동아일보 1939년 6월 21일 4쪽)

이상과 같은 기술방식이 한 조에 해당하는데, '곶'이라는 비교적 평이한 어휘의 설명에도 매우 체계적이고 충실한 문증을 하고 있음을 보인다. 먼저 『용비어천가』에서는 기본형 '곶'의 용례를 보인다. 다음 『두시언해』를 이용해 주격의 '고지'와 목적격의 '고졸'을 보인다. 고유어 체언의 격변화 모습을 확인할 수 있게끔 구성한 것이다. 마지막에 달린 『계림유사』의 용례 또한 의도를 가지고 있다. 선행했던 인용이 모두 조선초의 것인바, 고려시대에도 '花'가 '곶'이었을까라는 의문에 답하기 위한 것이다. "12세기의 자료인 『계림유사』에 '花曰骨'로 되어 있으니 고려시대에도 '花는 곶이다"란 행간의 의미를 실은 치밀한 문증인 것이다.

이러한 방식으로 그는 609개에 이르는 조를 설명해 나간다. 그 과정에서 인용된 자료 또한 방대할 수밖에 없는데 그 수를 잠시 헤아려 보면 총113종에 이른다. 양주동 이전에 있었던 김태준의 『고려가사』가 20여권의 자료를 참고한 것에 비교해 볼 때, 여기에 들인 그의 열정과 공력이 어느 정도였는지 짐작하기 어렵지 않다.

한편 그가 인용한 고서의 면면과 빈도도 확인해 둘 필요가 있다. 가장 성공적인 주석서가 섭렵한 자료의 범위를 확인하는 것은 그 주석서를 보완하고 뛰어넘기 위한 범위를 재설정하는 것에 다름 아니기 때문이다. (괄호 속의 숫자는 문헌의 편찬연대와 『여요전주』에서의 인용 횟수, 밑줄 그은 글자는 50회 이상 인용된 책.)

가정집(稼亭集이곡1298~1351, 1回) · 경도잡지(京都雜志유득공1749~1807, 1) · <u>계림유사(鷄林類事1103, 52)</u> · 고려사(高麗史1451, 21) · 고려사절요(高麗史節要1452, 1) · 고산유고(孤山遺稿윤선도1587~1671, 1) · 고시조(古時

調, 1)·구해남화경(句解南華經1683, 1)·균여전(均如傳1075, 16)·근재집(謹齋集안축1282~1348, 7)·금강경언해(金剛經諺解1464, 12)·금강경삼가해(金剛經三家解1482, 6)·난중잡록(亂中雜錄1610, 1)·노계집(蘆溪集박인로1561~1642, 9)·논어언해(論語諺解1601, 1)·농암집(聾巖集이현보1467~1555, 5)·능엄경언해(楞嚴經諺解1461, 4)·단속사신행선사비(斷俗寺神行禪師碑813, 1)·대동운부군옥(大東韻府群玉1589, 1)·대명률직해(大明律直解1935, 4)·대승의장(大乘義章중국혜원523~592, 4)·도산십이곡(陶山十二曲이황1501~1570, 5)·도은집(陶隱集이숭인1347~1392, 1)·동국세시기(東國歲時記홍석모1781~1850, 11)·동국통감(東國通鑑1485, 3)·**두공부시언해(杜工部詩諺解1481·1632, 343)**·목우자수심결(牧牛子修心訣1467, 11)·목은집(牧隱集이색1328~1396, 5)·몽산화상법어약록(蒙山和尙法語略錄1467, 22)·몽유편(蒙喩篇1810, 2)·무릉잡고(武陵雜稿1581, 2)·물암집(勿岩集김륭1549~1593, 2)·법어(法語1466, 11)·법화경언해(法華經諺解1463, 35)·법화경(法華經, 1)·법화문구(法華文句記중국담연711~782, 2)·불우헌집(不憂軒集정극인1401~1481, 3)·불전제언해(佛典諸諺解, 1)·불정심다라니경(佛頂心陀羅尼經1485, 5)·사성통해(四聲通解1517, 2)·삼강행실도(三綱行實圖1471, 32)·삼국사기(三國史記1145, 24)·삼국유사(三國遺事1281, 31)·상원사중창권선문(上院寺重創勸善文1464, 17)·서전언해(書傳諺解1601, 10)·석보상절(釋譜詳節1449, 4)·석봉천자문(石峰千字文1583, 19)·선가귀감(禪家龜鑑諺解1579, 1)·선종영가집언해(禪宗永嘉集諺解1464, 49)·성종실록(成宗實錄재위1469~1494, 2)·성호사설(星湖僿說이익1681~1763, 3)·세종실록(世宗實錄재위1418~1450, 6)·소학언해(小學諺解1666, 2)·송강가사(松江歌辭정철1536~1593, 29)·송사(宋史중국1345, 1)·식우집(拭疣集김수온1409~1481, 1)·시경(詩經, 1)·시전언해(詩傳諺解1601, 4)·시조제본(時調諸本, 2)·신전자취염초방언해(新傳煮取焰硝方諺解1635, 2)·신증동국여지승람(新增東國輿地勝覽1530, 5)·신편보권문(新編普勸文 未詳, 1)·쌍계사진감선사탑비(雙谿寺眞鑒禪師大塔碑887, 1)·아미타경언해(阿彌陀經諺解1464, 3)·아언각비(雅言覺非1819, 3)·**악장가사(樂章歌詞조선중종조, 67)**·**악학**

궤범(樂學軌範1493, 52) · 안씨가훈(顔氏家訓중국안지추531~591, 1) · 양서(梁書중국629, 2) · 여씨향약언해(呂氏鄕約諺解1518, 3) · 역어유해(譯語類解1690, 1) · 연려실기술(練藜室記述이긍익1736~1806, 1) · 열양세시기(洌陽歲時記1819, 2) · 예기대문언독(禮記大文諺讀1767, 1) · 용비어천가(龍飛御天歌1447, 201) · 용재총화(慵齋叢話1525, 2) · 원각경언해(圓覺經諺解1465, 11) · 월인석보(月印釋譜1459, 196) · 유합(類合 安心寺板선조조, 5) · 육조법보단경(六祖法寶壇經1496, 11) · 이두편람(吏讀便覽1829, 5) · 이륜행실도(二倫行實圖1518, 11) · 이재유고(頤齋遺稿황윤석1729~1791, 1) · ??(이첨1345~1405滿天明月~, 1) · 익재난고(益齋亂藁이제현1287~1367, 1) · 일본서기(日本書紀일본720, 2) · 자암집(自庵集김구1488~1534, 2) · 정도사조탑기(淨兜寺造塔記1031, 2) · 정속언해(正俗諺解1518, 4) · 정심계관(淨心誡觀중국윤감1006~1061, 1) · 주유마경(註維摩經중국도생 5세기, 2) · 죽계지(竹溪志1544, 5) · 중경지(中京志1855, 2) · 증도가남명천선사계송(證道歌南明泉禪師繼頌1482, 33) · 동국문헌비고(增補東國文獻備考1770, 1) · 지봉유설(芝峰類說이수광1563~1628, 1) · 천자문(千字文安心寺板선조조, 4) · 첩해신어(捷解新語1676, 3) · 통도사국장생석기(通度寺國長生石標1083, 1) · 퇴계집(退溪集이황1501~1570, 1) · 투호아가보(投壺雅歌譜, 1) · 한불자전(韓佛字典1880, 1) · 함종세고(咸從世稿어변갑 등 1510, 1) · 해동가요(海東歌謠, 1) · 해동역사(海東繹史한치윤1765~1814, 2) · 해부잡록(海府雜錄, 1) · 허백당집(虛白堂集성현1439~1504, 3) · 현응음의(玄應音義중국현응649, 1) · 화동정음통석운고(華東正音通釋韻考1747, 1) · 훈몽자회(訓蒙字會1527, 110) · 훈민정음(訓民正音1443, 15) · 휘진록(揮塵錄중국12세기, 1) · 홍법사진공대사탑비음(興法寺眞空大師塔碑940, 1)[25]

---

25 이 문헌들은 일사 방종현, 육당 최남선, 일석 이희승, 가람 이병기 등의 학자들로부터 빌린 것들이라 한다.

"小倉씨의 著書를 읽은 다음날 나는 장기판을 패어서 불때고 英美문학書는 잠간 궤 속에 넣어 두고 上京하여 한글 옛 문헌 藏書家 여러분 – 故 一簑 〈方鐘鉉〉·〈六堂〉·一石 〈李熙昇〉·가람 〈李秉岐〉 諸氏를 歷訪하여 귀중한 문헌들을 한 두달 동안의 기한으로 빌었다. 그 國寶급의 藏書들을 아낌없이 빌려 주던 諸家의 厚意를 거의 국보급 자료를 나열했다고 해도 무방할 참고 문헌은 대체로 가장 이른 시기의 한글자료를 중심으로 분포되어 있으며, 최소 1회에서 최대 343회까지의 인용빈도를 보이고 있다. 가장 많이 인용된 문헌은 『두시언해』(杜詩諺解)(343회)이고 그 뒤를 『용비어천가』(龍飛御天歌)(201회), 『월인석보』(月印釋譜)(196회), 『훈몽자회』(訓蒙字會)(110회)가 잇고 있다. 이 4종의 서적에서만 총 850회로 총 1616조의 반 이상의 인용을 행한 셈이다. 두시언해, 용비어천가, 월인석보는 관찬 서적으로 표기의 정확도가 매우 높다는 점, 그리고 가장 이른 시기의 한글문헌이란 점이 감안된 인용이었던 것으로 파악되고, 훈몽자회의 경우 가장 이른 시기의 천자문류로서 역시 신뢰도를 보장받을 수 있는 이에 의해 편찬된 책이란 점, 더불어 한자와 고유어가 동시에 기재되어 있어 '명사'의 풀이에 인용하기가 매우 적합했다는 점이 감안된 인용이었던 것으로 보인다. 이러한 인용은 무척 신중한 것이었는데 인용의 방대함과 맞물려 이러한 인용의 질이 양주동의 여요전주를 더욱 불후의 저술로 인정받게 한 것이다.

한편 인용이 1-2회에 그치고 있는 자료도 많다는 점은 주목을 요한다. 평이한 고유어 용례라면 대체로 『두시언해』나 『용비어천가』 같은 곳에서 발견되기 마련이다. 그러나 그런 곳에서 보이지 않는다는 것은 그 고유어가 상당한 벽자임을 의미하는 것이다. 이 때는 별다른 지름길이 있을 수 없다. 그 고유어가 보일 때까지 그 곁의 서적을 차례로 다 훑어 나가야 하는 것이다. 위의 인용빈도에서 소수 인용이 많이 보인다는 것은 양주동이 용례 하나를 찾기 위해 책 전체를 섭렵하는 수

나는 잊을 수 없다."(양주동, 「新羅歌謠研究」, 『每日經濟新聞』, 1969년 3월 6일)

고로움을 피하지 않은 성실한 연구자였음을 방증하는 사례라 하겠다.

그러나 위와 같은 방대한 자료섭렵과 열성에도 불구하고 여전히 해결되지 않은 문제는 있다. 하나는 그가 대본으로 삼은 노랫말의 원본, 즉 『악장가사』와 『악학궤범』이 임진왜란 이후의 것이라 자형이 뭉개지거나 자획이 떨어져 나간 곳이 적지 않았다는 점, 그로 인해 원전 자체를 오인하여 해석을 행한 곳이 있었다는 점과, 방대한 문헌 섭렵을 행하긴 했지만 여전히 그 발견되지 않은 고어가 있었다는 점이 그것이다. 『여요전주』의 작품 첫머리에는 원전을 먼저 전재하여 그가 파악한 원전을 모습을 확인할 수 있게 되어 있는데, 그 곳에서 문제시될 만한 것을 보이면 다음과 같다.

〈동동〉 나ᄋᆞ라 오소이다, 비취실 즈이샷다, 나ᄆᆡ 브롤 즈을, 四月 아니 니지, 願을 비옵노이다, 나올 盤, 므ᄅᆞ옵노이다

〈처용가〉 아븨즈이여, 깅어신 눈 섭[닙]에, 오올어신 누네, 누고지어, 모다지어,

〈정과정〉 ᄆᆞᆯ힛마러신뎌, ᄉᆞᆯ웃브뎌[26]

그리고 그가 문헌에서 찾지 못하여 "문헌에 所見이 없으나…"로 자술하였거나, 혹은 문증을 하긴 하였으나 미진하다고 판단되는 것을 망라해 보면 다음과 같다.

정읍사 : 後腔前져재, 내가논ᄃᆡ

동동 : 곰ᄇᆡ · 림ᄇᆡ, 오소이다(序聯), 몸하(1月), 滿春ᄃᆞᆯ욋고지여(3月), 수릿날 아ᄎᆞᆷ 藥(5月), 져곰(6月), 黃花고지안해드니새셔

26 이 표기들의 원래 모습은 **4장**의 표를 참조할 것.

가만ᄒᆞ애라(9月), 져미연 ᄇᆞᄅᆞᆺ(10月), 슬홀 ᄉᆞ라온뎌(11月), 분디남ᄀᆞ로 갓곤 나ᄉᆞᆯ 盤잇 져(12月), 소니가재다므ᄅᆞᄋᆞᆸ노이다(12月)

처용가 : 깅어신 눈섭, 웅긔어신 고, 설믜 모도와, 界面 도ᄅᆞ샤, 마아만마아만ᄒᆞ니여, 머자 외야자 綠李야, 신고홀ᄆᆡ야라

정과정 : 벼기더시니(문헌에 용례를 찾지 못하였으나…), 믈힛마러신뎌, ᄉᆞᆯ웃브뎌, 도람 드르샤

쌍화점 : 회회아비·샷기광대, 덦거츠니, 三藏寺, 싀구비가.

서경별곡 : 쇼셩경고외, 네가시럼난디

청산별곡 : 살어리랏다, 잉무든 장글란, 나ᄆᆞ자기, 에정지, 사ᄉᆞ미 짒대예 올아셔 奚琴을 혀거를 설진 강수, 조롱곳 누로기

정석가 : 딩·돌, 삭삭기 셰몰애, 三同

이상곡 : 서린 석석 사리, 잠짜간 내 님, 열명길

사모곡 : 큰 문제 없음.

가시리 : 선하면, 셜온 님.

만전춘 : 아련 비올, 니블 안해 麝香각시를 아나누어, 藥든 가슴

유구곡 : 우루믈 우루ᄃᆡ

상저가 : 디히, 게우즌[27]

---

27 이상의 난해구 중, 「유구곡」과 「상저가」는 여요전주에서 다루지 않은 작품이지만 고려가요 연구사 전체로 볼 때 어석의 문제가 있기에 포함시켰다. 또, "수릿날 아ᄎᆞᆷ 藥(5月)·黃花고지안해드니(9月)·분디남ᄀᆞ로 갓곤 나ᄉᆞᆯ 盤잇 져(12月)·界面 도ᄅᆞ샤·머자 외야자 綠李야·신고홀 ᄆᆡ야라·회회아비와 샷기광대·사ᄉᆞ미 짒대예 올아셔 奚琴을 혀거를·조롱곳 누록·니블 안해 麝香각시를 아나누어·藥든 가슴"과 같은 부분은 어석의 문제라기보다는 민속적 문제에 가깝지만, 시의 완전한 의미 이해를 위해서는 해명되었어야할 부분이므로 같이 넣었다.

4. 50·60년대의 어석

4.1 텍스트의 추가 발굴

1930년대 초에 안확·김태준이 고려의 가요를 집성하여 공간한 것은 전술한 바 있다. 그리고 양주동이 그것을 이어받아 『여요전주』를 저술하였지만 원전의 불안을 안은 상태에서 연구가 진행된 측면이 있음도 전술했다. 이들이 참조한 대본은 태백산본 『악학궤범』과 이왕직장서관 소장의 『속악가사』(=악장가사)였다. 그러나 이 두 대본들은 모두 임진왜란 이후에 인출된 목판들로 그렇기에 척자반획(隻字半劃)을 다투는 어석의 현장에서는 다소의 불안을 지니고 있었다. 특히 반치음의 경우 'ㅇ'과의 구분이 불분명했으며, 모음 'ㅏ·ㅓ' 등에서 획이 떨어져 나가 'ㅣ'로 인출되어 있는 경우도 적지 않았다. 이러한 애로에서 이들은 저마다의 방식으로 원전을 신뢰하거나 교정하면서 연구를 진행해 왔던 것이다. 원전을 다르게 설정한 채 어석을 행한 두어 사례를 보이면 다음과 같다.

누루기 미와 (청산별곡)
㉠ 미와 : 메워서 〈김태준(1939) 앞의책, 91쪽〉
메워·가득히 채워 〈지헌영 앞의 책, 123쪽〉
㉡ 미와 : 「밉」의 連用形. 「밉」은 「辛·熱」의 義. 〈양주동 앞의 책, 330쪽〉

四月 아니 니지 (동동)
㉠ 니저 : 있고서 〈김태준(1939) 앞의 책, 26쪽〉
잊어(忘) 〈지헌영 앞의 책, 82쪽〉
㉡ 니지 : 「닞」(忘)의 副詞形. 「ㅣ」는 副詞形助詞.

「청산별곡」의 경우 이왕직장서각본 『악장가사』에 '미와'로 인출되어 있는데 이를 김태준과 지헌영 등의 연구자들은 '미와'로 판독하여 해석한 반면 양주동은 'ㆍ[아래 아]'가 판각과정에서 탈락한 것으로 보아 이에 'ㆍ'를 보충하여 'ᄆᆡ와'로 해석하고 있다. 태백산본 『악학궤범』에 실린 「동동」의 '니지'는 오히려 반대 상황이지만 유형적으로는 마찬가지의 대립을 보이고 있다. 김태준과 지헌영은 탈획을 보충하여 '니저'로 보고 있는 반면, 양주동은 판각된 그대로의 글자 '지'로 보고 해석하고 있다. 이런 대립은 원전이 지닌 결함이 야기한 필연적 결과였다.

그런데 50년대와 60년대를 거치며 이러한 상황을 타개해 줄 새로운 자료가 연달아 학계에 보고되기 시작한다. 1967년 김지용이 『국어국문학』(36-38권)을 통해 공개한 봉좌문고본 『악장가사』와 역시 동일인이 발굴하여 연세대학교 인문과학연구소를 통해 영인한 『악학궤범』(1968)이 그것이다. 이 본들은 모두 임진왜란 이전에 인출된 것들이었기에 자획이 선명한 장점이 있었다. 기존 학계에서 사용하던 태백산본 『악학궤범』과 68년 새로이 소개된 봉좌문고본 『악학궤범』에서 보이는 자획의 차이를 대교해 보면 다음과 같다.

	악학궤범	
	태백산본 (현 서울대도서관소장본)	봉좌문고본
동동	나ᄋᆞ라 오소이다 비취실 즈이샷다 나ᄆᆡ 브롤 즈을 四月 아니 니지 願을 비ᄋᆞᆸ노이다 嘉俳니리마ᄅᆞᆫ 나ᄋᆞᆯ 盤, ᄆᆞᄅᆞᄋᆞᆸ노이다	나ᅀᆞ라 즈ᅀᅵ 즈ᅀᆞᆯ 니저 비ᅀᆞᆸ 나리 나ᅀᆞᆯ ᅀᆞᆸ

처용가	아븨즈이여, ᄀᆡᆼ어신 눈닙[섭][28]에 오ᄋᆞᆯ어신누네 굽거신히[허]리예 길이[어]신허튀예 누고지어(3회) 모다지어	즈ᅀᅵ ᄀᆡᇫ어신 눈섭에 오ᄉᆞᆯ어신 허리예 길어신 누고 지ᅀᅥ 지ᅀᅥ
정과정	ᄆᆞᆯ힛마러신뎌 ᄉᆞᆯ읏브뎌	ᄆᆞᆯ힛마리신뎌 ᄉᆞᆯ읏븐뎌
정읍사	자획의 탈락이나 변형이 없음.	

국어국문학에 실린 봉좌문고본 『악장가사』 역시 그 이전 학계가 사용하던 것에 비해 선명한 자획을 보여준다. 이 둘의 비교에서 연구사적으로 유의미한 차이를 보이는 것은 아래의 1항이다.

	악장가사	
	舊 이왕직장서각본	봉좌문고본
청산별곡	누로기 미와	누로기 ᄆᆡ와

한편, 고려가요의 외연을 넓혀준 책이 1954년 학계에 보고되었다. 통문관의 이겸로가 소장하고 있던 『시용향악보』가 그것이다. 이 책에는 『악장가사』에 실려 전하던 「서경별곡」, 「정석가」, 「청산별곡」, 「가시리」의 1장들이 악보에 얹혀 수록되어 있었고, 더불어 새로운 작품 「상저가」와 「유구곡」이 더 실려 있었다. 이로 우리의 고려가요는 14수로 확장되었던 것이다. 『시용향악보』에 실린 노랫말은 『악장가사』에 실린 그것과 거의 흡사하지만 다소의 차이는 발견된다. 이를 표로 비

28 악장가사는 '눈섭'으로 나타남.

교하면 다음과 같다.

	악장가사		시용향악보
	舊 이왕직장서각본[29] (현, 한중연 장서각본)	봉좌문고본[30]	舊 통문관 소장본[31]
청산별곡	살어리랏다(2회) 靑山에(2회) ᄃᆞ래랑∅먹고 얄리얄리얄랑셩 얄라리얄라		살어리라짜(2회) 靑山의(2회) ᄃᆞ래랑 ᄲᅡ먹고 얄리얄리얄라 얄라셩얄라
사모곡	호ᄆᆡ도 ᄂᆞᆯ히언마ᄅᆞᄂᆞᆫ 업스니이다 아바님도 어이어신 괴시리업세라(2회)		호ᄆᆡ도 ᄂᆞᆯ히어신 마ᄅᆞᄂᆞᆫ 어ᄡᅳ새라 아바님도 어ᅀᅵ어신 괴시리 어ᄡᅦ라
서경별곡	西京이(2회) 다링디리		西京이(2회) 다링디러리
정석가	계샹이다(2회) 先王聖代예 노이ᄋᆞ와지이다		겨샤이다(2회) 先王盛代예 노니ᅀᆞ와지이다
가시리	가시리잇고(2회) 위증즐가		가시리이ᄭᅩ(2회), 위중즐가
기타			〈유구곡과 상저가의 반영〉

이러한 자료들의 출현은 30·40년대의 연구를 보완할 좋은 계기가 되었다. 전대의 연구자들이 오인했던 자(字)를 교정할 수 있게 되어 원전이 지니고 있을 오류에 대한 부담감을 덜 수 있게 되었고, 또 새로운 작품이 추가됨으로써 고려가요 연구에 아연 활기를 띠게 되었다. 『악학궤범』과 『악장가사』의 선본(善本) 발굴이 67~68년경인데 68년을 기점

29 본고는 김명준의 『악장가사주해』(다운샘, 2004)에 부록된 영인본을 사용했다.
30 본고는 김명준의 『악장가사주해』(다운샘, 2004)에 부록된 영인본을 사용했다.
31 본고는 연세대 동방학연구소에서 영인한 『시용향악보』(1954)를 사용했다.

으로 하여 전규태의 『고려가요』, 박병채의 『고려가요의 어석연구』 김형규의 『고가요주석』이 동시에 발간된 것은 우연한 일만은 아니었다.

4.2. 김형규·전규태·박병채의 저술

『여요전주』 이후 2000년 이전까지 고려가요를 전체적으로 해석한 저술은 3편으로 알려져 있다.[32] 1955년의 김형규의 『고가주석』,[33] 1968년 전규태의 『고려가요』,[34] 역시 같은 해의 박병채의 『고려가요의 어석연구』[35]가 그것이다.

먼저 김형규의 저술은 『여요전주』와 동일한 방식을 취하고 있다. 즉, "원문제시 - 노래의 배경이나 향유에 관한 기록 - 주석"의 구성을 취하고 있다. 이러한 방식은 주석서의 기본이기에 크게 언급할 것은 없다. 문제는 얼마나 원문을 정확히 검토하여 제시하였느냐, 노래의 배경이나 향유에 관한 기록을 얼마나 풍부하게 수집하였느냐, 주석은 어떤 새로운 근거를 들어 정확히 뒷받침하고 있느냐의 여부인 것이다. 그런데 이 점에서 볼 때 김형규의 저술은 『여요전주』를 넘어서지는 못한 것으로 평가된다. 원문에서 보이는 오자(誤字)들, 그리고 적지 않은

---

32 본고에서는 2000년 이전의 저술과 논의만을 대상으로 한다. 2000년 이후의 논의는 향후 전망을 제시하는 장에서 간략히 다룬다. 한편, 2000년 이후의, 어석에 주안점을 둔 저술로는 다음의 2종이 있다.
 최철·박재민, 『석주고려가요』, 이회문화사, 2003.
 이등룡, 『여요석주』, 한국학술정보, 2010.

33 김형규, 『古歌註釋』, 白映社, 1955. 이후 이 책은 『고가요주석』(일조각, 1968)로 개고된다.

34 전규태, 『高麗歌謠, 正音社』, 1968.

35 박병채, 『高麗歌謠의 語釋硏究』, 二友文化社, 1968.

부분에서 양주동의 용례와 목소리가 느껴진다.

덕이여 〈동동 序詞〉

양주동 : 接續助詞. 助詞 「여」는 呼格·疑問·接續 三種의 用法이 잇는데 모다 感歎的語義를 띄엿다. 〈74쪽〉

김형규 : 「여」에는 呼格·疑問·接續 三種의 用法이 있는데 모두 감탄의 뜻이 있다. 〈57쪽〉

져미 〈동동 10월령〉

양주동 : 「細切·寸斷」의 義. 古文獻에 미처 所見이 업스나 이 말은 現行語에도 「고기를 저미다」 등 그대로 사용된다. 〈123쪽〉

김형규 : 「細切·寸斷」의 뜻으로, 현재 남아 있는 말이다. 〈91쪽〉

다음 시기에 간행된 전규태의 『고려가요』 역시 김형규와 사정이 비슷하다. 다만 그는 서문에서[36] 양주동의 『여요전주』에 크게 힘입은 것을 밝히고 있다. 어구를 설명하는 방식, 인용의 출처 등에서 양주동의 『여요전주』 요약한 것이라 할 수 있다. 많은 부분이 닮아 있는데 이해를 위해 한두 부분만 간략히 보이면 다음과 같다.

滿春 〈동동〉

양주동: "「晩春」의 俗書." 〈94쪽〉

전규태: "晩春[늦봄]의 俗書인 듯. 〈37쪽〉

어긔야 〈정읍사〉

양주동: "感歎詞. 現行語 배 젓는 소리 「어긔야」, 또는 무거운 짐을

---

36 "이 小著를 엮음에 있어, 梁柱東님의 「麗謠箋注」를 비롯한 여러 註釋書에 힘입은 바 많았으며 ……" (전규태, 앞의 책, 4쪽)

다룰 때의 「어긔야차」 等이 이와 同語임은 毋論이다."〈45쪽〉

전규태: "「아아!」 같은 감탄사로 힘에 겹거나 감격에 벅찬 나머지 나오는 소리니 뱃사공들이 배를 저을 때, 또는 무거운 짐을 다룰 때 나오는 「어기야」「어야차」「어기어차」는 이와 같은 종류의 소리이다." 〈15쪽〉

박병채의 저술 또한 양주동의 여요전주를 상당히 따른 흔적이 있다. 「정석가」를 설명하는 부분에서 보이는 다음과 같은 부분이 그러하다.

양주동 : 本歌 以下 「靑山別曲·思母曲·履霜曲·가시리·滿殿春」 等 六篇은 樂章歌詞에 收載되어 잇을 뿐이오, 何等 麗代所産임을 實證할 文獻的材料가 업스나, 그 形式·語法·內容·情調 等이 上注 諸篇과 隱然히 脈絡이 相通하는 一面, 鮮朝의 것과는 스스로 甄別되는 바가 잇으므로 此等 諸篇을 亦是 麗代歌謠라 斷코저 한다. 〈334쪽〉

박병채 : 本歌를 비롯한 以下 「滿殿春·履霜曲·思母曲·가시리」 등 5篇은 樂章歌詞에 所載되었을 뿐 高麗史 등 文獻에 그 名稱이나 內容에 대한 記錄이 없으므로 高麗歌謠라고 斷定할 수 없으나 그 形式과 內容 그리고 韻律的 情調가 다른 高麗歌謠와 相通하며 朝鮮의 노래와는 傾向이 다르므로 이들 5篇은 역시 高麗歌謠의 口傳으로 看做하여 두고자 한다. 〈257쪽〉

그러나 비록 설명의 방식이 흡사한 곳이 보이기는 하지만, 이 책의 각 條에 인용된 용례들은 양주동의 범주와는 다르다. 이로 이 저술은 '문증의 범위'를 확장한 공이 있다.[37]

한편, 『고려가요의 어석연구』가 지닌 어석사의 또 다른 의의가 있다면 그것은 그 당시에 발굴되었던 『시용향악보』, 봉좌문고본 『악학궤범』·『악장가사』를 저술에 포함시킨 것일 것이다. 시용향악보에만 전하던 「유구곡」과 「상저가」를 고려가요 전체적 틀에서 해석하고 있으며, 임란전의 판본인 봉좌문고본들에서 새롭게 알게된 자획들을 신속히 수용한 미덕도 갖추고 있다. 다만, 교정이 새로운 해독으로 나아간 경우[38]가 보이지 않은 점은 아쉬운 점이라 할 수 있다.

5. 70·80년대의 어석

50-60년대 연구자들이 양주동의 그림자에서 벗어나지 못했음은 위에서 말한 바와 같은데, 이에 대한 유감을 김완진[39]은 다음과 같이 말하고 있다.

> 주석의 세계에서 시급히 개선되어야 할 일이 또 하나 있다.……교재용을 겸한 듯한 반통속적인 주석서들에 있어서라면 극히 기초적인 설명이나 예증의 반복도 불가피한 것이라 하겠으나, 선배나 동료 연구자의 공업에 대한 명기가 없어 과연 어느 것이 그 개인의 영예와 책임에 속하는 것인지 분간할 수 없게 되어 있는 것은 크게 유감스러운 일인 것이다.

---

37 후에 이 책은 그의 제자들 박영준, 고창수, 김정숙, 시정곤에 의해 『새로고친 고려가요의 어석 연구』(국학자료원, 1994)로 改稿된다. 대체로 어휘와 문맥을 다듬어 보다 읽기 쉽도록 고쳐졌는데, 일부 난해구의 설명에서 이전 책과 달라진 곳이 보인다. 가령, 「정석가」의 난해구 '三同'을 기존의 책에서는 '方三百里의 땅'이라고 했었는데, 改稿에서는 '삼백 송이'로 풀이되어 있음을 본다.

38 〈처용가〉에 나타난 '깅어신 – 깅어신'에서 양주동이 '길다'로 보던 것을 '깅다(무성하다)'로 교정한 것이 유일한 진전이긴 하였지만, 이는 안병희가 이미 지적한 바 있었다.

39 김완진, 「高麗歌謠의 語義 分析」, 『高麗時代의 가요문학』, 새문社, 1982, Ⅲ-12.

이와 같은 인식은 아마 70년대부터 연구자들 사이에서 반성적으로 공감해 오던 것이었던 듯한데, 70년대와 이 언급이 나온 80년에는 60년대 말과 같은 '舊說에 新說을 덧칠하는 수준[40]'의 논의는 사라진다. 이후 연구자들의 관심은 선대 연구서들에서 문증되지 않았던 어구를 발굴하거나, 이론을 통해 재구성하여 해명하려는 데로 옮겨진다. 이러한 움직임을 선도(先導)한 이로 남광우, 서재극, 김완진을 꼽을 수 있다.

남광우는『고어사전』집필의 관록으로「高麗歌謠 註釋上의 問題點에 관하여」라는 제명하에 다음의 미결어구에 해석에 도전한다.

> 남광우[41] : ᄉᆞᆯ읏븐뎌, (尊稱 呼格)하, 도람드르샤, 림ᄇᆡ곰ᄇᆡ, 서린, 선하면, 새셔가만하애라, 滿春달욋고지여, (主格의) 가, 내 님믈, 우니다니, 벼기더시니, 뉘러시니잇가, 말힛마리신뎌, 괴오쇼셔, 잉무든, ᄂᆞᄆᆞ자기, 구조개, 기ᇫ어신, 三同.

서재극과 김완진의 연구적 관심은 다음 어휘들의 해명에 놓여 있었다.

> 서재극[42] : 살어리 살어리랏다, 우러라 우러라 새여, 가던새 가던 새 본다, 잉무든 장글란 가지고, 에정지, 사ᄉᆞ미 짒대, 조롱곳 누로기 매와, 잡ᄉᆞ와니, 젹곰 좃니노이다, 약이라 먹논, 고지 안해 드니, 새셔가만하애라, 슬ᄒᆞᆯ ᄉᆞ라온뎌, 스싀옴 녈셔

> 김완진[43] : 슬ᄒᆞᆯᄉᆞ라온뎌, 드러 얼이노니 소니가재다 므ᄅᆞᅀᆞᆸ노이다,

---

40 양주동(1968) 앞의 책, 3쪽.

41 남광우,「高麗歌謠 註釋上의 問題點에 관하여」,『高麗時代의 言語와 文學』, 형설출판사, 1975, 90~91쪽.

42 서재극,「麗謠註釋의 問題點 分析」,『어문학』19, 한국어문학회, 1968.

以是人生, 잢대, 三同, ᄉᆞᆯ옷브뎌, 잡ᄉᆞ와니, 네가시럼난디, 새셔가만ᄒᆞ애라, 滿春 ᄃᆞᆯ욋고지여, 깃어신, 回回와 雙花, 山象, 鄭石, 오소이다, ᄆᆞᄉᆞᆷ다, 가고신ᄃᆡᆫ, ᄉᆞᆯ옷브뎌, 머자 외야자 綠李야, 後腔全져재, 三災八難, 삭삭기 셰몰애, 잠ᄯᆞ간, ᄇᆞ룻, 곰ᄇᆡ · 림ᄇᆡ, 조롱곳, 마아만 마아만, 열명길

이 목록들을 자세히 보면 두 가지 특성을 발견할 수 있다. 하나는 이 세 연구자의 관심목록이 3-2장에서 제시한 미결 범주에서 이루어지고 있다는 점이다. 결국 70-80년대의 연구사적 관심사는 『여요전주』의 '미결문제'를 극복하기 위한 것이었다고 할 수 있다. 또다른 특징은 남광우는 『고어사전』 편찬의 경력에서 주로 '어휘적 차원의 재론'에 흥미를 지니고 있었으며, 서재극과 김완진은 어학전공자답게 미시 문법형태소(-ᄅᆞᆺ다, ᄉᆞᆸ, ᅀᆞᆸ, 시, 가)에 보다 큰 관심을 지니고 있었다는 점이다. 서재극과 김완진의 'ᄉᆞᆸ · 시' 등의 고찰은 작은 형태소 하나가 문맥의 큰 변화를 가져올 수 있다는 믿음[44]에서 나온 것이다.

이렇듯 해석의 방향에서 김완진 등의 어학자가 지닌 방식과 양주동과 같은 문학전공자가 지닌 방식은 완전히 다르다는 점도 연구사의 흥미로운 점 중 하나이다. 어학자는 작은 형태소의 기능을 확정하면 그것을 지렛대 삼아 문장 전체를 해석해 올리려는 성향을 지니고 있고, 문학자는 문맥을 먼저 확인해 두고 그 문맥에 맞추어 각 형태소의 기능을 설명하려는 성향을 지니고 있다. 가령, 「청산별곡」 제8장에서 '조롱곳 누루기 ᄆᆡ와 잡ᄉᆞ와니'의 구절을 해석할 때, 문학 연구자들은 문

43 김완진, 『향가와 고려가요』, 서울대학교 출판부, 2000, 189~415쪽.

44 「高麗歌謠의 語義 分析」(『高麗時代의 가요문학』, 새문社, 1982, Ⅲ-12.)에서 다루고 있는 내용들에는 이러한 학적 가치관이 잘 반영되어 있다.

맥을 중시하여 'ᄾ'를 돌발적 표기 즉, 이상표기로 보지만, 어학자들에게는 'ᄾᆸ'이 지닌 기능이 명확하므로 이에 근거해 주변 문맥을 재설정하려는 태도를 취함을 본다.

6. 해결의 전망과 제언

이상의 논의를 요약하면, 고려가요 원전의 확보와 집성은 안확[45]에서 비롯되었고, 이들의 어석은 김태준의 『고려가사』에서 시작하여 양주동의 『여요전주』에서 그 정점을 맞았고, 이후의 논의는 그간의 불안 혹은 미진했던 조항들을 중심 대상으로 하여, 문헌적으로 혹은 이론적으로 보강하기 위한 일련의 과정이었다고 할 수 있다. 50, 60년대의 저술들은 연구사의 시대적 공백을 메워주고는 있지만 양주동의 그늘을 완전히 벗어나지 못하였던 것으로 평가될 수 있고, 70, 80년대의 소논문들은 이론의 힘으로 자료의 한계를 극복하려 한 것으로 평가받을 수 있다.

이런 과정에서 양주동이 미진했던 지점이 일부 보완되기도 했다. 오류 정정은 대체로 잘못된 원문을 확인한 데서 이루어졌다. 동동의 '아니 니지'를 '아니 니저'로 정정했던 사례나, 처용가의 '산상 이슷 깅어신'을 '산상 이듯 깅어신'으로 추정하고 확인한 사례는 양주동이 남겨둔 몇 안 되는 숙제의 시원한 해결이었다고 할 수 있다.

하지만 그의 저술이 나온 지 60여 년이 된 지금도 여전히 그가 남긴

45 그간 고려가요의 연구사를 다룬 글을 보면 항상 안확의 1930년에 동아일보에 연재된 「조선가시의 조리」가 누락되어 있는데, 이에 대한 연구사적 반성이 필요하다. 안확은 김태준과 더불어 초기 고려가요 연구에 가장 큰 역할을 한 인물이다.

숙제는 해결되지 않은 것이 많다. 굴지의 연구자들이 각고의 노력으로 문헌을 섭렵했지만 여전히 3.2장에서 제시한 '그의 난제'는 해결이 쉽지 않다.

그런데 우리는 혹 그 난제들을 지나치게 어렵게 보고 있는 것은 아닐까? 오랜 시간 동안 새롭게 발굴된 어휘가 거의 없기에, 영원한 숙제로 안고 살아야 하는 것이라고 지레 체념하고 있는 것은 아닐까? 하지만 우리는 '보다 나은 어석'을 위한 노력을 여기서 멈추어서는 안 된다. 양주동의 참조 목록 너머엔 보지 못한 채 우리의 손길을 기다리는 언어의 화석들이 여전히 문헌에 잠들어 있기 때문이다. 다음의 사례들을 보자.

㉠ 千葉蓮花ㅣ 잇고[千葉은 곶 동앳 니피 즈므니라] 〈석보상절11:1b~2a〉

㉡ 脆骨 삭삭ᄒᆞᆫ 쌧근 〈飜譯老乞大 下:38a-b〉

㉢ ᄉᆞᆯ히 누르고 가치 설지고 목수미 실낫 ᄀᆞᆮ호라 肉黃皮皺命如線 〈두시 중간3:50a-b〉

㉣ 阿咸의 지븨 와 서ᄅᆞᆯ 守호니 椒 다ᄆᆞᆫ 盤애 ᄒᆞ마 고ᄌᆞᆯ 頌ᄒᆞᄂᆞ다(守歲阿戎家 椒盤已頌花) 〈杜詩初刊 11:37a-b〉

㉤ 그 ᄢᅴ 또 遮頗國과 羅摩伽國과 毗留提國과 迦維衛國 釋種과 毗舍離國과 摩竭王 阿闍世왜 다 四兵 니르ᄫᅡ다와 香姓엣 婆羅門ᄋᆞᆯ 拘尸城에 브려 安否ᄒᆞ고 닐오ᄃᆡ 如來 그딋 나라해 와 滅度ᄒᆞ실ᄊᆞᆫ뎡 實엔 우리ᄃᆞᆯ코 울워ᅀᆞᆸᄂᆞᆫ 젼ᄎᆞ로 舍利 얻ᄌᆞᄫᅡ다가 塔 일어 供養ᄒᆞᅀᆞ보려 ᄒᆞ야 머리셔 오소이다 〈석상23:53a-b〉

㉠은 꽃 동[송이]의 꽃잎이 천 개인 연꽃을 '千葉蓮花'라고 칭한다는 내용을 담고 있다. 『석보상절』의 이 구절은 고려가요의 어떤 구절

을 연상시키지 않는가? 「정석가」의 "바위 위에 연꽃을 심어 그 연꽃이 삼동이 피면 이별하겠다"는 구절의 '삼동'이 연상되지 않는가? ㉡의 "보드라운 뼈[脆骨]"를 '삭삭한 뼈'라 풀이한 것을 보면 「정석가」의 '삭삭기 細모래'가 연상되지 않는가? ㉢의 '설지다'는 형용사는 그간 연구사에서 아무도 주목한 바 없지만, 이 어형은 「청산별곡」의 '설진 강술'과 연결될 가능성이 높지 않은가? ㉣12월 작은설에 올린다는 '椒[46]盤'은 「동동」 12월령의 '분디나무로 깎은 나슬 盤'을 연상시키지 않는가? ㉤에 보이는 '왔습니다'란 의미의 '오소이다'는 「동동」의 첫머리 '德이여 福이라 하는 것을 드리러 오소이다'를 연상시키지 않는가?

이상의 용례들은 양주동이 『여요전주』에서 문헌에 소견이 없다고 한 '三同·삭삭기·설진·분디나무 盤·오소이다'의 의미를 밝혀 줄 결정적 문증자료들이다.[47] 필자는 이 자료들 외의 난해구 또한 새로운 자료의 발굴을 통해 해결 가능하다고 믿고 있다. 결국 난해구 해결은 문헌의 부지런한 섭렵을 통해 지속될 수 있는 것이고 그렇기에 자료 확보에 대한 성실한 실천이야말로 현재 고려가요 어석의 전망을 밝히는 핵심이라 할 수 있다. 논의를 맺으며 현재까지 정확히 일치하는 어형이 제시된 바 없는 어휘를 추려서 망라한다. 이들의 용례를 발굴하는 것, 그것이 바로 고려가요 어석사의 미래 영역이 될 것이다.

---

46 山椒樹 분디나무 〈譯語下:42a〉

47 위 어휘들과 고려가요의 노랫말과의 관련성은 근래 몇 년 동안 졸고들을 통해 발표한 바 있다.(졸고는 참고문헌에 제시함.)

〈未決된 난해 어휘·어구 목록〉[48]

정읍사 : 後腔前져재, 내가논ᄃᆡ*

동동 : 곰ᄇᆡ·림ᄇᆡ, 몸하*(1月), 滿春ᄃᆞᆯ욋고지여(3月), 수릿날아ᄎᆞᆷ藥*(5月), 적곰(6月), 黃花고지안해드니*새셔가만ᄒᆞ애라(9月), 져미연ᄇᆞᄅᆞᆺ(10月), 슬홀ᄉᆞ라온뎌(11月)

처용가 : ᄋᆞᆼ긔어신고, 설믜, 界面, 마아만마아만ᄒᆞ니여, 머자외야자綠李야*, 신고홀ᄆᆡ야라*

정과정 : ᄆᆞᆯ힛마리신뎌, ᄉᆞᆯ읏븐뎌, 도람드르샤

쌍화점 : 三藏寺*, 싀구비가

서경별곡 : 쇼셩경고외, 네가시럼난디

청산별곡 : 잉무든장글란, 믈아래가던새*, 에정지, 사ᄉᆞ미짒대예올아셔奚琴을혀겨를*, 조롱곳누로기*

정석가 : 셰몰애

이상곡 : 서린석석사리, 잠ᄯᅡ간내님, 열명길

사모곡 : 큰 문제 없음

가시리 : 선하면, 셜온님*

만전춘 : 아련비올, 麝香각시를아나누어*, 藥든가ᄉᆞᆷ*

유구곡 : 우루믈우루ᄃᆡ*

상저가 : 디히, 게우즌

—이 글은 「국어교육을 위한 고려가요 語釋의 연구사와 그 전망」, 『한어문교육』 34, 2015, 113~144쪽에 실린 논문을 수정·보완한 것임.

48 아래 목록 중, 별표(*)가 붙은 것은 사전적 의미 풀이는 문제가 없지만, 시의 문맥 혹은 민속적 견지에서 보았을 때, 완전히 해명되지 않은 것들이다. 가령, '내가논ᄃᆡ'는 '내가 가는 곳'이라는 의미이고, '藥든 가ᄉᆞᆷ'은 '藥이 든 가슴'이라는 의미이지만, 전자의 경우는 문맥적으로 의미가 통하지 않고 후자의 경우는 민속학적으로 이 약이 무슨 약인지 모르는 상태이기에 여전히 미해결 句인 것이다.

내용과 사상

속요의 장르적 특질과 서정성

◉

윤성현

1. 속요의 형성과정

1.1. 발생 및 정착의 이원성

지금 전하는 고려속요는 궁중속악으로 채택된 노래들이다. 한시가 으뜸을 차지하던 시절에 표기문자조차 없던 속요가 지금까지 전해진 것은 다행한 일이다. 이들이 노래로 전승되어 궁중음악으로 수용되었기에 가능한 일이었다.

그렇다면 민간에서 발생한 속요가 궁중속악으로 수용되기까지 이를 연결해준 고리는 무엇일까. 최동원은 충렬왕 때의 기록을 중심으로 문헌을 검토하여 이 방면 연구에 본격적인 장을 열었다. 그는 민간 유행가요가 궁중속악으로 받아들여지는 과정에서 기녀의 역할과 왕실의 퇴폐·향락적인 분위기가 속요의 성격을 결정지은 것으로 보았다.[1] 김명호는 고려 때 시가들을 광범위하게 망라한 뒤, 이를 다시 고대시가를 계승한 민요 및 불가·무가·연악(宴樂)으로 구성된 궁중무악(宮中舞

1 최동원, 「고려 속요의 향유계층과 그 성격」, 『고려시대의 가요문학』, 새문사, 1982.

樂), 그리고 귀족계층의 개인 창작곡의 셋으로 분류하여 논의에 불을 더 지폈다.[2] 이어 김학성은 지방민요적 성격의 노래가 인근으로의 확대·전승을 거쳐 최종적으로 궁중악으로 수용되는 과정을 구체적으로 제시하며, 현전 속요의 변개양상을 설명하였다.[3] 정상균은 문헌고증을 통해 다양한 경로에 의해 속요가 형성되기보다는 기생들이 핵심통로가 되었음을 강조하여, 속요를 창기의 노래로 단정하였다.[4] 이에 반해 박노준은 속요의 궁중악 수용과정에 있어 기존 논의의 악공과 기녀 및 행신 외에 사대부의 역할을 새롭게 추가하여 이채를 보인다.[5] 송재주는 속요가 지방민요적 특수성에서 출발하여 널리 보편화되고 뒤이어 궁중무악 혹은 연악으로 상승하는 과정을 예시하여 김학성의 논의를 이었다.[6] 김흥규는 다시 고려 속악 전체를 대상범주로 하면서 속요를 크게 민요적인 것과 창작 내지 적극 변개된 것의 둘로 나눔으로써, 김명호에 이어 속요의 단일갈래설을 부정하였다.[7]

고려의 궁중속악은 여러 경로를 통해 노래가 생겨났을 것으로 여겨진다. 우리말노래 열세 마리 중에도 작가가 분명히 기록된 〈정과정〉과 작가에 대해 논란이 있는 〈쌍화점〉·〈이상곡〉 등이 있지만, 이것들조차 100% 창작이라 보기는 어렵다. 속요를 비롯한 속악의 주류는 역시 민간노래를 수용한 데서 찾아야한다.

이때 민간노래의 궁중 유입을 가능케 했던 것은 당시 가무에 능한

2 김명호, 「고려가요의 전반적 성격」, 『한국시가문학연구』, 신구문화사, 1983.
3 김학성, 「고려가요의 작자층과 수용자층」, 『한국학보』 31, 1983.
4 정상균, 『한국중세시문학사연구』, 한신문화사, 1986, 120~135쪽.
5 박노준, 「속요의 형성과정」, 『고려가요의 연구』, 새문사, 1990.
6 송재주, 『고전시가요론』, 합동교재공사, 1991, 117~120쪽.
7 김흥규, 「고려 속요의 장르적 다원성」, 『한국시가연구』 창간호, 1997.

기생과 무당 및 관비들이었다. 이들은 당시 궁중의 퇴폐·향락적 분위기에 따라 각지에서 선발되어 궁중으로 모여들었고, 이에 따라 그 지방의 민요들이 쉽게 궁중속악으로 채택될 수 있었다.[8] 이는 대개 남녀간 애정경험을 바탕으로 하여 만들어진 사랑노래들이다. 그런데 이러한 사랑의 대상이 치환되어 윤리적 지향을 하게 되면 그 주제가 충(忠)으로 나아갈 수 있다는 김명호의 지적은 주목할 만하다.[9] 민간의 사랑노래가 궁중악으로 수용되는 데 크게 한몫 거들었을 것이기 때문이다.

1.2. 남녀상열지사적 성격

이른 시기 속요에 대한 평가는 아주 모질었다. 먼저 속요를 두고 리어(俚語)나 사리부재(詞俚不載), 또는 남녀상열지사(男女相悅之詞)라 한 것들이 눈에 띈다.[10] 이는 물론 조선초 사대부들의 문화적 잣대가 적용된 것들이지만, 당시의 현실을 감안한다면 그나마 객관적인 평가로 여길 수 있다. 물론 사리부재란 표현은 굳이 우리 문학에 대한 경멸감을 드러낸 '싣지 않겠다'는 주관적 의지의 표현이라기보다는, 한문구가 아닌 순우리말이어서 '싣지 못한다' 내지 '실을 수 없다'는 정도의 객관적 인식을 내비친 것으로 볼 수 있다. 남녀상열지사란 언급 또한 그때

---

8 최동원, 앞 글.
『고려사』 충렬왕 5년 11월 조, 「오잠」 조 및 「삼장·사룡」 조 참조.

9 김명호, 앞 글.

10 『高麗史』 「樂志」 俗樂 條,
高麗俗樂考諸樂譜載之 其動動及西京以下二十四篇 皆用俚語
動動之戱 其歌詞多有頌禱之詞 盖效仙語而爲之 然詞俚不載
「成宗實錄」 卷215, 19年 4月 條,
其餘俗樂如西京別曲 男女相悅之詞 甚不可

지식인들의 곱지 않은 시선을 내비치고 있지만, 당시의 문화적 정황을 고려해보면 어느 정도 현실을 반영한 언급으로 받아들일 수 있다. 시대를 뛰어넘어 감동을 주는 연애지상주의 작품들도 엄밀히 따진다면 이에 다름 아니기 때문이다.

반면에 비리지사(鄙俚之詞)나 음설지사(淫褻之詞)라는 표현은 속요를 대하는 언짢은 시각을 직접적으로 드러내고 있다. 나아가 방언(方言)이니 망탄(妄誕)이니 하는 언급은 조선초 지배계층의 우리 노래에 대한 인식태도를 단적으로 보여준다.[11] 앞 경우와 견주어서도 비난의 강도가 훨씬 높다. 설령 비리지사나 음사의 대목은 평자의 이데올로기적 가치기준에 따라 양보할 수 있다손 치더라도, 방언이나 망탄이란 표현에 이르러서는 우리 고유의 것에 대한 부정적 인식태도가 지나쳐 민망할 지경이다.[12]

그렇다면 조선의 평자들은 과연 어떤 의미로, 또 왜 남녀상열지사라는 용어를 썼을까? 조윤미는 문헌자료의 실증적인 분석과 악론(樂論)을 통해 위 용어들의 의미를 따져 문헌기록과 향유상황의 차이를 밝혀냈다.[13] 반면 김영수는 유학의 예악사상에 의거, 여자의 직접적 감정 폄시·탐닉과 허무에 대한 배격·남녀의 정욕 배격의 세 가지로 그 개념을 정리하였다.[14] 위 두 논문은 서로 엇갈려 보이는 관점의 의미해석

---

11 「成宗實錄」卷219, 19年 8月 條,
鄙俚之詞 如後庭花滿殿春之類 亦多
「中宗實錄」卷9, 4年 9月 條,
女樂多不正 皆以男女相悅之詞 歌之甚爲褻慢
「中宗實錄」卷29, 12年 8月 條,
如男悅女女惑男之詞 有同鄭衛淫哇之樂 亦可革而不用也.

12 윤성현, 「고려 속요의 서정성 연구」, 연세대 박사논문, 1994.

13 조윤미, 「고려가요의 수용양상」, 이화여대 석사논문, 1988.

에도 불구하고, 조선조에서 어떤 인식을 갖고 고려 속요를 받아들였는가에 대해 서로 보완해주고 있다. 뒤쪽이 조선의 성리학적 세계관을 바탕으로 하여 고려 때 문화양상에 대한 부정적 인식을 확인해주고 있다면, 앞쪽에서는 이러한 표면적 인식과는 달리 문화의 실체로서 속요가 어떻게 향유될 수 있었는지에 대해 논증을 펴고 있다.

이를 둘러싸고 후대에 빈발했던 남녀상열지사라는 지탄은 조선의 경직된 성리학적 이념의 잣대 탓도 있지만, 실제로 남녀 간 사랑을 많이 노래했던 고려후기의 사회적 분위기가 맞물려 있었기 때문으로 보인다. 이처럼 속요에 애정노래가 두드러진 현상에 대해, 조동일은 무신란과 몽고란을 겪고 나서 왕조의 위엄과 이념적 질서가 무너진 것을 원인으로 꼽았다.[15] 이러한 풍조 아래 속요는 관념적·추상적 내용보다는 경험에 의한 소재를 끌어들이게 되었을 테고, 결과적으로 사랑노래가 궁중속악의 주류를 이루게 된 것으로 여겨진다.

반면에 박노준은 속요의 모태가 되는 민요를 다각도로 검증한 끝에 시대상과의 관련 문제가 아닌, 민요 자체의 문제임을 강조하기도 하였다.[16] 이는 학계에 널리 퍼져 있는 속요의 고려후기 형성설에 대한 반론으로 나아가게 되는데,[17] 삼국속악의 계승 및 광종·문종 등의 문헌기록을 들어 속요의 고려전기 형성설을 주장하고 있다. 한편 윤영옥은 이 남녀상열의 성격을 긍정적 의미의 화합으로 보고, 속요는 위화(違

---

14 김영수, 『조선초기시가론연구』, 일지사, 1989, 199쪽.

15 조동일, 『한국문학통사 2』, 지식산업사, 1983, 129쪽.

16 박노준, 「속요의 형성과정」, 『고려가요의 연구』, 새문사, 1990.

17 이 점은 일찍이 최정여에 의해서도 제기된 바 있다.
최정여, 「고려의 속악가사논고」, 『청주대 논문집』 4, 1963.

和)를 풍자하는, 곧 화합을 갈망하는 노래라고 풀이하기도 하였다.[18] 최철은 단순히 고려말의 혼란상과 대비하여 남녀상열의 노래로 규정하는 것에 대해 반대하면서, 고려에서 속요의 재창작과정을 강조하고 조선조에서의 수용양상을 재검토하였다.[19]

결국 속요 자체의 생래적인 애정지향적 속성에 더하여 고려후기의 이념상실이라는 시대적 혼란까지를 보태 생각한다면, 속요의 저변을 왜 사랑노래가 주도하는지 그 문화적 배경을 이해할 수 있게 된다.

1.3. 송도지사적 성격

한편 속요에는 송도지사(頌禱之詞)가 많이 나타나고 있어, 이 시가무리의 장르적 본질이 무엇인가 하는 시비를 증폭시켰다. 하지만 여기서의 송도지사와 예의 남녀상열지사라는 얼핏 상반되어 보이는 이 피상적 편차 또한 민간노래를 궁중악으로 수용한 데에서 빚어진 것일 따름이다. 결국 고려 궁중속악 특유의 문화적 토양에서 생겨난 속요만의 독특한 면모를 확인하게 된다.

고려속악에 끼친 당악(唐樂)의 영향은 이제 학계의 정설이 된 바, 특히 그 가운데서도 송나라 사악(詞樂)의 영향이 큰 것으로 알려졌다. 이는 송사가 민간에서 발생되어 사랑과 이별을 주로 노래한 짧은 형식의 노래인 것과도 통한다. 고려의 궁중속악은 이의 맞꼭지점에서 당악의 형식과 내용 내지 그 정조(情調) 면에서 많은 유사점을 지닌 채 발전해 왔다.

---

18 윤영옥, 『고려시가의 연구』, 영남대 출판부, 1991, 280쪽.

19 최철, 『고려국어가요의 해석』, 연세대 출판부, 1996, 29쪽, 30~32쪽.

당악정재(唐樂呈才)에서는 죽간자(竹竿子)가 연희의 시작과 끝을 알리며 군왕에게 송축의 내용을 지닌 치어(致語)와 구호(口號)를 갖게 되는데,[20] 속요의 첫머리나 끝머리에 나타나는 송도적 표현은 바로 이에서 연유된 것이다. 이것이 〈동동〉에 송도지사로 기록되었고, 나아가 〈정석가〉나 〈가시리〉를 위시한 속요 일반의 속성으로 인식된 것이다.

이런 정황들이 모도아지면, 속요 본래의 남녀상열적 의미와 궁중악 특유의 송도적 기능이 만나게 된다. 이 지점에서 단순한 민요의 형태를 벗고 악곡의 형식을 얻게 됨은 물론이다. 따라서 이들은 형태와 내용 양쪽에서 민요 특유의 면모를 보이는 한편, 속악 연행의 필요에 의해 노래의 본디꼴에 갖가지 수식적 첨부와 변용을 거쳐 그 모습을 갖추게 된 것이다. 이랬을 때 외견상 민간노래의 소박한 격식을 털고 궁중악으로의 의미 확장 내지 전이가 이루어진다. 생래적 속성으로의 남녀상열지사와 변용된 의미로서의 송도지사라는 어긋나 보이는 이들 개념이, 속요의 발생과 전승 및 수용과정에 있어 같은 선상에 있음을 확인하였다.

2. 속요의 장르적 특질

속요의 장르적 성격에 대한 논의는 연구 초창기에 매듭지어졌어야 하나, 그 논의는 아직도 마무리되지 않았다. 이는 속요의 본질에 대한 규명과 이를 둘러싼 쟁점이 그만큼 간단치 않음을 말해준다. 이제껏 속요갈래를 둘러싸고 제기되었던 논점은 인접학문의 방법론적 수용이

---

20 차주환, 『고려당악의 연구』, 동화출판사, 1983, 60~64쪽.

나 문헌기록의 적극적인 해석으로 일정한 연구성과를 쌓아왔음에도 불구하고, 다른 한편으로는 이러한 성과를 바탕으로 하여 또 다른 논점이 제기되는 등 좀체 합의점을 끌어내지 못한 것이다. 여기서 속요의 장르적 속성을 좀더 구체적으로 나누어 정리해본다.

2.1. 속요의 민간가요적 특성

속요의 장르적 성격을 논함에 있어 궁중 수용과정을 머릿속에 두고 이해해야함은 앞서 살핀 바 있다. 고려 궁중악으로서 속악 전체의 자못 복잡한 양상과는 별도로, 실상 속요는 민요를 연원으로 하여 끊임없이 자양을 공급받아왔다. 속요를 둘러싼 남녀상열지사와 송도지사라는 양극단의 평어가 같이 존재한다는 사실이 이러한 사정을 보여준다. 속요의 발생과 전승·수용 및 정착과정상의 이러한 양상은 실제 작품 자체에서도 징표를 찾을 수 있다.

속요와 민요의 관련성을 둘러싼 논의는 이 문학갈래의 명칭과 주제지향 및 장르의 전반적 성격에 이르기까지 두루 영향을 미친다. 이 둘 사이의 관계를 두고는 크게 세 가지 흐름의 논의가 있다. 속요를 민요에서 온 것으로 보는 논의[21]와 부분적 또는 전면적으로 이를 부정하는 논의,[22] 그리고 절충적 입장[23]이 그것들이다.

---

21 대표적인 논의만 보이면 다음과 같다.
고정옥, 『조선민요연구』, 수선사, 1949, 30~31쪽.
조윤제, 『한국문학사』, 동국문화사, 1963, 85~86쪽.
임동권, 『한국민요사』, 집문당, 1964, 59쪽.
정동화, 『한국 민요의 사적 연구』, 일조각, 1981, 226~231쪽.

22 정병욱, 『한국고전시가론』, 신구문화사, 1977, 112쪽, 123쪽.
김상억, 「정석가고」, 『고려시대의 가요문학』, 새문사, 1982.

그러나 실상 속요를 민요와 전격적으로 분리해 논의하기란 쉽지 않은 노릇이다. 지금 전하는 노래들 속에서 속요가 지닌 민간가요적 성격을 직접 끄집어낼 수 있는데, 구체적으로는 이를 아홉 가지로 정리할 수 있다.[24]

첫째, 남녀 간 애정을 바탕으로 한 사랑노래가 많다. 이는 특히 그 대상을 임금으로 바꾸었을 때 바로 충신연주지사(忠臣戀主之詞)가 될 수 있다는 점에서도 유효하다.[25] 〈정과정〉은 물론 〈정석가〉, 〈동동〉 등의 경우가 이에 해당되며, 그밖에 사랑과 이별 및 재회를 다짐하는 노래들도 적극적인 해석을 통해 궁중속악에 걸맞은 성격으로 전이할 수 있다.

둘째, 농촌의 전형적인 생활모습이 노래에 나타난다. 〈상저가〉에서 보이는 방아나 〈사모곡〉에 비유로 쓰인 호미와 낫은, 실제 농촌생활을 겪지 않은 작가라면 노래 속에 육화(肉化)시킬 수 없는 노릇이다. 또 가난이나 현재의 어려운 처지에서도 효심(孝心)을 잃지 않는다는 내용

이임수, 『려가연구』, 형설출판사, 1988, 73~83쪽.

23 조동일, 앞 책 129쪽.
조동일, 『한국시가의 역사의식』, 문예출판사, 1993, 79쪽
정홍교, 『고려시가유산연구』, 과학·백과사전출판사, 1984, 150~160쪽.
김수업, 『배달 문학의 갈래와 흐름』, 현암사, 1992, 203~214쪽.
김대행 외, 『한국문학강의』, 길벗, 1994, 191~194쪽.

24 윤성현, 앞 글.

25 김명호, 앞 글.
한편 김학성은 정서나 채홍철의 경우 그 창작의도가 분명한 점을 들어, 이 노래들이 민요를 차용하여 재창작하는 방법을 씀으로써 임금에 대한 호소력을 증대시켰을 것으로 보았다. 이러한 논의 또한 속요에 애정노래가 많은 것과 민요와의 상관성을 조금 다른 측면에서 조망한 것으로 여겨진다.
김학성, 「고려가요의 작자층과 수용자층」, 『한국학보』 31, 1983.

은 널리 퍼뜨려야 할 윤리적 덕목이 된다. 부수적으로 교훈적 효과까지를 제공하고 있으니, 이는 왕실의 입장에서 퍽 매력적인 주제일 수밖에 없다. 농촌민요가 궁중악으로 차용될 수 있는 현실적 이유를 여기서 찾을 수 있다.

셋째, 도시하층민의 생활모습이 드러난다. 〈쌍화점〉의 작중 화자는 쌍화 사러 가고, 절에 등 공양 가며, 물 길러 가고, 술 사러 다닌다. 전체적으로 도시 평민여성의 일상사를 더하고 뺌 없이 있는 대로 그려내었다. 〈서경별곡〉의 작중 화자도 사정은 마찬가지이다. 서경을 사랑하지만 생업인 길쌈을 버리고서라도 사랑 때문이라면 울면서 님을 좇는 주인공은 〈쌍화점〉과 마찬가지로 도시 평민여성이다. 이네들은 애정지향의 솔직한 세태를 드러내고 있는 바, 도시민요의 가능성을 보여준다.

넷째, 특정지방의 명칭이 노래이름에 나다닌다. 〈서경별곡〉에 등장하는 서경과 대동강은 이 노래가 평양지역의 지방민요였다가 일정한 경로를 통해 중앙으로 진출하여 궁중속악으로 상승하였을 가능성을 짐작케 한다. 〈쌍화점〉에 나오는 삼장사에서도 같은 사정을 엿볼 수 있다.

다섯째, 같은 내용이 서로 다른 작품들에 각각 실려 있는 경우가 많이 나타난다. 이 노래들이 서로 영향을 미치며 널리 유포되었을 것으로 짐작된다. 〈정과정〉의 5·6행과 〈만전춘 별사〉의 3연, 그리고 「익재 소악부」 한역시 9번의 내용이 거의 같다. 이러한 사정은 〈서경별곡〉의 의미상 둘째 단락과 〈정석가〉 6연 및 「익재 소악부」 한역시 8번의 경우에서도 같고, 〈쌍화점〉의 2연과 『고려사』 「악지」 속악 조의 〈삼장〉 및 「급암 소악부」 한역시 4번의 경우에도 마찬가지로 나타난다. 이네들이 본디 독창적으로 창작된 노래가 아니었을 가능성을 높여준다.

여섯째, 이와는 반대로 한 작품 안에 형식이나 내용이 전혀 다른 노래들이 같이 묶여 있다. 이를 들어 속요의 민요적 성격을 가늠할 수 있음은 앞의 논거와 같다. 〈만전춘 별사〉의 복잡한 형식이나 내용을 보면, 개인의 순수창작이 아니라는 데 별 이견을 달 수 없다. 둘째 단락 '구스리 ~'의 위치나 그 정서적 연결에 있어 논란이 일고 있는 〈서경별곡〉도 같은 맥락에서 검토할 수 있다. 5연과 6연의 순서에 대한 시비가 일고 있는 〈청산별곡〉 또한 마찬가지이다. 이 점은 위 다섯째 항과 더불어 속요 합성가요설의 주된 논거가 된다.

일곱째, 본사의 내용과 관계없는 서사가 붙어 있다. 이 노래들이 애초에 왕실 또는 개인의 순수 창작가요였다면, 서사 또한 이들 노래의 본사에 걸맞게 매끄러운 연결을 가졌을 것이다. 하지만 〈동동〉이나 〈정석가〉에 등장하는 서사는 이후 전개되는 본사부의 내용과는 사뭇 거리가 있다.[26] 이처럼 동떨어진 분위기의 서사는 이들 노래가 민간가요를 차용해 궁중의 색깔을 입히는 과정에서 생겨난 것임을 에둘러 일러준다.

여덟째, 여음구의 의미 및 위치가 엉뚱하여 노랫말의 문학적 연결을 차단하고 있다. 〈가시리〉에서 '위 증즐가 대평성대(大平聖代)'의 의미를 곧이곧대로 해석했을 때, 이 여음부는 〈가시리〉 본사의 가슴 아린 이별의 분위기와 너무나도 동떨어지게 된다. 또 〈가시리〉, 〈서경별곡〉 및 〈정석가〉에 두루 나타나는 '나는'의 경우, 행이나 연 사이의 긴밀하

---

26 정월에서 12월에 이르기까지 기다림과 그리움, 이에서 비롯되는 고독으로 점철되어 있는 이 노래는 서사에서 덕(德)과 복(福)을 바치는 내용으로 시작되어 송도지사로 논의되기도 하였다.

『高麗史』「樂志」俗樂 條.

動動之戲 其歌詞 多有頌禱之詞 盖效仙語而爲之 然詞俚不載

고 유기적인 의미 연결을 가로막을 뿐이다. 〈정과정〉에서의 3행 끝머리 '아으'도 마찬가지이다. 이는 본디 민요였을 때와는 다른 환경, 즉 악곡상의 필요에서 나타난 결과로밖에 풀이할 수 없다. 더 심한 경우는 〈사모곡〉 4행의 여음구 '위 덩더둥셩'의 경우이다. 이 여음구는 정상적으로 일련의 문장을 이루고 있는 3행 '아바님도 어이어신마ᄅᆞᄂᆞᆫ'과 5행 '어마님ᄀᆞ티 괴시리 업세라' 사이에 끼어 있다. 악곡 연주상 길이에 따라 여음구를 삽입 배치했음을 단적으로 보여준다. 앞과 마찬가지로 이 노래들이 뒤늦게 궁중속악에 채택되면서 악곡상의 필요에 맞추었기 때문에 빚어진 결과이다.

아홉째, 노랫말의 짜임새나 쓰임에서 민요의 전형적인 모습을 보인다. 〈청산별곡〉과 〈정석가〉의 정연한 돌림형식에서 민요 일반의 반복과 병렬의 수사기법을 찾을 수 있다. 이들 노래에서 자주 보이는 체념이나 과장도 민요에 흔한 기법이다. 또 〈상저가〉·〈유구곡〉·〈사모곡〉 등에서는 다듬어지지 않은 투박한 시어와 세련되지 못한 직접비유 등을 쓰고 있다.

이들 모두는 속요가 민간가요와 긴밀한 연관하에 형성되었음을 직·간접적으로 보여주는 증좌이다.

2.2. 속요의 형태적 특성

우리 시가의 율격에 대한 논의는, 초기의 음수율 연구로부터 최근 들어 음보율 쪽으로 옮겨오는 추세이다. 속요의 율격에 대한 논의도 이 두 문제를 축으로 하여 간헐적으로 이어져왔다. 우선 음수율에서는 3·4음절이 우세하다는 점에 대체적으로 일치하고 있다. 물론 이는 우리말의 어휘구조에 기인하고 있는데, 구체적으로는 2~3음절의 체언과 용언에 조사 및 어미가 결합하여 어절이 이루어지기 때문이다.

그러나 음보율에 있어서는 3음보가 우세하다는 쪽의 주장에 반해, 이의 문제점을 제기한 주장이 엇갈린 채 맞서 있는 상태이다.[27] 이 문제는 율격 이론의 출발점에서부터 견해 차이를 보여, 쉽게 합일하기 어려운 문제로 보인다. 다만 율격에 대한 올바른 이해와 정확한 파악을 위해서는 앞뒤의 시가갈래들과 같은 시기의 다른 시가갈래들에 대한 율격까지를 아우르는 접근이 필요하다.

속요의 실체적 형태에 대해서는 정형시가 아닌 자유형이라든가, 양식화된 정형을 찾기 어렵다고 한다. 그 형식의 복잡다단함을 말해주는 바, 이 또한 속요 특유의 성격에서 비롯된 결과이다. 이는 분명히 중세의 서정시가 갈래이면서도 향가나 시조·가사·악장 등과는 달리, 형태상으로 일관된 유형을 잡아내기 어렵다는 토로이기도 하다.

그런 속에서도 이들 노래의 형식을 유형화해낼 수 있는 큰 기준을 우선 연시냐 비연시냐 하는 데서부터 따질 수 있다.

먼저 연 구분이 되지 않는 작품들을 한데 묶을 수 있는 바, 이를 첫 유형인 비연체시형으로 잡는다. 이들 작품은 다시 의미상 한 단락인 〈사모곡〉·〈상저가〉·〈유구곡〉과 의미상 두 단락으로 나눌 수 있는 〈정과정〉과 〈이상곡〉, 그리고 서사적 구성으로 장편화한 〈처용가〉로 다시 나눌 수 있다.

---

27 정병욱을 비롯한 많은 논자들이 전자의 입장을 취하고 있는 가운데, 김대행은 이에 의문을 제기하고 있다.
정병욱, 『한국고전시가론』, 신구문화사, 1976, 100~101쪽.
김대행, 『우리 시의 틀』, 문학과 비평사, 1989, 130~136쪽.

두 번째 유형은 일정하게 연이 나누어지는 노래들, 곧 연체시형이 있다. 이들은 대개 동일한 여음구에 의해 규칙적으로 분련이 된다. 여음구를 규칙적으로 반복하며 각 연의 내용이 하나씩 완결되며 거듭되는 노래로는 〈쌍화점〉·〈서경별곡〉·〈정석가〉·〈동동〉·〈청산별곡〉이 있다. 한편 〈가시리〉는 여음구의 개입에도 불구하고 실제로는 하나의 내용이 분단되었음을 보여준다. 반면에 〈만전춘 별사〉는 후렴구에 의하지 않고도 각 연이 나뉘어져 이채를 띤다.

이를 정리하면 다음과 같다.

- 1) 비연체시형
  - 1) 의미상 일관 — 사모곡, 상저가, 유구곡
  - 2) 의미상 분단 — 정과정, 이상곡
  - 3) 장편 서사화 — 처용가
- 2) 연체시형
  - 1) 의미상 독립 — 쌍화점, 서경별곡, 정석가, 동동, 청산별곡
  - 2) 의미상 연결 — 가시리
  - 3) 무후렴구 분련 — 만전춘 별사

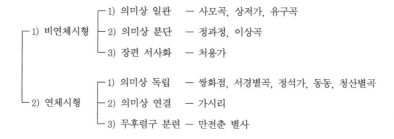

여기서 속요 형태상의 중요한 변수인 여음구를 따져볼 필요가 있다. 물론 이 또한 궁중악 연행이라는 특수정황 아래 송도적 성격과 연관되고 있음은 앞서 논한 바와 같다. 즉 민간에서 불릴 때에는 필요치 않았던 앞소리[前斂]나 뒷소리[後斂], 그리고 사잇소리[中斂] 등이 악곡상 필요에 의해 이들 노래에 끼어들었기 때문이다. 결과적으로 이들 여음구는 음악적 성격에서 생성된 것이지만, 우리는 이를 문학적 성격으로 다시 따져보아야만 한다.

그렇다면 기본적으로 악곡상 필요에 의해 생겨난 이들 여음구는 문학적으로 어떤 성격을 지니며 또 어떤 기능을 할까. 우선 연체시에 있

어서는 각 연의 단락을 나누어주는 구실을 하며, 다른 한편으로는 이를 바탕으로 노래를 길게 만들어주는 역할을 여음구가 맡는다. 또 비연체시에서는 흥을 돋우어주며 때로는 감탄이나 강조의 기능을 맡기도 한다. 이러한 여음구는 본디 감탄소리[感歎語]와 별 의미가 없는 돕소리[套語], 그리고 악기의 반주에 따른 입시늉소리[口音]의 세 가지가 오랜 구전 끝에 정착되면서 만들어진 것으로 여긴다.

나아가 속요의 구조면에서 정작 중요하게 따져야 할 형식은 서사와 결사의 문제이다. 이 중 결사는 우리 시가가 지닌 전통형식이기에 큰 논란을 요치 않는다. 하지만 서사는 다른 시가갈래에서는 흔히 찾기 어려운, 속요만의 독특한 형식이어서 눈길을 끈다.[28] 바로 당악정재의 치어와 구호의 영향 때문으로 보이는데, 속악에서 이를 대체하며 나타난 것이 바로 서사와 결사이다.

궁중연행이라는 특수한 정황 아래 군왕에 대한 예(禮)는 봉건왕조시대에는 지극히 당연한 공식의례가 된다. 여기서 본노래와는 상관없는 서사가 붙게 되었다. 이 점은 이들 서사의 내용이 임금에 대한 송축으로 일관되어 있음을 보아서도 쉽게 이해할 수 있다. 이를 궁중속악의 전제로 이해했을 때에야 고려 속요에 대한 문학적 이해가 온전해질 수 있다.

이러한 정황들이 씨줄과 날줄로 얽히면서 서사나 결사에서의 송도적 의미가 덧붙게 되었고, 결과적으로 본사와의 유기적인 의미연결을

28 향가, 시조는 물론 현대시에 이르기까지 우리 시가문학에서 결사의 전통은 줄곧 이어지고 있다. 하지만 서사의 경우는 다르다. 〈관동별곡〉을 비롯한 일부 가사문학이나 〈용비어천가〉 등 악장문학에서 서사의 성격을 띤 작품을 더러 찾을 수 있지만, 속요의 경우처럼 그렇게 잦거나 뚜렷하지는 않다.

차단하게까지 된 것이다. 〈동동〉이나 〈정석가〉·〈처용가〉의 서사가 그렇고, 좀더 적극적인 해석을 가한다면 〈만전춘 별사〉나 〈이상곡〉의 결사 또한 같은 맥락으로 통한다. 이는 왕실의 존재를 의식하고 적극 반영한 결과물인 바, 이 또한 민간가요가 궁중악으로 수용되는 과정에서 필요했던 나름의 지혜이자 문화적 장치였던 것이다.

2.3. 속요의 문학적 특성

속요는 형성과정의 특수성 때문에 민요적 성격과 악장적 성격을 공유하고 있음을 지금까지 여러 각도에서 살펴보았다. 이 때문에 한쪽에서는 남녀상열지사라 손가락질하고 다른 한쪽에서는 송도지사라 하여 왕실악곡으로 의미를 한정시킴으로써, 때론 경직된 해석으로 인해 의미의 폭을 제한하기도 했다. 그렇다면 이제 그 굴레를 풀고 속요 본연의 자유로운 심성으로 돌아가 서정시 본연의 아름다움을 우선한 뒤, 이를 바탕으로 하여 궁중악의 특수성을 감안하되 온당한 작품해석을 꾀해야할 것이다. 이 점과 관련하여 속요의 본래적 속성과 전승에서의 변용을 가려낸 뒤, 이 둘을 분리 이해해야함을 강조한 최미정의 견해는 타당해 보인다.[29]

속요는 나름의 미학을 다른 갈래들과 연결시키기도 하고 변별되기도 하면서, 노래 자체의 빼어난 아름다움을 이어갈 수 있었다. 특히 한국인의 정한(情恨)[30]으로까지 일컬어지는 속요를 보노라면, 인간 정

29 최미정, 「고려 속요의 수용사적 연구」, 서울대 박사논문, 1990.

30 정한(情恨)이라는 용어에 대해 김대행은 보다 실질적인 개념 정의를 하고 있다. 그는 이를 한(恨)·유한(遺恨)·회한(悔恨)·원한(怨恨)·정한(情恨)으로 세분화하여 설명한 뒤, 정한은 구체적 대상이 있으며 그 대상에 대하여 느끼는 긍정적 감정

서의 본질에 관한 한 시간의 흐름조차 별다른 벽이 되지 못함을 새삼 깨닫게 된다. 이들 노래가 관습적인 전고(典故)나 종교적 이상향 등 관념의 세계를 바탕으로 한 것이었다면 당초 어울릴 법하지도 않은 수사일 것이다.

속요는 애초부터 민중의 삶을 바탕으로 하여 생겨난 작품이다. 만남의 열정과 환희, 이별의 눈물과 고통, 그리고 기다림과 고독의 애환이 뚝뚝 묻어나는 노래들이다. 이런 정서들을 그때그때 풀지 못한 채 마음속 응어리로 쌓아 간직할 때의 한(恨). 그것이 사랑이라는 큰 고리를 통해 정한으로 승화된 결정체로서 우리는 속요 작품들을 만나게 된다.

한편으로 속요는 문자 그대로 속된 노래이다. 그런데 우리는 이에 대해 편견을 하나 지니고 있다. '속되다'는 것에서 문화적 저열성, 형이하학적 가치를 떠올린다는 점이다. 그러나 뒤집어 생각하면, 속되다 함은 가장 보편적이고 성실한 인간 삶의 가치일 수 있다. 고려 때 사람들의 치열한 삶의 흔적이 묻어난 이 노래들은 도리어 오늘을 사는 우리에게 그 가슴 저린 사랑의 감동을 나누어주고 있다. 따라서 우리는 이 속(俗)에 대해 스스로 부끄러워하거나 주눅들 이유가 전혀 없다.

그렇다면 속요의 이 감동을 지탱해주는 핵심인자는 무엇일까. 이는 바로 삶의 현장과 어긋나지 않는, 그네들의 문학을 대하는 태도에 있다고 본다. 속요에는 그때 고려인들의 사랑과 이별, 기다림과 고독은 물론이요, 꿈과 희망, 눈물과 고통이 다 한 가지로 어우러져 나타났기 때문이다. 이런 면에서 속요는 인간 삶에서 겪을 수 있는 아픈 생채기와 눈물의 위로를 다 한 가지로 담아낸 소중한 문학유산이 된다. 우리 문학

에 해당된다고 한 바 있다.

김대행, 「정서의 본질과 구조」, 『고려시가의 정서』, 개문사, 1985.

의 큰 흐름에서 보더라도 민중의 삶에서 우러난 진솔한 정서를 이토록 질박하게 드러내는 시가갈래는 민요를 빼고서는 찾기가 쉽지 않다.

문학이 아름답다는 것은 실상 그것의 구체적 설명이나 가치 평가를 요구치 않는다는 말에 다름 아니다. 이 점에서도 속요는 확실한 아름다움을 지닌 정통 서정시가로 자리매김한다.

3. 속요의 서정성

3.1. 시의 정서와 화자

문학에서의 서정성은 감정과 정서를 아우르고 있지만, 그 성격상 정서의 영역을 좀더 중시한다. 현대에 와서는 시라고 하면 곧 서정시로 인식될 만큼 서정성은 시가문학의 본령을 이루고 있는데, 서사문학과는 달리 주로 주관적이며 관조적인 수법을 통해 내면의 감정 내지 정서를 그려낸다. 일반적으로 시에서는 일상적 경험을 벗어난 자신만의 특수한 감정, 곧 주관적 정서를 통해 세계를 인식하게 된다. 여기서 대상세계를 정서적으로 통일하고 자신의 감정과 동일화하여 표현해내는 것이 서정시이다.

이런 점에서 서정시는 문학의 여러 갈래 가운데서도 가장 창조적 산물이라 할 수 있다. 시문학에서 문학적 진실은 보통 작가를 대리하는 시적 화자의 주관적 정서에 달려 있다. 서정시에서는 결국 대상세계를 작중 화자의 내면과 일치시킴으로써 의미 있는 세계를 창조하게 된다. 즉 서정시에서의 대상세계는 독립적이고 객관적인 존재가 될 수 없으며, 그것이 작중 화자의 인식세계와 맞닿아 떨어질 때 비로소 창조적이고 문학적인 의미를 지니게 된다.

그렇다면 감정과 차별화된 개념으로서의 정서란 무엇인가. 정서의 본질에 대한 연구는 김대행에서 본격적으로 논의되었다. 그는 정서의 외연적 형식으로서의 세 가지 특질로 정신 영역에 속하는 심리적 작용, 질서화한 유기적 모습의 감정, 지적 요소와 감정적 요소의 결합을 말하였다. 여기서 정서의 내적 구조를 이루는 메커니즘으로 모순되는 충동의 갈등, 감정을 통어하고 질서를 부여하는 지적 작용, 그리고 조화를 지향하는 데서 수반되는 상상력의 문제를 들고 있다.[31] 나아가 정서의 정의에 대한 시대적 변천 및 개념에 대한 동서양의 차이점과 정서의 종류 및 기능에 이르기까지 설명함으로써, 이 방면 연구에 있어서의 깊이와 너비를 보여주었다.

시에 있어 이러한 정서를 결정적으로 좌우할 수 있는 장치로 작중화자가 있다. 문학작품에는 내용을 이끌어가는 어떤 인물이 설정되어 있는데, 특히 시에서는 이 가상적 인물의 목소리에 따라 작품의 성격이 크게 좌우된다. 이 때문에 시 속에서 진술하는 이는 시인의 의지를 대리하여 작품 안에서 모든 것을 주도하고 결정하는 역할을 맡는다.

체험에 의해 얻어진 시인의 세계관은 작품 속에서 일정한 내면적 질서의 틀로 걸러진 뒤 문학으로 형상화된다. 이 과정을 통해 시인이 지녔던 복잡한 감정은 정서가 되고 이념이 되어 결과적으로 작품의 미학을 떠받치게 된다. 이 가상적 존재를 시적 화자 또는 서정적 자아 등으로 일컫는 바, 이는 문학적 장치로서 매우 중요한 기능을 하게 된다. 경우에 따라서는 서정적 목소리, 서정적 주인공, 서정적 주체 등으로

---

31 김대행, 앞 글.

일컫기도 한다.

시적 화자는 시인의 철학과 이념을 작품에서 대신 수행한다. 당연히 화자의 신념과 태도에 따라 작품 전체의 방향과 분위기, 나아가 주제와의 통합 내지 질적 심화에도 큰 영향을 미친다. 곧 이 화자는 시인의 창조적 가치나 개성을 전달하는 대행자로서 시인의 미적 요구에 맞추어 어조나 태도까지도 적절히 조정하여 나타낸다. 따라서 독자는 시인이 택한 화자의 목소리를 통해서만 작가의 미적 가치나 사상을 들을 뿐이다.

앞서 김대행의 경우도 작품에 나타난 정서의 주체가 누구인가 하는 문제를 작자·작중 화자·독자의 세 가지로 나누어 고찰하였다. 그는 궁극적으로 이 셋이 하나가 될 수도 있지만 결국에는 작중 화자의 문제로 귀결됨을 논하였다. 시문학에서는 작가가 작품 속에 직접 끼어들어 주도적으로 진술해나가지 못하기 때문에 서정적 자아라는 대리진술자를 매개로 하여 시인의 뜻을 펴나갈 수밖에 없다. 그렇기 때문에 화자를 정확히 파악하는 일은 곧 시 작품의 올바른 이해와 감상에 이르는 지름길이 된다. 속요를 문학연구의 대상으로 삼을 때, 시적 화자의 문제를 본격적으로 따져야하는 이유가 여기에 있다.

3.2. 속요의 서정성과 미학

고려속요를 대상으로 할 때도 이 점은 마찬가지이다. 실제로 속요작품을 계통에 따라 분류하기란 여간 어려운 노릇이 아니다. 이는 속요의 형성과정에서 여러 노래가 하나의 악곡 아래 합성되기도 하고, 반대로 애초에 하나의 노래가 각기 다른 작품에 수용되기도 했기 때문이다. 민간의 사랑노래가 궁중속악으로 정착되면서 그 주제가 모호해지기도 했고, 연체시형 속요에서는 각 연마다 내용이나 형식이 다른 경우까지 있어 그 어려움을 더한다.

여기서 눈을 돌려야 할 대목이 바로 시적 화자와 관련된 정서의 측면이다. 실제로 〈만전춘 별사〉나 〈동동〉·〈서경별곡〉·〈청산별곡〉의 경우 주제나 정서의 일관성을 딱 잘라 끄집어내기란 쉽지 않은 노릇이다. 하지만 속악 형성의 복잡한 단계에서와는 달리, 이들 작품 속 시적 화자와 대상세계의 관계는 새롭게 맺어진다. 여기서 작품 내의 주관적이고 창조적인 의미 및 유기적 질서를 찾아내야만 한다. 이 점은 작품의 문학성을 파악하는 데 있어 매우 중요하다. 나아가 이를 통해 구조의 복잡성 내지 주제의 애매성까지도 이해할 수 있게 된다. 속요를 서정성에 따라 갈라내는 일은 여기서 의미를 갖게 된다.

문학이 지녀야할 본질적인 미덕으로 향유자의 미적 체험에서 비롯되는 감동을 빠뜨릴 수 없는 노릇이다. 시가문학에서 이 점은 특히 더 두드러진다. 여기서 운위되는 아름다움의 요소 가운데서도 시가 본연의 서정성은 으뜸이 된다. 상대가요 〈공무도하가〉나 〈황조가〉에 나타난 애절한 사랑이 그 첫머리를 차지한다면, 〈제망매가〉와 〈찬기파랑가〉의 잘 다듬어진 시상과 숭고한 이념은 향가문학의 빼어난 아름다움을 일러준다. 강호가도의 전통을 지닌 시조와 가사문학에서도 우리의 정서와 이념을 담아 나름의 미학을 구현하였다.

속요의 아름다움에 관해서도 이미 많은 논자들이 관심을 보여왔다. 양주동이 〈가시리〉와 〈서경별곡〉에 대한 평설로 속요에 대한 미학적 평가를 시도한 이래, 정병욱, 김학성, 김대행, 박노준, 전규태, 윤영옥, 최용수, 윤성현, 최철 등에 이르기까지 그 연구는 폭넓게 진행되어 왔다.[32] 이에 속요가 지닌 그 아름다움의 본질, 특히 서정의 바탕을 이루는 요소들이 무엇이며 어떻게 작용하고 있는가를 살펴본다.

3.3. 속요의 유형별 서정성

여기서는 속요를 분류하는 한 가지 대안으로 서정성을 제시한다. 세부적으로는 시적 화자의 내면정서를 기준으로 속요 열세 마리의 서정성을 가름하고 실제 분류작업을 꾀한다. 그 결과 세 가지 큰 유형이 도출된 바, 만남에 수반되는 기쁨과 이별이 전제된 아쉬움, 그리고 체념에서 유발되는 한(恨)이 그것들이다.

이를 유형별로 정리해본다.[33]

---

32 속요에 관한 모든 논의가 크건 작건 이 대목과 관련되지만, 여기서는 몇몇 논의만 꼽는다.
양주동, 『여요전주』, 을유문화사, 1947.
정병욱, 『한국고전시가론』, 신구문화사, 1976.
김학성, 『한국고전시가의 연구』, 원광대 출판국, 1980.
김대행 외, 『고려시가의 정서』, 개문사, 1986.
박노준, 『고려가요의 연구』, 새문사, 1990.
전규태, 『고려가요의 연구』, 백문사, 1991.
윤영옥, 『고려시가의 연구』, 영남대 출판부, 1991.
최용수, 『고려가요연구』, 계명문화사, 1996.
윤성현, 「고려 속요의 서정성 연구」, 연세대 박사논문, 1994.
최철, 『고려 국어가요의 해석』, 연세대 출판부, 1996.

33 윤성현, 앞 글.

- 1) 만남의 기쁨
  - 1) 사람 사이의 애정
    - 1) 이성간 사랑 ; 만전춘 별사, 쌍화점
    - 2) 육친간 사랑 ; 상저가, 사모곡
  - 2) 초월자에 대한 믿음 ─ 처용가
- 2) 이별의 아쉬움
  - 1) 헤어짐의 안타까움
    - 1) 재회의 다짐 ; 가시리, 정과정
    - 2) 이별의 역설적 회피 ; 정석가
  - 2) 님의 부재로 인한 외로움
    - 1) 기약 없는 기다림 ; 동동
    - 2) 떠난 님을 향한 독백 ; 이상곡, 유구곡
- 3) 체념의 한(恨)
  - 1) 삶의 번민과 갈등 ─ 청산별곡
  - 2) 사랑의 애소와 원망 ─ 서경별곡

첫째 유형은 만남의 서정-기쁨-이다. 이를 사람 사이의 애정과 초월자에 대한 믿음 둘로 나누고, 다시 앞쪽을 이성간 사랑·육친간 사랑으로 각각 나누었다. 〈만전춘 별사〉는 파란과 곡절의 굽이를 넘어선 순수애정을 추구하고 있으며, 〈쌍화점〉은 무한의 향락을 추구한 육체적 욕망을 내보이고 있다. 〈상저가〉는 가난조차 가를 수 없는 가족 간 유대의 윤리적 교훈을 담고 있으며, 〈사모곡〉에서는 어머니 사랑의 소중함을 통해 안타까움까지를 싸안은 효심을 보여주고 있다. 〈처용가〉는 초월자에 대한 믿음을 드러낸 작품으로서 현실적 재난에 대한 공포를 뛰어넘고자 하는 소망을 나타내고 있다.

둘째 유형은 이별의 서정-아쉬움-이다. 이를 헤어짐의 안타까움과 님의 부재로 인한 외로움의 둘로 나누고, 다시 이들을 재회의 다짐·이별의 역설적 회피로, 또 기약 없는 기다림·떠난 님을 향한 독백으로 각각 나누었다. 〈가시리〉는 절제된 슬픔으로의 여심(女心)을 통해 실상 절박한 이별 앞에서의 가식 없는 설움을 보여주었으며, 〈정과정〉은 전형적인 충신연주지사로서 님을 향한 눈물의 호소를 통해 재회를 간구하는 심정을 나타내었다. 〈정석가〉는 변치 않는 마음다짐을 통해 예견된 이별 앞에서의 의연한 역설을 표현하였다. 〈동동〉은 기다림의 연가로서 이별과 기다림에서 나올 수 있는 온갖 정서가 망라되어 있는 바, 님의 돌아옴을 믿는 여인의 간절함이 노래 전편을 이끌고 있다. 〈이상곡〉은 아픈 사랑의 뒤안길에서 다시 오지 않을 님에 대한 사랑의 뉘우침으로 끝맺고 있으며, 〈유구곡〉은 빗나간 사랑을 비유한 민요로서 불륜의 언저리에 남은 허망한 아쉬움과 외로움을 나타내고 있다.

셋째 유형은 체념의 서정-한(恨)-이다. 이를 삶의 번민과 갈등 및 사랑의 애소와 원망 둘로 나누었다. 〈청산별곡〉은 삶의 번민과 갈등을 노래한 작품이다. 삶에 부대낀 화자의 허무와 체념을 담아냈으며, 또 청산과 바다는 이상향이 아닌 내몰린 삶터로 보았다. 여기서 뿌리 뽑힌 삶의 고단함에서 절로 얻어진 지혜가 나타나고 있다. 〈서경별곡〉은 이별을 당한 화자의 복받치는 감정을 표출한 노래이다. 눈물의 하소연과 믿음의 다짐, 그리고 원망과 질책 및 체념의 정서가 잇달아 나타나는 바, 안쓰러운 하소연과 부질없는 믿음을 바탕으로 갑작스런 이별 앞에 선 애끊는 호소를 보여주고 있다.

이들은 모두 사람 사이의 만남과 이별이라는 사랑을 축으로 빚어진 노래들이다. 앞서 논한 속요의 현장성, 곧 민중 삶의 체험적 정서를 고스란히 드러내고 있다. 또한 위 서정성의 유형 분류는 속요의 생래적 속성인 남녀간 애정을 주조로 한 양상을 그대로 보여준다. 궁중악의 모양새를 위한 겉껍질을 벗겨내었을 때, 속요의 내면적 아름다움이 얼마만큼 드러날 수 있는지를 가늠케 한다.

—이 글은 『속요의 아름다움』, 태학사, 2007에 실린 '제1부 속요의 이해' 대목을 수정·보완한 것임.

고려시가와 불교의 거리

◉

신명숙

1. 머리말

고려속요에서 불교적 세계관을 읽어 내기는 어렵다. 불교 사상과 신념, 신앙을 문학적으로 형상화한 작품이 없기 때문이다. 그 원인은 속요의 문학적 특성과 전승단계의 복잡성, 신라불교와 고려불교의 기질적 차이,[1] 고려 전·후기 문화와 사상의 차별성 탓으로 돌릴 수 있다. 하지만, 고려사회를 유지하는 핵심 사상이었던 불교의 부재 이유를 설명하기에는 충분하지 않다. 둘 사이의 관련성을 찾을 수 없다면 그 이유는 마땅히 해명되어야 한다.

속요를 대상으로 불교적 주제나 소재, 구조를 탐색한 논의는 있었다. 〈처용가〉, 〈동동〉, 〈이상곡〉, 〈정석가〉, 〈쌍화점〉의 주제를 불교적으로 고찰한 논의,[2] 사랑에 맹목적인 화자와 침묵하는 임의 사랑은 '고행'이고, 이것이 종교적 구원과 닮아있다고 본 논의,[3] 불교 생활문

1 김성배, 『韓國 佛敎歌謠의 硏究』, 아세아문화사, 1973, 42쪽.

2 최철, 「고려시가의 불교적 고찰 -처용가, 동동, 이상곡, 정석가, 쌍화점을 중심으로」, 『동방학지』 96, 연세대학교 국학연구원, 1997, 121~140쪽.

화가 긍정적으로 수용된 〈처용가〉, 〈이상곡〉, 〈동동〉과 부정적으로 수용된 〈쌍화점〉, 〈내당〉이 있다는 논의[4] 등이다. 그러나 구체적 논증의 부재나 서양 논리의 무리한 대입, 생활문화만으로 불교적 성격을 논할 수 없는 한계가 있다.

그런 의미에서, 속요에 국한하는 논의보다 고려불교의 전개와 특수성을 고려해 고려시가 전반으로 확장해 논의할 필요가 있다.[5] 속요, 소악부와 고려한시, 고려향가를 포괄하는 '고려시가'를 대상으로 불교와의 상관성을 찾는 것이다. 논란의 여지가 있지만, 이두식 표기의 불교가사까지 포함하면 영역은 더욱 확장될 수 있다.[6]

필자는 고려시가를 이해하려면 우선 시대적 상황과 서정갈래로서의 특성을 이해해야 한다고 생각한다. 후기불교의 이원적 특성, 민중의 소박한 욕망과 욕망을 보는 이중 시선을 담은 속요와 소악부의 이중성에 주목해야 한다. 발생과 전승 과정에서 이중적 세계관이 반영된 고려시가를 일방(一方)으로 논의한다면, 불교적 세계관을 찾기 어렵다. 상황을 인식하고 수용하는 서정적 자아의 세계관을 깊이 들여다봄으로써 불교적 세계인식을 찾는 것이 유의미한 논의가 되리라 본다.

한편으로, 종교문학의 특성인 교술성도 주목해야 한다. 불교교리와 신념을 담은 불교한시와 불경을 운문으로 응축한 중송(重頌),[7] 게송(偈

---

3 최미정, 「고려속요의 세계관과 미의식 -고행적 사랑의 미학적 가능성」, 『국문학연구』 제5호, 국문학회, 2001, 111~112쪽.

4 조평환, 「고려속요와 불교문화」, 『한국 고전시가의 불교문화 수용 양상』, 조율, 2011, 161~178쪽.

5 인권환, 『고려시대 불교시의 연구』, 고려대 민족문화연구소, 1983, 105~107쪽.

6 불교가사까지 확장하는 것은 본고의 역량을 벗어나는 것이라 논의에서 제외한다.

7 산문체 경문 뒤에, 그 내용을 운문으로 노래한 게(偈)를 기야(祇夜), 중송(重頌)이

頌), 불교계 속악처럼 국태민안(國泰民安)을 기원한 작품이 있다. 특히, 『석가여래행적송』(釋迦如來行蹟頌)은 〈월인천강지곡〉(月印千江之曲)으로 이어지는 장편서사시의 형식적 규범을 지킨 서사문학이며, 불제자를 권계한 교술문학이고, 세계를 인식하는 서정적 자아의 정서가 표출된 서정문학이라, 고려불교의 복합적 속성을 내포하고 있다.[8]

필자는, 고려불교와 신라불교를 대비해 동질성과 이질성을 찾고, 고려시가에 반영된 '욕망'의 문제를 불교적 시각에서 분석해, 고려시가에 나타난 불교적 세계관을 찾아보려고 한다. 이로써 고려시가와 불교의 거리를 좁힐 수 있을지 여부를 가늠해 보는 것이 본고의 최종 목표이다.

2. 신라에서 고려로 이행된 불교의 동질성과 이질성

고려가 신라향가를 계승해 고려향가를 완성했고, 그 노래가 불경을 기반으로 한 완벽한 불교문학이었음에도, 그 노래를 불렀을 고려민중의 노래에서 불교적 깨달음을 기원하거나, 불교적 현실 극복의지가 나타나지 않는 것은 어떤 의미일까.

신라향가인 〈처용가〉는 저열한 지상과 '각월'(覺月)의 대립, '가무이퇴'(歌舞而退)로 형상화된 처용의 '사심성취'(捨心成就)로 이해할 수 있다.[9] 그런데, 속요 〈처용〉은 호통이나 으름장으로 역신(疫神)을 제압하

라 한다.

8 신명숙, 「麗末鮮初 敍事詩 硏究」, 단국대 박사학위 논문, 2004, 120~137쪽.

9 황패강, 「처용가」, 『향가문학의 이론과 실제』, 일지사, 2001, 549~583쪽.

는 처용이 있을 뿐이다. 축귀(逐鬼) 목적은 달성하지만, 깨달은 자의 초월적 자세는 찾을 수가 없다.

그렇다면, 신라불교가 고려에 와서 어떤 방식으로 운용되고 어떤 활동을 했기에 문학적 형상이 달라진 것일까. 우선, 신라향가와 고려향가의 동질성과 이질성을 바탕으로 논의를 전개하면서, 고려불교의 특성과 라마교의 영향, 후기 자정운동을 살펴보고자 한다.

2.1. 신라향가와 고려향가에 나타난 불교

신라향가에는 신라불교사상을 기반으로 읽을 작품이 많다. 신라인에게 불교는 현실적 이익을 가져다주는 종교로 인식되었고, 신라 특유의 불국 신앙, 호국 신앙, 미타 신앙, 미륵 신앙, 관음 신앙, 용신 신앙 등으로 전개된다. 전통적 '풍월도'(風月道)와 '미륵신앙'을 바탕으로 신라만의 신앙체계를 완성했고, 신라에 보살의 진신(眞身)이 상주하는 근본도량(根本道場)이 있고, 천신이 항상 머물면서 신라를 수호한다고 믿었다. 이것은 신라의 창의적 불교에서만 성립될 수 있는 '현신성도'(現身成道)로 나타난다.[10]

신라불교는 『삼국유사』에 수록된 많은 불교설화와 향가를 통해 문학적으로 형상화된다. 작위적이든 자연적이든 이러한 기사이적(奇事異蹟)은 신라불교를 더욱 대중화시켰고, 민심을 통일하는 기능을 수행하였을 것이다. 광덕과 엄장의 수행담과 〈원왕생가〉는 극락왕생을 기원하는 광덕의 간절한 구도행각을 압축해 보여준다. 홀연히 눈이 보이지 않게 된 아이를 위해 분황사 천수대비 전에 기원한 바, 소원을 성취한

---

10 金煐泰, 「新羅佛敎의 信仰的 特殊性」, 『佛敎思想史論』, 민족사, 355~369쪽.

노래 〈도천수대비가〉는 신라불교와 향가와의 상관성을 입증하는 전형적 예가 된다. 신라불교는 중생에게 현세적 이익을 주는 종교로 각인되고, '향가'는 '섭천귀심'(涉淺歸深)의 방편으로 활용된 것이다.

그런데, 신라불교가 재래 신앙체계를 극복하고 신라불교사상을 완성한 것과 달리, 고려불교는 재래 신앙체계를 수용하는 통합불교에 주력한다. 팔관회나 연등회는 불교와 토착신앙이 결합된 행사였다.[11] 이것은 고려시가에서 불교적 속성이 약화된 이유를 해명할 단서가 된다. 똑같은 기원을 한다고 해도, 신라가 불력(佛力)에 철저히 의존한다면, 고려는 재래 신과 부처의 공력(共力)에 의존하기 때문에, 불교적 속성이 옅어진 것이다. 또한, 신라불교의 학파성과 달리 고려불교는 종파성이 강하고, 호국도량법회도 잦았다. 불사(佛事)가 화려해지면서 백성들은 더욱 궁핍한 지경으로 내몰렸고, 패덕한 불제자가 나타나면서 도덕성에도 흠집이 났다. 불교가 민중으로부터 이탈할 수밖에 없는 상황이 된 것이다. 결국 고려불교는 신라불교의 건강성을 유지하지 못하고 배불논리(排佛論理)에 밀려 주도적 사상체계에서 밀려나게 되었다.[12]

그러나 신라향가의 불교문학적 성격이 고려 창건과 동시에 사라진 것은 아니다. 「현화사비음기」(玄化寺碑陰記)(1022)에는 현종이 '향풍체가'(鄕風體歌)를 짓고, 신하들로 하여금 '경찬시뇌가'(慶讚詩腦歌)를 짓게 했다는 기록이 있고,[13] 균여는 「보현행원품」(普賢行願品)을 저본으로 〈보현십원가〉를 완성했다. 특히 〈보현십원가〉는 보현보살의 열 가

---

11 李恩奉, 「高麗時代 佛教와 土着信仰의 接觸關係 -燃燈會·八關會의 宗教儀禮機能을 中心으로」, 『宗教研究』 6, 한국종교학회, 1990, 5~36쪽.

12 김복순, 「신라와 고려의 사상적 연속성과 독자성 -불교를 중심으로」, 『한국고대사연구』 54, 한국고대사학회, 2009, 367~394쪽.

13 "聖上乃御製依鄕風體歌遂宣許臣下獻慶讚詩腦歌者", 「玄化寺碑陰記」.

지 서원을 풀어 열한 마디 노래로 만든 장편향가로, 자신뿐만 아니라 대중을 구제하려는 불제자의 자세를 견지하고 있어서, 향가의 불교문학적 속성을 뚜렷하게 보여준다.[14] 적어도 고려전기 불교는 고려인의 문학생활과 유리된 채 버려지지 않았다.

원복속기를 전후한 고려후기 불교는 신라불교와 다른 양상을 띠게 된다. 원으로부터 라마교[황교]를 수용하는 한편, 원에 고려불교를 전파하면서 문화적 변이가 발생한다. 원의 극문화가 수용되면서, 고려시가문학은 연희문학과 문인문학으로 양분되었다. 궁중속악과 한시가 대표적 예가 될 수 있다. 조선이 강력한 배불정책(排佛政策)을 썼기 때문에 고려불교의 자취가 상당수 사라졌지만, 조선 초에 삼봉(三峰)의 「불씨잡변」(佛氏雜辯)에 맞선, 함허당(涵虛堂) 기화(己和)[15]의 「현정론」(顯正論)과 〈미다친〉(彌陀讚), 〈안양찬〉(安養讚), 〈미타경찬〉(彌陀經讚) 등 3편의 불교계 경기체가 작품이 생산된 것을 볼 때, 고려불교문화가 고려인의 문학생활과 밀접했고, 조선에까지 이어졌으리라 추측할 수 있다.

2.2. 고려후기 불교의 세속화와 자정 노력

2.2.1. 힘의 불교

고려불교는 상하층을 막론하는 절대적 종교였다. 충렬왕은 원의 극문화를 애호하고, 황음(荒淫)에 빠져 잔치를 그치지 않았지만, 재위 기

14 신명숙, 「서정과 교술의 변주 〈보현십원가〉」, 『향가의 수사와 상상력』, 고가연구회, 2010, 92~119쪽.

15 李鍾燦, 「涵虛의 文學世界」, 『韓國佛敎詩文學史論』, 불광출판부, 1993, 228쪽.

간 내내 사찰을 찾고, 각종 도량을 베푼 호불왕(好佛王)이었다. 전대부터 기층민의 정신세계를 지배했던 불교는 생활 깊숙이 자리를 잡고 있었다. 기원할 일이 있으면, 쉽사리 찾을 거리에 사찰이 즐비했다. 그러나 각종 의례는 국가적 의식이었고 기득권 세력을 위한 사치문화일 뿐이었다. 권력의 비호 때문에 고려불교와 민중 사이에 틈이 생기게 된 것이다.

문제는 불교가 왕실의 비호 아래 정치적·경제적 세력을 확장시키면서 나타난다. 사원은 각종법회를 열고, 사급(賜給)·시납(施納)·투탁(投託)·매입(買入)·탈점(奪點) 등의 형태로 사원전(寺院田)을 확대하면서, 주류를 생산하고 염전을 경영하며 막대한 경제 기반을 구축하였다. 많은 수의 노비도 소유하고 있었다.[16] 종교적 구원과 교화는커녕 제 배 불리기에 급급해 수탈을 일삼으면서, 민중의 절대적 지지는 원망으로 바뀌었다. 게다가 일부 승려들의 여성에 대한 추문까지 드러나, 급기야 불교계가 사회적 지탄의 대상이 되었다.[17] 소악부에 나타난 불교 비판적 성향이 이해되는 부분이다. 또한, 상징적 국사(國師)·왕사(王師) 제도가 실질적 힘을 얻게 되자, 오히려 종단 간의 갈등이 심화된다. 교리에 대한 논쟁보다 이권을 차지하기 위한 다툼이 잦아지면서 구도자의 수행을 형상한 문학작품을 만나기는 더욱 어려워진다.

그렇다고, 오랜 시간 민중의 세계관을 지배한 불교의 영향력이 일시에 사라졌다고 볼 수는 없다. 사실, 고려불교가 민중의 삶을 핍박하기

16 蔡尙植, 「高麗後期 天台宗의 白蓮社 結社」, 『高麗後期佛敎展開史硏究』, 불교사학회 편, 民族社, 1986, 218~219쪽.

17 許興植, 『高麗佛敎史硏究』, 일조각, 1986, 498~520쪽. ; 조평환, 「高麗俗謠에 나타난 佛敎文化의 受容樣相에 관한 연구」, 『溫知論叢』 제26집, 온지학회, 206쪽에서 재인용.

만 한 것은 아니었다. 재물을 베풀어 빈민을 구제하고, 여행자의 편의도 제공하며, 질병치료와 살생 금지에 앞장섰다.[18] '위민기복'(爲民祈福)을 목적으로 경을 가송(街誦)하는 '경행'(經行)이 행해졌고, 가구경행(街衢經行)을 본받아 민중들도 길을 걸으며 독경(讀經)했다.[19] 그래서 고려불교를 권력 중심부를 위한 종교로 속단하는 데는 문제가 있다.

고려불교가 귀족불교로서의 성격이 강화된 이면에 민중 불교결사체도 마련된다. 내세불인 미륵을 기다리며 각종 불사에 노동력과 경제력을 제공한, 공동체 결사의 일종인 '향도'(香徒)는 미륵신앙을 기반으로 한 민중불교의 적극적 활동상을 보여준다.[20] 민중 봉기를 두려워한 국가가 '만불향도'(萬佛香徒)의 해체령을 내릴 만큼 세력도 컸다.[21]

이런 이유로, 고려불교는 이중적 층위에서 문학과 교섭할 수밖에 없었다. 귀족 중심의 불교시가는 대부분 한문 형식의 가송(歌頌)이 많다. 『삼국유사』 소재의 한찬(漢讚), 나옹화상(懶翁和尙) 혜근(惠勤)의 한찬이나 태고화상(太古和尙) 보우(普愚)의 게송,[22] 무기선사(無寄禪師) 운묵(雲默)의 『석가여래행적송』 등이 대표적이다. 서민 중심의 불교시가는 포교승이 지은 것과 민중이 지은 것으로 양분할 수 있다. 포교를 목적

---

18 이병희, 「高麗時期 佛敎界의 布施活動」, 『선문화연구』 제4집, 한국불교선리연구원, 2008, 121~160쪽.

19 "己丑御長寧殿命僧曇眞說禪祈雨時國家盛行街衢經行五部人民効此名於所在里行讀行至闕西里適有雨王賜米帛更令行讀." 『高麗史』, 「世家」12, 睿宗1.

20 "國俗結契燒香名曰香徒相與輪設宴會男女少長序坐共飮謂之香徒宴." 『高麗史』, 「列傳」 35, 沈于慶. ; "城中婦女無尊卑老少結爲香徒設齋點燈." 『高麗史』, 「志」 39, 刑法2, 禁令. ; "男女往往聚集號唱佛號." 『高麗史』, 「志」9, 五行3.

21 "近來僧俗雜類聚集成群號萬佛香徒或念佛讀經作爲詭誕." 『高麗史』, 「志」39, 刑法2, 禁令.

22 『太古集』 卷下 「圓證行狀」門人 維昌 撰.

으로 하는 노래는 대상이 민중이니만큼 쉽고 친근한 형식을 빌려, 신앙심을 북돋는 방향에서 '기사이적'과 '수도공덕'을 제시한다. 〈보현십원가〉가 대표적 예이다.[23] 나옹화상의 〈서왕가〉·〈증도가〉·〈자책가〉는 구비되다 정착된 가사인지라 논란의 여지가 있지만, 불교 포교문학의 적극적 향유 양상을 보여주는 작품이다. 민중불사에 소용된 찬불가도 존재했을 것이다. 특히, 향도의 모임에서 미륵신앙을 형상한 노래가 불렸을 가능성은 크다. 향가 〈도솔가〉에 나타난 '이토시주'(泥土施主)가 결사의 성격과 일치하기 때문이다.

2.2.2. 타력불교(他力佛敎)

고려후기로 가면, 염불·기도·주송(呪誦)[다라니(多羅尼)]에 의지하는 타력불교는 더욱 심해진다.[24] 국내외 환란을 부처의 도움으로 해결하기 위해, 기원처가 될 각종 불교 예술품이 만들어졌기 때문이다.

고려불화를 대표하는 '수월관음도'(水月觀音圖)는 관음의 응신(應身)을 물에 비친 달로 구체화한 것으로, 관음신앙의 깊이를 알 수 있는 예술품이고,[25] 고려후기 불교조각은 원의 영향을 받아 화려하고 이국적이며, 크기도 커지고 대량 제작되었다. 경천사지 10층 석탑에 부조된 '삼세불상'(三世佛像)과 '변상도'(變相圖) 등은 당대 최고의 승려들이 주도해 제작한 불교 예술품이다. 이러한 경향은 불사를 이끌었던 왕실

---

23 "涉淺歸深從根至遠不憑世道無引劣根之由非寄陋言莫現普因之路" 『均如傳』第七, 「歌行化世分」.

24 魯權用, 「高麗佛教思想의 展開와 性格」, 『韓國宗教史研究』 제4집, 한국종교사학회, 1996, 134~161쪽.

25 강소연, 「水月, 淸淨慈悲의 美學 -고려시대 水月觀音圖의 '水月'의 도상학적 의미」, 『한국불교학』 58집, 한국불교학회, 2010, 386~421쪽.

이나 권문세족들의 화려한 취향과 부합되면서 고려후기만의 독특한 조형감각과 변모를 창출하게 된다.[26]

한편, 타력불교는 부처의 도움을 갈망하는 마음을 노출해야하기 때문에 내향적 수련보다 자발적이고 적극적인 문학적 형상화를 요구하게 된다. 예를 들어, 매일 밤이면 아미타불을 외고, 십육관(十六觀)을 행하여 끝내 서방정토로 간 광덕의 수행은 염불과 기도로 일관된 외향적 수련이며, 〈원왕생가〉 자체가 구원을 바라는 구도자의 간절함을 노출한 향가가 된다. 〈도천수대비가〉는 불교 상징물에 현세적 구복을 기원한, 지극히 현실적이고 그래서 더 간절한 향가이다. '수월관음도'를 보고 복을 빌었을 고려민중의 입에서 〈도천수대비가〉에 버금가는 노래가 나오지 못한 이유는 무엇일까. 적어도 고려불교에서 관음은 현세적 복을 가져다주는 실제적 힘을 갖는 보살이었을 것이다.

타력불교는 〈쌍화점〉 2연의 상황과 연결해 생각할 수 있다. 삼장사에 등 공양을 나선 시적 화자의 행위 동기는 사찰의 타력에 의지해 소원하는 바를 성취하고자 하는 순수한 의도에서 비롯된 것이다. 다만, 의도에 어긋난 사건이 '그 뎔 샤쥬'로 인해 벌어지면서 일파만파 사건이 커진 것이다. 시적 화자의 기원이 어떤 것이었는지 알 수는 없지만, 고려후기 종교적 분위기를 배경으로, 타력불교의 폐단을 풍자한 노래임이 분명하다.

그런 의미에서 〈이상곡〉도 외향적 수련의 일환으로 볼 수 있다. 〈이상곡〉은 잠시 딴 마음을 먹었던 서정적 자아가 다시 마음을 다져 제 길로 가겠노라 다짐하는 노래이다. 그런데, 그 다짐을 어떻게 완성시

26 鄭恩雨, 「고려후기 불교조각과 원의 영향」, 『진단학보』 114, 진단학회, 2012, 337~364쪽.

키느냐가 문제다. '무간'(無間)에 빠지지 않으려는 강력한 의지가 반복되면서 임과의 약속을 지키는 것이 차라리 낫다는 결론에 도달하고 있다. 특히, 기도문의 후렴구일 가능성이 큰, 벼락이 쳐 무간지옥에 빠져 죽고 말 것이라는 극단적 진술이 두 번에 걸쳐 반복되면서, 고뇌는 극에 달한다. 흔들리는 자신을 무간지옥에 빠지는 두려움으로써 지켜내려는 타력의지의 역설적 기도문이 〈이상곡〉이다.

2.2.3. 자각 반성운동

고려불교의 폐단에 대한 자성의 목소리도 높아졌다. 교단 혁신과 승려의 교육, 새로운 사상의 창출과 불경의 간행 등이 지속된다.[27] 청규(清規)[28] 수용과 실천, 간화선풍(看話禪風)[29] 수용 등 자정노력은 구체화되고 종교성 회복에 몰입된다. 지눌(知訥)이 개창한 정혜결사(定慧結社)와 요세(了世)의 백련결사(白蓮結社)는 사상적 차이가 있지만, 불교개혁운동이라는 출발 동기가 같다.[30] 백련결사는 기층민을 포용하는 사상운동을, 지눌의 정혜결사는 상층 지식인 중심의 사상운동을 펼쳤다. 상이한 두 계층의 지원을 받은 양대 결사의 움직임은 공교롭게도 당시 불교의 부패가 극심했음을 입증하는 사례가 된다.

내부 자정운동의 결과물로는 『석가여래행적송』 840구가 있다. 북위의 태무제가 불법을 멸한 이유는 사문들이 계율을 어기고 방일했기

---

27 인권환, 『韓國佛教文學研究』, 고려대학교 출판부, 1999, 127쪽.

28 교단의 기구나 일상생활에 대해서 규정한 것으로 淸衆, 즉 청정대중의 규칙이라는 뜻.

29 좌선하여 하나의 話頭의 의심을 깨뜨리기 위해 거기에 모든 정신을 집중하는 수행.

30 蔡尙植, 「高麗後期 佛教史의 전개양상과 그 경향」, 『高麗 中後期 佛教史論』, 민족사, 1986, 246~248쪽.

때문인데, 지금이 그때와 거의 같아 바른 경의 원리를 모르는 불제자가 많다며, 위기에 놓인 불교계에 일침을 가하고 있다.[31] 공덕 닦으러 온 여인의 손을 잡는 사주, 그 자리에 나도 자러 가겠다는 인물까지 〈쌍화점〉의 경우야말로 혼탁했던 당대 불교 사회의 모습을 충실하게 반영한다.[32]

한편, 향도의 활동 역시 불교 개선운동이라 볼 수 있다. 그런데, 『석가여래행적송』이 불교 내부의 비판적 성찰이고, 사대부의 비판적 시선이 소악부로 구체화되었지만, 향도가 생산한 문학은 없다. 앞서 언급한 것처럼, 민중을 결집하기 위해 강력한 도구가 필요했을 터이니, '불찬가'(佛讚歌)나 '왕생가'(往生歌)가 생산되었을 가능성은 농후하다. 화청(和請) 성격이 강한 나옹화상의 〈서왕가〉나 〈승원가〉 류의 불교가사가 그 역할을 수행한 작품일 수 있고, 불교계 악장인 〈미타찬〉(彌陀讚)·〈본사찬〉(本事讚)·〈관음찬〉(觀音讚)·〈관음찬가〉(觀音讚歌)·〈능엄찬〉(楞嚴讚)·〈영산회상〉(靈山會相)이 고려시대 이래 구전되다가 훈민정음이 창제됨으로써 국문으로 문자화된 불교가요일 수도 있다.[33]

정리하자면, 불교계는 상하층을 포용하는 자정 운동을 통해 본질 회복노력과 비판적 성찰을 꾀한다. 민중은 국가와 사원의 수탈을 모두 감내해야하는 상황에서 불교에 대해 비판적 입장으로 선회한다. 그렇

---

31 "然我等新學沙彌之輩不能廣尋昧者多矣故今之肖依天台四教儀文又摭諸經論中所著之言及詳衆傳記上所彰之說編以成頌…昔者魏帝破滅大法者蓋以其時沙門違佛戒律多行放逸故也此則自召其殃然後王乃加之耳可不鑑焉觀今之勢幾乎彼世危哉危哉"『釋迦如來行蹟頌』自序.

32 나정순, 「고려가요에 나타난 성과 사회적 성격 -〈쌍화점〉과 〈만전춘별사〉를 중심으로」, 『한국고전여성문학연구』 6, 한국프랑스학회, 2003, 414~415쪽.

33 인권환, 앞의 책, 109쪽.

다고 불교적 세계인식이 다른 세계관으로 대체되지는 못한다. 유교가 아직 그 일을 맡아주지 못했기 때문이다. 당연히, 사대부는 불교에 우호적이지 않다. 막강한 불교세력에 저항할 힘을 갖추지는 못했지만 비판적 입장을 취할 수밖에 없다. 이런 상황에서 짓고 불린 노래가 고려시가임을 감안할 때, 고려시가는 표면적으로 불교에 비판적이지만 이면적으로는 불교적 세계관을 기반으로 상황을 인식하는 노래이다. 전적으로 불교에 비판적인 경우는 소악부일 것으로 예측 가능하다.[34]

2.3. 라마교의 수용과 고려불교의 원 진출

원 세조가 티베트의 라마승인 팍파를 제국의 국사로 임명하고 불교를 국교로 지정한 이래, 원의 불교는 라마교(喇嘛教)가 주류를 이루게 된다. 1270년 고려에 라마승이 파견되면서 고려불교는 라마교의 영향을 받게 된다. 충렬왕 20년(1294)에는 몽고에 투항한 고려인 흘절사팔[吃折思八]이 라마승이 되어 귀국해, 만다라(曼陀羅) 도량과 대장회(大藏會)를 열었다. 사찰의 탑파(塔婆)양식이나 기와문양에 진언이 새겨지는 등 불교문화양식에 변화가 생긴다.[35] 충렬왕 대 세력가였던 조인규(趙仁規)의 아들 의선(義旋)은 원의 수도인 연경의 대천원연성사(大天源延聖寺)와 대보은광교사(大報恩光教寺)에 주지하면서, 원의 황제로부터 '삼장법사'의 사호(賜號)를 받은 인물이다. 특히, 대천원연성사가 라마교의 대찰(大刹)인 점을 미루어 고려 천태종과 라마교의 접촉 계기를

34 신명숙, 「고려후기 불교사로 본 '삼장ᄉᆞ'와 '그뎔샤쥬'의 정체」, 『國文學論集』 제22집, 단국대 국어국문학과, 2013, 125~148쪽.

35 김경집, 「고려시대 麗·元 불교의 교섭」, 『회당학보』 14집, 회당학회, 2009, 48~55쪽.

만들었다는 추측도 가능하다.[36]

한편, 고려의 중요 사찰이 원의 원당(願堂)이 되거나, 원 황실이 직접 사찰을 창건하고,[37] 원 황실의 보시로 금사경(金寫經)과 반승(飯僧) 등 다양한 불사가 일어났으며, 중국의 기술자를 불러 건축물과 불상 그리고 보살상을 제작하게 된다.[38] 그 결과, 양국 불교의 교섭은 라마교의 고려 수용뿐만 아니라 고려불교의 원 수용에까지 미친다. 고려불교가 원에 전래되면서, 고려의 사경(寫經) 문화도 원에 전래되어 사경승과 사경지의 요구가 심해지는 문제도 발생한다.

이 과정에서, 직·간접적으로 고려불교에 원의 불교문화, 특히 라마교의 영향이 있었을 것이고, 원에게 불교를 전교하는 과정에서 원의 요구를 충족하기 위해 사경과 같은 불사가 집중되었을 것이다. 고려불교가 대중의 삶을 지켜보고, 구원의 손길을 뻗을 수 있는 거리에 있을 수 없었던 것은 원의 영향도 컸다는 사실을 알 수 있다.

3. 욕망 채우기, 욕망 버리기

불교 서정문학은 불교교리를 바탕으로 세계를 인식하고, 자신의 방식으로 세계를 내면화하는 가운데, 자아의 정서와 태도를 독자가 볼 수 있도록 형상화한 것이다. 그런 의미에서 고려시가에서 불교적 서정문학이라 평가할 작품은 없다. 인간 본래적 유한성이나 욕망의 덧없음

---

36 신명숙, 앞의 논문, 138~139쪽.

37 충렬왕 9년(1283)에 시작하여 낙성한 개경의 妙蓮寺, 충선왕 때 창건한 神孝寺, 興天寺, 旻天寺 등이 있다.

38 김경집, 앞의 논문, 49~50쪽.

을 상기하고 고민하는 서정적 자아도 없고, 불교적 세계관으로 깨달음을 얻는 과정이나 정서를 담은 작품도 없기 때문이다.

그러나, 서정적 자아가 세계를 인식하는 태도를 분명히 하고 정서를 표출하는 데까지는 끊임없이 거름망의 역할을 했을 내면화된 깨달음이 있었을 것이다. 표면에 드러나지 않지만, 자아의 세계관을 지배하는 종교적 인식 체계가 그 역할을 담당한다. 이것은 고려인이 만든 고려시가도 예외가 아니다. 13편[39]의 속요, 소악부와 『고려사』 고려속악은 외형적 틀은 다르지만, 고려인의 사상과 정서를 바탕으로 세계를 인식하고 있다.

3.1. 욕망 인식과 깨달음 ; 〈쌍화점〉, 〈처용〉, 〈이상곡〉

불교의 타락은 고려가 급속하게 멸망해 가는 또 하나의 요인으로서 노래 형성의 주요 기반이 되었을 것으로 추측된다. 불교 교단의 타락을 폭로할 의도에서 생성된, 풍자적 노래인 〈삼장〉은 당대 현실을 문학적으로 반영한 것이며, '긔 자리예 나도 자라 가리라'는 비속한 문맥이 덧붙여진 〈쌍화전〉의 경우야말로 혼탁한 불교 교단의 실상을 육체적 욕망에 탐닉하는 화자의 모습을 통해 충실하게 보여준다.[40]

한편, 〈쌍화점〉을 위선과 가식의 허울을 벗어던지고 나름의 삶의 철학과 당당한 자신감을 보여준 화자의 자기고백을 담고 있다고 보는 견해도 있다.[41] 그러나, 〈쌍화점〉 담론의 지향이 성적 욕망의 고백이라고

39 윤성현, 『속요의 아름다움』, 태학사, 2007, 15쪽.
40 나정순, 앞의 논문, 414~415쪽.
41 윤성현, 앞의 책, 69쪽.

볼 수 있는가는 의문이다. 오히려 성에 관대한 고려사회의 고질적 문제를 지적하고, 이런 상황을 고발한 사람에게 책임을 전가하는 부당한 사회에 일침을 가하고, 이런 사회적 분위기에 동참을 기원하는 제 3자의 의식을 청소한 것이 〈쌍화점〉이라 볼 수 있다.[42]

그리고 성적 타락과 의식의 청소는, 세 딸을 이용해 부처의 성불을 방해하려한 천마(天魔) 파순(波旬)의 행위, 이를 통해 부처가 정각(正覺)을 이룬 것과 연관된다. 이른바, '수하항마'(樹下降魔)이다. 『월인석보』와 『석가여래행적송』에는 부처가 욕망으로부터 자유로운 모습을 보임으로써 마왕을 굴복시키는 내용이 나온다.

제67 正覺ᄋᆞᆯ 일우시릴ᄊᆡ 魔宮에 放光ᄒᆞ샤 波旬이ᄅᆞᆯ 降히요리라
波旬이 ᄭᅮᆷ을 ᄭᅮ고 臣下와 議論ᄒᆞ야 瞿曇이ᄅᆞᆯ 降히요리라
제68 세 ᄯᆞᄅᆞᆯ 보내야 여러 말 ᄉᆞᆯᄫᆞ며 甘露ᄅᆞᆯ 勸ᄒᆞᅀᆞᄫᆞ니
衆兵을 뫼화 온 攘子ㅣ ᄃᆞ외야 淨甁을 무려ᄒᆞ니
제69 白毫로 견지시니 각시 더러ᄫᅳᆫ 아래 ᄀᆞ린 거시 업게 ᄃᆞ외니
一毫도 아니 뮈시니 鬼兵 모딘 잠개 나ᅀᅡ 드디 몯게 ᄃᆞ외니
제70 각시 ᄯᅩ ᄇᆡ옌 큰 벌에 骨髓옌 효ᄀᆞᆫ 벌에 미틔ᄂᆞᆫ 얼읜 벌에러니
각시 ᄯᅩ 가온ᄃᆡᆫ 가히 엇게옌 ᄇᆞ얌 여ᅀᆞ ᄋᆞᆲ뒤헨 아히 할미러니
제72 六天 八部 鬼兵이 波旬의 말 드러와 모딘 ᄠᅳ들 일우오려터니
無數 天子 天女ㅣ 부텻 光明 보ᅀᆞᄫᅡ 됴ᄒᆞᆫ ᄆᆞᅀᆞᄆᆞᆯ 내ᅘᅧᅀᆞᄫᆞ니
제74 魔王이 말 재야 부텻긔 나ᅀᅡ드니 현날인ᄃᆞᆯ 迷惑 어느 플리
부텻 智力으로 魔王이 업더디니 二月 八日에 正覺 일우시니[43]

---

42 이도흠, 「高麗俗謠의 構造分析과 受容意味」, 『한국시가연구』 창간호, 한국시가학회, 1997, 369~370쪽.

43 『月印釋譜』 권4.

癸未二月八	보살은 계미년 2월 8일에
獨詣菩提樹	보리수 아래로 홀로 나아가
降魔成正覺	마군을 항복받아 정각 이루고
具無量功德	한량없는 공덕을 모두 갖췄네.[44]

부처는 아름답게 꾸민 여인에게서 벌레, 뱀 등을 보고 욕망의 더러움을 일깨운 후, 마왕을 굴복시키고 정각을 이룬다. 마왕의 의도와 상관없이, 부처의 정각을 도운 것이 마왕이 된 것이다. 욕망의 본질을 본 구도자가 모든 욕망의 허상을 인지한 후에야 정각을 이루게 되었음을 알 수 있다. 마왕의 공격은 부처에게 마지막 시련이고 이것의 극복이 곧 정각의 계기가 된 것이다.

그렇다면, 〈쌍화점〉 2연은 어떠한가. 화자의 의사와 상관없이 손을 잡는 부정적 인물이 등장한다. 화자는 손을 뿌리치지도 무심히 넘기지도 못한다. 이 상황을 인식하는 화자의 태도에는 환희보다 두려움이 크다. 전언(傳言)의 두려움에서 출발한 마음은 '긔 자리예 나도 자라 가리라'는 제 3의 인물 때문에 방향이 달라진다. '긔 잔듸 ᄀᆞ티 덦거츠니 업다'고 단호하게 말할 수 있게 된 것이다. 욕망을 끊어내지 못한 화자 자신을 객관화시켜 자아를 정화했기에 가능한 단언이다.

이것은 〈쌍화점〉의 성적 욕망이 공간 차원을 달리하면서 반복적으로 이행되어도 마찬가지가 된다. 욕망의 행위주체는 공간에 따라 바뀌지만, 욕망의 행위대상은 시적 화자로 고정되어 있다. 2연의 경우, 불교적 깨달음으로 욕망을 버리기는커녕 불교로 인해 욕망이 부추겨졌다는 점에서 역설적 상황이 되었지만, 전체적으로 욕망을 채우다가 오

44 『釋迦如來行蹟頌』上.

히려 욕망의 실체를 깨닫고 욕망을 버릴 수 있게 된 시적 화자의 깨달음을 형상화한 것이다. 구체적으로 보면, 당시 세속적 욕망에 휩싸인 불교와 욕망을 끊어내야 할 불교의 갈등을 노래한 것이 〈쌍화점〉 2연이 되는 것이다.

속요 〈처용〉은 욕망을 추구하는 역신과 욕망을 끊어내는 처용의 외적갈등을 노래한 것이다. "新羅聖代 昭聖代 / 天下大平 羅侯德 / 處容아바"로 시작하는 서두는, 다음에 거론될 처용의 권능에 대한 전제부이다. '라후'는 석가모니의 아들이며, 첫 번째 사미승이며, 남이 보이지 않는 곳에서 언제나 선행 및 수행에 철저했기에 밀행제일(密行第一)이라 불린 인물이다.[45] 또한, "三災八難이 一時消滅ᄒᆞ샷다"는 처용이 삼재팔난에서 벗어날 계를 지킨 존재임을 밝히고 있다. 따라서 뒤이은 처용의 위용과 역신 제압이 지극히 현실적 차원에서 발현되었다고는 하지만, 불력(佛力)에서 출발한 것은 분명하다.[46]

향가 〈처용가〉의 "본ᄃᆡ 내해다마ᄅᆞᆫ 아ᅀᆞᄂᆞᆯ 엇디ᄒᆞ릿고"를 제외한 6행을 안고 있는 속요 〈처용〉은 국가적 차원에서 무(巫)·불(佛) 융합을 유도한 의례에 쓰인 속악이다. 앞서 언급한 바와 같이, 불교를 중심으로 토속 신앙을 수용한 고려불교의 특성을 온전히 보여주는 구연물이 〈처용〉인 것이다.

---

45 "如來ㅅ아ᄃᆞ니ᄆᆞᆫ羅睺羅ㅣ라" "羅睺羅ᄂᆞᆫ阿修羅ㅅ일후미니ᄀᆞ리오다혼ᄠᅳ디니솑바다ᄋᆞᆯ드러히ᄃᆞᄅᆞᆯᄀᆞ리와ᄃᆞᆫ日月食ᄒᆞᄂᆞ니라俱夷이아ᄃᆞᄅᆞᆯ나ᄒᆞᇙ時節에羅睺羅阿修羅王이月食ᄒᆞ게ᄒᆞᆯᄊᆡ釋種아ᄉᆞᆶ돌히모다議論호ᄃᆡ羅睺羅ㅣ月食ᄒᆞᆯᄆᆞᄃᆡ예이아ᄃᆞ리나니라ᄒᆞ야그럴ᄊᆡ일후믈羅睺羅ㅣ라지ᅀᅳ니라釋은淨飯王ㅅ姓이시고種ᄋᆞᆫᄡᅵ라혼마리니釋種ᄋᆞᆫ釋氏ㅅ一門이라." 『月印釋譜』 권2.

46 조평환, 「향가와 불교문화」, 『한국 고전시가의 불교문화 수용 양상』, 조율, 2011, 96~104쪽.

그런데, 불력을 가진 처용은 열병신을 膾ㅅ가시로 만들 수 있는 공격적 형태로 나타난다. '가무이퇴'(歌舞而退)한 처용의 초연함을 볼 수는 없지만, 역신을 물리칠 수 있는 힘을 역신에게서 얻게 된 것은 공통적이다. 역신의 성적 욕망이 처용의 '사심성취'에 이용이 된 것이고, 처용의 축귀력에 이용된 것이다. 욕망을 추구하는 역신과 욕망을 제압하는 처용의 태도에는 욕망의 부도덕성과 한계성이 내재되어 있어서, 불교적 깨달음의 문학적 표현으로 읽을 수 있다. '머즌말'을 내려 역신을 꾸짖고 위협하는 처용의 위의는 토착신앙 체계로 이행된 표현이지만, 역신의 욕망을 제압하는 처용의 태도가 불교적 세계관을 기반으로 한 것에는 변함이 없다.

〈처용〉처럼 욕망에 관한 외적갈등만 있는 것은 아니다. 화자가 욕망의 실현과 억제 사이에서 내적갈등을 일으키는 〈이상곡〉이 있다. 〈이상곡〉의 욕망은 "잠 ᄯᅡᆫ간 내 니믈 너겨"에 나타난다. "내님 두ᅀᆸ고 년뫼를 거로리" 역시 그럴 수 없다는 설의적 표현으로, 그렇게 하고 싶다는 시적 화자의 강렬한 욕망이 내재한 발화이다. 강한 부정이 강한 열망 때문에 발생한 것이다. 그런데, "깃든 열명길헤 자라오리잇가", "죵죵 霹靂 生 陷墮無間"을 깨달은 순간 욕망의 불길은 진화되고, 내님과 'ᄒᆞᆫᄃᆡ 녀졋 期約이이다'로 대체된다. 시적 화자가 사심(捨心)을 성취한 것이다. 시적 화자의 내적 욕망이 실현과 억제 사이에서 갈등하고 있을 때, 무서운 마음을 먹고 있는 자신을 발견하고, 무간지옥에 떨어질 것을 두려워하며 욕망을 버리게 된 것이다.

"고대셔 싀여딜 내 모미"를 "달은짐생으로變할내몸이"로 해석해 삼악도(三惡道) 가운데 '축생'(畜生)으로 태어나 불타의 말씀을 듣지 못하게 되는 어려움으로 보거나, '잠싸간 내니믈 너겨'를 '(우리 곁에) 머물다

간 내 님 불타를 생각하여'로 해석해 죄업을 씻어 부처의 삶을 따르겠다는 다짐으로 보는 경우도 마찬가지다.[47] 시적 화자의 '임'은 모두의 '임'인 부처가 될 것이며, 부처가 그랬던 것처럼 어떤 유혹에도 빠지지 않겠노라는 불교 수행자의 다짐의 노래로 볼 수 있기 때문이다. 그러나, 어학적 논증 없이 문학적 해석만으로 〈이상곡〉을 오도송(悟道頌)으로 읽어내기는 어렵다. 오히려, 인간고(人間苦)를 인정하고 깨달음의 길을 걷겠다는 시적 화자의 다짐을 담은 〈이상곡〉이 구연자의 입을 통해 청자의 불심을 깨우는 역할을 담당했다고 보면, 충분히 불교가요로 읽을 수 있으리라 여겨진다.

또한, 〈이상곡〉이 굳이 어려운 어휘를 선택한 점, '열명길'과 '무간'(無間) 등 불교 용어를 사용한 점, 10구체 신라 가요를 그것도 변용 양식을 통해 간정을 토로하고 있기 때문에, 채홍철이 작가라는 주장[48]이 있지만, 일반적 불교용어와 어휘만으로 식자층의 개인 창작가요로 보는 데는 무리가 있다. 오히려 언제라도 '이심'(二心)에 빠질 수 있는 인간 존재에 대한 성찰과 회오(悔悟), 향후 다짐의 노래로 일반화해 읽어야 시대 상황이나 지배적 세계관에 부합한다.

속요는 남녀 간의 진솔한 사랑과 이별을 노래한 작품이 많다. 문제는 만남과 이별을 이해하는 방식과, 표현하는 방식에는 당대인의 세계관이 반영될 수밖에 없고, 인간 본연의 욕망을 채우고 싶은 마음과 욕망을 버려야 비로소 숭고한 사랑이 되는 갈등 상황에 놓이게 된다는

---

47 김태준(1939), 전수연(1993) ; 김명준, 『고려속요집성』, 다운샘, 2008, 185~192쪽에서 재인용.

48 박노준, 「〈履霜曲〉과 倫理性의 문제」, 『高麗歌謠의 硏究』, 새문社, 1990, 206~210쪽.

것이다. 그리고 갈등의 실마리는 익숙한 불교적 세계관에서 찾아질 수 있다. 부처가 아내 '야수'를 두고 떠나야하는 내적갈등을 이겨내고, 보리수 정각을 이루기 위해서 마왕의 딸들의 유혹을 뿌리쳐야 하는 외적 갈등을 이겨냈던 것처럼, 무수한 사랑과 이별을 대하는 화자의 정서와 태도에는 욕망을 버리려는 불교적 지향의식이 존재한다.

3.2. 욕망에 제압된 고려불교 ; 소악부, 〈내당〉

『익재난고』(益齋亂藁) 권4에는 11수의 소악부가 수록되어 있다. 그 가운데 〈도근천 · 수정사〉(都近川 · 水精寺)는 욕정을 끊어내지 못한 불가의 행태를 지적한 작품이다. 당시 일부 승려들의 여성에 대한 추문까지 드러나, 불교계가 사회적 비판을 받았던 사실[49]을 상기할 때, 민중의 심리가 반영된 노래일 것이다.

都近川頹制水坊	도근천 냇물의 방축이 넘고,
水精寺裏亦滄浪	수정사 앞뜰까지 흙탕물 잠겼네.
上房此夜藏仙子	승방에는 이 밤 미인을 잠 재우다보니,
社主還爲黃帽郎	그 절 사주는 뱃사공이 되었다네.

물이 넘친다. 그것도 흙탕물이다. '도근천'의 정확한 지명을 알 수는 없지만, 도읍지 근처의 냇가라고 푼다면, 왕실의 향락이 넘쳐나서, 밝고 청정한 도리를 찾아 정진하는 '수정사'까지 미쳤다고 볼 수 있다. 승방에는 미인이 잠을 자고 있다. 〈노힐부득 달달박박〉(努肹夫得 怛怛朴朴)의 구도행각은 아닌가 보다. 그 절 사주가 뱃사공이 되었기 때문이다.

49 許興植, 앞의 책, 498~520쪽.

유교가 고려불교를 수용할 수밖에 없었던 이유는 왕실의 비호를 받는 불교세력에 저항할 힘이 없었기 때문이다. 그런데, 불교의 탈종교적 행위가 누적되고, 민심에 이반하는 행위를 자행하면서, 서서히 비판적 입장을 드러낼 수 있게 되었다. 이제현은 이런 틈을 타 욕망의 노예가 된 승려를 제시함으로써 불교의 성적 타락을 표면화시킨다. 이것은 민사평(閔思平) 역시 마찬가지다. 『급암선생시집』(及庵先生詩集)에는 승려인 정인(情人)을 그리워하는 여성에게 시적 화자가 만날 방법을 제시하는 노래가 전한다.

情人相見意如存	정다운 임 만나고 싶은 뜻이 있거든,
須到黃龍佛寺門	황룡 절문 앞으로 오라.
氷雪容顔雖未覩	빙설같이 맑은 얼굴은 뵙지 못하더라도,
聲音彷佛尙能聞	그 음성만은 들을 수 있으리.

앞서 언급한 소악부에는 이미 구도의 길을 이탈해버린 승려가 제시되어 있지만, 급암의 소악부에는 이제 구도의 길을 포기할지도 모를 승려가 나온다. 아슬아슬한 상황이다. 아직 승려의 마음을 얻지 못한 여성은 넌지시 방법을 물었나보다. 그런데, 답이 온다. 음성만이라도 들으려면 황룡사 절문 앞에 가라는 것이다. 이제 여성은 황룡사 문을 기웃거릴 것이고, 승려의 구도의 길은 시작된다. 욕망과 번뇌의 사슬을 끊어내고 여성을 거부하면 정각의 길에 한 걸음 다가가겠지만 쉽지는 않은 일이다.

익재 소악부가 불교에 상당히 부정적 시각을 드러낸 것과 달리, 급암 소악부는 시험대 위에 선 불교를 제시한 것으로 보인다. 한참 불교계의 자기반성이 진행되고 있던 차였기 때문에, 화자가 욕망과 번뇌를 대면한 불교계의 단면을 보여준 것으로 이해할 수 있다.

비슷한 노래에 〈내당〉(內堂)이 있다.

山水淸凉소릐와
淸凉애ᅀᅡ 두스리 믈어디새라
道場애ᅀᅡ 오시ᄂᆞ니
ᄒᆞᆫ 남종과 두 남종과
열 세 남종 주ᅀᅥ쌔라
바회예 나ᄅᆞ새라
다로럼 다리러
열 세 남종이 다 여위실더드런
니믈 뫼셔 ᄉᆞᆯ와지
聖人無上兩山大勒하
다로림 다리러

–〈內堂〉

〈내당〉은 시적 화자가 청정한 사찰에 불공을 드리러 가면서(1~3행), 남자 종을 10여 명이나 거느리고 가서, 그들이 모두 여윌 때까지 욕정을 채운 연후에 임을 모시고 살아갈 수 있게 해달라고 미륵부처님께 기원(4~11행)한 노래로 볼 수 있다.[50] 정확한 의미를 파악하기는 어려우나, 명칭 '내당'과 '도량', '미륵'에 미루어 불교적 성격이 농후한 작품이 맞고, 『고려사』 원종10년 기록에 관정도량(灌頂道場)을 내원당(內願堂)에 세웠다는 기록도 있다.[51] 그러나, 미륵 앞에서, '열세 남종을 다

50 조평환, 「고려속요와 불교문화」, 『한국 고전시가의 불교문화 수용 양상』, 조율, 2011, 174~176쪽.

51 『高麗史』「世家」26, 원종 10년 12월.

여위게 된다면 임을 모시어 살고 싶다'고 발원하는 행위를 어떻게 이해할 것인가.

욕망을 채우기 위해 도량을 찾은 것은 물론이고, 미륵에게 욕망을 채운 다음에야 임을 따르겠다는 기원을 한 것이라면, 고려는 물론이고 조선에 와서 『시용향악보』에 기록될 수도 없었을 것이다.

그래서 〈내당〉을 '부녀'(婦女)를 제목으로 한 노래로 보고, 성실한 부인들의 일상생활의 단면을 그리면서 '聖人無上 兩山大勒'에게 간절한 정성을 기도한 것으로 본 논의가 선뜻 이해가 된다.[52] 그러나, '도량'을 '도랑[溝]', '남종'을 '헤진 바지'로 읽을 수 있는 근거가 빈약하다. 여전히, 시적 화자의 열렬한 소망을, 성적 욕망을 달성하고픈 고려 여인의 욕정으로 봐야, 당시 불교계의 부도덕성을 넌지시 풍자한 작품으로 읽을 여지가 있다. 욕망을 달성해야 임을 모시는 도덕성이 회복될 수 있으니 미륵이 힘을 빌려달라는 시적 화자의 발상은, 고려불교가 욕망을 비울 방편을 제시하기는커녕, 욕망을 충족할 방편이 돼버렸음을 보여주는 것이다.

4. 불교 의례와 고려의 욕망

고려불교는 현세의 복을 기원하는 기복불교(祈福佛敎)의 성격이 강했기 때문에, 종교적 구원의 문제를 제시한 고려시가는 찾기 어렵고, 민속 신앙의례에서 연희물로 쓰인 예가 많다.

---

52 權在善, 「時用鄕樂譜 內堂歌詞의 語釋」, 『한민족어문학』 14권, 한민족어문학회, 1987, 1~9쪽.

충혜왕 4년 8월에 원의 사신인 감승(監丞) 오라고(吾羅古)와 묘련사(妙蓮寺) 북봉(北峯)에서 향연을 베풀었는데, 천태종 승려 중조(中照)가 일어나 춤추고, 궁인도 같이 하게 하니, 혹 처용희를 하기도 하였다는 기록이 있다.[53] 묘련사는 원 황실의 지원으로 개경에 창건한 사찰이다. 이로써 〈처용가〉가 원에 직·간접적으로 전승되었을 가능성도 점쳐 볼 수 있다. 이미 불성(佛性)은 잃었지만, 연희물로 폭넓게 향유·전승된 흔적은 여러 곳에서 발견된다.

연등회를 위시한 각종 불사에서 불린 〈무애〉, 〈관음찬〉, 기타 범패와 팔관회를 위시한 각종 잡사(雜祠)·잡희(雜戲)·구나행사(驅儺行事)에서 불린 〈처용가〉 이하 『시용향악보』소재 무가들을 포함해, 불교계 가요 및 무가 계통의 궁중무악에 대한 연구는 거의 미개척 상태로 남아 있다.

이들 노래는 민간전승 가요 중 일부를 궁중음악으로서의 각기 특수한 요구에 입각해 변용·발전시킨 것이다. 이를 담당한 것은 봉상악공(捧上樂工)·관기 그리고 팔관회·연등회 등에 참여한 전국 각지의 선랑(仙郎)들이었다. 팔관회·연등회의 행사가 각 지방의 신앙 공동체인 향도의 행사를 결집하는 의미도 지녔다.[54] 그 때문에, 불교가사의 기원과 발생 문제도 승·속이 만나는 당시의 각종 불사 및 종교 조직과 관련해서 해명할 수 있을 것 같다.[55]

---

53 "元使監丞吾羅古請享王王曰今日須往妙蓮寺爲樂吾羅古先至候之王率二宮人及晡乃至登寺北峯張樂僧中照起舞王悅命宮人對舞王亦起舞又命左右皆舞或作處容戲"『高麗史節要』권25, 忠惠王 癸未4년 8월.

54 이태진, 「염천개심사석탑기의 분석」, 『歷史學譜』53·54합집호, 歷史學會, 1972, 각주 13.

55 김명호, 「고려가요의 전반적 성격」, 『古典詩歌論』, 새문社, 1984, 208~210쪽.

圓通敎主觀世音菩薩 補陀大師觀世音菩薩 聞聲濟苦觀世音菩薩 拔苦與樂觀世音菩薩

大慈大悲觀世音菩薩 三十二應觀世音菩薩 四十無畏觀世音菩薩 救苦衆生觀世音菩薩

不取正覺觀世音菩薩 千手千眼觀世音菩薩 手持魚囊觀世音菩薩 頂戴彌陀觀世音菩薩

白花ㅣ芬其萼ᄒᆞ고 香雲이 彩其光ᄒᆞ니 圓通觀世音이 承佛遊十方이샷다.

權相百福嚴ᄒᆞ시고 威神이 巍莫測이시니 一心若稱名ᄒᆞᄉᆞ오면 千殃이 卽殄滅ᄒᆞᄂᆞ니라.

慈雲이 布世界ᄒᆞ고 凉雨ㅣ洒昏塵ᄒᆞᄂᆞ니 悲願이 何曾休ㅣ시리오 功德으로 濟天人이샷다.

四生이 多怨害ᄒᆞ야 八苦ㅣ相煎迫이어늘 尋聲而濟苦ᄒᆞ시며 應念而與樂ᄒᆞ시ᄂᆞ니라.

無作自在力과 妙應三十二와 無畏를 施衆生ᄒᆞ시니 法界普添利ᄒᆞᄂᆞ니라.

始終三慧入ᄒᆞ시고 乃獲二殊勝ᄒᆞ시니 金剛三摩地를 菩薩이 獨能證ᄒᆞ시니라.

不思議妙德이여 名徧百億界ᄒᆞ시니 淨聖無邊澤이 流波及斯世시니라.

-『樂學軌範』卷五 〈鶴蓮花臺處容舞合設〉

〈관음찬〉은 십이관음(十二觀音)을 열거한 다음, 삼십이응신(三十二應身)을 시현(示現)하여 심성구고(尋聲救苦)·응념여안(應念與安)하시는 관음보살의 덕을 예찬한 노래이다. 어숙권(魚叔權)은 고려 때 글에 능한 승려가 지은 것[56]라 했고, 『문헌비고』에는 고려부터 전하던 노래라고 기록되어 있다.[57]

『대동야승』 권1 「용재총화」(慵齋叢話)를 보면, 〈관음찬〉은 〈처용희〉가 끝나면 뒤 이어 연희되었다. 선달 그믐날 밤, 창경궁과 창덕궁에서 새벽에 이르도록 주악(奏樂)하고, 영인(伶人)과 기녀에게 각각 포물(布物)을 하사하여, 사귀(邪鬼)를 물러나게 했다.[58] 조선에 와서 〈관음찬〉이 〈처용희〉와 함께 궁중의 벽사희(辟邪戱)가 되었음을 알 수 있는데, 〈처용〉의 벽사력은 이미 알려진 바이나, 관음보살의 벽사력은 불교 본래성을 주술성으로 환치한 것이다.

전통적으로, 신라불교의 특성으로 지목된 관음신앙은 고려왕실의 기복불교로 이어졌을 가능성이 크다. 현세의 고통을 덜어낼 방법을 찾아 현세의 복락을 주는 보살이 관음보살이기 때문이다. 〈도천수대비가〉가 선례가 된다. 그런데, 〈관음찬〉은 말 그대로 '관세음보살의 법력을 칭송하는 노래'로 노래에 앞서 거론된 관세음보살의 권능이 전제적 힘을 부여한다는 측면에서, 〈처용〉의 권능이 신라 처용에서 부여된 것과 구조적으로 상응한다. 마침 〈처용〉과 〈관음찬〉이 합주되었음을 고려할 때, 〈관음찬〉은 고려 불교의례와 밀접한 관련이 있는 고려노래로 볼 수 있다.

---

56 "所謂觀音讚不知昉於何時必高麗之世有能文阿彌者所撰也每篇有阿彌陀佛南無阿彌陀佛之語又其全篇專頌佛道豈可以此道內殿之曲乎" 『增補文獻備考』 권107, 樂考.

57 "謹按鳳凰吟外又有處容歌觀音讚然本自高麗流傳至今列於樂府而已非聖朝之所常用故二篇削之不錄" 『增補文獻備考』 권103, 「樂學軌範」 鄕樂呈才歌詞 鳳凰吟.

58 "處容退列于位於是有妓一人唱南無阿彌陀佛群從而和之又唱觀音贊三周回匝而出每於除夜前一日夜分入昌慶昌德兩宮殿庭昌慶用妓樂昌德用歌童達曙奏樂各賜伶妓布物爲闢邪也" 『大東野乘』 卷1 「慵齋叢話」.

셰계즁ᄉᆡᆼ世界衆生이 미실본각슈파튝랑迷失本覺隨波逐浪이어를

여릐이민如來哀憫ᄒᆞ샤 시슈힝로始修行路ㅣ 무비일대ᄉᆞ無非一大師ㅣ시니.

아난존자阿難尊者ㅣ 진ᄌᆞ방변眞慈方便으로 부위말흑副爲末學이어시ᄂᆞᆯ

관셰음원통觀世音圓通을 문슈文殊ㅣ 독션獨善이샷다.

남무셕가셰존南無釋迦世尊하 죠ᄎᆞ금회심照此今悔心ᄒᆞ쇼셔.

시방불모무샹보인十方佛毋無上寶印으로 유연有緣을 ᄀᆡ도開道ᄒᆞ시ᄂᆞ니

약유슈증쟈若有隨證者ㅣ어든 마풍魔風이 블득취不得吹케ᄒᆞ쇼셔.

션지善哉라 호법護法ᄒᆞ신 텬룡귀신天龍鬼神이엿샷다.[59]

– 〈능엄찬〉(楞嚴讚)

한편, 〈능엄찬〉은 조선 초 김수온(金守溫)의 찬불가로 보기도 하고, 작자·연대 미상의 고려가요로 보기도 한다. 본성을 잃고 헤매는 중생을 구원한 여래의 공덕을 찬양하고, 여래의 힘으로 마풍(魔風)이 불지 못하도록 해달라고 축원하고 있다. 그런데, 부처의 권능이, 돌연 "션지라 호법ᄒᆞ신 텬룡귀신이엿샷다"로 귀결된다. 속요 〈처용〉의 나후덕이 역신을 제압하는 축귀력으로 변한 것과 다름이 없다. 만약, 〈능엄찬〉이 김수온의 작품이거나 불교적 세계관을 기반으로 한 창작품이라면, 불교와 토착신앙의 결합 양상이 드러나는 고려불교의 속성을 보이기는 어렵다고 본다. 조선이 억불정책을 쓴 것은 사실이나, 대다수 사대부가 여전히 종교적 세계관은 불교 교리에 의존하고 있었고, 김수온은 수양대군이 『석보상절』을 편찬할 때 도움을 줄 만큼 해박한 불교지식을 가진 인물이었기 때문이다.

59 『樂章歌詞』歌詞 上.

신라의 노래이나, 고려에 와서 연희물로 완성된 〈무애〉 역시 고려불교와 밀접한 관련이 있다.[60] 주지하는 바, 원효의 〈무애〉는 정토사상과 화엄사상을 기반으로 한 원효의 대중교화 방편이 노래와 연희로 발현된 것이다.[61] '무애'는 곧 『화엄경』 「보살명난품」(菩薩明難品)의 "一切無㝵人 一道出生死"에서 취한 것이며, 이것은 원효의 실천수행이 진여삼매(眞如三昧)에 이르는 정토신앙과 연결된 것임을 시사한다.[62]

그러나 고려왕실을 거쳐 조선으로 오면 〈무애〉의 구도성은 퇴색한다. 『고려사』를 보면, 두 명의 기생이 나와 북면하고 염수족도(斂手足蹈)하며 무애사를 노래했다고 하며,[63] 『세종실록』16년 4월에, 승려들이 무애희를 하면, 부녀들이 옷을 벗어 보시했다는 기록이 있다.[64] 대중이 자발적 놀이 문화를 향유하면서 자연스럽게 부처의 명호(名號)를 외쳐서, 근기(根機)가 낮은 대중이라도 미타정토에 이르기를 바랐던 원효의 바람이 변질된 것이다.

〈관음찬〉과 〈능엄찬〉은 창작 시기가 분명하지 않고, 〈무애〉는 신라 작품이다. 그런데, 〈관음찬〉과 〈능엄찬〉은 불교적 신앙체계를 기반으로 현세적 구복을 발원한 노래로 고려 불교의례에서 연희된 연희물일 가능성이 크다. 〈무애〉 역시 고려적 발상으로 향유된 흔적을 찾

60 "無㝵之戲出自西域其歌詞多用佛家語且雜以方言難於編錄姑存節奏以備當時所用之樂" 『高麗史』 권71 樂志.

61 김영태, 「신라불교대중화의 역사와 그 사상연구」, 『불교학보』 6, 동국대 불교문화연구원, 1969, 190쪽.

62 김두진, 『신라 화엄사상사연구』, 서울대학교 출판부, 2002, 39쪽.

63 『高麗史』 권71 樂志 俗樂呈才 無㝵.

64 "僧覺圓信珠信賢等作無㝵戲婦女等稱布施解衣與之" 『世宗實錄』 권64, 16년 4월.

을 수 있다.

결국, 고려왕실이 원의 영향을 받아 극문화에 젖어 있어서, 연희에 구연되는 연희문학이 활성화되었기 때문에, 고려시가는 독자성을 확보하지 못하고 불교의례 연희물이 되었고, 이것이 고려시가에서 불교적 세계관을 찾기 어려운 이유 중 하나가 된 것이다. 고려시가는 고려인의 욕망을 기원할 타력 불교의례를 담당하는 데 만족하게 된 것이다.

5. 맺음말 – 고려시가와 불교의 거리

본고는 고려시가에 나타난 화자의 세계관을 불교사상과 연계시켜 논의함으로써, 불교적 성격이 어떻게 고려시가에 투영되었는지 검증하려는 취지에서 출발했다.

고려불교는 민중을 구원하여야 하는 종교적 가치는 실현하지 못하고, 도리어 민중을 핍박하여 민중에게 외면당하는 종교가 되었다. 때문에 애당초 민중의 노래였던 민요에는 불교를 비난하는 목소리가 제법 있었을 것이다. 이것을 재빨리 표면화시킨 것은 사대부의 소악부이다. 탐탁지 않은 불교를 이탈시킬 명분이 생긴 것이기 때문이다.

그러나, 오랜 세월 삶을 지탱하는 정신적 지표였던 불교가 일시에 민중에게 외면되었다고 볼 수는 없다. 불교적 세계관을 바탕으로 세상을 인식하는 일에 익숙한 민중은, 자신에게 발생한 일들을 익숙한 세계관 안에서 수용하고 내면화하여 상황을 인식하게 마련이다. 이것이 욕망을 대면한 상황일 때, 이에 반응하는 화자의 태도에서 찾아질 것이라 보았다.

그 결과, 욕망의 사슬을 끊어내지 않으면 깨달음에 이를 수 없음을 제시한 작품은 '욕망 인식과 깨달음 ; 〈쌍화점〉, 〈처용〉, 〈이상곡〉', 끝내 욕망의 사슬을 끊어내지 못한 작품은 '욕망에 제압된 고려불교 ; 소악부, 〈내당〉'에서 찾았다. 〈쌍화점〉의 화자는 타자의 욕망에 순응했다는 이유로 부도덕한 인물이 되었지만, 그로 인해 욕망의 너저분함을 깨닫게 되었다. 공교롭게도 〈삼장〉은, 화자의 외침은 빠진 채, 불교의 타락만을 그린다. 더 이상 종교로서의 깨달음을 줄 수 없는 불교의 부도덕과 타락상을 보여주려고 한 것이 소악부인 것이다. 〈처용〉은 역신의 욕망을 처용의 불력으로 제압한 노래이다. 처용은 역신의 욕망을 제압하면서 획득한, 욕망의 덧없음에 대한 깨달음 때문에 삼재팔난을 소멸할 힘을 얻은 것이다. 〈이상곡〉 역시 마찬가지다. 잠시 딴마음을 먹었던 화자의 정신이 번쩍 든 것은 무간에 빠질 두려움 때문이다. 욕망에 사로잡힌 자신의 마음을 임에 대한 기약으로 대체할 수 있었던 것은 욕망을 끊어낼 명분을 얻었기 때문이다. 이로써, 〈쌍화점〉은 욕망을 채웠으나 그 결과 허망을 깨달아 욕망을 비운 경우, 〈처용〉은 타자의 욕망을 제압함으로써 욕망을 비운 경우, 〈이상곡〉은 욕망을 갖지만 불교적 응보에 대한 두려움 때문에 욕망을 비운 경우로 구분할 수 있다.

한편, 소악부와 〈내당〉을 보면, 욕망과 욕망의 실현에 제약을 받지 않는 화자가 나온다. 욕망에 제압된 고려불교의 폐단을 비판적 시선에서 지적한 것인데, 소악부는 불교적 세계관을 유교적 세계관으로 대체하려는 사대부의 의도와 당시 불교계의 문제를 달갑게 여기지 않았던 민중의 태도가 만나서 이룬 합작품이 된다. 고려속악인 〈내당〉 역시 타락불교의 폐단으로 문란해진 불교문화를 배경으로 한 노래이다.

욕망에서 단서를 찾아, 화자가 욕망을 인식하고 수용하거나 거부하면서 내면화하는 방식을 찾아본 결과, 고려시가가 욕망에 무력한 고려사회와 불교계에 대한 바람직한 자세, 비판적 성찰을 제안하고 있음을 알 수 있었다.

또한, 고려불교의 세속화 현상 때문에 고려시가에서 구도나 구원을 형상화한 작품을 찾기는 어려우나 구복을 형상화한 작품이 많음을 알 수 있었다. 이것은 신라불교의 구복과 차원을 달리하는데, 고려불교가 재래 신앙체계를 끌어와 기득권층의 복을 비는 권력 지향성이 강하고, 기원대상을 제시하고 복을 구하는 타력신앙의 형태였으며, 원과 라마교의 영향을 받아 많은 재원을 필요로 하는 종교로 변한 것과 관련된다. 게다가, 원 극문화의 수용으로 기복적 불교의례에서 불교계 속악인 〈관음찬〉, 〈능엄찬〉, 〈무애〉 등 연희 성격이 강한 작품이 향유되었다. 고려불교의 권력 지향성, 기복적 불교의례의 활성화, 타력 기원물인 불교 예술품의 창작이 고려시가가 불교문학으로서의 독자성을 확보하기 어려운 이유로 작용했다.

이런 가운데, 불교계 안팎에서 자정운동이 일어났고, 『석가여래행적송』처럼 내부 고발자의 목소리가 담긴 장편한시도 나타나게 되었다. 부처의 일대기와 불교동점(佛教東漸) 과정을 노래한 불교서사시의 출현은 〈월인천강지곡〉으로 이행된다. 또한, 미륵신앙을 기반으로 한 민중결사인 향도의 활동도 두드러졌다. 그들의 모임에서 내세불인 미륵을 예찬하거나 미륵 주처(住處)를 기원하는 노래가 불렸을 가능성은 크다. 고려후기 불교가사의 성격이 민중과 거리를 좁히려는 불교계의 자성과 교화의 성격이 강한 점에 미루어 향도의 활동과 관련이 있었으리라 추측할 수 있다.

결국, 고려시가가 불교문학의 본래적 성격에서 거리가 멀어진 것은 사실이지만, 고려불교와의 거리가 멀어졌다고 볼 수는 없다. 인간 본래적 욕망을 지켜보는 방식에서 불교적 세계관이 반영되어 있었고, 욕망을 제압하기는커녕 욕망에 제압당하는 고려불교의 폐단을 지적하고 있었기 때문이다. 또한, 재래 신앙체계와 혼합된 불교의례가 잦았고 극문화와 불교 예술품 등 고려 특유의 문화가 활성화 되면서, 시가문학의 독자성이 약화되었음을 알 수 있었다. 고려불교의 성격 탓에 고려시가에서 불교적 성격이 약화될 수밖에 없었던 것이다. 한편, 불교 자정운동이 일어나면서 불교 교리를 바탕으로 한 작품이 생산되었다. 비록 한시 형태로 제작되었으나 불교적 구원과 깨달음의 세계를 지향한 본격 불교문학이 생산된 것이다. 민중을 위한 교화적 불교문학인 불교가사가 생산된 것도 주목할 사항이다. 고려속요에 한정된 논의의 틀을 벗어나면, 고려시가와 불교의 거리는 한층 가까워진다.

본고가 기왕의 고려가요 분석을 수용하지 못하고, 불교사상과 세계관을 '욕망'이라는 한정된 틀에서만 읽었음을 인정한다. 고려시가 전반을 대상으로 논의하지 못한 한계도 있다. 그러나 고려를 배경으로 형성된 시가와 당대 불교의 거리를 반영론의 입장에서 좁힐 수 있다는 결론에 의미를 둔다.

고려 소악부와 속요의 관계

◉

김유경

1. 머리말

고려 소악부란 익재(益齋) 이제현(李齊賢)의 소악부 11수와 급암(及庵) 민사평(閔思平)의 소악부 6수를 가리킨다. 소악부는 악부의 한 형태이다. 악부 가운데 단형이라는 의미에서 붙은 이름으로, 7언절구 또는 절구 형식을 말한다. 소악부는 중국에도 있었다. 하지만 고려 소악부는 그 영향에서 생긴 것이 아니라, 이제현이 독자적으로 시도한 것으로 보인다. 박현규는 이종찬의 연구에서 비롯된, 소악부는 절구체의 악부라는 견해에 동조하면서도, 중국 남북조 시대에 있었던 7언절구체의 악부를 당대에는 소악부라 명명하지는 않았음을 지적하며, 소악부라는 명칭은 익재와 동시대 사람인 양유정(楊維楨)이 처음 사용한 것으로 보았다. 그런데 양유정이 출사한 시기는 익재가 원에 있을 때보다 늦기 때문에 교유했을 가능성이 적다고 보아, 익재가 중국 남북조 시대의 절구적인 악부나 원말 양유정의 소악부에서 따온 것이 아니라, 다른 악부 작품에 비해 짧다는 의미를 취해 독자적으로 '소'자를 붙인 것으로 보았다.[1]

고려 소악부는 국문학사에서 큰 의미를 지닌다. 고전시가 영역에서는 현전하는 고려시대 우리말 노래가 매우 적은 형편에서 당대에 불린 노래를 듣고 그 감흥을 시화한 당대의 문헌자료이기 때문이다. 한문학 영역에서는 조선후기에 이르러 다시 활발해지게 되는 소악부 양식의 남상이라는 의미를 지닌다. 또한 이 둘을 아우르는 국문학사 영역에서 보자면 식자층의 기록 문학인 한시 형식으로 민간에서 구전되는 우리말 노래를 소재로 한다는 점에서 상하층 문화의 통섭이라는 의미를 갖는다.

고려 소악부는 표기수단을 갖지 못한 구전의 속요들을 7언절구의 시 형식을 빌려 재현한 한문학의 토착화[2]로 평가된다. 또한 자국 고유문화에 대한 애긍심이 동기가 되면서 중국의 형식을 본뜨는 가운데 독창적인 양식 개발을 성취한 것으로서, 소악부가 울리고자 하는 공감대는 사회에 널리 전파된 노래를 대상으로 하면서 작자층의 사유를 지배하는 한문 영역을 탈피한 구어 전승의 세계와 화해를 모색하면서 이루어진 것[3]으로서의 의미가 있다.

중국 한대(漢代)에 민요를 채록하려는 의도에서 시작된 악부가 태생적으로 민간 가요와 밀접한 관련을 가지듯이, 고려 소악부도 당대의 민요와 밀접한 관련을 지녔을 것이다. 고려 소악부 연구가 시작된 이래 소악부와 민요의 관련성은 중요하게 다루어져왔는데, 주로 소악부

---

1 박현규·이제현, 「민사평의 소악부에 관한 연구」, 『한국한문학연구』 18, 한국한문학회, 1995, 159~163쪽.

2 이우성, 「고려말기의 소악부 -고려속요와 사대부문학」, 『한국한문학연구』, 한국한문학회, 1976, 9~11쪽.

3 윤덕진, 「소악부 제작 동기에 보이는 국문시가관」, 『열상고전연구』 34, 2011, 95~96쪽.

가 민요 또는 속요의 번역인 것으로 논의되었다.

> 중국 漢代에서 기원하여 唐代까지 흥성하였던 시체인 악부란 명칭을 습용하여 악부형식 중 절구체로써 익재 당시에 유행하던 가요를 번역 정착한 것이다. 당시에 유행하던 고려가요의 解詩이다.[4]

> 소악부는 속요의 번역이며, 속요한역의 칠언절구이다.[5]

이러한 논의 과정에서 소악부가 민요 또는 속요의 '번역'인가 하는 점이 문제가 되었다. 최미정은 소악부의 작시법을 번역으로 한정할 수 없음을 지적하며 역해(譯解)라는 개념을 제시하였다. 익재 소악부와 향가 〈처용가〉를 비교할 때 그것이 번역이 아님은 명확하다는 것이다. 또한 〈제위보〉의 경우, 『고려사』「악지」에서 해설한 내용과 익재 소악부 내용과의 차이는, 번안의 방식으로 이해해야 함을 지적하였다. 그는 소악부 중에는 원가(原歌)를 직역하는 경우도 있지만 그렇지 않은 경우가 훨씬 많음을 지적하며 역해라는 용어를 제안하였다. 번역은 원시문의 내용을 충실히 옮길 것을 기대하지만 역해는 그렇지 않다는 것이다.[6]

소악부의 작시법이, 그 창작의 연원이 되는 노래와의 관련 정도에서 볼 때 직역이 아닌 점에 주목하는 논의는 이어졌다. 박혜숙은 악부시의 형성과정 가운데 고려 소악부를 다루면서, 소악부를 한역시와 구분

---

4 서수생, 「익재 소악부의 연구」, 국어국문학회 편, 『高麗歌謠研究』, 정음사, 1979, 180~191쪽.

5 이종찬, 「소악부 시고」, 『동악어문연구』 창간호, 1965, 181쪽.

6 최미정, 「고려가요와 역해 악부」, 『우전 신호열선생 고희기념논총』, 우전신호열선생고희기념논총간행위원회, 창작과 비평사, 1983, 588~596쪽.

하여 민요시라 하였다. 악부시 가운데 한역시에 가장 근접해 있는 것이 소악부인데, 소악부는 민요를 한문으로 옮긴 것이라는 점에서는 한역시와 동일하나, 작가가 자기 작품으로 인정하고 있다는 점에서는 한역시와 분명히 구별된다고 하였다. 민요시란 민간가요를 바탕으로 삼아 문인이 창의를 보태 창작한 한시를 가리키며, 민간가요를 수용했으면서도 어디까지나 독자적인 가치를 갖는 한시로서 창작된 것이기에 한역시와는 구별된다고 하였다.[7] 또한 소악부에서 원가를 전화하는 방식은 노래의 원의를 벗어나지 않는 범위 내에서 창의적인 표현을 하고 있다는 점에서, 그 담당자의 창조성이 적극적으로 개입되지 않는 역해나 번역의 개념으로 이해하기보다는 시인의 창조성이 적극적으로 작용함이 인정되는 번해(飜解)라는 개념으로 이해하는 게 적절하다고 하였다.[8] 윤덕진은 원가에서 소악부로의 변화를 '번사'라는 용어로 표현하였다.[9]

이들의 논의에서 중시할 점은 번역이라는 용어가 기존 작품의 내용을 충실히 옮기는 데 치중하는가 하는 점이다. 우리말 노래를 한문으로 옮겼다는 점에서 소악부를 번역이라고 했을 때, 소악부와 그 원천인 노래와의 관계는 하나의 텍스트와 이질 언어로의 코드 변환으로만 읽힐 여지가 크다. 그러므로 소악부가 기존 노래의 단순한 번역이 아니었다는 점을 드러내기 위해 연구자들은 '직역이 아니다'라고 표현하

7 박혜숙, 『형성기의 한국악부시 연구』, 한길사, 1991, 47~49쪽. 한역시란, 하나의 예술작품을 창조한다는 의식 없이 그저 우리말 노래를 한문으로 옮겨놓은 수준에 불과한 것으로서 독자적 작품으로서의 악부시라고 볼 수 없다고 하였다.

8 박혜숙, 「고려말 소악부의 양식적 특성과 형성경위」, 『한국한문학연구』 14집, 한국한문학회, 1991, 46쪽. 한편 박성규도 익재의 소악부 창작을 번해로 표현하였다.

9 역시라는 용어도 함께 사용한다.

거나, 대체어로 번해 등의 용어를 사용한 것이다.

이와는 달리 김혜은은 고려 소악부를 번역시로 파악하였다. 그러나 논의과정에서, 고려 소악부를 '민요를 수용하여 새롭게 창작해 낸 것'[10]이라고 인식하는 것을 볼 때, 그가 택한 '번역시'라는 용어는 적절치 않은 것으로 보인다. 번역이란 그것이 직역이든 의역이든 또는 번안이든 원 작품의 내용을 다른 언어를 사용하여 충실히 옮긴다는 데에 주된 목적이 있는 것이기 때문이다.

「악지」에서는 해당 노래를 소재로 한 익재의 소악부를 '이제현이 시를 지어 해설하기를[作詩解之]'이라는 언급과 함께 실었다. 이와 같은 언급이 소악부가 해당 노래를 풀이한 것으로 오해할 소지가 되었다. 그러나 『고려사』「악지」에는 우리말(俚語)을 싣지 않는다는 편집 원칙[사리부재]에 따라, 노랫말을 실을 수 없었기에 그것을 소재로 한 익재의 소악부를 싣는 것으로 대치한 것이다. 소악부는 그 노래를 원천으로 하여 새로 지은 것이기는 하지만 그 노래와 어느 정도 관련을 가진 한문기록이기 때문이었다.

고려 소악부 논의 과정에서 중요한 것은 번역, 역해, 번해, 번사 등 다양한 용어 가운데 어떤 한 용어를 선택하는 문제는 아니라고 생각된다. 번역, 역해, 번해, 번사 등의 용어에서 담아내고자 하는 의미, 곧 고려 소악부와 그 소재 노래와의 관계성에 다시 논의의 초점을 모아야 할 것이다. 고려 소악부가 기존 우리말 노래의 내용을 충실하게 옮기기에 치중하였는가, 아니면 작가가 주체가 되어 그 노래에서 받은 느낌을 바탕으로 독자적인 새 작품을 창작하기에까지 이르렀는가 하는 점에

10 김혜은, 「번역시가로서의 소악부 형성 과정과 번역 방식 고찰」, 『한국시가연구』 31집, 한국시가학회, 2011, 256쪽.

논의의 핵심을 두어야 할 것이다. 논의를 이와 같이 전환할 경우 불필요한 논쟁이 사라지고, 당대의 우리말 노래를 원천으로 새롭게 창작된 고려 소악부의 위상과 가치에 좀 더 가까이 접근할 수 있을 것이다.

2. 고려 소악부 창작 의식

고려 소악부에는 익재의 11수와 급암의 6수가 있다. 『익재난고』에 전하는 익재의 소악부 11수는 전후 두 부분으로 구분된다. 앞의 9수는 모두 '소악부'라는 표제 아래 아무런 부가 설명 없이 실려 있다. 이와는 달리 뒤의 2수는 제목에서 익재와 급암 간의 소악부 제작에 관한 의견 교환의 전후 맥락이 드러나 있다. 서(序)의 성격을 띠고 있는 이 시제(詩題)를 통해, 급암이 생각하는 소악부 제작의 어려움과 익재가 생각하는 소악부 제작의 의의를 알 수 있다. 이를 통해 익재가 소악부 제작의 의미를 기존의 노래 내용을 그대로 한문으로 옮기기에 중점을 두었는지 아니면 노래를 통해 작가가 독자적으로 느낀 감흥을 시화하는 데 중점을 두었는지를 확인할 수 있다.

> 어제 곽충룡(郭翀龍)을 만나보았는데 그의 말이, 급암이 나의 소악부에 화답하고 싶으나 한 가지 일에 말이 겹치기[事一而語重] 때문에 못하였다고 한다. 나는 이에 대하여, '유우석(劉禹錫)이 지은 〈죽지사〉는 모두 기주(夔州)와 삼협(三峽) 지역의 남녀들이 서로 즐거워하는 노래인데, 소식(蘇軾)이 이비(二妃), 굴원(屈原), 초회왕(楚懷王), 항우(項羽)의 고사를 엮어 장가로 〈죽지사〉를 지었으니, 옛사람의 것을 답습한 것이었던가? 급암은 별곡 중에서 마음에 느껴지는 것[別曲之感於意者]을 취하여서 바꾸어 새 노래를 짓는다면[翻爲新詞] 괜찮을 것이다.'라고 하

고, 두 편을 지어 화답하도록 분발시킨다.[11]

익재의 언급으로 볼 때, 급암은 자신이 익재의 소악부에 화답하지 못하고 있는 이유를 '한 가지 일에 말이 겹치기 때문[事一而語重]'이라고 하였음을 알 수 있다. 급암은 이러한 이유로 소악부를 짓지 못하고 있었던 것인데, 이에 대해 익재는 한 가지 일에 대해서 다른 각도에서 노래를 지을 수 있다는 자신의 생각을 밝힌다.

이미 유우석(劉禹錫)이 민요를 바탕으로 하여 악부시 〈죽지사〉를 지었고, 뒤에 소식이 그에 구애받지 않고 다시 악부시 〈죽지사〉를 지었다. 그렇다고 해서 소식의 〈죽지사〉가 옛 사람의 시를 답습한 것이라고 할 수 있겠는가? 라고 익재는 질문하였다. 그는 소식의 〈죽지사〉를 '옛 사람을 답습한 것[襲前人]'이라고 볼 수 없다는 생각을 가지고 있다. 유우석이 남녀가 서로 즐기는 내용을 그린 데 비해 소식은 이비·굴원·회왕·항우 등의 고사를 활용하여 같은 표제로 다른 악부시를 지었기 때문이라는 논리이다. 소식의 〈죽지사〉는 유우석의 〈죽지사〉를 답습한 것이 아니며, 한 가지 일에 말이 겹친다고 할 수 없다는 것이다.

위에 인용한 익재의 시제는 소악부 연구에서 놓칠 수 없는 핵심 정보를 제공한다. 그런데 대부분의 연구자들이 유유석의 〈죽지사〉와 소식의 '장가'를 별개로 파악하였다.[12] 익재가 말한 소식의 '장가'는 바로

---

11 昨見郭翀龍, 言及菴欲和小樂府, 以其事一而語重, 故未也。僕謂劉賓客作竹枝歌, 皆夔、峽間男女相悅之辭, 東坡則用二妃、屈子、懷王、項羽事, 綴爲長歌, 夫豈襲前人乎? 及菴取別曲之感於意者, 翻爲新詞, 可也。作二篇挑之。『익재난고』 제4권 시.

12 이러한 점에 관해서는 박현규, 위의 논문, 164쪽에서 지적했다. 박현규 이전에 황

〈죽지사〉라는 점을 알아야 한다. 그래야 '사일이어중'(事一而語重)의 의미가 정확히 드러난다. 그리고 '한 가지 일에 말이 겹치는' 문제를 유우석과 소식의 〈죽지사〉를 통해 해명하려는 익재의 의도를 파악할 수 있다. 익재는 유우석과 소식이 민요 〈죽지가〉에서 받은 감흥을 바탕으로 하여 각각 악부시 〈죽지사〉를 제작한 일을 자신의 소악부 제작의 의의로 삼았으며, 그것으로써 급암을 분발시킨다.

〈죽지사〉는 중국 파촉(巴楚)일대, 즉 사천(四川) 동부와 호북(湖北) 서부의 장강(長江) 유역의 민요에서 기원한 악부시이다. 파(巴)·투(渝) 지역에서 나왔다고 하여 그 지역 명칭을 따서 파투사(巴渝詞)라 칭하기도 한다. 소식은 이와는 약간 달라, 초(楚) 지역의 민요로 파악한다.[13] 당대(唐代) 이후 근대에 이르기까지 중국과 한국을 막론하고 수없이 많은 문인들이 민요를 바탕으로 〈죽지사〉를 지었는데, 이 가운데 익재가 인용한 유우석과 소식의 경우를 살펴본다.

유우석이 〈죽지사〉를 지은 계기와 의의는 그의 〈죽지사구수병인〉(竹枝詞九首幷引)에 나타난다.[14] 그는 중국 각지의 민요는 소리는 달라

위주, 「조선전기 악부연구」, 고대 박사논문, 1989, 52쪽에서도 소식의 '장가'를 〈죽지사〉로 파악하였다.

13 박현규, 「중국 초기 죽지사고」, 『중어중문학』 제15·16합집, 한국중어중문학회, 1994; 신하윤, 「「竹枝詞」 연구를 위한 탐색」, 『중어중문학』 36집, 한국중어중문학회, 2005 등 참조.

14 四方之歌, 異音而同樂。歲正月, 余來建平, 里中兒聯歌竹枝, 吹短笛擊鼓以赴節, 歌者揚袂睢舞, 以曲多爲賢。聆其音中, 黃鍾之羽, 卒章激訐如吳聲。雖傖儜不可分, 而含思宛轉, 有淇、澳之豔音。昔屈原居沅、湘間, 其民迎神, 詞多鄙陋, 乃爲作九歌, 到於今荊楚歌舞之。故余亦作竹枝九篇, 俾善歌者颺之, 附于末, 後之聆巴歈, 知變風之自焉。박현규, 「중국 초기 죽지사고」, 『중어중문학』 제15·16합집, 한국중어중문학회, 1994, 183쪽에서 재인용. 後之聆巴歈의 巴歈는 巴渝로 蜀古地名이며 古曲調名이기도 한데 바로 죽지사 곡조를 말한다.

도 음악은 같다[異音而同樂]고 하였다. 이것은 모든 곡조가 같다는 의미가 아니라, 지방 사투리 때문에 말뜻을 알 수 없어도 그 음이 실리는 곡을 통해 감흥을 느낄 수 있는 점은 같다는 의미로 보인다. 또한 민요 〈죽지가〉는 비록 그 음은 뒤섞여 분별되지 않을 지경이었으나, 노래에 함축된 뜻은 완곡하였다고 평가하였다. 또한 굴원이 원수(沅水)·상수(湘水) 지역의 민간의 노래를 듣고 지은 〈구가〉(九歌)가 지금까지도 형초(荊楚) 지역에 전해지는 것처럼, 자신도 〈죽지사〉 9편을 지어, 후세에 노래를 잘 부르는 이가 이것을 전할 수 있게 하겠다고 하였다.

소식의 〈죽지사〉 제작 의도는 〈죽지가자서〉(竹枝歌自序)에 나타난다.[15] 그는 민요 〈죽지가〉를 초(楚) 땅의 민요로 파악하는데, 노래의 구슬픈 정서가 그 지역의 옛 일에 연원이 있다고 보았다. 순수 중에 붕어한 지아비 순(舜)임금을 찾으러 먼 길을 떠나와 소상강 가에서 죽은 아황(娥皇)과 여영(女英), 모함 입어 쫓겨나 마침내 멱라수(汨羅水)에 몸을 던진 굴원(屈原), 진(秦)나라에 억류되었다가 결국 타국에서 목숨을 잃은 회왕(懷王) 그리고 산을 뽑을 만한 힘과 세상을 덮을 만한 기개를 지니고도 때를 만나지 못하고 죽은 항우(項羽)에 대한 연민과 그리움이 초 땅 사람들의 마음이 전해져서 노래가 그렇게 슬프게 된 것으로 보았다. 이러한 관점에서 초 땅 사람들의 역사에 대한 감회에 근거하여, 아직 말해지지 않는 내용을 보충한다고 하였다.

유우석은 각 지역이 사투리가 달라 말뜻을 제대로 알아들을 수는 없

---

15 竹枝歌本楚聲, 幽怨惻怛, 若有深悲者。豈亦往者之所見 有足怨者歟? 夫傷二妃而哀屈原, 思懷王而憐項羽, 此亦楚人之意, 相傳而然者。且其山川風俗, 鄙野勤苦之態, 固已見於前人之作, 與今子有之詩。故特緣楚之疇昔之意, 爲一編九章, 以補其所未到者。『東坡全集』

어도 그 선율에서 느끼는 느낌이 강렬하였으며, 그 춤과 음악에서 큰 감동을 받았다. 그러므로 지역의 민요를 듣고 지은 굴원의 〈구가〉가 세상에 남아 전해지는 것처럼, 자신의 〈죽지사〉도 노래에 실려 세상에 전해지고자 하는 소망으로 〈죽지사〉를 지은 것이다. 소식 역시 지역의 민요에 주목하여, 그 지역에서 수용되던 역사적 사실을 소재로 활용하여 자신만의 〈죽지사〉를 지은 것이다.

급암이 생각하는 소악부 제작의 어려움은 '한 가지 일에 말이 겹치는 문제[事一而語重]'였다. 먼저 소악부를 시도한 선배 익재는 〈죽지사〉를 예로 들어 그에게 문제 해결의 실마리를 제공한다. 이미 유우석의 〈죽지사〉가 있는데도 소식이 새로운 〈죽지사〉를 지었다고 해서 '예전 사람을 답습하는 것'이 되는 것은 아니라고 하여, 해결책을 열어주는 것이다.

익재는 급암이 문제 삼은 '한 가지 일에 말이 겹치는 문제'를 '예전 사람에 대한 답습'의 문제로 파악하였다. 하나의 민요에서 파생한 기존의 노래가 있더라도 새로운 해석의 노래를 지으면 '예전 사람에 대한 답습'이 아니니, 소악부 제작을 '한 가지 일에 말이 겹치는 문제'라고 주저할 것이 없다는 말이다.

이것이 익재가 생각하는 소악부 제작의 의의이다. 기존의 노래를 원천으로 하면서도 그 노래에서 일어난 감흥으로 새로운 노래를 지은 것이 바로 소악부이다. 소악부는 기존의 노래를 그대로 옮긴 것이 아니다. 그러므로 소악부를 우리말 노래를 기록 문자인 한자를 사용하여 문자화한 것으로만 보아서는 안 된다.

고려 소악부는 기존의 노래를 듣고 일어난 감흥을 바탕으로 지은 것이므로, 소리의 문학이 기록의 문학으로 정착되는 형태적인 변화과정을 거쳤다. 그리고 이러한 구비문학 내지 연행물에서 기록문학으로의 전환, 우리말 노래에서 한시문학으로의 변화과정에는 익재와 급암의 소악부 창작 의식이 개입되어 있다. 불리는 노래와 전해지는 노래의 배경에 관해 듣고 일어난 자신의 감흥을 계기로 하여 재창작한 것이 소악부이다.

3. 소악부와 속요의 관계

고려 소악부와 그 원천 노래의 관계에 대해서는 몇 차례 논의가 이루어졌다. 익재 소악부 제9수가 〈정과정〉의 직역이라거나, 제1수나 제7수는 〈장암〉이나 〈오관산〉의 내용을 바탕으로 하되 작가의 새로운 표현으로만 구성한 경우라는 등으로 세분화가 이루어지기도 하였다.[16] 모든 고려 소악부에서 원 노래의 원의를 벗어나지 않는 범위 안에서 적극적으로 시인의 창조적 해석을 바탕으로 창신을 가미한 것으로 논의하기도 하였다.[17] 이러한 논의들에서는 때로는 『악학궤범』이나 『악장가사』에 실린 속악가사의 노랫말을, 때로는 「악지」에 실린 노랫말에 대한 해설을 비교 대상으로 삼고 있다. 고려 속요는 『악학궤범』·『악장가사』에 속악가사로 재편된 형태로 전한다. 이들 노랫말은 「악지」의 해설 곧, 창작 배경과는 차이가 있다. 그러므로 고려 소악부의 특징을 논하기 위해 원천이 되는 노래를 비교 대상으로 삼을 때, 「악지」 해설을 비교 대상으로 삼는 경우와 『악학궤범』·『악장가사』의 속악가사 노

16 최미정, 위의 논문.

17 최미정, 위의 논문. 박혜숙 위의 논문 등.

랫말을 비교 대상으로 삼는 경우는 반드시 구분해서 논의해야 한다.

「악지」의 노래들은 대부분 지역의 민요이다. 「악지」에서는 이 노래들의 제목과 유래를 밝혔다. 몇 경우에만 노랫말에서 어떤 표현법을 활용하였는지를 언급하였다. 〈처용〉, 〈정과정〉, 〈정읍〉, 〈삼장〉은 『악학궤범』·『악장가사』에 〈처용가〉, 〈삼진작〉, 〈정읍사〉, 〈쌍화점〉으로 노랫말이 실려 있다. 이 속악가사는 해당 노래가 궁중으로 유입되는 과정에서 음악적 필요에 따른 편사와 궁중 정재를 위한 표현적 편사를 거친 결과로서, 「악지」의 해설과는 차이가 있다. 그러므로 소악부가 원 노래를 어떻게 재구성, 재창작하고 있는가를 판단하기 위해서는 「악지」의 해설과 속악가사로서의 노랫말이 이와 같이 다른 층위에 있음을 전제해야 한다.

고려 소악부 17수와 비교 대상 여부와 그 출전 및 특징을 표로 보이면 다음과 같다.

소악부		「악지」		『악장가사』·『악학궤범』
		수록	관련	
익재	제1수	장암		
	제2수	거사련		
	제3수	제위보		
	제4수	사리화		
	제5수			
	제6수	처용		처용가
	제7수	오관산		
	제8수			정석가·서경별곡의 일부
	제9수	정과정		삼진작
	제10수			
	제11수			
급암	제1수			
	제2수			
	제3수		정읍	정읍사
	제4수		삼장	쌍화점
	제5수		안동자청	
	제6수			

익재 소악부 가운데 7수는 「악지」의 해당 조에 실려 있다. 급암 소악부 가운데 3수는 「악지」에 수록되지는 않았으나 소악부의 내용상 「악지」의 해당 노래와 관련이 되는 것으로 짐작할 수 있다. 익재의 제8수는 「악지」에 소개되지는 않았으나 속악가사 〈서경별곡〉과 〈정석가〉의 일부에서 변형된 형태를 확인할 수 있다.

소악부와 원천 노래의 관계, 익재나 급암이 기존 노래와 노래 배경 이야기를 듣고 마음에 느껴지는 것을 취하여 바꾸어 어떻게 새로운 작품으로 구성했는지를 살피기 위해, 우선 비교 대상이 속악가사인가 해설인가를 구분하고자 한다.

3.1. 노랫말이 전하는 경우

비교 대상으로 속악가사가 전하는 5작품이 있다. 〈처용〉, 〈정과정〉, 〈정읍〉, 〈삼장〉 4작품은 「악지」에 해설이 있다. 이 가운데 〈삼장〉은 해설과 함께 한시 노래도 전한다. 속악가사가 전하지만 「악지」에는 소개되지 않은 노래가 익재 소악부 제8수이다.

① 익재 소악부 제6수는 〈처용가〉를 원천으로 한 작품이다. 〈처용가〉에 관해 「악지」에서는 헌강왕이 학성에 행차했다 돌아오는 길에 개운포에서 기이한 모습에 야릇한 옷을 입은 사람이 나타나 노래하고 춤추며 임금의 덕을 칭송하고는 임금을 따라 경주로 와 스스로 처용이라 하였다고 처용의 유래를 설명한 뒤, 그가 밤마다 저자에서 노래하고 춤추었는데 사람들이 끝내 그가 있는 곳을 알지 못했기에 당시 사람들이 그를 신령스런 사람이라고 여겼고 후세 사람들도 그를 기이하게 여겨 노래를 지었다고 하여, 처용의 유래와 행적 그리고 사람들이 처용

가를 지은 배경을 서술하였다.

우선 소악부와 「악지」를 비교하면, 처용이 푸른 바다로부터 왔다는 내용은 「악지」의 설명에는 없는 내용이다. 자개 같은 이와 붉은 입술이라는 처용의 외모나 솔개 어깨와 붉은 소매라는 춤추는 모습, 봄바람과 같은 분위기도 「악지」의 설명에서는 찾아볼 수 없다.

소악부와 『악학궤범』·『악장가사』를 비교하면, 소악부에서 처용의 외모는 두드러지게 간략하다. 7언절구라는 제한된 분량 때문이다. 그러나 표현미로 볼 때 소악부에서는 속악가사에 비해 현저히 적은 분량이면서도 독자적인 표현이 나타난다. 속악가사에서의 '백옥유리 같은 흰 이빨[白玉琉璃ᄀ티히여신닛발]' 대신 '자개 같은 이[貝齒]', '천금을 먹어 넓어진 입[千金머그샤어위어신입]' 대신 '붉은 입술[赬脣]', '칠보 장식에 겨워 숙인 어깨[七寶계우샤숙거신엇게]'나 '덧댄 소매 단에 겨워 늘어진 소맷길[吉慶계우샤늘어으신ᄉ맷길]' 대신 '솔개 어깨와 붉은 소매[鳶肩紫袖]'라고 표현했다.

② 익재 소악부 제9수는 〈정과정〉을 원천으로 한 작품이다. 〈정과정〉에 관해 「악지」에서는 작자가 정서(鄭敍)라고 밝힌 뒤 그의 호와 인종(仁宗)과의 인척 관계와 그로 인해 총애를 받은 일과 뒷날 불러주겠다는 약속을 받았으나 이루어지지 않아 거문고를 연주하며 노래하였는데 노랫말이 구슬펐다고 하였다. 작가와 창작 계기에 대해서만 설명할 뿐 노랫말의 내용이나 표현에 관한 설명은 없다. 노랫말이 구슬펐다는 평가만이 있다.

소악부와 속악가사 〈삼진작〉을 비교할 때, 소악부의 1구 '님을 그리워하느라고 옷깃을 적시지 않는 날이 하루도 없다[憶君無日不霑衣]'는 표현은 『악학궤범』의 '내님믈그리ᅀᆞ와우니다니'보다 그리움과 그로 인한 슬픔이 강화되어 있다. 2구 '바로 봄 산 접동새 같네[政似春山蜀子規]'도 속악가사의 '山졉동새난이슷ᄒᆞ요이다'에 비해 봄 산이라는 계절과 위치의 배경을 통해 슬픔을 강화한다. 3구 '옳은지 그른지를 사람들이여 따지지 마오[爲是爲非人莫問]'는 속악가사 '아니시며거츠르신둘', '벼기더시니뉘러시니잇가'의 의미를 포괄하고 있다. 4구 '다만 새벽달과 새벽별이 알리라[只應殘月曉星知]'는 속악가사 '殘月曉星이아ᄅᆞ시리이다'의 표현을 수용하고 있다.

③ 급암 소악부 제3수는 〈정읍사〉를 원천으로 한 작품으로 볼 수 있다. 급암의 소악부는 익재의 소악부와는 달리 「악지」에 수록되지 않았다. 하지만 추정이 가능하다. 〈정읍사〉에 관해 「악지」 '삼국속악'조에서는, 정읍은 전주의 속현인데 정읍 사람이 행상을 나가 오래도록 돌아오지 않자 그 아내가 산 위의 돌에 올라가 바라보면서 남편이 밤길을 가다 해를 입을까 두려워하는 마음을 진흙탕의 더러움에 비유하여 노래하였다고 하였다. 「악지」의 설명 가운데 소악부와 관련되는 내용은 진흙탕에 비유하였다는 점뿐이다. 『악학궤범』에는 전주 시장[全져재]이 언급된 점에서 지역적 유사성을 발견할 수 있다.

먹구름 끼고 다리도 끊겨 주위가 위태로워	黑雲橋亦斷還危
물결 고요한 때 은하수 같이 밀물 생겨난 듯	銀漢潮生浪靜時
이와 같이 캄캄한 깊은 밤중인데	如此昏昏深夜裏
미끄러운 진흙길에 어딜 가려 하는가	街頭泥滑欲何之

－『급암집』

1, 2구의 상황이 모호하기는 하지만 먹구름으로 어두운 하늘 분위기를 묘사하고, 은하수와 같은 밀물이 생겨나는 것으로 물이 불어 강을

건너거나 물가를 가기에 위태로운 상황을 표현한 듯하다. 3, 4구에서는 깊은 밤의 어두움과 미끄러운 진흙탕 길을 표현하였다. 「악지」의 설명과 비교할 때, 소악부에는 염려하며 기다리는 화자의 모습은 드러나지 않았다. 다만 길 떠난 사람의 어려움이 절실하게 나타나 있다.

『악학궤범』에 실린 속악가사 〈정읍사〉에서는 달이 주요한 제재이다. 달을 환기하여 멀리 비추어 달라는 염원으로 시작하여 길 떠난 임에 대한 염려의 마음을 펼쳐나간다. 정읍에서 가까운 도회지인 전주를 지나고 계신가 하고 임의 소재를 짐작해보고 임이 진흙길을 디딜까봐 걱정한다. 그리고 그곳이 저물까 걱정이라고 하여 공간을 시간으로 전환하여 마무리한다.

〈정읍사〉를 소재로 한 이후 문인들의 소악부를 살펴보면, 이익(李瀷)의 악부시[18] 〈정읍사〉에서는 가을 샘물, 달, 가을 낙엽, 진흙길 등의 시어를 통해 이별의 정한을 읊었다. 속악가사와 마찬가지로 달을 주요 소재로 삼았다. 조선후기 문인 강준흠(姜浚欽)의 악부시[19]에서는 진흙탕과 돌을 중심 소재로 삼아 길 떠난 이의 어려움을 노래했다.

낮에 길 갈 때 돌 피하지 않아도 되나	晝行莫避石
밤에 길 갈 때 진흙 피해야 한다네	夜行當畏泥
진흙탕은 말의 배까지 잠기게 하지만	泥能沒馬腹
돌이야 기껏해야 말굽에 퉁길 뿐이네	石惟彈馬蹄

18 『성호전집』, 「해동악부(海東樂府)」, 〈정읍사〉.

19 『삼명시집(三溟詩集)』, 「해동악부(海東樂府)」 井邑全州屬縣。縣人有行商久不至。其妻登山石以望之。恐其夫夜行犯害。托泥水之汚以歌之。世傳爲登岾望夫石云。晝行莫避石。夜行當畏泥。泥能沒馬腹。石惟彈馬蹄。

이 시에서는 길을 가는 어려움을 낮과 밤으로 구분하여 각각 돌과 진흙으로 표현하고 있다. 속악가사 〈정읍사〉에서도 그렇고 강준흠의 소악부 〈정읍사〉에서 등장하는 진흙탕은 밤이라는 시간 배경과 결부되어 그 위태로움을 더욱 강화한다는 점에서, 급암 소악부의 1, 2구의 해석은 밤이라는 시간 배경으로 해석하는 것이 맞을 것으로 생각된다.

④ 급암 소악부 제4수는 〈삼장〉을 원천으로 한 작품이다. 〈삼장〉은 「악지」에, 충렬왕 때 지어진 노래로서 왕을 기쁘게 하기 위해 불렸다는 설명과 함께 노랫말이 실려 있다. 노랫말이 우리말[俚語]가 아니라 한문이기 때문에 「악지」에 노랫말이 실릴 수 있었다. 소악부와 「악지」의 노랫말 사이에는 큰 차이가 없다. 그러나 4구에서 발화 시점에 차이가 나타난다.

삼장사로 등을 켜러 갔더니	三藏精廬去點燈
주지승이 내 손목을 잡네	執吾纖手作頭僧
이런 말이 삼문 밖으로 나간다면	此言若出三門外
그건 반드시 상좌의 한담 때문이리.	上座閑談是必應

–『급암집』

삼장사로 등을 켜러 갔더니	三藏寺裏點燈去
주지승이 내 손목을 잡네	有社主兮執吾手
이런 말이 절 밖으로 나간다면	倘此言兮出寺外
상좌승아! 네 말이라 하리라.	謂上座兮是汝語

–「악지」

화자가 어떠한 목적으로 어떠한 장소에 갔는데, 그곳에서 그 장소의 대표자이며, 남성성을 지닌 주체에게 손목을 잡히는 일이 발생한다.

이러한 상황에서 화자는 옳다거나 그르다거나, 혹은 놀랍다거나 유쾌하다거나 불쾌하다거나 하는 가치판단이나 감정 표현을 하지 않는다. 대신 소문이 날 상황을 상정한다.

이 때 「악지」에서는 '네 말[汝語]'이라고 하여 상좌승을 발화의 상대로 설정하고 있다. 속악가사 〈쌍화점〉에서도 '죠고맛간삿기上座ㅣ네 마리라호리라' 라고 하여, 상좌승에게 직접 말을 거는 방식이다. 소악부에서는 상좌승의 한담(閑談)일 것이라고 하여, 발화 상대를 설정하지 않고 화자의 일방적인 발화 시각을 유지하고 있다. 충렬왕 때 왕을 기쁘게 하는 노래로 지은 〈삼장〉은 지어질 당시의 형태일 것이다. 지어질 당시의 직접 말 거는 화법이 속악가사로 개편된 이후까지 유지되는 것이다. 급암은 이러한 방식을 화자의 발화로 처리하는 식으로 변화를 이루었다.

⑤ 익재 소악부 제8수는 「악지」에 소개되지는 않았으나, 속악가사의 일부로 나타난다.

구슬이 바윗돌에 떨어지더라도	縱然巖石落珠璣
구슬 꿴 줄만은 끊어지지 않듯	纓縷固應無斷時
천년토록 낭군과 이별하더라도	與郎千載相離別
나의 일편단심이야 변함없으리	一點丹心何改移

이 노래의 제목을 편의상 〈서경〉(西京)으로 붙이는 경우가 있으나, 적절하지 않다. 〈서경〉은 「악지」에 유래와 내용이 소개되어 있는데, 통치와 교화를 칭송하는 노래이므로 익재 제8수와는 무관하다. 많은 연구자들이 이 노래를 〈정석가〉의 일부 또는 〈서경별곡〉의 일부로 본다. 하지만 이 소악부의 원가는 〈정석가〉나 〈서경별곡〉으로 편입되기

이전의 노래로 파악해야 한다. 구슬이 깨어져도 끊어지지 않는 끈을 통해, 어떤 어려움에도 변치 않을 마음을 다짐을 드러낸 이 노래는 독립된 그 자체의 의미를 지닌다.

〈구슬곡〉은 현상 이면에 있는 역설적 가치를 통해 현재의 상황을 극복하려는 강한 신념과 의지를 드러내는 노래이다. 구슬의 가치가 구슬에 있지, 그것을 꿰는 줄에 있지 않다. 그것은 상식이다. 그런데 화자는 상식을 뒤집는다. 깨어진 구슬을 슬픔과 절망으로 파악하지 않고 끈의 존재가 남아 있다는 역설로 전환한다. 그리하여 인간의 인지로는 전혀 불가능한 천 년이라는 시간 동안 떨어져 지내더라도 변치 않을 것이라고 다짐한다. 이렇게 역설을 통해 신념을 드러냄으로써 그의 신념과 의지는 더욱 강렬한 힘을 갖게 된다. 〈정석가〉나 〈서경별곡〉의 일부로서가 아니라 그 자체 독립적이다.

〈구슬곡〉은 속악가사 〈서경별곡〉과 〈정석가〉에 편입되면서 형태상의 변화를 거쳤다. 〈서경별곡〉에서는 다른 연들의 방식과 마찬가지로 첫 음보를 반복하고 그 반복 사이에 여음 '아즐가'를 삽입하며 세 음보 다음에 다시 여음 '위 두어렁셩 두어렁셩 다링디리'를 반복한다. 〈정석가〉에서는 앞 세 음보를 반복하고 뒤 두 음보는 반복이 없는 형태를 유지한다. 〈구슬곡〉은 모두 해당 속악가사의 음악 형식에 따라 변화된 형태로 삽입되어 있는 것이다.

3.2. 해설만 있고 노랫말이 전하지 않는 경우

소악부의 원천 노래가 「악지」에 해설로만 있을 뿐 속악가사는 전하지 않는 경우에는 〈장암〉, 〈거사련〉, 〈제위보〉, 〈사리화〉, 〈오관산〉,

〈안동자청〉 등 6수이다.

① 익재 소악부 제1수는 〈장암〉을 원천으로 한 작품이다. 「악지」에는 평장사 두영철(杜英哲)이 전에 장암 지방에서 귀양살이를 할 때에 한 노인으로부터 구차히 벼슬에 나아가지 말라는 경계를 들었는데 나중에 벼슬이 올라 다시 죄에 빠져 귀양 가는 길에 장암을 지나게 되자 노인이 이 노래를 지어 책망하였다고 하여, 벼슬살이의 위험함을 일깨워주는 한 노인의 경계라는 주제와 해당 인물의 이름과 행적은 소개되었으나, 노랫말에 관해서는 아무 정보도 없다. 노인이 노래한 〈장암〉의 노랫말이 어떤 내용인지는 알 수 없으나 벼슬살이가 위험한 것이며 그런 줄 알면서도 다시 위험에 들게 된 어리석음은 상대에 대한 풍자를 담고 있는 내용이었을 것이다.

보잘것없는 참새야 너를 어쩌랴?	拘拘有雀爾奚爲
그물에 걸려든 어린 새 새끼	觸着網羅黃口兒
애당초 눈구멍을 엇다 뒀기에	眼孔元來在何許
그물에 걸렸느냐 가련한 새끼 참새야	可憐觸網雀兒癡

소악부에서는 그물에 걸린 새끼 참새의 어리석음을 1구부터 4구까지 일관되게 유지하였다. 특히 3구에서는 눈구멍을 어디 두었느냐는 비난을 통해, 눈을 뜨고도 위험에 뛰어드는 인간의 어리석음을 강하게 나무란다.

② 익재 소악부 제2수는 〈거사련〉을 원천으로 한 작품이다. 「악지」에는 어떤 길 떠난 사람의 아내가 이 노래를 지었는데, 까치와 거미에 비유하여 남편이 돌아오기를 기원하였다고 하였다. 노랫말에 까치와

거미가 등장한다는 점과 노래의 주제가 남편의 귀가를 기원하는 것임을 알 수 있다. 우리 민속에 까치가 울면 반가운 손님이 온다는 믿음이 있었다. 또한 아침 거미 복(福) 거미라는 속담도 있으며, 아침에 거미를 보면 돈이 생긴다는 속설도 있다. 익재는 까치와 거미의 그러한 행동은 신명이 사람에게 알려주는 것이라고 하였다.

까치가 울타리 꽃가지에 지저귀고	鵲兒籬際噪花枝
거미가 상머리에 줄을 늘이는 건	蟢子床頭引網絲
고운 님 돌아올 날 응당 멀지 않기에	余美歸來應未遠
신명이 일찌감치 알려주는 거라네	精神早已報人知

③ 익재 소악부 제3수는 〈제위보〉를 원천으로 한 작품이다. 「악지」에는 죄를 지어 제위보에서 도형(徒刑)을 살던 여성이 다른 사람에게 손을 잡힌 것을 한스러워 하였으나 치욕을 씻을 길 없어 이 노래를 지어 스스로를 원망했다고 하였다. 소악부에는 다른 사람에게 손이 잡힌 데에 대한 한스러움이 전혀 보이지 않는다. 그뿐 아니라 손을 잡는 일[執手]이 마음속의 말을 터놓는다는 행동[論心]과 결부됨으로써, 남에게 손을 잡힌 일이 한 쪽의 다른 쪽에 대한 가해와 피해의 관계가 아니라 양방이 합의 내지 수동적인 한 쪽이 능동적인 한 쪽에 동의하는 형태로 나타난다. 게다가 3, 4구에서 석 달 이어지는 장맛비가 내리더라도 손끝에 남은 향기가 씻기지 않을 것이라는 데서는 그러한 사건을 한스러워하기는커녕 즐기는 것이 된다.

빨래하는 시냇가 수양버들 옆에서	浣沙溪上傍垂楊
내 손 잡고 맘 나누던 백마 탄 낭군	執手論心白馬郎

처마에 석 달 이어 비가 내려도	縱有連簷三月雨
손끝에 남은 향기 어찌 씻기랴	指頭何忍洗餘香

익재의 제3수와 「악지」의 〈제위보〉 설명이 서로 어긋난다는 점에 대해, 「악지」의 편찬자들이 노래의 내용을 왜곡한 것으로 보기도 했다.[20] 소악부가 원천 노래의 내용을 그대로 옮기기에 치중했다고 한다면 이런 판단도 가능하다. 하지만 위에서 밝혔듯이 익재는 노래나 노래에 대한 유래를 듣고 느낀 자신의 감정을 표현하였다. 제위보의 여인이 부른 노래는 원 노래로서의 민요이다. 익재는 그것을 듣고 자신의 느낌을 바탕으로 소악부를 지었다. 그러므로 악지의 해설과는 정조가 다른 것이다.

「악지」의 해설이 원 노래에 가깝고 익재 소악부에서는 손을 잡힌 부인의 속마음을 드러낸 것으로 보기도 한다.[21] 또는 익재가 원가를 전화하는 과정에서 내용을 자의로 변개했을 것으로 추정하면서, 그러나 원가에 들어있을 내용보다도 오히려 익재가 그 원가를 전화하여 지은 악부가 훨씬 더 문학적인 상상력을 일으키게 하는데 그것은 그가 당시 유행하던 속요의 보편적 취향을 반영한 결과라고 해석하기도 한다.[22] 제4구 指頭何忍洗餘香에서 忍은 '차마'라는 부사가 아니라 '할 수 있다(能)라는 조동사의 뜻이라고 보아 악지의 해설과 부합한다고 보기도 한다.[23]

「악지」의 〈제위보〉 해설과 익재 소악부 제3수 사이에 보이는 이러한

---

20 이우성, 위의 논문, 16~17쪽.

21 최미정, 위의 논문, 595쪽.

22 박성규, 「익재 「소악부」론」, 『동양학』 25, 단국대 동양학연구소, 1995, 16쪽.

23 여운필, 「고려시대의 한시와 국문시가」, 『한국한시연구』, 한국한시학회, 2008.

거리는 바로 익재의 소악부 창작 의식을 보여주는 증거이다. 「악지」의 해설이 노래의 뜻을 왜곡했다고 하거나 반대로 익재가 노래 내용을 자의적으로 바꾸었다고 할 때, 연구자는 은연 중 소악부가 원 노래의 내용을 그대로 옮기는 것으로 이해하고 있는 것이다. 그러나 익재는 급암에게 보내는 시에서 마음에 느껴지는 것[感於意者]을 취해 새 노래를 짓는다고 했다.

원 노래에서는 손 잡힌 일에 대한 태도가 분명히 드러나지 않은 채 손 잡힌 일만 언급되었을 가능성이 높다. 〈쌍화점〉 각 연의 1-4행에서 손 잡힌 일과 소문을 두려워하는 태도만 나타나고 있는 것과 유사하다.[24]

익재 소악부가 기존 노래를 왜곡한 것인지 또는 「악지」 편찬자들이 노래를 왜곡한 것인지 논란이 되었다. 이 점에 관해 해명하기 위해 이유원(李裕元)의 소악부를 보기로 한다.

제위보는 어려운 사람 구하는 곳이니	濟危寶局濟人危
남겨져 한탄할 이 당시에 없었는데	當世無人恨以遺
노역하러 어디서 온 한 여성이	供役何來一婦女
공연히 원망 품고 노래를 했다네	無端含怨寓閒詞[25]

같은 노래를 원천으로 하면서도 익재의 소악부와는 달리 제위보에서 벌어진 원망스러운 일 때문에 한 여성이 원망의 노래를 했다는 내

24 〈쌍화점〉 제2연의 1-4행은 〈삼장〉과 같은 내용으로, 소문을 공통 요소로 한다. 〈삼장〉, 〈쌍화점〉 제2연 1-4행은 소문에 대한 화자의 태도는 다양한 방식으로 열려 있다. 청자의 수용 방식도 그러하다. 5-6행이 덧붙어 〈쌍화점〉이 완성됨으로써 분위기는 한 쪽으로 고정된다. 김유경, 「쌍화점 연구」, 『열상고전연구』 10, 1997.

25 『가오고략(嘉梧藁略)』, 「악부(樂府)」.

용으로 소악부를 지었다.

한 가지 일에 느낌이 서로 다른 경우라고 하겠다. 또한 함축적 표현 속에 복잡한 감정이 내포된 경우라고도 할 수 있다. 외간 남자에게 손목을 잡힌 한 여성의 탄식은 실절(失節)의 탄식으로도, 잠시의 일탈로 그로 인한 미묘한 긴장감으로도 읽힐 수 있는 것이다.

④ 익재 소악부 제4수는 「악지」의 〈사리화〉를 원천으로 한 작품이다. 「악지」에서는 나라에서 거두는 세금이 잡다하고 무거우며 토호와 권세가들이 강탈하고 침탈하므로 백성들이 피곤하고 재물이 손상되어 이 노래를 지었다고 하여 조세나 토호의 횡포에 대한 비판과 풍자의 노래임을 짐작할 수 있다. 또한 참새[黃鳥]가 곡식을 쪼는 데에 비유하여 원망하였다고 하여 노랫말에 참새가 등장함을 알 수 있다.

참새는 어디서 와 어디로 날아가나	黃雀何方來去飛
일 년의 농사를 어찌하여 모른 채로	一年農事不曾知
홀아비 홀로 밭갈이 김매기 마쳤는데	鰥翁獨自耕芸了
밭 가운데 곡식을 전부 먹어 치우느냐	耗盡田中禾黍爲

소악부에서는 잡다하고 무거운 세금이나 토호의 강탈을 드러내지 않았다. 가해자는 한해 농사의 고달픔을 알지 못하는 참새로 한정했다. 피해 당사자를 일반적인 농민에서 늙은 홀아비로 한정함으로써 피해자의 곤고함을 강조했다.

⑤ 익재 소악부 제7수는 〈오관산〉을 원천으로 한 작품이다. 「악지」에서는 이 노래를 지은 효자 문충(文忠)은 개성에서 30리 떨어진 장단(長湍)의 오관산 아래 살며 어머니를 봉양하기 위해 벼슬살이를 하였는데 아침저녁으로 출퇴근하면서도 혼정신성을 조금도 소홀히 하지 않

았으며, 어머니가 늙으심을 탄식하여 이 노래를 지었다고 하였다.

「악지」에는 오관산 아래 살던 효자 문충이 어머니가 늙는 것을 안타까워 부른 노랫말에 나무 닭이 등장한다는 설명은 없다. 하지만 많은 조선 시대 문인들의 기록에서 이 노래가 목계, 〈목계가〉(木鷄歌)[26] 또는 〈당계곡〉(唐鷄曲)[27]로 언급되는 것을 볼 때, 나무로 새긴 닭이 운다는 불가능한 상황을 설정하여 어머니가 영원히 늙지 않기를 바라는 소망을 드러내는 방식은 소악부 이전의 원 노래에서부터 유래한 것임을 알 수 있다.

나무토막 아로새겨 작은 당닭 만들어	木頭雕作小唐雞
젓가락으로 집어다 횃대 위에 올렸으니	筋子拈來壁上栖
이 새가 꼬끼오 시각을 알린다면	此鳥膠膠報時節
어머니 모습 그제야 지는 해처럼 기우시라	慈顏始似日平西

나무 닭이 새벽을 알리는 일은 〈정석가〉에서 모래에 심은 구운밤에 싹이 나거나, 바위에 접목한 옥에서 꽃이 피는 일처럼 영원히 불가능한 일이다. 하지만 절대적으로 부정하고 싶은 일에 대해 흔히 이런 수사를 활용한다. 소악부에서 특이한 표현은 4구이다. 그제서야 어머니의 얼굴이 서산으로 기우는 해처럼 되리라고 하는 표현은 익재의 독자적 표현으로 보아도 될 것이다.

⑥ 급암 소악부 제5수는 〈안동자청〉을 원천으로 한 작품으로 볼 수

26 서거정, 「송경에서 옛일을 생각하면서 영천경을 보내다[松京懷古送永川卿]」, 사가집; 이익, 오관산[五冠山], 『해동악부(海東樂府)』 등.

27 설순(偰循), 「중추 이정간이 70세에 어머니가 구순임을 하례하다[賀李中樞貞幹年七十壽九十慈親]」, 『동문선』.

있다. 「악지」에는 작품의 의도가 밝혀져 있다. 여성은 자신의 몸으로 남편을 섬기는 처지이므로 한 번 몸가짐에 실수가 있으면 남들이 천하게 여기고 미워하므로 이 노래를 지어 붉은색과 초록색 푸른색과 흰색을 반복하여 비유함으로써 취사선택의 결정을 이룰 수 있게 하였다는 것이다. 「악지」의 설명과 함께 보면 소악부의 주제는 명확해 보인다. 하지만 이는 소악부만 따로 본다면 주제는 한가지로 한정되지는 않는다. 〈제위보〉가 그렇듯 듣는 이에 따라 다르게 받아들일 수 있다.

빨강 실 초록 실 그리고 푸른 실	紅絲祿線與青絲
어찌하여 여러 잡색 실을 쓰겠나	安用諸般雜色爲
물들이고 싶으면 내맘대로 물들일	我欲染時隨意染
하얀 실이 나에게는 제일 좋더라	素絲於我最相宜

4. 창작 원천이 전하지 않는 소악부의 특징

이상에서 「악지」에 해설이 있거나 『악학궤범』·『악장가사』에 속악가사 노랫말이 있는 경우를 살펴보았다. 고려 소악부 6수는 그 두 가지가 다 없다. 이 경우 소악부와 그 창작 원천과의 비교가 불가능하다. 이 6수를 다시 해석함으로써 별곡 중에서 마음에 느껴지는 것[別曲之感於意者]을 취하여 바꾸어 새 노래를 짓는[翻爲新詞] 방식을 살필 수 있다.

① 익재 소악부 제5수이다.

봄옷일랑 벗어재껴 어깨에 걸치고	脫却春衣掛一肩
친구 불러 채마밭에 들어도 가고	呼朋去入菜花田

이리저리 내달리며 나비도 쫓았는데　　東馳西走追蝴蝶
어제인 듯 놀던 때가 완연하구나　　昨日嬉遊尙宛然

이 노래는 「악지」의 〈양주〉를 원천으로 한 것으로 논의되기도 하였으나 그렇게 보기 어렵다. 〈양주〉는 양주(楊州) 지역의 입지 조건, 풍부한 물산과 그로 인한 번화함을 바탕으로 이곳 사람들이 봄이 되면 놀기를 좋아하여 즐긴 노래이다. 그러나 익재 소악부 제5수는 풍족한 환경에서 즐기는 봄놀이 노래가 아니라, 다시 못 올 청춘을 회상하는 안타까움의 노래이다. 현재의 봄놀이가 아니라 예전의 놀이를 추억하는 것이다. 즐거움의 정조가 아니라 현재는 돌아갈 수 없는 과거의 아쉬움의 정조라는 점에서 〈양주〉와는 다르다.

이 소악부의 정조를 이해할 수 있는 자료로 권근(權近)의 율시 〈나비를 보고[見蝶]〉가 있다. 이 시 미련에서 작가는 '어깨에 봄옷 걸침 다시 얻기 어려우니[肩上掛衣難再得] 늙은이 서러운 정 어이 면하랴[老衰寧免爲傷情]'라고 했는데, 이 부분에 익재 소악부 제5수가 주석으로 인용되어 있다. 다음 시대 작가의 작품에서 익재의 이 작품이 늙은이의 애상으로 수용되고 있다는 점에서, 주제를 현재의 즐거움이 아니라 과거에 대한 아쉬움과 안타까움으로 보는 것이 맞다.

또한 이 작품의 〈양주〉를 원천으로 한 것이라면 「악지」의 편찬자들은 반드시 이 작품이 실렸을 것이다. 노랫말이 우리말이어서 노랫말을 싣지 못한 노래들에 대해 이제현의 소악부가 있을 경우 반드시 실어놓았다는 것을 다른 실례를 통해 알 수 있다.

② 익재 소악부 제10수와 11수는 급암에게 소악부 제작을 분발시키려고 지은 것으로, 둘 다 제주도의 민간 풍조가 그려진다. 우선 제 10

수는 수정사를 배경으로 하여 범람한 물 이미지를 통해 문란한 생활 모습이 나타난다.

도시 부근 하천에 제방 터져서	都近川頹制水坊
수정사 마당까지 물이 넘치니	水精寺裏亦滄浪
상방에다 오늘밤 선녀를 숨겨두고	上房此夜藏仙子
절 주인이 도리어 뱃사람 되었네	社主還爲黃帽郎

수정사는 제주에 있던 절이다.[28] 둑이 터져 절 마당까지 물이 넘치는데 주지가 거처하는 상방에서는 여자들과의 뱃놀이가 벌어진다고 하였다. 작품에서는 수정사 주지만을 드러냈지만, 힘을 가진 승려 계층에서 벌이는 방탕함에 대한 풍자와 비판이 아울러 보인다.

익재는 먼저 지은 소악부와는 달리 나중에 지은 두 수에는 각각에 해설을 붙였다. 이 작품에 대한 해설을 다음과 같다. 근래 어떤 높은 관리가 늙은 기생에게 돈 많은 승려들은 잘 따르면서 사대부가 부르면 더디 온다고 나무랐더니 기생은 비난받은 자신의 행위를 변명하는 논리로 요즘 사대부들의 행태를 내세운다. 요즘 사대부들은 돈 많은 상인의 딸을 데려다 두 집 살림을 꾸리거나 아니면 그 계집종으로 첩을 삼더라는 것이다.

이와 같이 승려가 기생을 불러다 즐기는 사이에 사대부 계층에서는 상인의 딸이나 하층민을 함부로 첩실로 들인다는 실상을 설명으로 덧붙임으로써, 이 노래의 풍자 대상이 승려로만 한정되지 않는다. 문면에 드러난 방탕한 생활의 주인공은 승려이지만 이렇게 덧붙인 해설을

28 공민왕 때 충혜왕의 서자인 석기(釋器)를 반란 혐의로 제주에 있는 수정사로 옮겨 가둔 일이 있다.

통해 풍자의 대상은 사대부층으로 넓어진다. 게다가 익재는 이러한 문답을 들은 좌중이 모두 부끄러운 표정을 지었다고 하여 풍자의 정도를 더한다. 이어 익재는 중국 원나라 때 선우추(鮮于樞)가 지었다는 〈서호곡〉을 인용하고 평가를 덧붙인다.

서호의 그림배에는 뉘 집 여자인가	西湖畫舫誰家女
화대 얻으려 억지로 춤추며 노래하네	貪得纏頭强歌舞
어찌하면 천금 던지는 장부를 만나	安得壯士擲千金
상복(桑濮)으로 하여금 행로(行露)를 노래하게 할까	坐令桑濮歌行露

1, 2구에서는 놀이 배에 올라 춤과 노래를 팔아 생계를 유지하는 여성들의 실상을 그렸다. 3, 4구에서는 큰돈을 내어 그 여성들로 하여금 가무를 파는 처지에서 빼내주어 정조를 지키는 삶을 살게 해 줄 사람을 만날 수 있을까 하는 기대를 노래했다. 지금은 음란한 생활을 하는 처지이지만 그들이 앞으로는 절의를 지키는 삶을 살게 될 것을 기대하는 것이다. 상복(桑濮)은 복수(濮水) 가에 있는 상간(桑間)으로 망국(亡國)의 음악, 음란한 풍조를 뜻한다. 행로는 여자가 정조를 지킴을 뜻한다.

익재는 이 노래에 대해, 송나라가 망하자 사족의 여성들이 이런 식으로 생활을 하기 때문에 슬퍼한 것이라고 설명하였다. 익재의 해설은 이 노래의 3, 4구를 주목하지 않았기에, 사족 여성들의 문란한 생활에 대한 슬픔만을 지적하였다.

이글에서 〈서호곡〉에 대한 익재의 평가에 이의를 제기하고자 하는 것은 아니다. 익재의 위의 언급이 〈서호곡〉에 대한 전반적 평가도 아니다. 자신의 작품 곧, 소악부 제10수의 의미를 설명하기 위해 〈서호곡〉을 인용하고 자신이 관심을 둔 부분을 드러낸 것이다. 익재가 〈서호곡〉에서 가져온 것은 송나라가 망한 뒤의 사족 여성들의 서글픈 삶이었다. 그것은 자신의 소악부 제10수의 의미가 문란한 생활에 대한 풍자에 치중되었기 때문이다. 이어 익재는 탐라의 이런 노래는 아주 비루하지만 백성의 풍속을 관찰하여 세태의 변화를 알 수 있다고 이 노래에 대한 설명을 마무리하였다.[29] 작품에 드러난 것은 승려의 문란한 생활이다. 이러한 묘사의 분위기는 감계로도, 유흥으로도 흘러갈 수 있다. 함께 즐기자는 분위기로 흘러간다면 〈쌍화점〉의 분위기와 비슷하게 될 것이다. 덧붙인 해설을 통해 승려의 문란한 생활은 유흥의 분위기가 아닌 슬픔의 대상으로 한정되고 감계의 매개가 된다.

제11수에는 황폐한 농작물의 모습과 함께 사치품에 속할 물건인 청자와 역시 일반적인 제주도민으로서는 구경하기도 힘든 백미가 등장한다.

밭에 보리 이삭 거꾸러져 흩날리고	從敎壟麥倒離披
언덕 삼에 두 갈래 난 채 버려두고서	亦任丘麻生兩岐
청자와 또 백미를 가득이 실은	滿載青瓷兼白米
북풍에 올 배만을 기다리누나	北風船子望來時

보리와 삼은 긴요한 농작물이다. 제주섬에서도 마찬가지라고 할 수 있다. 그런데 보리밭에는 이삭이 거꾸러져 흩날리고 언덕에는 곧게 자라야 할 삼대가 두 갈래로 갈라진다. 그런데 내버려둔 채 전라도에서

29 近者有達官戲老妓鳳池蓮者曰。爾曹惟富沙門是從。士大夫召之。何來之遲也。答曰。今之士大夫。取富商之如爲二家。否則妾其婢子。我輩苟擇緇素。何以度朝夕。座者有愧色。鮮于樞西湖曲云。西湖畫舫誰家女。貪得纏頭强歌舞。又曰。安得壯士擲千金。坐令桑濮歌行露。宋亡。士族有以此自養者。故傷之也。耽羅此曲。極爲鄙陋。然可以觀民風知時變也。

부터 북풍을 타고 귀한 청자와 흰쌀이 오기만을 기다린다고 하였다.

익재는 이 작품에도 해설을 붙였다. 탐라는 지역은 좁고 백성은 가난하다. 전에는 전라도에서 자기와 쌀을 팔러 오는 장사꾼이 때때로 오기는 했으나 드물었다. 그런데 지금은 관가나 민가의 소와 말만 들에 가득한 채 농토를 개간하지 않는다. 또 높은 관리들이 베오리에 북 지나듯 자주 있어 제주의 백성들은 전송과 영접에 시달리게 된 것이 불행의 시작이었고 이로 인해 여러 번 변란이 생긴 것이다.[30]

전라도에서 제주도를 자기와 쌀을 팔러오는 상인은 제주 백성에게는 사치를 조장하는 사람들이다. 전에는 이런 상인들이 오기도 했지만 드물었다. 그런데 위의 소악부에서 보듯 사람들은 보리와 삼이 황폐한 채 버려두고 전라도 상인의 배가 오기만을 기다린다. 해설에서 보듯 제주 백성은 농토를 개간하지 않는다. 농본에 힘쓰지 않는 태도이다. 이렇게 된 것은 농사를 지어야 할 들에 소와 말이 가득한 때문이고, 빈번히 행차하는 관리들의 접대에 시달리기 때문이다.

탐라는 고려에 복속된 이후 몇 차례 반란이 있었다. 고려와 원나라에서 죄인을 보내는 유배지이기도 하였으며, 원나라에서 직접 관할하여 말을 기르기도 하였다. 탐라에 대한 조정의 인식은 크게 두 가지이다. 탐라는 먼 곳이고 또 풍속도 흉악하여 다스리기가 사실 곤란하다는 것이며[31] 탐라는 길이 멀고 험하여 외래 침략이 미치지 않는 곳으로서 토지가 비옥하여 나라의 경비가 이곳에서 나온다는 것이다.[32] 익재

30 耽羅。地狹民貧。往時全羅之賈販。瓷器稻米者時至而稀矣。今則官私牛馬蔽野。而靡所耕墾。往來冠蓋如梭。而困於將迎。其民之不幸也。所以屢生變也。

31 地遠俗獷 爲守實難 고려사 99권 열전12 崔陟卿.

32 耽羅險遠 攻戰所不及 壤地膏腴 經費所出 고려사 18권 세가 의종 무자 22년(1168).

의 이 작품은 척박한 환경에서 농사에 힘쓰지 않게 된 백성의 모습의 풍자한 것이다. 위정자로서의 익재의 모습이 적극적으로 반영된 작품이다.

다음으로는 급암의 제1, 2, 6수를 본다.

④ 급암 제1수는 그리움을 노래한다.

정든 임 만나고픈 마음 있다면	情人相見意如存
황룡사 문 앞으로 와야 한다네	須到黃龍佛寺門
희고 고운 얼굴은 볼 수 없어도	氷雪容顔雖未覩
목소리나마 어렴풋이 들을 수 있으니	聲音仿佛尙能聞

1, 2구에서는 쉽게 만나기 어려운 연인을 그리는 마음을 가진 이들에게 황룡사 문 앞으로 이르러야 한다고 하였다. 이유는 3, 4구에서 밝혀진다. 그곳에 가면 만날 수 없는 연인의 목소리만은 들을 수 있기 때문이다. 사랑하는 사람의 얼굴을 볼 수 없다면 목소리만이라도 들을 방법을 찾지 않을 수 없는데, 그것이 황룡사 문 앞으로 가는 일이다. 황룡사 문 또는 황룡사가 이런 확신을 줄 수 있었던 것은 신라 때부터의 유래일 것이다. 황룡사는 신라시대 대표적인 절로서, 원나라의 침입으로 1238년에 불타고 말았으니, 이러한 믿음은 그리 오래 지속되지는 못했을 듯하다.

⑤ 급암 제2수는 세상일의 황당함을 풍자한다.

물에 뜬 거품을 거두어들여	浮漚收拾水中央
거칠고 성근 베자루에 쏟아 담아	瀉入麤疏經布囊
어깨에 짊어지고 온다는 모습	擔荷肩來其樣範

세상일과 같아서 황당하구나	恰如人世事荒唐

1-3구에서는 물에 뜬 거품을 걷어서 거칠고 성근 베자루에 부어 담아 어깨에 짊어지고 돌아오는 모습을 그린다. 물거품을 거르고 나면 무엇이 남을까? 그 남은 것을 베자루에 담으면 자루에는 무엇이 들어 있을까? 4구에서는 이러한 모습이 세상일과 같이 황당하다고 하였다. 물거품이 통과하고 난 빈 자루를 마치 무엇이라도 든 듯이 지고 오는 모습은 바로 그것을 그려냄으로써 어리석고 황당함이 눈앞에 보인다. 그러나 세상일에 대한 평가는 단순하지 않다. 그런데 4구에서는 1-3구의 일을 바로 황당한 일이라고 결론짓고 그것은 사람 사는 세상의 일과 같다고 하였다. 세상일의 황당함을 눈앞의 모습으로 재현함으로써 세상의 부조리한 세상에 일갈을 날리는 것이다.

「악지」의 〈사룡〉에서도 황당한 상황이 그려졌다. 1, 2구에서 뱀이 용의 꼬리를 물고 태산 멧부리를 넘었다고 한다는 소문을 전하고, 3, 4구에서는 온 사람이 온 말을 하더라도 임이 짐작하시기에 달렸다고 하여, 헛소문이 무성하더라도 임의 확신이 필요하다는 희망을 드러낸다. 이와는 달리 이 작품에서는 세상일의 황당함만을 내세운다.

⑥급암 제6수는 거미와 나비를 소재로 사랑의 실패로 인한 슬픔과 한풀이의 심정을 드러낸 작품이다.

거미에게 거듭 간곡히 부탁하노니	再三珍重請蜘蛛
앞 길가 너머에다 그물을 쳐 주렴	須越前街結網圍
날 버리고 신나게 날아간 꽃 위 나비	得意背飛花上蝶
거미줄에 들러붙어 제 잘못 돌아보게	願令粘住省愆違

거미에게 거미줄을 쳐 주기를 부탁하는 이유는 자신을 버리고 꽃 위로 날아간 나비가 거미줄에 걸린 뒤에 자신의 잘못을 뉘우치게 하기 위해서이다. 날 버리고 간 나비가 거미줄에 걸려든 뒤 날 버린 잘못을 뉘우치게 하려는 화자는 아마도 향기가 부족한 꽃이거나 풀일 것이다. 거미를 환기하여 자신의 슬픔을 풀려는 화자는 자신에게 슬픔을 준 상대를 나비로 표현했다. 일반적으로 사랑의 관계에서 나비는 남성을 상징한다. 이 꽃 저 꽃으로 옮겨다니는 동적 표상을 지닌다. 반대로 여성은 나비가 찾아와주기를 바라는 수동적 이미지로 표현된다.

5. 맺음말

고려 소악부는 기존 우리말 노래의 내용을 충실하게 옮기기에 치중한 것이 아니라 노래에서 받은 느낌을 바탕으로 독자적인 새 작품을 창작하기에 치중하였다. '한 가지 일에 말이 겹치기 때문'에 소악부를 짓지 못하는 급암에게 익재는 한 가지 일에 대해서 다른 각도에서 노래를 지을 수 있다고 한다. 기존의 노래를 원천으로 하면서도 그 노래에서 일어난 감흥으로 새로운 노래를 지은 것이 바로 소악부이다.

고려 속요는 『악학궤범』·『악장가사』에 속악가사로 재편된 형태로 전한다. 이들 노랫말은 「악지」의 해설 곧, 창작 배경과는 차이가 있다. 그러므로 고려 소악부의 특징을 논하기 위해 원천이 되는 노래를 비교 대상으로 삼을 때, 「악지」 해설을 비교 대상으로 삼는 경우와 속악가사 노랫말을 비교 대상으로 삼는 경우를 구분해서 논해야 한다. 그런데 기존 연구들에서는 노래의 배경설명과 속악가사의 노랫말을 동일 차원에 놓고 소악부의 소재 전화 방식을 살폈다는 점에서 문제가 있다.

속악가사가 전하는 7수 가운데 익재 제6수는 「악지」에는 없는 처용의 유래나 외모, 분위기를 표현하였다. 또한 속악가사에 비해 현저히 적은 분량이면서도 '자개 같은 이[貝齒]', '붉은 입술[赬唇]', '솔개 어깨와 붉은 소매[鳶肩紫袖]'라는 독자적 표현이 나타난다. 익재 제9수는 화자의 슬픔이 〈삼진작〉보다 강화되어 있으며, 화자의 등가물인 산접동새의 시간적 배경을 봄으로 설정하여 구체화하였다.

급암 제3수의 1, 2구는 해석이 난해하나, 이후 악부시의 전개를 참고해 보면 이 부분을 밤이라는 시간 배경으로 해석할 수 있다. 염려하며 기다리는 화자의 모습은 소악부에는 나타나지 않는다. 급암 제4수는 「악지」의 한시 노랫말과 내용상으로는 같은데, 4구에서 발화 시점에 차이가 나타난다. 「악지」와 속악가사에서는 '네 말'이라고 하여 상좌승을 발화 상대로 했는데 소악부에서는 그렇지 않다. 충렬왕 때 지어진 〈삼장〉이 속악가사 〈쌍화점〉으로 확대된 이후에도 이러한 직접 말 걸기가 유지되는데, 급암은 유독 상좌승을 발화 상대로 설정하지 않았다.

익재 제8수는 구슬이 깨져버린 상황을 절망으로 파악하지 않고 끈의 존재가 남아 있다는 역설로 전환하여 영원히 변치 않을 믿음을 다짐한다.

다음으로는 해설만 있고 노랫말이 전하지 않는 경우이다. 이 가운데 익재 소악부 제3수와 「악지」 사이의 거리는 소악부 창작 의식의 증거이다. 「악지」의 해설이 노래의 뜻을 왜곡했다고 하거나 반대로 익재가 노래 내용을 자의적으로 바꾸었다고 할 때, 연구자는 은연 중 소악부가 원 노래의 내용을 그대로 옮기는 것으로 이해하고 있는 것이다. 그러나 익재는 마음에 느껴지는 것을 취해 새 노래를 짓는다고 했다. 애초 〈제위보〉에는 손 잡힌 일에 대한 태도가 분명히 드러나지 않았을 것이다. 〈쌍화점〉 각 연의 1-4행에서 손 잡힌 일과 목격자에 대한 단속만 나타나고 있는 것과 유사하다. 한 가지 일에 느낌이 서로 다른 예는 이유원의 〈제위보〉에서도 볼 수 있다.

끝으로, 해설과 노랫말이 둘 다 전하지 않는 소악부 작품을 재해석하였다. 먼저 익재 소악부 제5수는 「악지」의 〈양주〉를 원천으로 한 작품이 아니다. 〈양주〉는 풍부한 물산과 번화함을 바탕으로 봄이 되면 놀기를 좋아하며 즐긴 노래이지만 이 작품은 다시 못 올 청춘을 회상하는 안타까움의 노래이다.

익재 소악부 제10, 11수는 제주의 풍습을 풍자한다. 제10수에서는 수정사 주지를 통해 힘을 가진 승려 계층에서 벌이는 방탕함을 풍자하고 해설에서는 사대부와 기생의 대화를 통해 풍자의 대상을 사대부층으로 넓혔다. 제11수에서는 농사에 힘쓰지 않게 된 백성의 모습을 풍자하였다. 해설에서는 농사를 지어야 할 들에 소와 말이 가득한 때문이고, 빈번히 행차하는 관리들의 접대에 시달리는 것이 불행의 시작이었다고 해 그 원인이 통치자에게 있었음을 아울러 밝힌다.

급암 제1수에는 그리움을, 제2수는 세상일의 황당함을, 제6수는 거미와 나비를 소재로 사랑의 실패로 인한 슬픔과 한풀이의 심정을 드러낸 작품이다. 익재가 급암에게 소악부를 짓도록 격려하기 위해 보낸 서문 성격의 시제에서 말한 '별곡'은 민요가 음악적 형식에 따라 재편된 속악가사인 경우도 있었지만 그런 단계를 거치지 않은 민요인 경우도 있었다. 익재의 제5, 8, 10, 11수와 급암의 제1, 2, 6수는 바로 그러한 경우이다.

소악부 제작 동기에 보이는 국문시가관

◉

윤덕진

1. 소악부의 본령과 한국 소악부의 성격

소악부(小樂府)의 명의는 "절구(絶句)적 소시(小詩)의 악부"[1] 에 요약되어있다. 소시(小詩)는 소곡(小曲)이라고도 하는데 대곡(大曲)에 대한 대칭으로 쓰였다. 대곡은 한위(漢魏)에서 당송(唐宋)까지 유행한 대형 음악 가무를 말한다.[2] 소악부는 원래 애정주제의 노래들을 주대상으로 하였다. 민간가요 가운데 가장 흔한 주제가 애정에 관한 것이며, 이 주제를 통하여 계층에 구애 받지 않는 솔직한 본바탕의 정감이 토로되어 왔다. 우리나라의 악부시는 익재(益齋) 이제현(李齊賢)이 소악부를 표방한 고려가요 역시를 처음 보인 뒤에는 영사악부(詠史樂府)에 편향

---

1 이종찬, 「소악부 시고」, 『동악어문논집』 제1집, 1965, 175쪽. 손팔주, 「신자하의 소악부 연구」, 『동악어문논집』 제10집, 113쪽에서 재언급하였다. 여기서, 〈玉階怨〉(謝朓)〈秋夜長〉(王融) 〈遙夜吟〉(宗夬) 등 5세기의 작품들을 예로 들었는데 이들은 모두 상사연정 주제에 해당한다.

2 한위 때 대곡은 相和歌와 淸商曲을 토대로 만들었기 때문에 相和大曲 혹은 淸商大曲으로 불렸다. 수당 이후로 대곡은 서역의 음악 가무를 흡수하여 내용과 형식상에 큰 변화가 생겼으며 이를 宴樂大曲으로 불렀다.(왕국유, 권용호 역주, 『송원희곡사』, 학고방, 2007(개정판), 197쪽, 주 25)

되어 소악부의 뚜렷한 계승 관계는 조선 말엽의 자하(紫霞) 신위(申緯)에 내려가 있다. 영사악부의 제작 의도는 역사의 감계에 두어져 있으므로 주자학 사유에 적합한 것으로 인식된 결과일 것이다. 영사악부 위주의 악부 제작은 충효와 같은 유교 덕목을 제창하는 것을 중요하게 여기기 때문에 인간의 솔직한 본바탕을 중요하게 여기는 천기론(天機論)이나 성령론(性靈論) 같은 시관(詩觀)이 허용되는 조선 말엽에 가서야 소악부가 재생할 수 있었다. 묘하게도 고려말, 조선조말로 이어지는 말기를 배경으로 하는 소악부 제작은 신라말의 최치원(崔致遠)으로 소급하는 의식을 이끌어낸다. 말기란 국가의 명운이 기울어가는 때이니 우리나라로서는 인접 대국인 중국의 영향력이 더 커졌을 때가 된다. 최치원과 이제현, 신위가 처한 당대의 중국 왕조는 각기 당, 원, 청이었다. 위의 세 분은 견당 유학생이거나 원의 과거급제자, 또는 청조의 학자들과 긴밀한 교류를 하던 인사로서 모두 중국의 영향권에 가장 가까이 다가가 있던 처지들이었다.

최치원은 당의 대곡(大曲)을 본뜬 것으로 보이는 신라 오기(五伎)에 대한 「향악잡영」(鄕樂雜詠) 5수를 남겼으며[3] 〈강남녀〉(江南女)와 같은 애정 주제의 소악부도 시도하였다. 최치원의 당(唐) 대소곡(大小曲) 수용은 외래 양식에 대한 적극적인 대응이라는 의미는 갖지만, 재료에 해당하는 민속·민요가 우리 것이 아니라는 점에서 완전히 자기화된 단계에 해당하지는 않는다. 자국 민속과 민요에 대한 애긍심에서 출발하여 외래 양식을 자국의 특성에 맞도록 개신하는 단계의 소악부는 익재 이제현에 이르러 가능하였다. 진정한 의미의 우리나라 소악부가 우

3 〈大面〉, 〈束毒〉 등의 곡자명은 당 대곡에서 사용하는 것임.

리나라의 노래 혹은 놀이를 대상으로 한다는 점에서 우선 우리나라 사람으로서의 자의식이 앞선다고 볼 수 있다. 작품의 대상으로 삼는다는 일은 그 대상에 대한 애착심을 전제로 하며 특히 나라의 명운이 불안할 때에는 자국 고유의 문화에 대한 애착이 깊어지기 마련이다. 중국과 긴밀한 관계 속에서 활동하던 위의 세 분이 각기 자국 문화로 회귀하는 계기는 시대에 따라 다르게 드러나지만, 자국 문화를 밖에서 바라보는 시각을 가졌다는 점에서는 공통점이 있다. 최치원은 당의 정재(呈才)를 모의하여 신라의 놀이를 재조명하였고, 이제현은 원곡(元曲)의 사패(詞牌)를 의식하면서 고려속요를 정리하였으며, 신위가 자기 당대에 유행하던 시조 작품을 7언 절구의 곡자사(曲子詞)로 정착시켰을 때에도 이제현을 계승한다는 의식과 아울러 같은 시기에 청조에서 곡자사를 보전해 나오고 있던 흐름에 맞춘다는 교섭의 의도가 작용한 것으로 보인다. 이 논문에서는 자국 고유문화에 대한 애긍심이 동기가 되면서 중국의 형식을 본뜬 가운데 독창적인 양식 개발을 성취한 역대 소악부의 성립 과정을 살피고자 한다. 윗대로 올라 갈수록 자료가 빈한해지기 때문에 맥락을 잇는 한도에서 신위 당대의 풍부한 자료를 소급 적용하는 방식을 택하고자 한다. 하나의 소악부 문학사를 재구하고자 하는 목적은 소악부 제작에 담긴 국문시가에 대한 견해를 포착하는데 있다. 아울러 중세 동아시아의 보편적인 형식에 민족문화의 특수성을 어떻게 담아내었는가 하는 문학 양식 교섭의 특별한 사례를 파악하여, 문학 담당자로서의 역할이 시대에 제한되는 모습들을 밝혀보고자 한다. 이 모습을 되비쳐 보는 가운데 20세기 이래 외래 양식과 전통 양식 사이에서 떠도는 시가 향유와 연구의 실상을 떠올려 볼 수도 있다는 기대를 걸어둔다.

2. 역대 소악부 제작 동기의 맥락

2.1. 「익재 소악부」(益齋 小樂府)의 제작 동기 재탐

익재의 소악부 제작 의도는 11편의 고려속요를 대상으로 한 소악부 제작에서 직접 확인 할 수 있지만, 소악부 제작 과정에 대한 석명이 이루어진 다음 자료는 소악부 제작을 꺼리는 후배 문인을 설득하여 결국 자신의 소악부 제작 의도를 계승하게 했다는 점에서 각별한 주의를 끈다.

> 어제 곽충룡(郭翀龍)을 만나보았는데 그의 말이, 급암(及菴)이 소악부(小樂府)에 화답을 하려고 하였으나 같은 일에 말이 겹치기 때문에 아직 하지 않았다고 한다. 나는 그에 대해서, '유 빈객(劉賓客)이 지은 죽지가(竹枝歌)는 기주(夔州)와 삼협(三峽) 지역의 남녀들이 서로 즐기는 노랫말이고 소동파(蘇東坡)는 이비(二妃)·굴원(屈原)·초 회왕(楚懷王)·항우(項羽)의 일을 엮어서 장가(長歌)를 지었는데 옛사람의 것을 답습한 것이었던가? 급암이 별곡(別曲) 가운데 마음에 느낀 것을 취하여 번사하여 새로운 가사(歌詞)를 지으면 되는 것이다.' 하고 두 편을 지어 도발(挑發)한다.[4]

여러 가지 사정에 의하여[5] 익재가 당부한 소악부 제작을 미루는 급

---

4 昨見郭翀龍。言及菴欲和小樂府。以其事一而語重。故未也。僕謂劉賓客作竹枝歌。皆夔峽間男女相悅之辭。東坡則用二妃, 屈子, 懷王, 項羽事。綴爲長歌。夫豈襲前人乎。及菴取別曲之感於意者。翻爲新詞可也。作二篇挑之。(『益齋亂藁』 제4권 詩. 자료와 역문을 고전번역원 웹에서 따오며, 일부 번역을 고침.)

5 원에 병합되기를 원하는 왕의 측근 세력에 대하여 고려 왕실의 존립을 주장하는 익재 무리의 노선에서는 소악부 제작이 지니는 자주 정신 발현이라는 의미가 중대하게 인식되었다. 익재가 자기 노선의 중요한 동반자로 여기는 급암에게 소악부 제작을 면려한 이유는 이 의미를 환기시키는 데 있었다. 당시 사회의 여러 가지 조건

암(及菴) 민사평(閔思平)에게 제주의 민속 관련 소악부 2편을 추가로 보내어 독려하는 의도는 중국 변방의 민가에 바탕한 〈죽지사〉(竹枝詞)를 지은 유우석(劉禹錫)의 사례에 비의하여 소악부 제작의 정통성을 환기하려는 데에 있었다. 이에 대한 급암의 대응으로 결과한 6편의 소악부를 살펴보면서 소악부 제작 의도의 맥락이 이어지는 모습을 보기로 한다. 익재와 급암의 소악부 사이에서 7언 절구의 형식을 택한 것 외에 외적인 공통점은 찾아지지 않는다. 익재가 택한 노래를 피하여 따로 6편을 택한 데에는 "같은 일에 말이 겹치는(事一而語重)" 폐단을 피한 것으로 보인다. 이런 조건에서의 맥락이라고 한다면 주제상의 공통점에서 찾아야 할 것이다.

먼저 「익재 소악부」는 충·효·열과 같은 유교 덕목에 부합하는 작품을 우선 하였다. 충신연주지사의 남상격인 〈정과정곡〉의 요체를 번사한 것[6]을 비롯하여 〈서경별곡〉에서 불변하는 절조를 강조하는 구절[7]을 따온다든지 민간의 연정 주제 가요를 절조에 관련시키는 쪽으로 재해석한다든지[8] 한 작품들이다. 다음에는 현실 비판의 성향을 지닌 쪽인데 백성을 착취하거나 권모에 스스로 갇히는 관리를 참새에 비유하는 민가(民歌)의 풍자를 수용한 작품[9]들이다. 급암을 독려하기 위해 뒤

이 소악부 제작에 미치는 영향에 대하여는 황병익의 「익재·급암 소악부의 제작과 그 배경에 관한 고찰」(『한국민속학보』 11집, 2000)을 참고할 수 있다.

6 삼강팔엽의 11분단 가운데 전강 중강 후강(부엽)의 서두부를 잘라내어 번사함.

7 구스리 바회예 디신ᄃᆞᆯ/ 긴히ᄯᆞᆫ 그츠리잇가// 즈믄 ᄒᆡ를 외오곰 녀신ᄃᆞᆯ/ 信잇ᄃᆞᆫ 그츠리잇가

8 『고려사』 「악지」2 속악조의 〈濟危寶〉항에서 "婦人以罪徒役濟危寶 恨其手爲人所執無以雪之作是歌以自怨 李齊賢作詩解之曰 浣沙溪上傍垂楊 執手論心白馬郎 縱有連簷三月雨 指頭何忍洗餘香."라 해석한 맥락.

9 〈長巖〉에서는 권세욕에 눈이 멀어 화를 입는 처지를 그물에 걸린 참새에, 〈沙里

에 따로 보낸 제주 민속과 관련된 2편[10]이 범람하는 물로 비유된 타락한 불교계의 탐욕이나 실제 농사의 피폐상을 제시한 것을 보면 백성들의 원성이 담긴 노래를 들을 줄 아는 진정한 목민관이 되는 방도를 소악부 제작에서 찾고 있음을 알 수 있다. 그 밖에 처용희를 설화 문맥에 맞추어 축약 제시한 작품이나 어린 시절에 대한 그리움을 담은 노래[11]의 번사 같은 경우는 당대 성행의 민족 문화 양식에 대한 배려가 계기가 되었다.

급암은 〈안동자청〉(安東紫靑)의 번사로 생각되는 작품에서 여성의 절조를 강조한 외에 나머지 5작품은 불승의 타락상이나 세속 인심의 경박함을 비판하는 쪽으로 주제화하였다. "검은 구름 낀데다 다리조차 끊어져/ 은하수 높이 걸려 별빛 잔잔한/ 이리 어둑 깊은 밤에/ 길 미끄러운데 어딜 가는지?(黑雲橋亦斷還危。銀漢潮生浪靜時。如此昏昏深夜裏。街頭泥滑欲何之。)" 같은 작품은 뚜렷한 배경 설정이 필요 없이 암울한 시대정신을 내비추고 있다. 검은 구름에 덮힌 어두운 밤에 다리마저

花〉에서는 과다한 부렴으로 백성을 괴롭히는 관리를 일년 농사 곡식을 축내는 참새에 풍유하였다.(『고려사』 「악지」2 속악조)

10 "都近川頹制水坊。水精寺裏亦滄浪。上房此夜藏仙子。社主還爲黃帽郎"와 "從教壟麥倒離披。亦任丘麻生兩歧。滿載青瓷兼白米。北風船子望來時" 이 두 작품은 주 4)의 글에 제작 동기가 들어 있고, 시 자체에 각기 작품 제작 과정을 설명하는 후기가 첨부되어 있다. 익재는 자세히 제작 과정을 제시함으로써 민사평으로 하여금 수창하지 않을 수 없는 조건을 만들려고 하였다.

11 脫却春衣掛一肩。呼朋去入菜花田。東馳西走追蝴蝶。昨日嬉遊尙宛然. 이 작품은 어린 시절을 회상하는 공감대 탓인지 「익재 소악부」에서도 이채로운 것으로 인정되었다. 권근은 『陽村先生文集』 卷之十 詩 〈見蝶〉의 미련 출구 "肩上掛衣難再得"에서 이 작품을 차구하였고 이덕무는 『青莊館全書』 卷三十四 「淸脾錄」[三]에 李益齋 항을 따로 두어 익재 시의 우월함을 논하며 여러 체의 시를 열거하는 가운데 소악부의 대표로 이 작품을 들어 우리나라 시 가운데 또 이런 작품이 있었던가?(東人集中。尙復有之哉) 라고 찬탄하였다.(자료는 고전번역원 웹에서 가져옴.)

끊어지고 길은 미끄러운 정황은 암울한 시대 분위기에 맞추어 설정되었을 것이다. 이런 가운데 미정의 장소로 어둠 속에 옮겨가는 발걸음은 〈쌍화점〉에 보이듯 삼장사에 불 혀러 가는 밀회의 행로에 이어질 수 있었을 것이다. 방종한 성적 타락을 상징하는 범람하는 물의 심상을 던진[12] 익재에 대한 급암의 화답은 어둠의 심상을 앞세워서 이루어졌다. 이 맥락에 「익재 소악부」에서 경박한 세속인을 그물에 걸린 참새로 비유한 데 대하여 「급암 소악부」가 거미줄에 걸린 나비의 비유로 수응한[13] 수사 구조가 이어진다. 익재가 던지고 급암이 대응하는 수창 관계 속에 이루어진 소악부 제작 의도는 익재가 먼저 제시한 신사상으로서의 주자학 덕목 주창으로 귀결되는 것이겠지만, 실제 작시 과정에서 두 시인의 의중을 크게 울린 것은 백성들의 노래를 통하여 전달되는 빛깔과 소리의 심상이었음을 알 수 있다. 덕목 주창의 단계에서는 감응되지 못했던 급암이 제주 민요의 물 심상을 통하여 비로소 계도될 수 있었던 사실이 소악부 제작의 계기는 교화의 개념이 아니라 생활의 구체성 가운데 우러나온 백성의 정실을 포착하는 예민한 감성에서 마련

12 주 10)에서 인용한 앞 작품을 가리킴. 이 작품의 後序에서 익재는 기녀가 纏頭를 위해 노래를 파는 일을 사대부가 절조를 굽혀 권력에 타협하는 것에 대비하는 수사법을 통하여 음란한 亡國之音이라고 하더라도 민간의 풍속을 살피고 시속의 변화를 아는데(觀民風知時變) 필요한 효용을 강조하고 있다. 백성들의 노래를 비천하다고 하지만 절조를 바꾸어 권세에 아부하는 선비가 끼치는 폐독에 비하면 오히려 작은 효용을 가진다는 논리로 민간 가악을 긍정하고 있다. 그 후서의 원문은 다음과 같다. "近者有達官戲老妓鳳池蓮者曰。爾曹惟富沙門是從。士大夫召之。何來之遲也。答曰。今之士大夫。取富商之如爲二家。否則妾其婢子。我輩苟擇緇素。何以度朝夕。座者有愧色。鮮于樞西湖曲云。西湖畫舫誰家女。貪得纏頭强歌舞。又曰。安得壯士擲千金。坐令桑濮歌行露。宋亡。士族有以此自養者。故傷之也。耽羅此曲。極爲鄙陋。然可以觀民風知時變也"

13 再三珍重請蜘蛛。須越前街結網圍。得意背飛花上蝶。願令粘住省愆違。

되는 것임을 잘 말해주고 있다.[14]

백성의 소리를 들을 줄 아는 애민의 자세는 오랜 학문 수양에 의하여 세워지지만, 실제 정황을 포착하는 귀와 눈은 백성들의 표출 방식에 대한 경험과 관찰에 의하여 닦아진다. 익재는 원에 오랜 기간 체류하면서 사곡(詞曲)과 같은 외국 문학 양식에도 정심한 단계에 이르렀지만, 고국의 백성들이 즐겨 부르는 노래를 담을 수 있는 새로운 양식을 개발하는 방안에 고심한 것으로 보인다. 고국의 문화에 대한 애정에서 비롯되었을 이 관심은 자국 시가 향유에 참여하는 모습으로 드러난다. 16세기 농암과 퇴계에 의해 산정되는 〈어부사〉에는 집구시의 관례로서 익재의 시 한 구절을 들여놓고 있는데,[15] 이는 고려조 말엽부터 향유 사실이 드러나는 〈어부사〉 향유에 익재가 비중 있게 가담하였음을 말해준다. 『익재난고』(益齋亂稿) 권제사(卷第四) 시(詩)에는 〈도귀봉김정승영돈〉(悼龜峯金政丞永旽)[16]이라는 추도시가 있는데, 백성들에게 흠

14 『급암시집』의 시편 가운데 익재에 창화한 것들이 많은데 존경하는 선배에 대한 관례적인 태도를 넘어서 있는 것을 볼 수 있다. 특히 익재의 선창에 화답하는 경우에는 백성들의 정서- 곧 이념에 규제되는 관념이 아니라 실제 생활에서 우러나오는 진솔한 실정에 호응하는 태도가 두드러진다. 이와 같은 소악부 수용의 방향에 대하여는 박성규의 「익재 소악부론」(『동양학』 제25집, 1995)과 박혜숙의 「고려말 소악부의 양식적 특성과 형성 경위」(『한국한문학연구』 제14집, 1991)를 참고할 수 있다. 박성규는 소악부 제작이 고려 후기 전환기 현실에서 신흥사대부 계층이 일반 기층민에 대하여 가졌던 애민의식의 소산이며, 곧 신흥사대부의 문학관이 반영된 결과로 설명하였다. 이러한 견해는 소악부 양식이 상층의 권문세가에 대한 비판의식과 서민세계에 대한 친화감을 공유하였던 신흥사대부의 관심과 취향을 기반으로 하면서 創新을 중요시하는 신흥사대부의 문학관을 반영하는 동시에 민간문학의 의의를 인정하는 가운데 이루어졌다는 문학사적 의의를 규명한 박혜숙의 논리와 동궤에 속한다.

15 『益齋亂稿』 卷第三 詩의 「憶松都八詠」의 〈西江月艇〉(江寒夜靜得魚遲。獨倚篷窓卷釣絲。滿目青山一船月。風流未必載西施。)의 종구.

모 받던 풍류는 물결 따라 흘러가 버리고 달 밝은 뱃전에 〈어부가〉 소리로만 추상되는 김영돈이야말로 〈어부가〉의 주요한 향유자였겠으며 익재와의 교류지간에도 〈어부가〉가 중요한 매개 역할을 했음을 짐작케 한다.

익재의 자국시가 향유 관록은 그의 〈소상팔경시〉[17]가 〈소상팔경가〉로 전화되는 사실에서도 드러난다. 후대의 한시사부가 가창화되는 경로에서도 한시사부 대본 제출자가 그 대본의 가창화 과정에 깊이 개입되는 모습을 흔히 보게 되거니와, 〈소상팔경가〉의 원대본 제출자인 익재의 경우에도 당대의 가악 풍류에 일정하게 개입하였음을 유추할 수 있다. 익재는 문집에 남기고 있는 〈송도팔경〉과 같이 장단구;사곡(長短句;詞曲) 양식을 자국 소재로 전환하는 방안도 모색하였지만, 자국시가 번사를 통하여 새로운 양식을 개발하는 데에 더 관심을 기울였다. 앞서 살핀 소악부가 그러했거니와 〈소상팔경시〉도 주로 7언 절구 형식을 활용하고 있는데 고려인의 정서 유로에 적합한 요인을 가졌기 때문일 것이다. 시조시의 종장 첫구를 분리하여 전체를 4단 구조로 재구한다든가, 대구 구조의 시조 시행 둘을 4구로 분할하여 4단 구조에 대응케 하여서 절구 형식에 부합케 할 수 있다. 또, 7언은 5언보다 면밀한 내용 담지가 가능할 뿐 아니라 4·3으로 구두되는 내부 구조가 고려시가의 대구 구조와 관련 있기 때문에 취택되었다고 한다면, 익재의 7언 절구 형식 애용도 일정하게 고려시가의 특성을 반영한 것으로 볼 수 있다.[18]

---

16 謝傅風流逐逝波。蒼生有望奈今何。龜峯峯下滿船月。腸斷一聲漁父歌。(本官醉後。每令妓豹皮歌漁父詞。)

17 『益齋亂稿』卷第三 詩 가운데 〈和朴石齋, 尹樗軒用銀臺集瀟湘八景韻〉.

원나라에의 복속 기간 동안 원과 고려 양국 관계의 조섭에 누구보다도 적확한 판단을 내렸던 정치 관료이며 『역옹패설』에서 보인 자주적인 역사의식의 소유자인 익재로서 큰 영향력을 지닌 외래 양식인 사곡에 대한 자주적 대응이 소악부로 귀결한 경로를 대략 살펴보았다. 원 문화의 그늘에 가린 백성의 노래에 대하여 관심을 가진 자체가 자주의식의 발로이겠거니와, 중세 공용 문어 사용의 제한 내에서 형식은 보편을 따르되, 내용에 특수한 변화를 주어 악부 양식의 개신을 꾀한 태도는 정치 역사에서의 적절한 대응만큼이나 문학사적인 의미를 지니는 것이었다. 익재는 백성의 소리에 귀를 기울이기 위하여 구체적인 정감의 발로를 무시하지 않았고, 이런 친민(親民)의 자세를 자기 노선의 후배들에게 권면하였다. 급암 민사평의 소악부는 그 권면의 대표적인 결과이려니와, 급암이 익재에 수창한 과정을 보면 익재는 스스로 개발한 소악부 양식의 수용을 강제한 것이 아니라 백성들의 일상적인 정감에 공감할 수 있도록 자연스럽게 유도하였음을 보았다. 이때, 익재가 강조한 것이 교화의 관념이 아니라 개별 대상의 구체성에 바탕한 감성적 동화이었음은 앞으로 전개될 소악부 발전사의 향방을 가늠하는 중대한 의미를 지닌 사실이다.

---

18 소악부 양식에 칠언절구가 적합한 여건에 대하여는 김명순, 「신위 소악부서의 독법과 그 의미」(『대동한문학』 제17집)에서 논증하였다. 김선생은 사곡의 가창에 적합한 중국어의 성률이 직접 반영된 장단구보다 칠언절구체가 우리 노래의 가창과 음송에 유리한 리듬을 가졌다고 보았다.(9쪽)

2.2. 「자하 소악부」(紫霞 小樂府)의 제작 동기를 통하여 본 소악부 발전의 통서

앞서 익재 소악부의 제작 의도를 알려주는 자료인 민사평과의 수창 시제는 소악부 향유에 단계적으로 가담하는 모습은 잘 보여주지만 작자들의 직접적인 의도 표명은 은폐 되어 있던데 반해, 신자하(申紫霞)의 소악부에서는 자작 서문이 붙음으로써 뚜렷하게 제작 의도를 알려주고 있다. 먼저 이를 전재해 본다.

> 우리나라의 입말과 문자는 번거롭고 간략함이 현저히 달라서 예부터 사곡은 모두 입말과 문자를 참여시켜 합쳐 이루어졌다. 그러므로 애초에 차례 지은 평측 구두의 운이 없었고 다만 목구멍 사이의 장단과 혀와 이 위의 가볍고 무거움으로써 혹은 촉급하게 거두고 혹은 늘이어 펼쳐서 그 노랫말의 각수를 맞추었을 따름이다. 그런 뒤에 떨어뜨려서 우성이 되고 올려서 상음이 되니, 『화간집』『준전집』의 말을 채워 넣어 곡에 맞추는 법으로 본다면 또한 낮고 거칢이 다 한 것이라 이를 만하다. 비록 그러하나, 관현을 입혀서 절로 율려를 이루어 슬프고 즐거운 변태가 마음에 느껴져 뜻을 움직이게 하니, 천지 사이에 원래 절로 그러한 즐거움이 있어서 지경을 제한하고 강역을 나누어서 논할 수 없는 것이 있음을 알 수 있다.
>
> 이제 그 노랫말을 채집하여 시로 만들고자 하니, 곧 혹은 그 구절을 길고 짧게 하여서 운을 흩어 맞추면 억지로 고체라고 이름할 만하나, 읊조리고 되새겨 보는 사이에 소리 울림에 문득 어그러져서 다시 사곡의 본색이 아니니, 모두 손대기에 껄끄럽다고 할 만하다. 이런 까닭에 문단의 여러 선비가 못들은 것처럼 내버려두어, 장차 소대의 가요로 하여금 흩어 사라져 들을 수 없게 할 것이니 그렇게 해서 되겠는가?
>
> 고려 이익재 선생은 사곡을 채집하여 칠언절구로 만들어서 이름 짓기를 소악부라 하여 지금도 선생의 문집 가운데 있는데 거의 모두가 오늘

날 연주가에게 전하여지지 않는 곡들로서 그 노랫말이 사라지지 않은 것은 이 시에 의지하는 것이니 문인의 글지음이 단지 중대하다고만 할 것인가? 내가 속으로 이 일을 기뻐하여 우리 왕조의 소곡 중에 내가 기억하는 것들에 대하여 또한 칠언절구를 만들었으니 글꾸밈이야 선생에게 만만 미치지 못하지만 다른 시대에 기맥을 같이하여 각기 그 나라의 풍요를 채집한 것은 한 가지이다.

내가 강화유수로 있을 때[19]에 처음 이 뜻이 있어서 지은 것이 여섯 절구에 지나지 않았는데 또 초본을 잃어서 매우 한스러워 했는데, 근래 당시 막부에 있던 이가 상자에 부본을 가지고 있어서 다시 베껴 없어지는데 이르지 않을 수 있었으니 그 또한 다행이었다. 여기에다 내가 산 속이나 물가를 지날 때에 얻은 것 약간 수를 합쳐 또한 소악부라 제명하였다. 그러나 매장마다 곡자명으로써 묶은 것은 곧 내가 처음 해 본 것으로서 익재 선생이 하셨던 대로는 아니다. 무릇 우리 왕조의 충신 지사와 명상 문호, 학자 은인, 재자 가인들이 뜻을 얻지 못하여 읊조려 탄식하고 찌프려 신음한 나머지를 여기에 간략히 갖추었으니 비록 황하원상의 사곡과 시단에서 갑을을 다투기에는 감당치 못하지만, 또한 일대의 풍아를 간직하고 시가의 빠진 문장을 보충했다고 할 만하기를 바랄 따름이다. 뒤에 보는 이들이 향 피우고 등 밝혀서 한번 읊조려 본다면 반드시 관현에 맞춘 것만 같지는 않더라도, 또한 반드시 음을 완상함이 있을 것이다. 그 시대의 앞뒤함은 기억나는 대로 지어서 한 때에 나온 것이 아니니 다시 검토하여 차례 매기지는 않았다.[20]

19 1828년 8월~1830년 7월.

20 東國言語文字。繁簡懸殊。古來詞曲。皆參合言語文字而成也。故初無秩然之平仄句讀之叶韻。但以喉嚨間長短唇齒上輕重。或促而斂之。或引而申之。以準其歌詞之刻數。然後墜之爲羽聲。抗之爲商音。其視花間罇前塡詞度曲之法。亦可謂鄙野之極矣。雖然被之管弦。自成律呂。哀樂變態。感動心志。是知天地間原有自然之樂。有不可以限地分疆而論也。今欲採其辭入詩。則或可以長短其句。散押其韻。强名之曰古體。然吟咏咀嚼之間。頓乖聲響。非復詞曲之本色。儘可謂戞戞乎。其難於措手矣。是以文苑諸公。置若罔聞。將使昭代歌謠。聽其

자연스럽게 4분단 지는 가운데 분단마다 소악부 제작에 관련된 기본 사항을 논의하고 있다. 첫째 문단은 소악부 제작의 당위성에 관한 것이다. 사곡(詞曲)의 존립 기준은 표기법이나 악곡 형식 등의 우열이 아니라 "천지 사이에 원래 있는 절로 그러한 즐거움(天地間原有自然之樂)" 여부에 달렸다는 견해는 자하가 소악부를 제작한 19세기 초중반의 가단에서 공유하고 있던 자주적인 가악관이다. "목구멍 사이의 장단과 혀와 이 위의 가볍고 무거움으로써 혹은 촉급하게 거두고 혹은 늘이어 펼쳐서 그 노랫말의 각수를 맞춘 뒤에 떨어뜨려서 우성이 되고 올려서 상음이 되는" 가창 방식은 우리 가곡만의 독특한 창법이며 자하는 이런 연행 실정에도 정통하였음을 이 대목에서 알 수 있다. 자국시가의 특수성을 인식하는 자주적인 가악관은 익재에게서도 찾아볼 수 있었다. 고려속요의 이해를 통한 자국문화의 정체성 확인을 후배들에게 권면하였던 익재의 의중에는 고려왕조의 존립이 문화의 자주성에 의하여 유지된다는 문화주의의 시각이 내재되어 있었을 것이다. 조선 후기에 들어서면서 전문 가객들과의 유대 가운데 자국시가의 가치를 재인식

散亡而不傳。可勝哉。高麗李益齋先生。採曲爲七絶。命之曰小樂府。今在先生集中。擧皆今日管弦家不傳之曲。而其辭之不亡。賴有此詩。文人命筆。顧不重歟。余窃喜之。就我朝小曲中余所記憶者。亦以爲七言絶句。藻采雖萬萬不逮先生。而異代同調。各採其國之風則一也。余在江都留臺時。始有此意。所作不過六絶句而止。旋失草本。甚恨之。近因當時居幕府者篋有副本。重錄而不至逸。其亦幸矣。通錄余山中湖上往來所得者若干首。亦以小樂府爲題。然每章。各系以曲子名。則余所創例。又非益齋先生之舊也。凡我朝忠臣志士。哲輔鴻匠。高明幽逸。才子佳人。得志不遇。出於咏歎嚬呻之餘者。略備於此。縱不堪與黃河遠上之詞。甲乙於旗亭。亦庶幾存一代之風雅。補詩家之闕文。後之覽者。於風前月下。香灺燈光。試一吟諷。未必不如品竹彈絲。而亦必有賞音者矣。若其時代先後則隨記隨作。非出於一時者。故不復詮次云爾。(『警修堂全藁』, 「北禪院續藁」3 小樂府의 序: 고전번역원 웹 자료)

한 선비들이 가집 편찬에 참여하는 모습이 발견되는데, 이들이 천기론이나 성령론과 같은 새로운 시관(詩觀)에 이끌린 측면도 있었겠지만, 근본적으로 익재 이래 자국시가 가치 고양의 발전 도정이 이어진 측면이 더 크게 작용하였다고 본다. 문집 기록으로만 본다면 자하는 소악부를 통하여 우리 시가의 보편성을 계발하는 데에만 주력한 듯 보이지만, 〈관극절구〉(觀劇絶句)를 통하여 판소리 연행 현장을 재현한다든지, 대표적인 판소리 광대인 고수관(高壽寬)과 교유한다든지[21], 또 특정 광대의 더늠을 애호한다든지[22] 하는 판소리 향유 행적을 통해 보면 우리 고유의 문화 양식에 대한 깊은 천착이 이루어진 애호가였음을 알 수 있게 된다. 원(元) 문화의 침투에 대항하는 현실적 요구에 부응하는 일차적 계기를 가졌던 익재와 대비하여 자하의 자국문화 옹호 자세를 재단하는 일이 선명한 결과를 가져오기 힘들지만, 청대 문화를 충분히 흡수하였던 선구적인 지식인으로서 자국문화의 양식 계발에 깊은 관심과 지속적인 노력을 보였다는 사실만으로도 자하의 소악부 제작이 단순한 외래 양식 모의에 그치지 않았으리라고 추단할 수 있다.

두 번째 문단은 첫 번째 문단에 부속되는 것으로서 소악부 제작에 소극적이거나 부정적인 자세를 가진 당대인에 대한 문제 제기이다. 여

---

21 『警修堂全藁』冊二十六 「覆瓿集」三권과 十권에 고수관에게 준 시가 보인다.

22 자하를 종유했던 李裕元의 『林下筆記』 제29권, 「춘명일사(春明逸史)」〈觀劇詩〉편에 "양연(養硏) 노인 신위(申緯)의 '관극시'에서, 고수관(高壽寬) 송흥록(宋興祿) 염계달(廉季達) 모흥갑(牟興甲)은 우리나라에서 노래를 잘하여 高宋廉牟噪海陬 / 시작(詩作)의 고통에서 나를 풀어 주었네 狂歡引我脫詩囚 / 미끈하고 강개한 김용운은 淋漓慷慨金龍運 / 연극이 형차에 이르니 한 마리 기러기라네 演到荊釵一鴈秋 //"라는 인용 뒤에 "나는 고소관, 송흥록, 모흥갑, 김용운 등 네 명의 노래는 다 들었다. 고씨는 팔십에도 노래할 수 있었다. 김씨는 가락이 가사(歌詞)에 가까웠으므로 신위가 칭찬한 듯하다."라고 증언하였다.(고전번역원 웹의 국역 자료 이용)

기서 대항 논리의 근거로서 제시한 "소대가요(昭代歌謠)"라는 개념을 살펴보자. 1712년 홍세태(洪世泰)가 편찬한 위항시인들의 한시 선집인 『해동유주』(海東遺珠) 출간을 계기로 위항시인에 대한 인식이 제고되어, 1737년(영조13)에 『소대풍요』(昭代風謠)가 간행되고 1797년(정조21년), 『풍요속선』(風謠續選)이 간행되는 동안에 가집의 편찬이 병행되면서 자국시가를 재정비하는 움직임이 지속되었다. 『해동유주』(海東遺珠) 홍세태 서문의 다음과 같은 자세가 이 움직임을 이끌어나가는 시초로서 작용하였다.

> 대저 사람이 천지의 가온(中)을 얻어 태어나서 그 정이 느껴 말로 드러내어 시가 됨은 귀하고 천함이 없이 한 가지이다. 이런 까닭에 시 삼백 편이 많이 이항의 가요로 지은 데에서 나왔으되 우리 부자가 취하셨으니, 곧 〈토저〉(兎罝) 〈여분〉(汝墳)과 같은 작품과 〈정묘〉(淸廟) 〈생민〉(生民)과 같은 작품이 함께 풍아에 배열되어 처음부터 그 사람에게 얽지 않음은 이야말로 성인의 지극히 공변된 마음인 것이다. 우리 동방 문헌의 성함이 중화에 비등하여 대개 관복을 입은 대부가 위에서 한번 창도하면 초가에 사는 처사가 아래에서 고무되어 짓기를 가시(歌詩)로 하여 스스로 울리는 것이니, 비록 그 학문함이 너르지가 못해서 취하여 바탕함이 멀리 미치지 못하더라도 그 하늘에서 얻은 바가 짐짓 스스로 처절(超絶)하여 넘실넘실한 풍조가 당에 가까웠다. 저 경치를 그려냄의 맑고 원만함은 봄날의 새와 같으며, 마음을 풀어냄이 슬프고 간절함은 가을벌레와 같으니 오직 그 느껴서 울리는 것이 천기 가운데 저절로 흘러나옴이 아닌 게 없기 때문이니 이것이 이른바 참된 시인 것이다. 만약 부자로 하여금 보게 하더라도 사람이 한미하다고 그만 두지 않을 것이 자명하다.[23]

---

23 夫人得天地之中以生。而其情之感而發於言者爲詩。則無貴賤一也。是故三百

위항시의 가치 고양을 성인의 전범에 기대어 당위화하는 논조가 확고하다. 주로 한시를 대상으로 하였지만 이 한시의 위상을 풍요(風謠)- 곧 민간에서 이루어진 진솔한 노래의 차원에 둠으로써 당시 일어나는 자국 가요 재인식의 맥락으로 바로 가닿을 수 있게 하는 논조이다. 담헌(湛軒) 홍대용(洪大容)의 『대동풍요』(大東風謠)서문에는 이 논조가 더 구체화되어 있다. 『대동풍요』는 일실되어 본모습을 확인할 수 없지만 서문에 "옛부터 지금까지 전해 온 것을 삼가 뽑아 모아서 두 책을 만들고 『대동풍요』(大東風謠)라 이름 했는데, 무릇 천 편이 넘는다. 또 별곡(別曲)으로 된 수십 편을 그 끝에 붙여서 태사(太師)의 채택함에 대비하니, 성조(聖朝)에서 풍속을 살피는 정사에는 거의 도움이 있을 것이다."[24] 라는 구절이 있는 것으로 보아 직접 우리말로 기록된 우리 노래를 대상으로 한 실제의 가집이 아닌가도 생각게 한다. 다음과 같이 국문시가의 가치를 고양한 대목은 가집 서발문에서 되풀이되면서 자하의 소악부 서문에까지 이어져 내려왔다.

> 오직 그 입에서 나오는대로 노래가 이뤄진다 하더라도 말이 마음에서 우러나오고, 혹 곡조에 알맞게 되지 못했다 하더라도 천진(天眞)이 드러

篇。多出於里巷歌謠之作。而吾夫子取之。卽兎罝汝墳之什與淸廟生民之篇。並列之風雅。而初不係乎其人。則此乃聖人至公之心也 吾東文獻之盛。比埒中華。盖自薦紳大夫一倡于上。而草茅衣褐之士鼓舞於下。作爲歌詩以自鳴。雖其爲學不博。取資不遠。而其所得於天者。故自超絶。瀏瀏乎風調近唐。若夫寫景之淸圓者其春鳥乎。而抒情之悲切者其秋虫乎。惟其所以爲感　而鳴之者。無非天機中自然流出。則此所謂眞詩也。若使夫子而見者。其不以人微而廢之也審矣。(고전번역원 웹 자료)

24 謹採古今所傳。集成二冊。名以大東風謠。凡千有餘篇。又得別曲數十首以附其後。以備太師之採。庶有補於聖朝觀風之政(洪大容, 「大東風謠序」, 『湛軒書』 內集卷三, 序 : 한국고전번역원 DB에서 따 옴. 번역은 일부 고쳐서 인용함.)

> 나면 초동(樵童)과 농부(農夫)의 노래라 할지라도 또한 자연에서 나온 것이니, 사대부로서 이것저것 주어 모아 애써 지은 것이 말은 비록 옛것이나 그 천기(天機)를 깎아 없앤 이보다는 도리어 나을 것이다. 진실로 잘 관찰하는 자가 자취에 구애되지 않고 드러난 뜻으로써 가리키는 바를 미루어 안다면, 그 사람으로 하여금 기뻐하고 감발(感發)하여 결국 백성답게 되고 풍속을 이루는 옳음에 돌아가도록 하는 의의는 애당초 고금이 다르지 않은 것이다.[25]

천기론의 영향을 엿보게 하면서도 그 대상이 한시가 아니라 민간가요라는 점에서 특별한 주목을 요한다. 민간가요의 가치를 한시와 대등하게 인정한다는 점이 종전의 가요관과는 구별되는데, 노래의 가치 기준을 "악부에 올린다(載之樂府)" 든가 "악조에 맞춘다(協樂)" 든가 하는 한시 위주의 체제에 둘 때와는 다르게 백성들의 노래 그 자체로서의 가치를 인정하기 시작한 것이다. 고려 시대까지는 우리 노래의 존재 상황이 구전에 의존하였기 때문에 기록으로 노래를 전승하는 경로로는 악부시가 유일하였다고 할 수 있다. 그 당시의 한문 기록문학 영역에서는 우리 시가의 형식을 충족할만한 조건이 결여되어 있었기 때문에 한시 위주의 양식 체제에 의존할 수밖에 없었다. 그런 가운데 자국 시가의 특성을 보전하는 방안은 한시의 표현미를 활용하여 백성들의 생활과 관련된 구체적인 정감을 유지하는 데에 있었다. 익재 소악부의 감각적인 비유 구사는 원 노래인 고려가요의 특성을 살리려는 방안이었음을 앞서 살핀 바 있다.

---

25 惟其信口成腔而言出衷曲。不容安排。而天眞呈露。則樵歌農謳。亦出於自然者。反復勝於士大夫之點竄敲推言則古昔而適足以斲喪其天機也 苟善觀者不泥於迹而以意逆志。則其使人歡欣感發而要歸於作民成俗之義者。初無古今之殊焉。(위의 주와 같음.)

우리말 가집이 편찬되는 조선 후기에 이르러서는 대상이 되는 시조 양식이 완숙한 발전 단계에 놓여 있었던 만큼 소악부에서의 번역 방안도 고려시대와는 달라져야 했을 것이다. “소대가요(昭代歌謠)”라는 개념 제시가 시조의 양식적 완결성을 바탕에 깐 것이며, 소악부로서 편입될만한 가치를 충분히 지니고 있다는 판정을 전제한 것이다. 이 단계에서는 더 이상 국문시가에 대한 부정적 견해에 저촉될 염려는 하지 않아도 되며, 가장 세련된 단계의 소악부를 작성하여 제시하는 것만이 남은 일이었다. 자하가 소악부 각 작품마다 중국 사곡의 곡자명(曲子名)을 붙인 것은 위와 같은 의식의 결과이며, 특히 기존의 곡자명 외에 시조 주제를 새로이 곡자명화한 경우가 더 많이 나타난다는 것은 시조 양식에 대한 자긍심의 반영이라고 할 수 있다. 사대부 문화의 종속적 역할에 머물러 있던 가객들이 독자적인 활동을 하면서 국문시가의 위상을 제고해 나가는 방향이 계층 하향적인 향유층 확대를 수반하며, 민간의 정서가 중심이 되는 시가 내용의 개편을 이루고 비로소 국문시가도 악부시와 대등한 자격을 가지게 된 단계에서 이루어진 일로 볼 수 있다.

자하 소악부의 서문에서 표명한 소악부 제작의 의도를 통하여 익재 소악부로부터 내려오는 통서를 짚어보았거니와, 여기에는 자국문화에 대한 자주 의식이 주요한 맥락을 이루고 있음을 보았다. 이번에는 후대의 소악부 제작자로서 자하가 익재를 계승하면서도 자기 시대에 맞추어 개변한 측면을 주로 작품의 대비를 통하여 살펴보고자 한다. 앞서 익재 소악부의 주제 성향은 유교 덕목을 표방하는 쪽과 현실 모순을 비판적으로 제시하는 두 방향을 지님을 보았다. 이러한 방향은 익재 당대의 사회 배경과 관련 있을 터인데, 불교를 기반으로 하던 기존

사회 체제의 폐단을 신유학으로 개선하려는 의지가 당대의 선진적인 지식인들에게 공유되어 있다는 사정이 직접적인 배경이 될 것이며, 소악부의 대상이 된 당대의 고려속요는 선진적 지식인들의 의지를 확인케 하는 사회 저변의 문화현상으로 작용하였을 것이다. 자하 소악부가 이루어지는 19세기 초중반은 고려 말과 여러 가지로 다른 사회적 성격으로 변모되어 있었으니, 당연히 그 소악부의 주제 성향도 달라져 있었을 것이다.

자하 소악부 40수를 주제상으로 대별하면 3가지로 나뉜다. 가장 많은 작품 분포를 보이는 경우는 애정 주제인데, 이는 당대의 가악 풍토에 대한 반영으로 보인다. 곧 19세기 초중반의 가악계는 향유층의 다변화에 수반하여 연군 일변도의 충(忠) 주제가 세속 애정 주제로 전화하면서 주제 성향이 숭고하고 근엄한 데로부터 유락적이고 경박한 쪽으로 옮겨갔던 것이다.[26] 예를 들면 "思郞이 거즛 말이 님 날 思郞 거즛 말이/ 꿈에 와 뵈단 말이 긔 더욱 거즛 말이/날갓치 쟘 아니오면 어늬 꿈에 뵈리오(金尙容: 『甁窩歌曲集』 우조 이삭대엽)"를 번사한 것으로 보이는 "向儂恩愛非眞辭。最是難憑夢見之。若使如儂眠不得。更成何夢見儂時"의 경우 곡자명을 "봉허언(奉虛言)"으로 하면서 원사에서 노리는 핵심어 반복을 통한 사랑의 의구심 내지 불가해의 분위기 증폭을 "向" "儂" "憑" "夢" "更" "成" 등등의 유성음 계열 어사를 반복함으로써 대체하고 있다. 이 유성음들이 어우러지는 분위기가 가볍게 들뜬 것을 원사의 사랑마저 불신되는 세태에 대응하는 세속화 성향 주

26 자하 소악부의 주제 성향을 풍류적·유흥적·염정적이라 지적한 김명순의 견해(앞의 논문 18쪽)에서도 확인되는 바와 같이 소악부의 일반적인 성격이지만, 또한 원사가 존재했던 19세기 조선 가악계 풍토의 반영이기도 하다.

제에 맞춘 것으로 보인다. 자하 소악부의 유락적인 주제 성향에는 애정과 이웃한 취락 주제가 함께 놓여 있다. 〈취불원성〉(醉不願醒)으로 제명된 "昨日沈酣今日醉。茫然大昨醉醒疑。明朝客有西湖約。不醉無醒兩未知。"는 "어제도 난취(爛醉)하고 오늘도 술이로다/ 그제 깨엿든지 긋그제도 내 몰래라/ 내일(來日)은 서호((西湖)에 벗 오마니 깰동말동하여라"의 번사인데 많은 가집에 유천군(儒川君) 이정(李淵)의 작으로 되어 있는 것처럼 왕손과 같은 여유를 누리는 취락에 젖어 있는 화자의 모습이 인상적이다. 여기서 문득 상촌(象村) 신흠(申欽)이 김포 방축기에 지은 「방옹시여」(放翁詩餘) 가운데 비슷한 분위기의 작품을 떠올리게 된다.

> 술이 몃 가지오 淸酒와 濁酒ㅣ로다/ 먹고 醉홀션정 淸濁이 관계ᄒᆞ랴/ ᄃᆞᆯ 밝고 風淸한 밤이여니 아니 ᄭᆡᆫ들 엇ᄃᆞ리(酒有幾種 淸兮又濁 得酒已矣 淸濁何分 月白風淸 惟醉無醒)[27]

술에서 깨고 싶지 않다는 것은 소극적인 현실부정의 태도이다. 일부러 가리고자 하는 현실은 왕손이 기휘해야할 절대왕권이거나 방축된 신흠이 경원해야할 집권당의 전횡이다. 조선 전기 시가에 드러나는 취락의 풍경이 "淸香은 잔에 지고 落紅은 옷새 진다"(〈상춘곡〉)류의 아취 있는 것이라면 송강 〈장진주사〉에서 기미를 보인 현세부정의 자세는 현실의 질곡이 압착되어가면서 아예 현실에 문을 닫아버리는 쪽으로 변모해간다. 자하가 이런 성향의 취락 주제 작품을 다수 채택한 것은 노래 속에 반영된 왜곡된 현실을 제시함으로써 자신이 세계와

---

27 진서간행회 간, 『청구영언』, 1948, 35쪽(139번 작품).

불화의 상태에 있다는 사실을 알리고자 하는 의도에서 비롯되었으리라고 본다.

취락 주제에서 보이는 현세 부정적 자세는 탄세가류 작품에 통서를 대고 있다 할 현실비판적 성향의 주제에로 이어진다. 〈실사구시〉(實事求是)라는 독특한 곡자명을 달고 있는 "風波에 놀란 沙工 비 ᄑᆞ라 ᄆᆞᆯ을 사니/ 九折羊腸이 물도곤 어려왜라/ 이 後란 ᄇᆡ도 ᄆᆞᆯ도 말고 밧갈기만 ᄒᆞ리라"(喫驚風波旱路行。羊腸豺鬲險於鯨。從今非馬非船業。紅杏村深雨映耕。)를 보면 시조에서 중장이었던 데를 "양 창자, 이리 범, 고래보다 험하구나"의 제2구로 번사하면서 약육강식의 연쇄를 강조하여 현세에 순응 화합하는 일이 지난하다는 주제를 드러나게 하였다. 이리 범, 고래가 무엇을 지시하는지는 당대의 환해풍파에 시달려본 독자는 누구나 선뜻 알아차릴 수 있었을 것이다. 그래서 자하의 소악부에서는 "살구꽃 핀 마을에서 비 비친 날 밭갈이"처럼 순탄한 지경이 현실에는 전혀 남아있지 않은 꿈일 따름이라는 깨달음에 뒤따르는 긴 탄식의 여운을 남겨 두었다.

애정, 취락, 탄세의 세 가지 주제 성향으로 대별되는 자하 소악부의 작품세계는 결국 작자가 현실에 순응하지 못하는 부정적인 자세를 지니고 지속되는 부조화 속에 있다는 사실에 기반하고 있음이 드러났다. 이런 점에서, 「자하 소악부」가 19세기 초중반의 조선 사회와 그 반영물인 시조를 대상으로 삼은 것과 「익재 소악부」의 14세기 중후반 고려사회와 고려속요를 대상화한 방식은 유사하지만 소악부 작자로서의 위치는 각기 다르게 인식된 것으로 보인다. 「익재 소악부」에서 문면에 은폐된 권위적 화자는 유교 덕목을 강조하면서 현실 모순이 극복되어야한다는 적극적인 교화자의 모습으로 숨어있다. 이 교술적 화자는 「익재 소악부」를 인용한 『고려사』 악지의 기술자와 유사한 면모를 지녔다. 반면, 자하 소악부의 화자는 권위의 은폐를 떨쳐버리고 애정과 취락에 경사된 세속적 면모를 보여준다. 익재 쪽의 화자가 이념을 견지하면서 그 확대 적용인 교화의 의욕에 넘쳐 있다면, 자하 쪽은 기울어가는 왕조를 관망하면서 어떤 대안도 찾지 못하는 절망적인 낙조에 물들어 있다. 자하가 〈자규제 전강〉(子規啼 前腔)[28]에서 택한, 밤을 지새운 새벽(五更)이라는 시간대에서 잠 못 이루는 화자는 19세기 초중반에 깨어있는 식자의 근심을 떠안고 있다 할 것이다.

3. 한국 소악부 제작의 문학사적 의의

모든 한문학 장르의 운명으로서 형식의 기반을 외래 양식 도입에 두어야 한다는 조건을 소악부도 안고 있었다. 이 운명의 극복은 내용 전환을 통한 양식 개신을 통해 우선 모색되었다. 모양식(母樣式)의 생성 지역인 중국 체험은 형식에 대한 이해는 더 깊게 하였지만 회향의 정서와 결합된 고국 지향의 내용이 반대급부로 증량되었다. 고려·조선의 소악부 작자가 7언절구를 택하면서 던지는 또 하나의 운명은 이런 내용과 형식의 괴리를 해소하려는 힘겨운 시도의 결과였다. 국문시가를 내용으로 하면서 한시를 형식으로 하는 소악부의 본질은 이 운명에 대한 이해를 기반으로 해야한다.

익재는 〈어부사〉 〈소상팔경가〉 등 후대 가악의 중추를 이루는 노래

28 梨花에 月白ᄒᆞ고 銀漢이 三更인ᄌᆡ/ 一枝 春心을 子規야 알냐마ᄂᆞᆫ/ 多情도 病인양 ᄒᆞ여 ᄌᆞᆷ 못일워 ᄒᆞ노라: 李兆年: 『瓶窩歌曲集』(梨花月白五更天。啼血聲聲怨杜鵑。儘覺多情原是病。不關人事不成眠)

의 생성 과정에 참여한 흔적을 보임으로써 소악부 작자로서의 자격을 구비하였다. 뿐더러 소악부 제작을 후배들에게 적극 권유하는 선도적 양식 도입자로서의 역할도 수행하였음을 보았다. 5세기의 상거를 두고 자하가 소악부 제작의 선행 전범으로 익재를 내세운 것은 실제적으로 그 중간이 비어있는 상태이기 때문이기도 하지만, 도입자의 위치에 돌아가 양식의 본질을 추상해 보겠다는 의도에 말미암았을 것이다. 이러한 양식 전승의 맥락은 소악부 양식의 후대 실현자로서 다음과 같은 언급을 통해 익재로부터 자하를 통해 내려오는 양식 전통에 대한 인식을 보여주는 귤산(橘山) 이유원(李裕元)에게서 확인된다.

> 나는 작년 여름에 해동악부 100수를 지었는데 익재선생 소악부의 문체를 따랐다. 이번 가을 비가 오는 가운데 양연산방의 속악부를 보고 본따서 지었다. 모두 우리나라의 충신 지사와 명상 문호, 학자 은인, 재자 가인들이 뜻을 얻지 못하여 읊조려 탄식하고 찌프려 신음한 나머지들이다. 대개 소대의 가요가 전하여지지 않았는데, 오직 익재의 뒤에 신상촌, 정동명 여러 어른이 입술소리와 잇소리의 가볍고 무거워지는 법이 떨어져서 우성이 되고 올라가서 상성이 됨을 터득했으나, 그러나 당시에 입에 붙어 있던 것이 지금은 모두 옛가락이 되어 사람들이 아지 못하니 양연에서 읊은 것이 모두 고체는 아니지만 또한 껄끄럽게 해석하기가 어려우니 민풍이 날로 달라지고 때로 변하는 것을 이에서 볼 수 있다. 내가 엮은 것들도 이제 읊지 않는 이가 없으되, 몇 년만 지나면 옛가락과는 비록 사이 둔다하여도 시조에 비하면 단계가 차이나서 다름이 없지 않으리니 이것이 옛날에 풍과 아, 변과 정의 구별이 일어난 까닭이다.[29]

---

29 余昨夏。作海東樂府百首。原於益齋先生小樂府法。今秋雨裏。見養研山房俗樂府。倣以製之。皆東國忠臣志士。哲輔鴻匠。高明幽逸。才子佳人。詠嘆嚬呻之餘也。盖昭代歌謠無傳。惟益齋後。申象村，鄭東溟諸公。得唇齒輕重之法。墜之爲羽聲。抗之爲商音。然當時咀嚼者。今擧爲古調。人無知之。養研所詠。

풍(風)과 아(雅), 변(變)과 정(正)의 구별을 기반으로 하는 시가관은 조선 후기 사대부들이 우리 시가의 위상을 판정하는 중요한 기준이었다. 사대부들이 지향한 세계는 아정(雅正)을 위주로 하였지만, 변풍(變風)을 인정하는 여유 속에서 우리 시가의 존립 공간이 확보될 수 있었다. 익재는 민심의 기미를 파악하기 위한 도구로서 소악부를 택하였고, 자하는 후대에 전하여질 수 있는 사곡의 온전한 상태를 보존하기 위하여 소악부를 제작하였다지만, 귤산에 이르러서는 빠르게 변하여 가는 가악 풍토 가운데 소악부의 본령을 재인식하는 방안으로서 선배들을 모의한 것으로 읽힌다. 이미 살펴 본대로 우리나라의 소악부는 태생을 역사 격변기에 대고 있기 때문에 그 가운데 자기 정체성 모색으로서의 역사의식이 들어가기 마련이었다. 국가의 정체가 바뀔 정도의 변화에 대한 예민한 감성을 담지하는 문학양식은 여러 가지 조건을 충족해야 하는데, 사회구성원의 공감대를 형성하면서, 표기 수단이나 주제 수용에 있어서 집단간의 경계를 뛰어넘는 보편적인 방안을 지녀야만 하였다. 소악부가 울리고자 하는 공감대는 사회에 널리 전파된 노래를 대상으로 하면서 작자층의 사유를 지배하는 한문 영역을 탈피하여 구어전승의 세계와 화해를 모색하면서 이루어졌다. 애정과 취락은 아정(雅正) 위주의 세계에서는 수용될 수 없는 것이었지만, 조선 후기로 넘어가면서 점차 소악부 주제의 주류로 자리 잡았다. 이는 날로 달라져 가는 당대 가악 풍토의 반영이기도 하였다.

全非古體。而亦不免戛戛乎。難於繹解。民風之日異時變。於斯可見矣。余之所編。今則無人不誦。而如過幾年。與古調縱然有間。比時調。亦不無差等之殊。是古風雅變正之所由作也。(李裕元, 『嘉梧藁略』 권1, 「樂府」 小樂府의 跋: 고전번역원 웹에서 따옴.)

하찮은 것으로 치부되던 백성들의 노래가 가장 예민한 사회 변동의 기미를 담은 중대한 표징으로 재평가되고, 기꺼이 하층으로 내려가서야만이 시대가 담지하는 문제를 체득할 수 있는 조건이 다름 아닌 소악부 양식을 통하여 구현되었다. 별과 같은 이상을 향하던 의식이 현실 문제를 전단하는 지상의 규범을 확립하려는 의지로 전환되었다가, 이때까지는 이지의 그늘에 묻혀 있다가 출현한 정감의 세계에 아예 투항함으로서만이 의식의 균형을 이루어가는 과정 속에서 소악부는 생성되고 잠복하였다가 재생하였다. 이러한 과정은 국문과 한문 표기체의 긴장 가운데에 기존의 질서를 포기하고 새로운 세계를 개진해야 했던 20세기 초의 애국계몽기 공간에서 다른 모습으로 실현되었음을 본다. 소악부 제작의 문학사적 의미는 그런 공간에서 재확인 되리라고 생각한다.

— 이 글은 「소악부 제작 동기에 보이는 국문시가관」, 『열상고전연구』 제34집, 2011, 95~122쪽에 실린 논문을 수정·보완한 것임.

형식과 수사

속요의 율격

-名, 句, 行을 중심으로-

◉

손종흠

1. 서론

시가(詩歌)는 일상 언어를 일정한 법칙에 따라 특수하게 구성하여 그것을 즐기는 사람으로 하여금 율동을 통한 예술적 감동을 느끼게 하는 문학이다. 그러므로 시가는 율동을 느끼게 하는 요소인 소리의 배열이나 음운의 배열, 음의 고저와 장단, 음수(音數), 수사법, 행(行)과 장(章) 같은 것들이 중요한 구실을 한다. 이러한 것들이 바로 시가의 율격을 형성하는데, 이것은 시가의 형식을 이루는 가장 핵심적인 요소라고 할 수 있다. 율격이 없으면 산문이나 다를 바가 없어서 시가라고 할 수 없기 때문이다. 음운배열, 구(句)와 명(名), 수사법, 행과 장의 꾸밈 등이 유기적인 관계를 구성하여 율격을 형성하고, 그것을 중심으로 하여 시가의 형식이 이루어지는 만큼 이 셋은 뗄 레야 뗄 수 없는 관계에 있다. 시가의 형식을 올바르게 살피기 위해서는 형식의 바탕을 이루는 음운이나 소리의 배열, 장과 행의 꾸밈 등에 대한 연구가 기본으로 이루어져야 한다. 시가에서 형식이 중요한 또 하나의 이유는 작품을 이루는 알맹이가 형식에 맞추어 표현될 때만 시가로서의 의미와 기능을 가지기 때문이다. 특히 시가의 형식은 경우에 따라 내용을 규정[1]할 수도 있기 때문에 그것이 가지는 중요성은 다른 문학 장르에 비해 상대적으로 훨씬 크다. 이런 점에서 볼 때 시가 연구는 형식론에서 출발할 수밖에 없다는 사실을 알 수 있다.

속요는 우리말로 기록된 최초의 시가란 점에서 문학사적으로 대단히 중요한 의미를 지니며 시가의 형식에 대한 본질적인 논의는 속요에 와서야 비로소 가능하게 된다. 왜냐하면 속요에 이르러서야 민족시가의 형식적 특성을 본격적으로 논할 수 있기 때문이다. 물론 속요 이전에도 상대가요나 향가 등의 민족문학이 없었던 것은 아니다. 그러나 상대가요는 한자로 기록되어 있고, 향가는 향찰로 기록되어 있기 때문에 언어와 표기수단이 서로 다르다는 점에서 해독도 해독이려니와 노래의 형식을 올바르게 파악하기가 매우 어렵다. 민족시가의 진정한 형식을 정확히 알 수 있는 것은 속요가 가장 오래된 것이며, 가장 완벽하게 남아있는 작품이라고 할 수 있다. 속요의 형식에 대한 정확한 이해가 없이는 후대의 시가인 시조, 가사, 잡가 등의 민족시가가 가지는 형식에 대한 논의가 어렵거나 잘못된 견해로 흐를 가능성이 매우 높다. 이런 점에서 본다면 속요의 형식에 대한 논의는 가장 활발하면서도 심도 있게 이루어져야 함을 알 수 있다. 그러나 그간의 연구 성과를 보면 속요의 형식에 대한 연구는 그리 깊게 이루어졌다고 보기 어렵

---

1 형식이 내용을 규정하는 경우가 있다고 하여 형식이 내용에 우선하거나 본질적이라는 것은 아니다. 형식은 내용을 담은 그릇으로 내용 없는 형식은 공허하기 때문에 본질적인 것은 어디까지나 내용이다.

다. 물론 속요에 대해서는 해독이 제대로 되지 않는 부분도 상당히 존재하고 있어서 연구에 여러 가지 어려움을 안고 있는 것도 사실이다. 그럼에도 불구하고 속요에 대한 형식이 정확하게 파악되지 않고서는 민족시가 전체의 형식에 대한 논의가 올바르게 이루어지기 어렵다면 해독을 정확히 할 수 없는 부분이 일부 있더라도 형식에 대한 논의는 심도 있게 진행되어야 함이 마땅하다.

이처럼 중요한 의미를 지니는 속요의 형식에 대한 논의에서 가장 중심을 이루는 것은 율격에 대한 것이라고 할 수 있다. 소리의 율동을 전제로 하여 형성되는 율격의 특성을 올바르게 파악하기 위해서는 작품의 내용을 이루는 언어적 속성을 가장 완벽하게 보존하면서 표현할 수 있는 문자를 기반으로 한다는 사실을 먼저 지적할 필요가 있다. 우리말을 가장 정확하게 표현한 문자인 한글로 표기된 최초의 작품이 속요이기 때문에 이것의 율격에 대한 논의는 민족시가의 율격을 규명하기 위한 기초가 될 수밖에 없다는 점 또한 자명하다. 그렇기 때문에 속요의 율격에 대한 논의는 민족시가의 형성과 발달과정을 이해하기 위해서는 반드시 거쳐야 하는 필연적인 관문이라고 할 수 있다. 이러한 당위성을 바탕으로 여기서는 속요의 율격적 특성을 규명하기 위한 이론적 토대를 마련함으로써 민족시가의 율격과 형식에 대한 이론을 정립하기 위한 출발점으로 삼고자 한다.

2. 율격론(律格論)에 대한 기존 논의 검토

우리 시가에는 중국의 한시(漢詩)[2]처럼 기본적으로 지켜야 할 규칙으로 정해진 것이 없다. 그렇기는 하지만 어떤 형태로든 소리의 율동을 형성할 수 있는 나름대로의 규칙이 존재한다는 점은 충분히 인지할 수 있다. 율동을 형성할 수 있는 규칙이 존재하지 않으면 시가라고 하기가 어려울 것이기 때문이다. 우리 시가에서 율격을 형성하는 핵심요소를 무엇으로 볼 것인가에 대해서는 그 동안 다양한 논의가 있어 왔고, 그에 따라 여러 견해[3]가 도출되었지만 소리의 장단(長短)을 중심으로 해야 한다는 데에는 어느 정도 의견이 접근된 것으로 보인다. 현재까지 시도된 한국시가의 율격에 대한 논의는 크게 음수율(音數律)과 음보율(音步律)로 나눌 수 있다. 음수율은 하나의 구절에 들어갈 수 있는 글자의 숫자를 근거로 하여 시가의 율격을 도출해야 한다는 주장이고, 음보율은 동일한 길이를 가지는 소리의 마디를 통해 시가의 율격을 도출해야 한다는 견해이다. 각각의 견해가 나름대로의 타당성을 확보하고 있는 것이 사실이지만 작품을 대상으로 하여 율격적 특성을 도출하는 데에는 일정한 한계가 있었던 것으로 보이기 때문에 이 이론을 넘어설 수 있는 새로운 논의가 있어야 한다는 지적이 꾸준히 제기되어왔던 것도 사실이다. 먼저 두 견해의 문제점을 살펴보도록 하자.

음수를 중심으로 우리 시가의 율격적 본질을 파악해야 한다는 견해의 문제점은 다음과 같이 지적할 수 있다.

1. 표음문자(表音文字)에서는 글자의 숫자가 율격론으로 정립될 수

---

2 漢詩에는 平仄, 押韻, 對句, 起承轉結 등의 엄격한 규칙이 존재하는데, 이것들이 한시의 율격적 특성을 결정짓는 중요한 요소가 된다.

3 黃希榮, 「韻律研究」, 형설출판사, 1969.
성기옥, 『한국시가 율격의 이론』, 새문사, 1982.
趙東一, 『韓國詩歌의 傳統과 律格』, 한길사, 1982.
정병욱, 「한국 시가의 운율과 형태」, 『고전시가론』, 새문사, 1984.
김대행 편, 『운율』, 문학과 지성사, 1984.

있을 정도로 특별한 의미와 기능을 가지지 못함.

2. 표음문자의 특성상 글자의 숫자를 중심으로 한 정형성을 형성하기 어려움.

3. 음수(音數)를 중심으로 한 소리의 율동이 규칙성을 확보하기 어렵기 때문에 이것으로 율격적 특성을 규명하는 것이 무리임.

4. 음수로 접근할 때 정형성을 가진 작품은 우리 시가의 어떤 갈래에서도 발견하기가 어려움.

속요, 경기체가, 악장, 시조, 가사 등의 어떤 국문시가에서도 음수로 정형성을 도출할 수 있는 작품은 찾아보기 어렵다. 우리 시가가 음수의 정형성을 확보하기 어려운 가장 큰 이유는 1번에서 지적한 것처럼 글자의 숫자가 실제 작품 속에서는 율격적으로 특별한 의미와 기능을 하지 못하기 때문인 것으로 본다. 우리말은 표현의 의미나 소리의 율동 등이 모두 음수에 의해 결정될 수 없는 언어적 특성을 가지고 있다. 음수의 차별화가 모든 시가 작품에 나타난다는 것은 주기적 반복의 구조를 바탕으로 하는 율격을 규명함에 있어서 그것만으로 율격적 본질에 접근하는 것은 바람직하지 못하다는 것을 보여주는 단적인 예가 될 것이다. 우리 시가가 음수를 통한 정형성을 확보하지 못하는 것은 사실이지만 그렇다고 하여 음수가 율격론에서 완전히 배제되어서는 절대로 안 될 것으로 보인다. 왜냐하면 우리 시가의 율동과 율독(律讀) 등은 모두 음수를 기반으로 하여 형성되는 소리의 장단에 의해 결정되는 성격을 지니고 있기 때문이다.

다음으로 음보를 중심으로 시가의 율격을 논의하려는 견해의 문제점을 살펴본다.

1. 음보율은 우리 언어의 특성을 바탕으로 한 이론이 아님.

2. 소리의 마디와 율격의 마디를 동일한 것으로 보기 어려움.

3. 소리의 등장성이 어떤 율격적 효과를 가지는지가 불분명함.

4. 길어지는 소리인 장음(長音)과 짧아지는 정음(停音)의 율격적 효과가 어떤 것인지를 분석하기 어려움.

5. 어떤 시가 작품에서도 음보의 정형성을 발견하기 어려움.

하나의 마디에 들어가는 글자의 길이를 서로 다르게 하는 역학적 부등화(力學的 不等化)[4]를 거쳐 형성되는 소리의 등장성(等長性)을 근거로 하는 음보율은 한편으로는 음수를 바탕으로 차별화한 소리를 통해 일어난 내포(內包)의 극대화를 가반으로 하고, 다른 한편으로는 동일한 단위로 통일하여 균등화(均等化)하는 외연(外延)의 극대화[5]를 통해 새로운 의미를 창조하는 단계로 까지 나아가는 것은 사실이다. 그럼에도 불구하고 음보율로는 한국시가의 율격이 지니는 본질에 접근하기가 어렵다고 보는 이유는 등장성으로 인한 율동적 효과가 율격의 형성에 얼마나 중요한지를 밝혀내기가 어렵다는 점 때문이다. 〈서경별곡〉 같은 작품을 보면 이러한 사실을 좀 더 분명하게 알 수 있다.

셔경(西京)이 아즐가
셔경(西京)이 셔울히 마르는
위 두어렁셩 두어렁셩 다링디리

닷곤ᄃᆡ 아즐가
닷곤ᄃᆡ 쇼셩경 고외마른
위 두어렁셩 두어렁셩 다링디리

4 정병욱, 「한국 시가의 운율과 형태」, 『고전시가론』, 새문사, 1984, 24쪽.
5 손종흠, 『속요형식론』, 박문사, 2010, 382쪽.

여ᄒᆡ므론 아즐가
여ᄒᆡ므논 질삼뵈 ᄇᆞ리고
위 두어렁셩 두어렁셩 다링디리

괴시란ᄃᆡ 아즐가
괴시란ᄃᆡ 우러곰 좃니노이다
위 두어렁셩 두어렁셩 다링디리

구스리 아즐가
구스리 바회예 디신ᄃᆞᆯ
위 두어렁셩 두어렁셩 다링디리

긴히ᄯᆞᆫ 아즐가
긴히ᄃᆞᆫ 그츠리잇가 나ᄂᆞᆫ
위 두어렁셩 두어렁셩 다링디리

일반적으로 널리 알려진 율독이라고 할 수 있는 위와 같은 모습으로 된 형태로는 어떤 율격적 정형성도 추출해 낼 수가 없다. 그러므로 이 경우는 다른 방식의 접근법이 필요하다는 것을 쉽게 인지할 수 있다. 다음과 같은 율독의 방식은 작품의 율격적 정형성을 한 눈에 보이도록 드러낼 수 있다.

셔경(西京)이아즐가 셔경(西京)이 셔울히마르는
위두어렁셩 두어렁셩 다링디리

닷곤ᄃᆡ아즐가 닷곤ᄃᆡ 쇼셩경고외마른
위두어렁셩 두어렁셩 다링디리

여ᄒᆡ므론아즐가 여ᄒᆡ므논 질삼뵈ᄇᆞ리고
위두어렁셩 두어렁셩 다링디리

괴시란ᄃᆡ아즐가 괴시란ᄃᆡ 우러곰좃니노이다
위두어렁셩 두어렁셩 다링디리

구스리아즐가 구스리 바회예디신ᄃᆞᆯ
위두어렁셩 두어렁셩 다링디리

긴히ᄯᆞᆫ아즐가 긴히ᄃᆞᆫ 그츠리잇가나ᄂᆞᆫ
위두어렁셩 두어렁셩 다링디리

우리 시가의 형식적 특성 중 하나가 앞과 뒤라는 순서에 의해 소리를 배열[6]함으로 인해 생기는 장단에 의해 율격을 형성하는 것이라고 할 때, 행을 음보 단위로 구분하고, 그 단위 속에서 일어나는 소리의 율동으로 율격적 특성을 설명하는 것이 가능할지가 의문이 아닐 수 없다. 더구나 음보가 율격적 요소로 작용하기 위해서는 정형성을 담보할 수 있는 장치가 있어야 하는데, 우리 시가 중에 음보의 정형성을 확실하게 담보할 수 있는 작품을 발견한다는 것은 무척이나 어렵다. 세 줄로 되어 있는 시조의 음보는 초장(初章)과 중장(中章)은 어느 정도 일치하는 모습을 보이지만 종장은 한 음보가 늘어난 상태를 유지하고 있기에 음보의 정형성만으로는 이것을 설명하기가 쉽지 않다. 그렇기 때문에 시조의 종장은 과음보(過音步)로 설정하고, 초장과 중장의 반복에 대비되는 전환의 구조로 해석해야 한다는 주장[7]의 고충을 이해할만하다.

위에서 제시한 다양한 이유를 바탕으로 형식적 요소로서의 율격이 가지는 본질적 성격을 고려할 때 음수율과 음보율을 넘어설 수 있는 새로운 이론의 개발이 필요하다는 것을 쉽게 공감할 수 있게 된다. 이

6 『均如傳』의 '歌排鄕語'가 이 점을 지적한 것으로 볼 수 있다.
7 성기옥, 손종흠 공저, 『고전시가론』, 방송대학 출판부, 2006, 286쪽.

러한 생각을 바탕으로 본고에서 한글로 기록된 최초의 시가인 속요를 대상으로 하여 우리말의 언어적 특성을 기반으로 하는 속요 율격의 이론을 제시해 보고자 한다.

3. 속요 율격의 이론

3.1. 율격의 형성과정

첫째, 소리현상, 둘째, 구조화한 존재, 셋째, 주기적 순환성(週期的 循環性), 넷째, 자율적 규범성(自律的 規範性)[8] 등을 본질적 성격으로 하는 시가의 율격은 매우 복잡한 과정을 거쳐 형성되는 것으로 파악된다. 율격이라고 하는 것이 지정된 어느 하나의 순간이나 한두 가지의 구성요소에 의해 만들어지는 것이 아니라 시가의 형성과정과 그 맥을 같이하면서 작품을 이루는 모든 구성요소의 유기적 결합에 의해서만 만들어질 수 있는 것이기 때문이다. 더구나 시가의 표현과 내용 전달의 매개체가 되는 언어가 지닌 특성을 핵심적인 구성요소로 하면서 그 이상의 예술적 아름다움을 만들어내는 중심적인 요소를 율격[9]으로 볼 수 있기 때문에 복잡한 형성과정 이상으로 그 중요성이 커진다. 또한 시가의 형태를 결정짓는 핵심적 요소인 형식에서 중요한 구실을 하는 것이 바로 율격이므로 시가는 율격에 의해 그 본질적 성격이 결정된다고 해도 지나친 말이 아닐 정도다. 그렇다면 시가를 시가답게 하는 형

8 손종흠, 『속요형식론』, 143~154쪽.

9 소리의 高低長短과 休止 등을 통해 형성되는 시가의 율격은 작품 안에 일정한 공간을 만들어내는데, 그것을 그릇으로 하여 언어를 넘어서는 의미와 예술적 아름다움을 담아낼 수 있게 된다.

태를 결정짓는 형식의 핵심적인 구성요소가 되는 율격은 과연 어떤 과정을 거쳐 형성되는 것일까?

첫째, 시가의 표현수단인 언어를 바탕으로 함.

우주 내에 존재하는 모든 소리는 주기적 반복구조를 지니는 율동을 형성할 수 있는데, 소리의 반복구조이면서도 일반적인 소리가 가지는 율동과 시가의 율격이 다를 수밖에 없는 이유는 언어를 매개로 드러나는 존재라는 점 때문이다. 율격은 시가를 표현하는 언어를 선택적 필수요소로 한다는 사실을 알 수 있는데, 이 말은 시가를 만들고 즐기는 사람들이 사용하는 언어가 지닌 본질적 성격을 바탕으로 하여 그것의 성격과 특성이 결정된다는 사실을 보여주는 증거가 된다. 바꾸어 말하면, 시가의 율격은 작품의 표현수단이 되는 언어적 특성을 기반으로 하여 성립하고, 율격에 대한 접근 역시 언어적 특성을 중심으로 해야 한다는 의미가 된다. 이것은 우리 시가의 율격을 논의함에 있어서 표음문자라는 한국어가 지닌 언어적 특성을 기반으로 출발하지 않으면 안 된다는 사실의 직접적인 근거가 된다.

둘째, 장단의 배열

조선시대에는 중국의 한자와 마찬가지로 모든 글자의 성질을 사성(四聲)으로 규정했었다. 거의 사라지기는 했지만 지금도 사성의 잔재로 볼 수 있는 언어현상들을 발견할 수 있으므로 일상의 언어생활에서 사성이 일정한 구실을 했던 것은 틀림없는 사실이다. 그럼에도 불구하고 시가의 율격에서 그것을 고려의 대상에 넣기가 쉽지 않은 이유는 우리 시가에서는 사성이 작품의 율격을 형성하는 데에 일정한 구실을 한다는 사실을 발견하기가 매우 어렵기 때문이다. 즉, 우리 시가에서는 율격을 형성할 수 있는 형식에 대한 규칙으로 사성과 관련된 어떤 정보도 존재하지 않는다는 말이 된다. 『균여전』(均如傳)에서 최행귀(崔行歸)가 '가배향어'(歌排鄕語)[10]라고 한 이유가 바로 여기에 있음을 짐작할 수 있다. 이 기록이야말로 우리 시가의 율격은 사성의 관여에 의해 결정되는 것이 아니라 소리의 장단을 시간적 선후에 의해 배열하는 방식에 의해 정해진다는 것을 보여주는 근거가 된다.

셋째, 명(名)을 전제로 하는 음절(音節)

우리가 일상생활에서 사용하고 있는 언어를 글자라는 기호로 나타내고 있는 한글에서 모음은 단독으로 하나의 음절을 형성하기도 하지만 일반적으로 초성, 중성, 종성을 기본적인 구성요소로 한다. 이러한 성격을 가지는 몇 개의 음소(音素)로 이루어져 있으면서 하나의 종합된 음(音)의 느낌을 주는 말소리의 단위를 가리키는 음절은 최소의 발화단위(發話單位)가 된다. 음절이 최소의 발화단위라는 말은 언어생활을 함에 있어서 음절이 반드시 필요하며, 그 언어를 매개수단으로 하는 시가에서도 동일하다는 것을 의미한다. 음절[11]을 구성요소로 하여 형성되는 단어[12]와 그것의 결합에 의해 말하는 사람이 전달하고자 하는 뜻을 나타내게 되고, 사성을 기반으로 하는 언어의 율동이 형성되므로 음절은 언어의 핵심 구성요소가 되면서 단어를 전제로 한 것이 될 수밖에 없다. 시가는 언어를 기반으로 하기 때문에 이 범주를 절대로 벗어날 수 없으며, 장단에 의한 율동을 형성해야 하는 까닭으로 인해 일상의 언어에서 사용하는 단어의 구실과 의미를 넘어서는 새로운 것을

10 赫連挺, 『均如傳』. 第八, 譯歌現德分者.

11 경우에 따라 일상 언어에서는 한 음절이 한 단어를 구성하여 음절과 단어가 동일한 경우가 생길 수 있지만 시가에서는 그것이 불가능하다는 점을 지적해둘 필요가 있다.

12 단어의 정의에 대해 언어학에서는 관점의 차이로 인해 의견이 나누어져 있으므로 시가의 율격론을 위한 용어로는 적합하지 못하다는 것을 알 수 있다.

담을 수 있게 된다. 따라서 언어에서 말하는 단어라는 용어를 그대로 사용하는 것은 바람직하지 못하다. 시가에서는 언어의 단어에 해당하는 요소를 '명'(名)으로 규정하는데, 그 이유는 최소의 독립적 형식을 갖춘 것이면서 소리의 장단을 조절할 수 있는 최소의 단위가 바로 '명'이기 때문이다.[13]

넷째, 구(句)를 전제로 하는 명(名)

'명'은 사람의 이름, 사물의 이름, 시호(諡號), 명목(名目), 종류(種類), 문자(文字), 형용(形容), 명예(名譽), 공명(功名), 문명(聞名), 명의(名義), 명분(名分), 독단(獨擅), 형성(形成), 명가(名家) 등으로 사용되어 쓰임이 매우 다양하다. 이 중에서 문학과 관련된 것으로 필자가 주목하고자 하는 뜻은 '형성'(形成)이다. 형성은 일정한 단계의 변화과정을 거쳐 발전함으로써 모종의 사물이나 현상으로 이루어지는 것을 가리키는데, 이것을 다른 표현으로 '성'(成)이라고 한다. 이루어진다는 뜻을 가진 '성'은 일정한 구성요소가 결합하여 다른 성질을 가지는 무엇인가로 되는 현상이므로 구조나 형태의 변화를 반드시 수반하게 된다. 그러므로 '성'(成)은 어떤 사물현상이 변화하여 성질이 다른 무엇으로 되어 나름대로의 구실이나 의미를 가지게 됨으로써 하나의 우주를 만들어내는 것을 의미한다. 한편, '형'(形)은 일정한 틀을 가지는 모양을 의미하므로 형성은 하나의 모양을 가진 무엇인가로 만들어지는 것을 지칭하게 된다. 이처럼 '형성'이 일정한 형태를 지닌 사물현상으로 이루어지는 것을 가리키므로 '명'(名)은 경계를 지니고 있는 형태를 가지고 있으면서(彊) 독자적이고 독립적인 성질(性)을 가지고 있는 온전한

13 이에 대해서는 후술한다.

사물현상의 한 단위를 가리키는 존재라는 사실을 알 수 있게 된다. 즉, 하나의 사물현상에서 경계를 분명하게 설정함으로써 독립적인 성질을 가질 수 있도록 하는 단위를 지칭하는 것이 바로 '명'이 되는 것이다.

이러한 성격을 가지는 '명'이 말과 관련을 가지는 것으로 되었을 때는 문장 안에서 하나의 독립된 단위를 가리키는 것으로 취급할 수 있게 된다. 바꾸어 말하면 '명'은 하나의 어절을 이루는 품사와 활용하여 변하는 부분인 어미(語尾)를 말하는 것으로 문장을 구성하는 기본단위를 지칭하는 의미가 된다는 것이다. 우리말에서는 명사, 조사, 동사, 형용사 등의 품사와 용언 및 서술격 조사가 활용하면서 변하는 부분인 어미와 같은 것들을 하나의 '명'으로 부를 수 있게 된다. 이러한 성격을 지니는 '명'이 시가에서 하는 구실은 언어현상과 맞닿아 있으면서 율격을 구성하는 요소로 작용하기 때문에 음절의 위에 있는 단위가 되면서 '구'의 아래에 위치하는 구성요소로 규정할 수 있게 된다. 즉, '구'를 전제로 하는 '명'에 의해 기본적인 율동이 형성되면서 율격의 구성요소로 작용하게 된다는 것이다.

다섯째, 행(行)을 전제로 하는 구(句)

'구'는 둘 또는 그 이상의 어절로 이루어진 말뭉치로 주어와 서술어로 이루어진 통사적 단위의 하나인 절(節)이나 문장의 성분이 되는 것을 가리킨다. 여기서 말하는 어절은 발음의 기본이 되는 문장구성의 단위로 체언에 조사가 붙거나 어간에 어미가 붙어서 이루어지는 형태를 가지는데, 대개 띄어쓰기의 단위와 일치하는 경향이 있다. 그런데, 정형성을 바탕으로 하는 율동을 통해 율격을 형성함으로써 예술적 아름다움을 창조할 수 있도록 만들어진 시가에서는 어절 중심이 아니라 '명'(名)을 중심으로 하여 구가 구성되는 특성을 가지고 있다. 구가 형성되면서 명을 이루는 각 음절들의 장단이 정해지게 되는데, '평'(平)과 '장'(長)이라는 두 개의 단위가 결합하는 방식이 된다. 이러한 성격을 가지는 구가 결정되면 다음 단계에서는 수사적 표현의 단위인 행을 전제로 하여 몇 개의 구절이 어떤 장단으로 구성되는가에 따라 율격의 양상이 정해진다.

여섯째, 수사적 표현을 전제로 하는 행(行)

일정한 수사적 표현 단위를 형성하기 위해 구가 쌓여짐으로써 만들어지는 행은 시가에만 있는 단위다. 통사적 단위와 일치하지 않을 수도 있는 형식적 구성단위인 행은 주기적으로 반복되는 구조와 강제적이고 인위적인 휴지(休止)[14]를 통해 문장의 형태를 바꾸는 주체가 되기 때문에 시가의 율격적 특성은 모두 행을 단위로 완성된다고 할 수 있다. 즉, 음절에서 출발하여 명과 구를 거치면서 형성된 평과 장을 통해 만들어지는 율동이 주기적 반복의 구조를 가지는 행이라는 단위에 의해 완성된 율격을 낳게 된다는 것이다.

3.2. 속요 율격의 이론

3.2.1. 명(名)의 개념과 구성 원리

언어에서 음절이 모여 구성되는 것으로 분리하여 자립적으로 쓰일 수 있는 말인 단어[15]와도 일정한 관련을 가지고 있는 '명'은 주어와 목적어 등이 될 수 있는 명사, 대명사, 수사 등과 그것이 중심을 이루는

---

14 성기옥, 『한국시가 율격의 이론』, 새문사, 1982, 83쪽.

15 조사와 어미에 대해서는 조사만 단어로 인정하고, 어미는 인정하지 않는 견해, 조사와 어미 모두를 단어로 인정하지 않는 견해, 조사와 어미를 모두 각각 단어로 인정하는 견해 등이 있다.

주어와 목적어에 격을 설정해주는 조사, 서술어가 되는 동사와 형용사의 어간과 활용을 하면서 변하는 성격을 가지고 있는 어미 등을 구성요소로 한다. '명'이 언어에서 말하는 단어를 기반으로 하는 것에서 출발하기는 했지만 시가에서 말하는 '명'은 언어에서 말하는 통사적 개념과는 상당히 다른 것이라는 점을 먼저 지적해둘 필요가 있다. 앞에서 말한 바와 같이 소리의 율동을 통해 율격을 형성함으로써 시가를 시가답게 하는 주체가 되는 형식을 통해 형태를 완성하는 방식을 취하는 시가에서 단어라는 의미만으로는 담아낼 수 없는 예술적 특성을 '명'이라는 단위 속에 지니고 있는 것으로 보아야 하기 때문이다.

이런 점을 바탕으로 할 때 시가에서 '명'은 다음과 같은 구성 원리에 의해 형성된다는 것을 알 수 있게 된다. 첫째, 통사구조인 단어에서 출발한다. 둘째, 수식어는 중심어와 결합한 형태로 하나의 '명'을 이룬다. 셋째, 단어의 격을 설정해주는 조사와 활용을 통해 뜻을 결정하는 어미가 '명'을 구분하는 기준점이 된다. 넷째, 통사적 띄어쓰기가 아니라 주기적 반복의 구조를 가지는 휴지(休止)에 의해 결정된다.

시가란 언어를 표현수단으로 하여 성립하는 존재이기 때문에 작품의 구성요소이면서 율격적 요소로 작용하는 '명'도 언어의 범주를 절대로 벗어날 수 없음은 자명하다. 따라서 '명'은 단어에서 출발할 수밖에 없다는 점을 본질적인 성격으로 한다. 그럼에도 불구하고 '명'은 문장 중에서 단어가 하는 구실을 뛰어넘어 새로운 방식의 율동을 만들어냄으로써 통사구조를 넘어서게 되는데, 그것은 바로 수식어는 독립된 '명'을 만들지 못하고, 중심어와 결합한 형태로 됨으로써 하나의 '명'을 구성한다는 사실, 생략과 활용을 통해 소리의 장단을 조절하는 기능에 기인한 것이라고 할 수 있다. 이러한 점은 작품을 보면 한층 쉽게 확인할 수 있다.

딩아돌하 當今에 계샹이다
딩아돌하 當今에 계샹이다
先王聖代예 노니ᄋᆞ와 지이다

삭삭기 셰몰애 별헤 나ᄂᆞᆫ
삭삭기 셰몰애 별헤 나ᄂᆞᆫ
구은밤 닷되를 심고이다

그바미 우미도다 삭나거시아
그바미 우미도다 삭나거시아
有德ᄒᆞ신님믈 여ᄒᆡᄋᆞ와 지이다

玉으로 蓮ㅅ고즐 사교이다
玉으로 蓮ㅅ고즐 사교이다
바회우희 接柱 ᄒᆞ요이다

그고지 三同이 퓌거시아
그고지 三同이 퓌거시아
有德ᄒᆞ신님 여ᄒᆡᄋᆞ와 지이다

'有德ᄒᆞ신님'과 '바회우희' 등은 통사적으로 보면 '有德ᄒᆞ신 님'과 '바회 우희'처럼 띄어쓰기를 해서 독립된 단위로 설정해야 하지만 여기서는 하나의 구조로 볼 수밖에 없다. 왜냐하면 '有德ᄒᆞ신'과 '바회'가 독립적으로 쓰여서는 아무런 구실을 할 수 없으며, '님', '우희'와 결합할 때 비로소 작품의 율격적 정형성을 담보할 수가 있기 때문이다. 이것이 바로 일상의 언어와 시가의 언어를 구별 짓게 하는 차이점이라고 할 수 있다. 또한 술어의 경우 현대어로는 독립적으로 쓰일 수 없는 어미로 보아야 하는 표현들이 하나의 '명'으로 쓰이기도 한다. 청산별곡을 보자.

> 살어리 살어리 랏다
> 靑山애 살어리 랏다
> 멀위랑 ᄃᆞ래랑 먹고
> 靑山애 살어리 랏다
> 얄리얄리 얄랑셩 얄라리얄라
>
> 우러라 우러라 새여
> 자고니러 우러라 새여
> 널라와 시름한 나도
> 자고니러 우 니로라
> 얄리얄리 얄라셩 얄라리얄라
>
> 어듸라 더디던 돌코
> 누리라 마치던 돌코
> 믜리도 괴리도 업시
> 마자셔 우 니노라
> 얄리얄리 얄랑셩 얄라리얄라

기존의 율격론에서 '청산별곡'은 속요 중 형식적 정형성을 가장 잘 갖춘 작품으로 평가를 받아왔는데, 3, 3, 2음수의 3음보가 중심을 이루는 것으로 알려져 있다. 이러한 이론에 근거를 하지 않더라도 작품의 율격적 특성으로 볼 때 '랏다'는 하나의 '명'으로 보는 것이 타당하다. 앞의 표현에서 '살어리'가 같은 형태로 반복되고 있기 때문에 각각의 휴지를 형성하면서 하나의 '명'을 이루고 있으며, 다른 행에서는 독립된 명으로 이 부분이 구성되고 있기 때문이다. 또한 '우니로라'와 '우니노라'는 각각 '우'와 '니로라', '니노라'로 되어 두 개의 명으로 보는 것이 타당할 것으로 생각된다. '우'는 어간으로 '울고'에서 활용을 하는 어미인 '고'가 생략된 형태가 되어 장음으로 발음되는 경우이고, '니노라'에서 '니'는 '니다'의 어간으로 보아야 하기 때문이다. 이 경우 장음화한 음절은 표현해 내려고 하는 화자의 상황과 전달하려는 화자의 정서를 강조하는 효과를 내기 위한 것으로 이해할 수 있다.

위에서 살펴 본 바와 같이 시가의 표현으로 쓰인 언어들이 하나의 독립된 '명'으로 간주될 수 있느냐 없느냐는 격조사와 어미에 의해 결정되는 것으로 파악된다. 이것은 우리말에서 조사와 어미가 문장의 기본적인 성격을 결정짓는 핵심적인 요소라는 사실에 근거한 것이다. 한국어에서 격변화를 하지 않으면서 문법적인 성(性, gender)이 없는 명사나 대명사 같은 것은 다양한 형태의 조사를 취하면서 여러 종류의 표현을 만들어내는 성질을 지니고 있으며, 복잡한 활용을 하면서 문장 속에서는 술어가 되는 형용사와 동사는 어간에 붙어서 다양한 활용을 전제로 하는 어미가 놀라울 정도로 많은데다가 그것이 매우 중요한 문법적 기능을 담당하고 있는데, 이러한 현상은 시가에 그대로 나타날 수밖에 없다. 왜냐하면 우리의 시가는 우리말을 표현수단으로 하고 있기 때문이다. 특히 술어에 쓰이는 어미는 시제(時制)를 결정할 뿐만 아니라, 문장의 성분을 좌우하기도 하며, 존대법 또한 이것에 의해 결정되므로 문장의 전체적인 성격에 영향을 미치게 된다. 따라서 어미는 시가문학에서 화자의 정서를 드러내는 데에 가장 중요한 구실을 하는 존재가 된다. 시가에서 화자의 미묘한 정서를 드러내는 표현들은 모두 어미에 의해 결정된다고 해도 과언이 아닐 정도다. 〈만전춘별사〉(滿殿春別詞)[16]를 보자.

어름우희 댓닙자리 보와
님과나와 어러주글 만뎡
어름우희 댓닙자리 보와
님과나와 어러주글 만뎡
情(뎡)둔오놄밤 더듸새오시라 더듸새오시라

南山애 자리 보와
玉山을 벼여 누어
錦繡山 니블 안해
麝香각시를 아나 누어
南山애 자리 보와
玉山을 벼여 누어
錦繡山 니블 안해
麝香각시를 아나 누어
藥든가슴을 맛초ᄋᆸ사이다 맛초ᄋᆸ사이다

위의 작품에서 보는 바와 같이 우리 시가에서 '명'은 중심어와 어간, 조사와 어미, 수식어와 중심어의 결합 등에 의해 형성되므로 일상의 언어에서 말하는 통사적인 띄어쓰기와 율격적 띄어쓰기는 일치하지 않는다. 이는 휴지(休止)에 의해 형성되는 주기적 반복구조에 의해 율격적 띄어쓰기가 결정되기 때문이다.

이상에서 논의한 바를 바탕으로 '명'에 대한 개념을 정의하면 다음과 같이 정리할 수 있다. '명'은 화자가 전달하려는 정서를 가장 작은

16 이 작품의 名義에 대해서는 궁궐에 가득 찬 봄 정도로 풀고, 별사는 원곡에 대한 별곡 정도로 이해하는 경향이 있다. 그러나 殿春이 '무르익은 봄'을 의미한다는 점을 고려할 때, '滿殿春別詞'는 늦은 봄에 부르는 이별의 노래로 풀이하는 것이 작품에 드러난 화자의 정서와 가장 가깝다고 생각을 한다.

단위로 표현하는 것으로 중심어와 어간, 수식어와 중심어의 결합, 조사와 어미 등에 의해 형성되는데, 주기적 반복의 구조에 의해 결정되는 율격의 단위를 가리킨다.

3.2.2. 구의 개념과 구성 원리

체언에 조사가 붙거나 어간에 어미가 붙어서 이루어지는 형태를 하나의 단위로 하는 것을 '구'라고 할 수 있는데, 일상의 언어에서는 띄어쓰기와 일치하는 모습을 보인다. 그러나 시가에서는 통사적 띄어쓰기와 일치할 수가 없는데, 그것은 '구'가 '행'을 전제로 한 것이어서 그것의 주기적 반복에 의한 정형성을 바탕으로 하고 있기 때문이다. 따라서 시가에서 말하는 율격적 단위의 하나인 '구'는 일상의 언어에서는 하나의 어절로 볼 수 있는 것이 하나의 구를 형성하기도 한다. 시가의 율격은 '행'의 단위를 기준으로 하여 완성되기 때문에 그 안에서 주기적 반복의 구조를 가지는 단위로 이루어지는 성격을 가질 수밖에 없다. 이와 동시에 '구'는 그 보다 하위의 율격 단위를 구성요소로 하고 있기 때문에 기본적으로는 '명'의 주기적 반복이 확보된 상태에서 만들어지는 성격을 지니고 있기도 하다. 작품을 보자.

德으란 곰ᄇᆡ예 받ᄌᆞᆸ고
福으란 림ᄇᆡ예 받ᄌᆞᆸ고
德이여 福이라 호ᄂᆞᆯ
나ᅀᆞ라 오소이다 아으
動動다리

正月ㅅ 나릿므른 아으
어져 녹져 ᄒᆞ논ᄃᆡ

누릿 가온ᄃᆡ 나곤
몸하 ᄒᆞ올로녈셔 아으
動動다리

이월ㅅ 보로매 아으
노피현 燈블 다호라
萬人비취실 즈ᅀᅵ샷다 아으
動動다리

위에서 '나릿므른', 'ᄒᆞ올로녈셔', '萬人비취실' 등은 언어현상으로만 취급할 때는 어절로 보는 것이 타당하다. 그러나 이것을 그대로 따라서 띄어쓰기를 한 상태로 휴지를 주어서 율독을 하게 되면 '동동'(動動)은 어떤 율격적 정형성도 확보하지 못한 작품으로 되고 만다. 이러한 표현들은 이미 앞에서 언급한 바와 같이 수식어와 중심어의 결합을 하나의 '명'으로 취급할 때 비로소 시가의 형식적 구성 원리에 합치하는 것으로 되어 정형성을 확보하는 율격적 단위로 구실하게 된다. 이제 〈동동〉에서 '구'는 모두 두 개의 '名'으로 이루어진 존재라는 것을 확인할 수 있게 된다. 즉, '나릿므른'은 '나릿믈'과 '은'이라는 체언과 조사의 결합으로, 'ᄒᆞ올로녈셔'는 'ᄒᆞ올로녀'와 'ㄹ셔'라는 어간과 어미의 결합으로 되어 모두 두 개의 '명'으로 이루어진 형태의 '구'가 된다는 것이다. 이렇게 하여 형성된 '구'가 율격 단위로써 하는 구실은 첫째, 행을 단위로 하는 주기적 반복 구조의 형성, 둘째, 소리의 장단을 근거로 하는 평장(平長)[17]의 형성, 셋째, 일상의 언어를 넘어서는 예술

17 우리 시가를 이루는 모든 표현들은 앞의 단위와 뒤의 단위가 결합하여 일정한 형태를 가지는 것으로 구조화하는 방식인데다가 그것이 율격을 이루는 중요한 구실을 하고 있는 만큼 이 요소들 각각에 대한 명칭과 그 둘을 합친 것에 대한 명칭을 정해

적 의미의 창조 등이 된다.

3.2.3. 율격의 완성 단위인 행(行)

속요는 대다수의 작품이 동일한 모습의 '장'(章)을 주기적으로 반복하는 연장(連章)의 형태로 되어 있다. 장은 동일한 형태로 반복되면서 개별적으로 독립되어 있는 모습을 가지기 때문에 그 자체가 율격의 단위로 작용하기 보다는 예술적 의미의 창조[18]에 초점이 맞추어져 있다

주는 것이 필요하다. 왜냐하면 각각의 요소들은 한국시가에서 형식적 특성을 형성하는 기본적인 단위로 작용하기 때문이다. 격변화나 활용을 하지 않는 앞의 단위인 명사나 어간 등은 고정되어 있는 것이 일반적이므로 이것은 안정되고 변화하지 않는 단위로서의 성격을 지닌 것으로 볼 수 있다. 고정된 상태가 일상적인 상태를 형성하면서 소리로 실현될 때는 가장 기본적인 시간을 점유하는 단위로 볼 수 있으므로 이러한 단위의 소리를 '平聲'으로 명명한 전통을 따라 '平'이라 이름을 붙이는 것이 가장 무난할 것으로 생각된다. 문제는 변화하는 것을 기본적인 성격으로 하는 뒤의 단위에 어떤 명칭을 붙이느냐 하는 것이다. 이것이 실현되는 양상을 보면 첫째, 조사나 어미가 활용한 상태의 모습으로 실현되는 경우, 둘째, 조사가 생략되는 경우로 나눌 수 있다. 조사가 정상적으로 붙어 있거나 어미가 활용된 상태로 실현된 경우는 앞의 단위와 마찬가지 방식으로 시간을 점유하는 것으로 보이기 때문에 앞의 것과 동일한 성질을 가진 것으로 보아 '平'으로 명명해도 무방할 것이다. 문제는 조사나 어미가 생략되는 경우인데, 이때는 앞의 소리가 길어지면서 長音으로 실현되는 양상을 보이고 있기 때문이다. 예를 들면, 황진이의 시조에서 "청산리 벽계수야 수이감을 자랑마라"에서 '청산리'의 뒤에는 '에', 혹은 '의'와 같은 조사가 생략되었음을 알 수 있는데, 이런 이유 때문에 율독을 할 때는 '리'가 장음으로 실현될 수밖에 없게 된다는 것이다. 나머지 표현들은 다른 어떤 것이 들어갈 수 있는 여지가 전혀 없기 때문에 장음으로 실현되지 않는다. 따라서 이 경우는 생략되지 않은 단위들에 대해서는 '平'이라는 명칭을 그대로 사용하고, 생략된 상태가 되어서 장음으로 실현되는 경우는 '長'으로 이름을 붙이는 것이 합당할 것으로 보인다. 이와 같이 명칭을 붙여 놓고 보았을 때 한국 시가의 모든 표현은 平과 平, 平과 長이 결합하는 형태를 통해 구조화한 단위인 '名'을 이루고 있으며, 두 단위의 배열 순서에 따른 시간의 장단에 의해 율격이 형성된다는 사실을 알 수 있게 된다.

18 '雙花店'은 네 개의 장으로 되어 있는데, 각각의 장을 독립시켜 놓고 보면 여성으

는 것을 알 수 있다. 따라서 속요 율격의 이론을 정립함에 있어서 장은 별다른 의미를 찾기 어렵게 된다. 한편, '구'의 기본적인 구성요소가 되는 '명', '행'을 전제로 하여 성립하는 '구', '구'에 의해 결정되는 '평장' 등의 성립은 모두 '행'이라는 형식적 단위를 근거로 할 때만 가능하기 때문에 '행'은 율격의 이론에서 대단히 중요한 구실을 하는 것으로 판단할 수 있다. 또한 '행'은 작품의 형태를 바꾸는 구실도 하기 때문에 형식적 특성을 결정짓는 핵심요소가 된다는 점에서 그 중요성은 더욱 커진다. 그러므로 시가에서 '행'은 작품의 율격적 특성을 형성하는 모체가 된다. 위에서 예로 든 〈동동〉이나 〈서경별곡〉 같은 작품에서 보아 알 수 있듯이 '행'의 구분에 의해 작품의 율격적 특성이 결정됨과 동시에 작품의 형태를 바꾸는 형식에도 결정적인 영향을 미치기 때문에 속요가 만들어낼 수 있는 예술적 아름다움에 미치는 영향 역시 크다고 할 수밖에 없다. '행'이 율격과 형식의 중간에 위치하면서 율격적 특성과 형식적 특성을 좌우할 수 있는 중심요소라는 점 때문에 율격론을 기반으로 하는 형식론에서 그것이 가지는 중요성은 거의 절대적이라고 할 수 있다. 위에서 진행한 논의를 근거로 할 때 속요의 행은 3개의 구를 바로 아래의 구성요소로 하고, 6개의 명을 그 다음의 구성요소로 하여 성립함으로써 삼구육명(三句六名)이라는 율격적 특성을 지니는 파악할 수 있게 된다.

로 보이는 화자가 성적 욕망의 대상인 어떤 남성과 질펀한 성관계를 벌이는 것으로 해석된다. 그러나 네 개의 장을 한 편의 작품으로 연결시켜 놓고 보면, 외국인의 타락, 종교의 타락, 왕실의 타락, 서민의 타락을 노래한 것이 되어 당시 사회 전체가 타락한 것을 비판적으로 노래한 작품으로 볼 수 있게 된다.

4. 맺음말

한국 시가 율격의 이론을 정립함에 있어서 하나의 작품 안에서 율격의 형성을 주도할 수 있는 것이 무엇이며, 그것이 무엇에 뿌리를 두고 있느냐를 바탕으로 판단을 하고, 이론을 세우는 것이 가장 중요할 것으로 보인다. 그렇게 생각할 때 율격의 완성 단위는 행이 될 것이고, 율격의 씨앗이면서 출발점이 되는 단위는 소리의 장단에 근거를 두고 있는 평장이 될 것으로 보이기 때문에 필자는 이것을 평장율(平長律)이라는 이름으로 부르고자 한다. 소리의 장단에 기초를 하고 있으면서 행을 단위로 하여 완성되는 율격적 특성을 맹아적인 형태로 간직하고 있는 것이 바로 평장이기 때문이다. '평장'과 '명'과 '구'와 '행' 등의 구성요소와 그것들의 유기적 결합에 의해 만들어지는 율격의 형성과정을 근거로 하고, 예비적 고찰에서 제시한 시가문학사 구분의 시기에 맞추어서 한국시가의 율격적 특성을 추출하면 다음과 같이 정리할 수 있다.

신의 시대이면서 신가(神歌)가 중심을 이루던 기원전 1세기까지의 시가는 남아 전하는 작품이 많지 않은데다가 한시의 형태로 기록되어 있기 때문에 율격적 특성을 추출하기가 어려운 점이 있으므로 여기서는 언급하지 않는다. 신과 인간이 마주하는 방식을 취하던 시대인 기원전 1세기를 전후한 때부터 기원후 15세기까지의 시기에 존재했던 향가, 속요, 경기체가, 악장 등의 율격적 특성은 여섯 개의 명을 구성요소로 하면서 세 개의 구가 한 행을 이루는 '삼구육명'이 율격의 중심을 이루는 것으로 생각할 수 있다. 자연과 인간이 마주보는 시대이면서 시조와 가사가 중심을 이루던 시기인 기원후 15세기부터 기원후 19세기말까지는 여덟 개의 명을 구성요소로 하는 네 개의 구가 하나의 행을 이루는 '사구팔명'(四句八名)의 율격적 특성[19]을 형성했던 것으로 파악할 수 있다.

속요의 율격적 특성을 '삼구육명'으로 정의할 때 앞으로 해결해야 할 과제는 본고에서 다루지 못한 나머지 것[20]들에 대한 정치한 분석을 통해 좀 더 완벽한 이론 체계를 갖추는 일이 될 것이다.

—이 글은 「속요 율격의 이론」, 『열상고전연구』 제34집, 2011, 123~158쪽에 실린 논문을 수정·보완한 것임.

19 손종흠, 『고전시가미학강의』, 앨피, 2011, 356쪽.

20 音數가 율격에 관여하는 정도, 斂, 助興句, 感歎詞와 같은 부수적 요소들의 율격적 기여도 등에 대한 것을 들 수 있다.

고려속요의 언어·문학적 관습이 운율 층위에 미친 영향

⊙

박경우

1. 서론

고려속요에 나타나는 율격 현상은 궁중악으로 들어오기 이전의 민요 단계의 구어 층위와 궁중악으로 개편 후의 문어 층위라는 양층성을 지닌다. 즉 구어의 관습이 노랫말에 관여하게 되고, 문어의 시적 관습 역시 노랫말 구성에 영향을 주게 되면서 고려속요 작품들은 한국어가 가진 문법이나 서양 운율론의 율격체계와 다른 방식의 리듬을 갖게 된 것이다. 따라서 구어 관습과 문어 관습이 어떻게 작품에 영향을 주었는가를 밝히는 것이 본고의 일차 목표이기도 하다.

문제는 구어 관습과 문어 관습을 어떻게 확인할 수 있는가 하는 것이다.[1] 고려 속요 텍스트의 어느 시행이 중세 국어의 구어나 문어와

---

1 일반적으로 현대 한국어에서 문어와 구어를 구분하는 기준은 용례의 多少인 듯하다. 예를 들어 '그/그녀'와 같은 대명사나 '매우'와 같은 부사는 문어 자료에 주로 나타나고 구어 자료에는 거의 나타나지 않음을 들어 문어에 속한다고 판단하는 식이다. 어휘 사용의 관습화는 결국 용례의 다소와 연계하여 설명될 수밖에 없다. 관

어떻게 관련되는지를 밝힐 기준이 필요하다. 이에 대해서는 다행히 최근 세종21 프로젝트의 결과물이 있어 중세 국어의 문어, 구어 텍스트를 고려속요 텍스트의 비교군으로 활용할 수 있다.[2] 전체 말뭉치 자료 57,000,000 어절 중 1900년대 이전의 자료인 역사말뭉치를 주 비교군으로 이용했다. 역사말뭉치는 모두 11,957,820어절의 크기로서 시가, 소설, 종교서류, 기술서류, 역학서류, 교민서류, 운서류, 각종 산문기록류 등 모두 847권의 문헌을 수록하고 있으며, 문어와 구어를 구분하였으며 각종 검색이 가능한 프로그램을 제공하고 있어 속요 텍스트가 문어적인 특성에 가까운지 구어적인 특성에 가까운지를 확인하는 데에 도움이 되었다. 연구를 진행하던 중 부딪히게 된 문제는 세종21에서 제공하는 검색프로그램으로는 옛한글의 자모 단위 검색이 어렵다는 것이었다. 그래서 필자는 원시말뭉치 자료(txt)를 대상으로 자모 단위의 검색이 가능하도록 PYTHON 3.4.2.를 이용하여 검색 프로그램을 만들어 전체 말뭉치 자료에 대한 자모 단위 검색은 물론 PYTHON RE(정규식)를 이용한 다양한 검색이 가능하게 하였다.[3] 또한 세종21 말뭉치에는 없는 시조자료 3,335편을 말뭉치로 추가 구축하여 속요 텍

련 논문; 장경현, 「문어문어체·구어구어체 재정립을 위한 시론」, 『한국어 의미학』 13집, 2003, 155쪽.; 지은희, 「국어교육에서 '구어, 문어'와 '구어성, 문어성'의 구분 문제」, 『한국언어문화』 44, 2011, 427~449쪽 참고.

2 말뭉치를 활용한 구어 관련 연구 논문은 다음을 참고함. 서은아·남길임·서상규, 「구어 말뭉치에 나타난 조각문 유형 연구」, 『한글』 264, 2004, 123~151쪽.; 김진웅·박상훈, 「구어말뭉치에 나타난 대등연결어미 운율의 양상」, 『담화와인지』 20(3), 2013, 65~87쪽.; 전지은, 「세종 구어 말뭉치의 사회적 변인별 세부 분류 방안 및 활용 가능성」, 『언어와 언어학』 62, 2014, 255~284쪽.

3 따라서 "(띄어쓰기)+(1~5개 문자)+'도'+(띄어쓰기)+(0~20개 문자 사이의 삽입문)+(아래아)+'ㄹ'+(띄어쓰기)+(1~5개 문자)+'ㄹ셰라'"와 같은 복잡한 검색식이 적용 가능하게 되었다.

스트와 다음 시대 시가 텍스트와의 관련성(전승/문학적 관습)에 대해서도 연구를 진행하였다. 본고에서는 이런 말뭉치 구축 작업과 검색 결과를 바탕으로 구어/문어의 차이와 운문/산문의 차이를 보이는 지점들을 객관화 시키고, 속요 텍스트의 운율 형성에 관여한 요소들을 다각적으로 파악하고자 하였다.

2. 속요의 율격적 양층성과 언어 관습

2.1. 구어 층위의 언어 관습

한국어의 구어의 특성에 대한 최근 연구결과들을 바탕으로[4] 음운과 통사 그리고 화용 측면에서 속요 텍스트의 구어적 성격에 대해 검토하고, 율격에 관여한 구어적 요소가 무엇인지 살펴보겠다. 음운적 측면에서 구어는 문어와 달리 발음 상 변이형태가 많고 축약과 탈락이 나타나며[5] 방언에 준하는 표현들이 나타나는데 속요 텍스트에서도 이와

---

4 신지영, 「구어 연구와 운율」, 『한국어의미학』 44, 2014, 119~139쪽.
원철, 「문자성과 구어성의 통합과 공감각적 서사로서의 텍스트」, 『인문연구』 58, 2010, 337~358쪽.
유혜원, 「구어에 나타난 주격조사 연구」, 『한국어의미학』 28, 2009, 147~169쪽.
윤태진 외, 「문자문화, 구술문화, 영상문화의 진화와 상호작용」, 정보통신정책연구원, 2004.2.
이현희, 「구어성 언어 단위의 설정과 그 유형」, 『한글』 303, 2014, 41~76쪽.
전혜영, 「구어 담화에 나타나는 '-ㄴ 것이'의 화용 의미」, 『국어학』 46, 2005, 255~276쪽.

5 본고에서 참고한 구어와 문어에 대한 전반적인 논의는 다음 연구를 참고함. 노대규, 「국어의 구어와 문어의 특성」, 한국정보과학회 언어공학연구회, 한국정보과학회 언어공학연구회 학술발표 논문집, 1989.10, 81~84쪽.; 노대규, 『한국어의 입말과 글말』, 국학자료원, 1996.; Goody, *The Interface Between the Written and*

유사한 부분들을 발견할 수 있다. 통사적 측면에서는[6] 기본 단위가 완결된 문장이기보다는 구나 절 단위인 경우가 많고 문장 구조가 단순하여 복문 사용이 많지 않다. 문어에 비해 조사 생략이 자유롭고 문장 성분의 생략이 많다.[7] 화용적 측면에서는 의사소통 전략으로 간접 표현이 자주 사용되며 말의 흐름을 제어하기 위한 주저음이나 감탄음 등을 전략적으로 사용한다는 점을 들 수 있다.[8]

구어적 율격 층위는 운의 반복이나 음절수 맞추기, 후렴구 등 민요에 나타나는 운율 현상[9]을 보인다. 민요의 율성(律性)은 주로 어율(語律)에만 주목하게 되지만 사실 민요는 대개 노동 현장에서 불리므로 어율만을 민요의 본질이라고 할 수 없다. 김준배[10]는 민요의 율성을 크게 동작율(勞動, 舞踊, 劇的 動作)과 어율로 나누었는데, 민요의 율격은 청각과 동작이 함께 어우러지는 총체적인 율동성을 고찰하는 것이 본질에 더 가까운 것이라 생각된다. 구어적 율격 층위는 바로 민요의 어율과 관련된다.[11] 한편으로 구어적 율격 층위는 자국어와 자국시가에

---

the Oral, Cambridge, UK: Cambridge University Press, 1987, pp.263~264.

6 노대규(1996)의 구어의 특성 중 속요와 관련되는 부분만 정리한 것임.

7 이외에도 반말체 어미 등과 같은 구어체 어미가 사용된다. 문어에 비해 어순이 자유롭다. 구어 접속 조사 '하고'가 사용된다. 접속 조사가 반복적으로 사용된다. 호격 조사가 사용된다. 관형격 조사의 사용이 적다. '되게, 무지, 참, 진짜' 등의 정도 부사가 자주 사용된다. 노대규, 위의 책, 참고.

8 문금현, 「구어적 관용표현의 특징」, 『언어』, 25(1), 2000, 51~71쪽.; 서은아·남길임·서상규, 「구어 말뭉치에 나타난 조각문 유형 연구」, 『한글』 264, 2004, 123~151쪽 참고.

9 임동권, 「韓國民謠의 形式과 韻律」, 『국어국문학』 제18권, 국어국문학회, 1957, 77~78쪽.

10 김준배, 「韓國民謠의 韻律攷」, 『한국어문학연구』 제8집, 한국어문학연구학회, 1972, 55~106쪽.

대한 긍정적인 인식과도 관련 있다. 민요에 우리 시가에 나타나는 거의 모든 율격현상이 혼재되어 있겠지만, 어떤 운율요소의 존재 자체만으로 시가의 영향 관계를 언급하기는 어렵다. 어떤 경로로 어떤 요소가 특정 시가(속요)에 반영될 수 있었는가를 설명하는 것이 필요하다.

본고에서 설정한 속요에 나타나는 구어적 율격 층위는 비규범적 표현, 맥락 의존적 생략, 말의 흐름을 조절하는 여음구·후렴구(주저음, 감탄음이 이에 해당), 속담의 변용, 방언과 토속어의 사용, 어휘의 중복 등으로 전체적으로 구어화·통속화를 이끈다고 보았다.

2.1.1. 비규범적 표현

비규범적 표현이 구어에서 일어날 때는 일반적으로 통용되는 언어 규칙을 일탈하는 현상을 보이거나 그 자체가 방언일 때이고, 문어에서는 통용되는 언어 규칙보다는 문언문인 한문이나 번역문의 관습을 따르거나 운율을 위해 의도적으로 규범을 일탈할 때이다. 속요는 향유 지속 시간이 길고 민가에서 유래한 것이 많기 때문에 가사에 방언이 틈입했을 가능성이 많고, 특정 시기의 언어적 규범을 기준으로 작성된 것도 아니어서 여러 시기의 언어 형태가 혼재되어 있을 가능성이 높다. 무엇보다도 민가에서 유래한 속요는 통용되는 언어 규범보다는 '노랫말'이라는 특성 상 그 가사가 한번 고정되면 쉽게 바뀌지 않아 원텍스트에서의 비규범적 표현이 그대로 전승되었을 것이다. 또한 운문의 특성 상 시적 효과를 위해 이런 비규범적 표현이 허용되기도 하는

---

11 고려속요의 경우 궁중악으로 춤이 동반된 정재로 쓰였기 때문에 민요와 마찬가지로 동작율에 대해서도 생각할 수 있겠으나 본고에서는 논외로 한다.

바, 비규범적 표현은 운문적 표현을 위한 필요조건이기도 하다.[12]

보편적인 통사적 규칙과 화용법을 벗어난 독특한 표현은 운문의 특성이라고 해야 할 것이다. 운문은 언어를 조직적으로 재배열하고 일상언어를 파괴하려고 하기 때문이다. 문법 표지의 생략[13]이나 새로운 어휘의 조합의 구체적인 예로 〈동동〉의 "三月 나며 開ᄒᆞᆫ"을 살펴보자. "삼월(을) 나며 핀"이라는 의미인데, 비슷한 용례를 말뭉치에서 찾을 수 없었다. 현대국어에서 봄은 '맞이하는' 것이며, 겨울을 '나는' 것이라는 표현이 일반적인데, 중세국어 말뭉치에서는 '겨울 난다/여름 난다'는 표현 자체가 검색되지 않았다. 세월(시간/달)이 '지나간다'는 표현은 매우 많이 검색되었다. 하지만 '난다'는 표현은 '견딘다'는 의미도 있는 바, "三月 나며"는 봄과는 어울리지 않는 표현이다. 결국 '나며'는 '지나며'의 의미로 해석되어야 하겠지만, 어학적 근거는 제시할 수 없게 된다. 따라서 이 구문은 일반적 표현법을 벗어나고 있다고 할 수 있다.

단어 층위에서 구문 층위로 확장하여 비규범적 표현 여부를 살펴보면, 일반적으로 쓰이지 않은 특이한 구문이 속요에서만 사용된 예를 찾을 수 있다. 〈서경별곡〉의 "어느 ᄌᆞ미 오리오"의 구문은 "어찌 잠이 오리오"의 의미로 자연스럽게 해석된다. 이는 중세국어에서 "어느"가 "어찌"라는 뜻으로 쓰였기 때문에 가능한 것인데, 그렇다고 "어느"가

12 특히 비문법적 표현이나 비일상적 표현은 운문성을 확보하는 측면(운율을 위한 축약이나 생략, 도치 등)과도 연계될 수 있기 때문에 이런 일탈적 표현법은 의도된 것이라고 판단할 수 있다.

13 이은경, 「구어 텍스트에서의 목적격 조사의 비실현 양상」, 『우리말글』 64, 2015, 57~86쪽.; 김창섭, 「문어와 구어에서의 조사 '의'의 문법」, 『진단학보』 106, 진단학회, 2008, 79~115쪽.

현대어의 "어찌"와 똑같은 용법으로 쓰인 것은 아닌 듯하다. 세종21 역사말뭉치에서 '어느'가 '어찌'의 의미로 쓰인 용례는 30건 이상 검출되었지만 이때의 '어느'는 "구루미 어느 이시리오"와 같이 모두 직접 동사를 수식하고 있었다. 따라서 "어느 주미 오리오"는 문법론적으로 가능한 표현일 수는 있지만, 실제로는 〈서경별곡〉 외에는 사용된 용례가 없는 비규범적 표현이라고 할 수 있다. 구어에서는 이런 문법적인 오류가 얼마든지 용인되는데, 이는 화자가 대상과의 맥락을 형성하여 자신이 강조하고자 하는 요소를 문법적 위치에 상관없이 먼저 제시하는 언어 관습 때문이다. 위의 구문 역시 이런 점에서 구어와 닮아있다.

어떤 표현이 실제로 쓰이지 않는다면 그것은 자연스럽지 않은 것이기 때문에, 구문 분석에 있어서 용례의 유무는 매우 중요하다. 〈동동〉의 "-져 -져 하는데"라는 구문은 용례의 유무 문제와 함께 문법적인 기능에 있어서도 일반적 규범을 벗어나 있다. '正月ㅅ 나릿 므른, 아으 어져 녹져 ᄒᆞ논ᄃᆡ[14]'에서의 '-져 -져 하는데'라는 표현은 세종21 말뭉치에서는 유일하게 〈동동〉에서만 나타난다.[15] 관련 용례를 확보할 수 없는 상태에서 '-져'를 원망형어미로 가까운 미래나 바람을 나타낸다

14 시조에서 검출되지 않음.(ㄴᄃᆡ- 연결형 어미로 몇 건 검출) 말뭉치에서 'ᄒᆞ논ᄃᆡ'는 검출되지 않음(ᄒᆞ온ᄃᆡ 7건 검출/ᄒᆞᄂᆞᆫᄃᆡ 91건/하ᄂᆞᆫᄃᆡ 0건)는 일반적 표기법에서 벗어난 방언일 가능성이 매우 높으며 비규범적 표현일 수 있다. 방언을 발음대로 기사했다면 이는 '구어'의 특성에 부합.

15 어떤 어휘나 형식이 특정 사용역에서만 나타나는 것은 현대 국어에서도 확인할 수 있는 현상이다.(배진영, 「구어와 문어 사용역에 따른 정도부사의 분포와 사용 양상에 대한 연구」, 『국제어문』 54집, 국제어문학회, 2012, 95~145쪽 전문 참고) 즉 문어나 구어, 또는 소설, 신문, 학술산문, 언해본 등과 같은 각각의 사용역에 따라 특정 어휘나 형식의 빈도가 다르게 나타난다. '-져 -져' 역시 운문이라는 사용역에서만 나타나는 바, 운문적 특성을 보이는 문형이라고 볼 수 있을 것이다.

고 보는 학자도 있으나[16] 〈동동〉의 문맥으로 볼 때, 상반되는 두 개의 의지가 충돌하는 것으로 해석할 수 없다. 시조말뭉치에서는 '-져 하노라'라는 표현이 18건 검색되었는데 이미 모두 '-하고자'라는 단일한 방향만을 나타낸 것이다. 즉 일반적으로 '-져'(-하고자)는 발화자가 바라는 방향성을 나타내는데 〈동동〉에서는 '얼다'와 '녹다'라는 상반된 방향을 동시에 제시하고 있어서 원망형어미로 처리하는 것이 부적절하다고 판단된다. 중세 국어에서 '-져'가 원망형어미로 쓰였다면 이 구문은 일반적 화용을 넘어서는 비규범적 표현이라고 할 수 있겠다.[17]

일반적 문법형태를 일탈하여 새로운 방식으로 언어를 재배열하는 것은 운문적 표현법이기도 하고 동시에 구어적 특성이기도 하여 이 둘을 구분하기는 쉽지 않다. 운문적 기법으로 문법적 일탈을 발생시킨 것일 가능성과 속요의 원텍스트인 민가의 구어성으로 인해 같은 현상이 나타난 것일 가능성이 공존하고 있는 것이다.

〈동동〉의 '四月 아니 니저, 아으 오실셔 곳고리새여'에서 '사월 아니 니저' 역시 비규범적 표현에 가깝다. '아니 니저/니져'라는 표현은 말뭉치에서는 〈동동〉에서만 검색되었고, '닞다'라는 동사를 쓸 때는 보통 '-을 니저'의 형태로 조사가 나타났다. 다만 '아니'가 타동사 앞에 붙으면 조사가 생략되기도 하는데, 세종21말뭉치에서 "목적어(조사생략) + 아니 + 동사어간 + 어(연결어미)"의 문장들만 검색한 결과, 운문에서는 〈동동〉, 〈용비어천가〉(龍飛御天歌)[18]에서 3건이 검색되었고, 산문

---

16 박병채, 『고려가요의 어석 연구(새로고친)』, 국학자료원, 1994.

17 '어져 녹져'가 고려시기에 일상적인 구어로 쓰였던 관용적 표현이었을 가능성은 배제할 수 없지만, 이 역시 관련 용례가 말뭉치에서 발견되지 않았다.

18 제 님금 아니 니저 내 命을 거스ᄉᆞ바놀 不忘公/臣下ㅣ 말 아니 드러 正統애 有心홀씨 山이 草木(말을 듣고/말 듣고-모두 나타남)

에서는 〈삼강행실도〉[19]에서 '밥 아니 머거'가 3건 중복 검출되었다. 〈삼강행실도〉의 "姜氏ᄂᆞᆫ 南原 사ᄅᆞ미니 崔自江의 겨지비라 남지니 죽거늘 屍禮ᄅᆞᆯ 안고 닐웨ᄅᆞᆯ 밥 아니 머거 주그니라 엳ᄌᆞᄫᅡᄂᆞᆯ 紅門 세니라"에서처럼 '밥 아니 먹어'는 조사 '을'이 생략된 것이 아니라 그 자체로 하나의 구문으로 굳어진 것이라 판단된다.

'밥을 먹어'는 세종21말뭉치에서 나타나지 않고 '밥 머거'만 1건 나타났다. 『두시언해』(杜詩諺解)(중간본 언해)[20]에서 "强飯蓴添滑,端居茗續煎 고ᄃᆞᆯ파 밥 머거 蓴ᄋᆞᆯ 믯믯ᄒᆞ닐 더으고 正히 사라셔 차ᄅᆞᆯ 니어 달히노라"라고 표현되어 있을 뿐이며 '밥을 먹다'는 표현은 찾을 수 없었다. 따라서 '밥 아니 머거'는 목적격 조사가 생략되었다고 볼 수 없고 그 자체가 하나의 고정된 표현이었다고 볼 수 있다.[21]

"목적어(조사생략) + 아니 + 동사어간 + 어(연결어미)"의 구문에서 목적어를 '사월'과 같은 단일 명사가 아니라 '–는/은/ㄴ 것'과 같이 절 단위의 긴 목적어가 오는 경우를 검색해보면 1건이 나타났는데, "내옴 나ᄂᆞᆫ 걸 아니 머거"[22]와 같이 목적격 조사의 생략이 나타났다. 이 역시 '먹다'라는 동사의 목적어에는 조사가 일반적으로 쓰이지 않는 것임을 알 수 있다. 연결어미 '–어'가 아닌 경우에도 마찬가지로 '먹다'의 목적어에는 조사가 붙지 않는다.[23] 이렇게 '밥 아니 머거'를 그 자체가 관용적

---

19 『속삼강행실도』(원간본), 『東國新續三綱行實圖烈女圖』, 『삼강행실도』(동경대본).

20 杜重2,13b.

21 참고로 세종21말뭉치에서는 '물 먹어'는 없고 '물을 먹어'만 검색이 되었는데 이는 '먹다'는 행위와 '밥'은 연관성이 높지만, '먹다'는 '마시다'의 대용 동사로 쓰였기 때문에 조사가 들어간 용례들만 검색된 것으로 보인다.

22 『東國新續三綱行實圖烈女圖』 2,43b "술을 마시며 고기 먹디 아니ᄒᆞ고 내옴 나ᄂᆞᆫ 걸 아니 머거 뻐 그 모ᄆᆞᆯ 주그니라 공희대왕됴애 졍문ᄒᆞ시니라".

표현으로서 목적격 조사가 붙는 것이 도리어 일반 용례를 벗어나는 것이 아니라고 본다면, 산문에서는 '四月 아니 니저'와 같이 목적격 조사를 생략한 형태의 문장 구조가 나타나지 않는 셈이고 따라서 이 문형은 운문적 표현을 위해 목적격 조사를 의도적으로 생략시킨 것이라고 볼 수 있다.

한편 운문의 경우 비슷한 문형 구조가 검색되었는데 "제 님금 아니 니저 내 命을 거스ᅀᆞᄫᆞᆯ 不忘公/臣下ㅣ 말 아니 드러 正統애 宥心ᄒᆞᆯ씨 山ᄋᆡ 草木"(《용비어천가》)에서처럼 '님금'과 '말' 다음에 조사가 보이지 않는다. '말을 듣다'는 표현이 말뭉치에 나타나기 때문에 '말 듣고'는 '말을 듣고'에서 목적격 조사를 의도적으로 생략한 것일 가능성이 높다. 즉, 운문이라는 특성 상 규범적으로 목적격 조사를 붙여야 할 부분을 생략함으로써 운문성을 높이려고 했다고 생각된다. 따라서 '사월 아니 니저'와 같은 문형은 비규범적 표현이며 필요한 문법 표지를 의도적으로 생략한 운문적 표현이며, 맥락 속에서 이해 가능한 요소를 생략하는 구어적 기법이 적용되었다고 할 수 있다.

2.1.2. 맥락 의존적 생략

구어는 담화 대상과 맥락이 전제되기 때문에 상대가 인지하고 있는 내용에 대한 생략이 가능하다. 속요 역시 구어 담화와 비슷하게 필요한 문법 요소들을 생략한 텍스트가 많다. 현실 구어 담화에서 발화자와 수용자의 소통은 제3자(독자나 관찰자)를 전제하지 않기 때문에 생략

---

23 『東國新續三綱行實圖烈女圖』 1,75b 문덕이ᄂᆞᆫ 셩쥐 사ᄅᆞᆷ이니 …(중략)… ᄉᆡ어버ᅀᅵ의 집의 ᄃᆞ라가 열다ᄉᆞᆺ ᄒᆡᄅᆞᆯ <u>내 나ᄂᆞᆫ 것 아니 먹고</u> 술 고기 먹디 아니ᄒᆞ며 일즉 사ᄅᆞᆷ으로 더브러 말ᄒᆞ며 웃기 아니ᄒᆞ니라 졍녀ᄒᆞ시니라.

은 소통의 효율성을 높이는 기능을 하기도 한다. 속요에서는 그런 구어적 특성과 함께 운문성 확보를 전제로 한 맥락 의존적 생략이 자주 나타난다.[24]

예컨대 〈정읍사〉에서 "아으 다롱디리 져재 녀러신고요"에서 "져재" 앞에 "님하"가 있어야 문법과 의미면에서 완전한 문장이 됨에도 불구하고, 작품에서는 생략되어 있다. 〈동동〉에서도 "二月ㅅ 보로매 아으 (님은) 노피 현 燈ㅅ블 다호라, (그 모습은) 萬人 비취실 즈ᅀᅵ샷다"와 같이 발화 상대가 되는 님이 주어 자리에 있을 때에 모두 생략하였다. 이는 구어에서 발화 상대가 앞에 있을 때에 상대를 의미하는 주어나 자신[25]을 의미하는 주어를 생략하는 것이 자연스러운 것과 마찬가지 현상이다.

발화 상대를 의미하는 주어 생략 현상보다는 발화 맥락에 따른 생략은 제3자인 독자가 텍스트를 이해할 때에 장애를 느낄 정도로 맥락 이해에 어려움을 발생시킨다. 〈정과정〉의 경우처럼 "아니시며 거츠르신 돌 아으"는 무엇이 '아니'며 무엇을 '거츠르신' 것인지 분명하게 밝히지 않은 텍스트는 배경 설화라는 맥락이 존재하지 않았다면 이해하기 힘든 가사가 되었을 것이다.

관습적으로 쓰는 단어의 일부를 생략한 경우에는 동일한 시대의 향유자들간에는 관습적 맥락이 형성되어 있어 쉽게 추측할 수 있지만, 시대가 바뀌어 일상어의 관습이 바뀌면 생략된 부분은 추측이 어렵게

---

24 '생략'은 구어적 특성이면서 동시에 운문적 특성이기도 하다. 〈용비어천가〉 역시 전행과 후행의 운율을 위해 많은 생략이 있다. 다시 말해 '생략'은 운문의 일반적 특성 중 하나라고 할 수 있다.

25 〈동동〉의 "六月ㄹ 보로매 아으 별해 ᄇᆞ룐 빗다호라"의 주어로 발화자인 자신(나는)이 생략되어 있다. 비슷한 사례들을 속요에서 쉽게 발견할 수 있다.

된다. 〈이상곡〉에서 "종종 霹靂 아 生 陷墮無間"은 텍스트가 생산되던 시기의 언어적 관습으로는 충분히 이해될 수 있는 것이었겠지만, 현대에 와서는 해석이 어려운 문구가 되어버렸다. 만약 문어로 쓰였다면 좀 더 적확한 표현으로 남아 해석이 쉬웠을 것이다. "陷墮無間"의 '無間'은 '無間(地)獄'에서 '(地)獄'을 생략한 말이다. 말뭉치 검색 결과, 無間地獄을 無間으로 표현한 예는 〈이상곡〉 외에는 없었다. 운문에서는 〈원앙서왕가〉(鴛鴦西往歌)에 '無間地獄애 드니'로 되어 있고, 산문에서는 『능엄경언해』 〈삼결권심방〉(三結勸深防)에 "大妄語ㅣ 成ᄒᆞ야 墮無間獄ᄒᆞᄂᆞ니(·큰 妄·망語: 엉ㅣ 이·러 無뭉間간獄·옥·애 ᄠᅥ·러·디ᄂᆞ·니)", "外道邪魔ᄂᆞᆫ 所感業이 終커든 墮無間獄ᄒᆞ고"로 표현되어 있다. 따라서 〈이상곡〉의 "陷墮無間"은 맥락의존적인 생략이 나타난 것이라고 할 수 있겠다.

2.1.3. 말의 흐름 조절하기 : 주저음과 감탄음

구어는 즉흥성이 있기 때문에 발화의 생산 시간을 벌기 위한 주저음이나 감정을 표현하는 감탄음의 사용이 빈번하다.[26] 주저음은 일종의 말더듬기라고 할 수 있는데,[27] 그 요인은 심리적 긴장이나 말버릇, 강조를 위한 의도, 시간 끌기 전략 등 다양하다. 주저음이나 감탄음이 운율 형성을 위해 의도적으로 사용될 때가 있는데 이는 구어의 말하기 전략

26 전영옥, 「구어와 문어에서의 감탄사 비교 연구」, 『담화·인지언어학회 학술대회 발표논문집』, 담화인지언어학회, 2008, 101~116쪽 참고.

27 전희숙, 「치료 받은 말더듬 성인의 느린 구어에서 나타나는 휴지 특성」, 『음성과학』 15(4), 한국음성학회, 2008, 189~197쪽.; 박진원·권도하, 「말더듬 성인의 심한정도에 따른 구어속도 특성 비교연구」, 『특수교육저널: 이론과 실천』 11(1), 한국특수교육문제연구소, 2010, 129~146쪽.

을 운문에 적용한 것이라 할 수 있다. 속요에 나타나는 여음구나 후렴구는 말의 흐름을 조절하는 기능과 함께 운율적 장치로 이용되었다. 운문은 산문과 달리 정보 전달의 정확성과 신속성보다는 정서 표현과 공감을 목적으로 하기 때문에 텍스트 발화 시간을 지연시키거나 정보 전달의 속도를 조절하기 위해 주저음이나 감탄음이 자주 이용된다.

정보 전달의 신속성의 측면에서 〈청산별곡〉의 "살어리 살어리랏다"나 〈서경별곡〉의 "西京이 아즐가 西京이 셔울히 마르는"은 비효율적이다. '살어리랏다'라고 한꺼번에 발화하지 않고 주저음의 기법을 이용하여 나누어 발화한 것은 구어에서의 '말의 흐름 조절하기' 기능을 이용하기 위한 것이며, 동시에 운율감을 부여하기 위한 것이다. "西京이 아즐가 西京이 셔울히 마르는" 역시 '아즐가'라는 감탄음을 삽입함으로써 주저음의 효과를 만들어내고 있고, '서경이'를 반복시킴으로써 강조의 효과를 만들어내는 부분이다. 구어에서는 강조를 위한 통사적 변화로 동일한 요소를 반복시키는 사례가 많다. 이는 화자가 강조를 위한 담화전략의 하나로 기능하는 것인데, 반복을 통해 강조하려는 전략으로 인해 통사 구조가 문어와는 다르게 탈규범적인 모습으로 나타나게 된다.[28]

또한 속요는 "어긔야 어강됴리/아으 동동다리/어와, 아으/위 두어렁셩 두어렁셩 다링디리" 등과 같은 후렴구를 사용함으로써 시상의 전개를 지연시키고 발화된 장면의 이미지를 확대시키며 후행하는 문구를 강조하는 전략을 구어에서 차용하고 있다.

---

28 유혜원, 「구어에 나타난 주격조사 연구」, 『한국어의미학』 28, 한국어의미학회, 2009, 165~166쪽 참고.

2.1.4. 속담의 변용

속담은 언중에게 관용구로 암기되어 전승되기 위해 기억에 용이한 문장 구조를 가지고, 운율을 이용하는 경우도 있기 때문에 구어의 언어 습관을 가장 잘 보여준다고 할 수 있다. 특히 일반 민중들에게 문자가 없던 시대의 관용구는 구어로 새로운 문장을 짓는 데에 규범문적인 역할을 했을 것으로 추정할 수 있다. 속담에서의 언어 리듬과 문형 구조가 새로운 노래문학 텍스트의 생산에 기여했으리라고 본다면, 속담은 우리 시가의 운율을 논하는 데에 있어 매우 중요한 언어 자료이기도 하다.

속요에서 속담과 관련시킬 수 있는 대목은 〈처용가〉의 "바롤도 실도 업시 바롤도 실도 업시"와 〈서경별곡〉의 "大同江 너븐디 몰라셔… 빈 내여 노혼다 샤공아…네 가시 럼난디 몰라셔…널 빈예 연즌다 샤공아" 부분이다. 먼저 〈처용가〉에서 사용된 'N+도+N+도+없다'는 문형은 말뭉치에서 모두 12건이 검출되었다. 시가류에서 5건, 구비자료에서 3건, 〈흥부전〉의 대화문에서 1건, 『염불보권문』(念佛普勸文)(海印寺版 일사본)에서 1건 사전류에서 2건이었다. 이중 사전류에서는 속담에 사용된 것도 있었는데, 『국한회어』(1895)에는 "움도 삭도 업다"는 속담이 실려 있었고, 『수정증보조선어사전』(修正增補朝鮮語辭典)에는 "(無頭無尾) 名 밑도 끝도 없는 것"이라는 표현이 있어서 이 문형이 구어적 관용구이며 중세 시기의 속담에도 쓰였을 가능성이 높다고 결론을 낼 수 있다. 따라서 "바롤도 실도 업시 바롤도 실도 업시"는 속담을 포함한 구어에서의 관용적 문형을 차용한 것이라고 볼 수 있다.

속담에서 쓰이는 문형을 변용한 표현으로는 〈서경별곡〉의 다음 구절을 예로 들 수 있다.

大同江 아즐가 大同江 너븐디 몰라셔 두어렁셩 두어렁셩 다링디리
빅 내여 아즐가 빅 내여 노흔다 샤공아 위 두어렁셩 두어렁셩 다링디리
네 가시 아즐가 네 가시 럼난디 몰라셔 위 두어렁셩 두어렁셩 다링디리
녈 빅예 아즐가 녈 빅예 연즌다 샤공아 위 두어렁셩 두어렁셩 다링디리

'대동강 넓은지 몰라서 배 내어 놓느냐, 사공아'와 병렬되는 '네 각시 럼난지 몰라서 열 배에 싣는냐, 사공아'는 완벽한 대구를 이루고 있다. 마치 '천 길 물 속은 알아도 한 길 사람의 속은 모른다'라는 속담처럼 대동강 물길은 알아도 네 각시의 마음 길은 모르냐는 조롱처럼 들린다. 하지만 내용 해석 차원이 아닌 문장 자체의 논리만 보면 앞과 뒤가 맞지 않음을 알 수 있다. "대동강이 넓은지 몰라서 배 내여 놓느냐"는 말은 '대동강이 넓은 것도 모르고 배를 내놓느냐'로 해석될 수 있으나, 배는 원래 물을 건너는 수단이므로 강이 아무리 넓다고 해도 배가 아닌 다른 도강 수단을 생각하기는 어렵다.

속담은 그 자체로 이용되기도 하지만, 여러 가지 변이형태로 만들어져 사용된다.[29] 위 구절도 원래의 속담을 변형시키거나 유사한 속담들의 논리적 패턴만 가져와 운문의 형태로 만든 것일 가능성이 있다. '천길 물속은 알아도 계집의 마음속은 모른다'는 변이형태와 같이 물과 사람의 마음을 연계한 변이형이 얼마든지 가능하다. 이 구절에 적용되었음직한 원 속담을 상정해 보면, "사공이 대동강 넓은 줄 모른다"처럼 자신이 하는 일에 빠지게 되면 그 일을 객관적 모습을 알 수 없다는 뜻을

29 김혜경, 「신문 속에 나타난 속담 패러디 양상:1974년 경향신문 〈餘滴〉을 중심으로」, 『인문과학연구논총』 33, 명지대학교 인문과학연구소, 2012, 46쪽. 원텍스트가 가진 내재적 의미를 변하지 않고 외형적 변이를 거쳐 속담으로서의 기능을 수행. 속담은 대중에 의해 생성되고 대중에 의해 변이된다.

담을 수 있다. 비슷한 류의 속담으로 "흔하면 귀한 줄 모른다/제 논의 모가 큰 것은 모른다/제 자식의 흉은 모른다" 등이 있다. 마치 '엿장사네 아이 꿀 단 줄 모른다'나 '제 처 흉은 모른다'라는 말처럼 사공에게는 강물이 넓어 보이지 않는다는 말을 '뱃사공 대동강 넓은지 모른다'로 표현했을 수 있다. 또한 사공이 자신의 일에만 충실하다보니 바빠서 다른 것을 살피지 않는다는 의미로 '제각시 럼난지 모른다'고 했을 가능성도 충분하다. 속담에는 '후처바람에 감투 벗어지는 줄 모른다/ 큰 나무 밑에 작은 나무 큰지 모른다/제 배 부르니 종의 배 고픈 줄 모른다/ 하나만 알고 둘은 모른다'처럼 한 가지 일만 알고 다른 것은 모르는 사람들을 풍자한 표현들이 많다. 따라서 〈서경별곡〉의 대동강 사공 역시 대동강이 제 집 방안처럼 좁아 보일 정도로 물길 속은 훤히 알고 있어도, 정작 자신의 집에서 벌어지는 외도의 상황은 짐작조차 못하고 있다는 것을 조롱한 것으로 해석할 수 있다. "제 속은 줄 모르고 남 속이려 든다/ 절도 모르고 시주한다/ 제 밑 구린 줄은 모르고 남의 탓은 되우한다/ 제 낯 그른 줄 모르고 거울 탓한다"는 속담이 바로 사공의 현실을 반영할 수 있는 것들이다. 속담이 현실 언어에서 다양한 변이를 보이는 언어 일반적 현상임을 전제한다면, 속담의 표현이 〈서경별곡〉 가사 속에 변이형으로 삽입되어 운율성과 문학성을 제고한 것이라고 추측해 볼 수 있다. "水深可知 人心難測"이라는 『사기·회음후열전』(史記·淮陰侯列傳) 속의 속담이나 "물은 건너보아야 알고, 사람은 지내보아야 안다"[30]는 속담은 〈서경별곡〉의 사공의 상황과 딱 떨어지는 논리를 가지고 있어 이런 해석의 가능성을 더욱 높여준다.

30 이에 대응하는 중국의 속담은 "水落石頭現, 日久見人心"이다

2.1.5. 방언과 토속어의 사용

속요의 근원이 민가였기 때문에 속요에는 방언과 토속어의 흔적이 나타난다. 방언은 규범어의 변이형인데 운율적 효과를 위해 의도적으로 가져다 썼을 가능성과 함께 방언 자체의 의미와 어감을 활용했을 가능성을 고려해볼 필요가 있다.[31] 〈처용가〉의 "마아만마아만ᄒᆞ니여" 나 〈동동〉 "곰배 림배" 같은 어휘가 이에 해당된다고 할 수 있다.

방언과 토속어는 규범어에서 사용되지 않기 때문에 역사말뭉치에서 용례를 찾기가 쉽지 않은 것이 당연하다. 〈동동〉의 경우 "滿春ᄃᆞᆯ욋고지여"에 대해 박병채는 "晩春의 항간의 표기인 듯"하다고 했는데 이는 '구어적 표현'이라는 견해로 본고의 입장과 일치한다. 의미 상으로 보아 'ᄃᆞᆯ욋곶'은 '진달래'가 되어야 봄 꽃으로 적당한데, 말뭉치에서는 'ᄃᆞᆯ욋곶'의 변이형태를 고려하여 다양한 방식으로 검색해 보았으나 용례가 없었다. 이에 반해 진달래꽃(진ᄃᆞᆯᄅᆡ/진ᄃᆞᆯ의/진ᄃᆞᆯ위)은 검색되고 있어서 'ᄃᆞᆯ욋곶'을 진달래꽃으로 볼 수 있는 어학적 근거가 없는 상태다. 문맥 상 진달래꽃이 확실하지만 관련 용례가 없다면 이는 방언일 가능성이 농후하다.

말뭉치에서 발견되지 않는 속요만의 표현은 더 있다. '므슴다'라는 표현은 〈동동〉에서만 보이는데, "므슴다"는 말뭉치에서 '므슴', '므슴하다' 로만 쓰였다. "ᄒᆞ올로"도 역시 말뭉치에는 검색되지 않은 표현이다. 문법적 변이형태로 설명은 가능하지만 용례가 없어 일반적 표현은 아니었다고 생각된다. "젹곰" 역시 어법적 설명이 어려운 표현인데, "젹다"의 어간에 강세접미사 '곰'이 직접 붙은 것으로 예외적 형태다.

---

31 방언에 대해서는 노대규 외, 『국어학 서설』, 신원문화사, 1991, 444~449쪽 참고.

말뭉치에서는 〈동동〉 외에 1건이 검출되었으나 같은 뜻으로 볼 수 없었다.[32] "봉당/슬홀 (ᄉᆞ라온뎌)/고우닐 /스싀옴/나술"도 마찬가지로 관련 용례가 없고 어학적 설명이 명확하지 않아서 토속어나 방언으로 생각할 수 있는 표현들이다.

2.2. 문어 층위의 언어 관습

한문이 공식적인 문언문이었던 고대와 중세시기에는 본격적인 의미의 우리말 문어는 상정하기 어려운 것이 사실이다. 훈민정음 창제 이후 기존의 문언문인 한문 기록들을 우리말로 언해하는 작업이 시작되면서 우리말의 문어가 점차 형성되었다고 생각된다. 훈민정음을 이용한 불경언해는 문언문인 한문을 구어가 아닌 문어로 번역해야 하는 문제에 봉착하게 되는데, 우리말 문어가 제대로 구축되지도 않은 상태에서 자연스런 우리말 문어로 번역하는 것은 쉽지 않았을 것이다. 현재 전해지는 조선조의 언해본들은 한문구를 직역한 것으로 그 번역 결과물은 한국어라기보다는 외국어에 가까울 정도여서 우리말 문어가 제대로 자리잡기까지는 상당 기간이 소요되어야 했음을 짐작할 수 있다. 이런 상황 하에서 문어 층위의 언어 관습은 우리말 노랫말에도 영향을 주었을 것이다. 특히 불경 언해류에서만 쓰이는 특정 표현이 속요에 나타난다거나, 한문 번역과 관련된 현토식, 번역식 표현이 노랫말에 존재한다는 점이 속요가 문어 층위의 언어 관습의 영향을 받았음을 시사하는 것이다. 심지어는 한문 자체를 그대로 노출하기도 하고, 한문

32 『소현성록』(서울대도서관본) "ᄉᆡᆼ각ᄒᆞᄃᆡ '평ᄉᆡᆼ 일녀 ᄉᆡᆼ으로 적곰 일녀ᄌᆞ를 허혼ᄒᆞ니 이 가온ᄃᆡ 고이ᄒᆞᆫ 일이 잇도다' ᄒᆞ여 흔연이 니ᄅᆞᄃᆡ"(여기서 '적곰'은 문맥상 '귀한'(관형사) 이라는 뜻이다)

체 운문(경기체가)의 문학적 관습을 차용하기도 하여 문어 층위의 언어 관습이 여러 측면에서 발견된다.

2.2.1. 불경 언해류의 관습적 표현

속요 〈처용가〉는 그 자체가 불교와 깊은 관련을 맺고 있음은 서두부분을 통해서 쉽게 확인할 수 있다. 내용적으로만 불교와 관련된 것이 아니라 그 표현에 있어서도 불경언해류와 관련이 있다. "羅候德"이나 "三災八難" 같은 어휘 때문만이 아니라 존대법에 있어서도 다른 속요와 비교할 때 불경 언해류에서 보이는 부처를 송축할 때와 비슷한 표현법을 쓴다는 점에서 경어법이 이질적이다. 처용사의 본사를 이루는 주요 문형은 "만두삽화(滿頭揷花) 계오샤 기울어신 허리예"처럼 "V(하)샤 AV은/ㄴ N에/예/애"의 구조다. 말뭉치 검색 결과, 이에 부합하는 문형을 보이는 것은 불경언해류였다.

> 『원각경언해』 하1-1,62b, "薩이 因智ㅅ 時節에 반ᄃᆞ기 生ᄋᆞᆯ 度홀 願을 發ᄒᆞ시ᄂᆞ니 이 願力을 ᄐᆞ샤 나신 고대 ᄂᆞ외야 믈리 그우디 아니ᄒᆞ샤미 ᄆᆞᅀᆞ미 ᄒᆞ다가 잇버",
>
> 『능엄경언해』 5,50b "부텻 知見 곧ᄒᆞ야ᄂᆞᆯ 無學ᄋᆞᆯ 印ᄒᆞ야 일우샤 解脫ᄒᆞᆫ 性空애 내 우 업수니",
>
> 『월인석보』 21:156b "너기샤 千萬億 世界예 千萬億 모ᄆᆞᆯ 化ᄒᆞ샤 두겨신 功德과 不思議 威神力을 내 ᄒᆞ마 世尊이 十方無量 諸佛와로"
>
> 『법화경언해』 6, 83a "不輕을 드러 니ᄅᆞ샤 能히 證ᄒᆞ신 사ᄅᆞᄆᆞᆯ 뵈시니라"

불경 언해류에서는 〈처용가〉와 마찬가지로 신적인 존재(부처)를 찬양하는 맥락에서 이 문형이 사용되었다. "기울어신 허리예"에서 "예"를 빼고 “V하샤 AVㄴ N”으로 검색하면, 기독교 관련 문헌에서도 〈처용가〉와 비슷한 문형이 검색되었다.[33] 이는 문형 자체가 제한하는 의미가 초월적 존재의 형용을 표현하는 데에 있기 때문으로 생각된다. 이로 볼 때 “-하샤 --ㄴ --에(예/애)”는 경전 언해류에만 나타나는 문어적 표현이라고 잠정 결론지을 수 있겠다.

2.2.2. 현토식 표현

운문에서는 어감이나 운율을 위한 의도적 어휘 선택이 필요한데 때로는 통상적 어휘 사용을 벗어나 새로운 표현을 만들어내기도 한다. 〈동동〉이 민가로부터 출발했다고 하면 “三月 나며 開ᄒᆞᆫ”은 원가사의 “(꽃이) 핀”을 한자에 토를 다는 식으로 바꾼 듯하다. “(꽃이) 핀다”를 ‘開한’으로 표현한 용례는 말뭉치에서 찾을 수 없었다. 이는 구어에서는 사용되지 않고 문어에서만 쓰는 예외적 표현이라고 생각된다. 시조말뭉치에서는 유사한 표현이 1건 검색되었다.[34] 월령체 형식의 민가가 궁중악으로 개편되면서 운율을 위해 의도적으로 개작되었을 가능성이 있다.

〈동동〉의 “七月ㅅ 보로매, 아으 百種 排ᄒᆞ야 두고”도 마찬가지로 현토식 표현인데, 산문에서는 언해본류[35]에 5건(2건 중복 포함) 검출되었

---

33 『셩경직히』 27b, “또 예수의 고난을 밧으샤 구쇽ᄒᆞ신 쟈ㅣ라”/『신학월보』 권5, 210. “이는 만민의 죄를 ᄃᆡ신ᄒᆞ샤 죽으신 고로 죄로 인ᄒᆞ샤 ᄋᆡ통ᄒᆞ야”/『寶鑑』 187 “ᄒᆞᆫ 번 ᄲᅮᆫ 아니라 여러 ᄎᆞ례 말ᄉᆞᆷᄒᆞ샤 ᄀᆞᄅᆞ치신 것이니 이 말ᄉᆞᆷ은 다 텬쥬다온 말ᄉᆞᆷ이오”/『텬로력뎡』(권1파리동양어학교 소장본) 42b “쥬ᄭᅴ셔 나ᄅᆞᆯ ᄉᆞ랑ᄒᆞ샤 주신 표적이니”.

34 紅裳을 거두치니 雪膚之豊肥ᄒᆞ고 擧脚蹲坐ᄒᆞ니 半開ᄒᆞᆫ 紅牧丹이 發郁於春風이로다(『樂學拾零』)

고, 운문에서는 〈동동〉 외에 〈유림가〉(儒林歌)에서 2건(중복 1건 포함) 검출되었다. 소설, 외국어학습서 등 구어 관련 문헌에서는 전혀 쓰이지 않아 "排ᄒᆞ다"는 순수한 문어로만 쓰였다고 볼 수 있다. "長存ᄒᆞ살" 역시 현토식 표현인데, 말뭉치에서는 〈동동〉을 제외하고 '長存'을 쓴 용례가 나타나지 않았다. 한국식 한자와 현토식 표현을 섞어 새롭게 만든 표현으로 생각된다.

2.2.3. 번역식 표현

번역식 표현은 문법적으로는 가능하지만 실제 언어생활에서는 사용하지 않는 어색한 문형인데, 언해본에서만 사용된 예가 나타난다. 〈동동〉의 "젓거 ᄇᆞ리신 後에 디니실 ᄒᆞᆫ 부니 업스샷다"는 이중 수식 구조로 되어 있다. '지니실'이 수식하는 것은 '분'인데, '분' 앞에 다시 수사 'ᄒᆞᆫ'이 수식하고 있다.[36] 말뭉치에서 "관형어+수사+명사+(격조사)+업다"의 형태로 나타나는 용례는 만주어(滿洲語) 독본 교재인 『삼역총해』(三譯總解, 1774년, 영조50)와 송나라 주희(朱熹)의 『가례』를 언해한 『가례언해』(家禮諺解, 1632년, 인조10) 2건뿐이다.[37]

①"그별을 알외게 홈이니 다만 <u>소겨 항복ᄒᆞᄂᆞᆫ 쇠를 힝홀 ᄒᆞᆫ 사ᄅᆞᆷ 업서</u>

---

35 『孟子諺解』, 『맹자율곡선생언해』, 『伍倫全備諺解』.

36 말뭉치에서 이런 구조가 있는지 검색한 결과, 본고에서 찾은 2건을 제외하고 나머지 문헌에서는 "Adv+'한(ᄒᆞᆫ)'+N+업다" 또는 "Adv+'한(ᄒᆞᆫ)'+N+도(조사) 없다"의 형태로 나타나고 있어 "디니실 ᄒᆞᆫ 부니 업스샷다"는 번역체이며 일반적인 표현법과는 다르다는 점을 알 수 있었다.

37 말뭉치에서 "ㄴ or ㄹ + ᄒᆞᆫ(수사) + 최대8음절 + 업다" 로 검색한 결과 〈동동〉 외에 위의 2건만 추출되었다.

셔 ᄒᆞᆫ ᄒᆞ노라 ᄒᆞ니 黃■■ 니로되 내 이 쇠ᄅᆞᆯ 힝흠을 원ᄒᆞ노라"(『三譯總解』 5,10a)

②"楊氏 復이 ᄀᆞᆯ오ᄃᆡ 小斂애 變服홀 제 斬衰者ᄂᆞᆫ 袒ᄒᆞ며 括髮ᄒᆞ거ᄂᆞᆯ 이제 사ᄅᆞᆷ이 袒ᄒᆞ며 括髮ᄒᆞᄂᆞᆫ ᄒᆞᆫ 節목 업스믄 엇디오 世俗이 襲으로ᄡᅥ 小斂을 삼ᄋᆞ믈 인緣ᄒᆞᆫ 故로 이 變服ᄒᆞᄂᆞᆫ ᄒᆞᆫ 節목을 일헌ᄂᆞ니라"(『家禮諺解』 5,30a)

두 문헌 모두 번역본이라는 점과 다른 문헌에서는 검색되지 않는다는 점을 고려하면 구어에서는 쓰이지 않았던 문형이라고 생각할 수 있다. ①에서의 상황은 특별한 한 사람을 찾고 있는 것으로서 아무도 찾지 않는다는 뜻의 "것거 ᄇᆞ리신 後에 디니실 ᄒᆞᆫ 부니 업스샷다"와는 의미가 다르다.

〈이상곡〉의 "내 니믈 너겨" 역시 번역식 표현에 속한다. '을+너기다'의 용례는 〈중간두시언해〉(重刊杜詩諺解)에서만 3건 나타났다. 일반적으로 실제 언어생활에서는 '너기다' 앞에서 부사어가 오는데 말뭉치에서는 3,130건이 검출되었고 〈중간두시언해〉의 3건을 제외하고는 목적어를 직접 받는 경우가 없었다. 〈중간두시언해〉의 경우에도 3건 모두 '意'를 '너기다'로 해석하여 '意'의 목적어에 목적격 조사 '을/를'을 붙인 것이다.

"青草湖앳 져근 ᄇᆡ 내 소내 딜 주를 너기디 아니ᄒᆞ다"(杜重1,40a:不意青草湖扁舟落吾手)

"蜀州ㅅ 人日에 지운 그를 바도모로브터 ᄆᆞᆯ근 그릐 오래 ᄢᅥ러뎌슈믈 너기디 아니호라"(杜重11,6a:自蒙蜀州人日作不意淸詩久零落)

"ᄂᆞᆺ비ᄎᆞᆯ 마조 보고져 願ᄒᆞ나 關塞ㅣ 머니 어느 出守ᄒᆞ야 江城의 와 사로ᄆᆞᆯ 너기리오"(杜重21,17b-18a:願逢顔色關塞遠豈意出守江城居)

이 3건의 언해는 '意'를 '너기다'로 직역하였으나, 여기에서는 '생각하는'의 뜻으로 풀이하는 것이 적합하다. '너기다'를 '생각하다'는 의미로 썼기 때문에 '생각하다'의 목적어를 취해 목적적 조사를 이 문헌에서만 유독 쓴 것이 아닌가 추측된다.[38] 따라서 '-를 너기다'는 표현은 번역 과정에서 나올 만한 오류 문형으로 볼 수 있으며, 〈이상곡〉은 부분적으로 이런 문어적 표현이 삽입된 노래로 볼 수 있다. 왜냐하면 구어가 그대로 반영되었다면 현실 언어생활에서 잘 쓰이지 않은 이런 직역식 문법 오류가 노랫말에 적용될 가능성은 낮기 때문이다.

2.2.4. 문언문 노출

〈만전춘별사〉 제2연은 『시경』(詩經) 〈패풍·백주〉(邶風·柏舟)에 쓰인 "耿耿"으로 시작된다. 또한 "笑春風"은 당대 시인 최호(崔護)의 〈제도성남장〉(題都城南莊)에 나오는 표현이기도 하다.

> ③耿耿孤枕上에 어느 ᄌᆞ미 오리오/ 西窓을 여러ᄒᆞ니 桃花 ㅣ 發ᄒᆞ두다/ 도화ᄂᆞᆫ 시름업서 笑春風ᄒᆞᄂᆞ다 笑春風ᄒᆞᄂᆞ다 〈만전춘〉
>
> ④去年今日此門中, 人面桃花相映紅。人面不知何處去, 桃花依舊笑春風. 〈題都城南莊〉

최호의 시(④)에서는 작년에 보았던 미인은 지금 어디 있는지 알 수 없으나, 도화만은 여전히 봄바람에 웃고 있다고 하여, 불변하는 자연

---

38 '너기다'는 '-라고 느끼며 생각하다'(국어사전에서는 1.마음속으로 그러하다고 인정하거나 생각하다. 2.주의 깊게 생각하다로 정의함)는 의미다. '생각하다'와 유의어이기는 하지만 같은 단어라고 볼 수 없다. 박병채(위의 책, 306쪽)에서도 이를 '생각하지만/생각하여'로 해석한 것은 '너기다'가 실제적으로는 '생각하다'는 의미로 사용된 것이었기 때문이라고 생각한다.

물과 변화하고 쇠락하는 인간사를 대비했다("尋春遇豔 重尋不遇"). ③에서 '도화가 시름없다'는 표현은 시름 많은 인간에 대비하여 불변하는 자연물을 강조하기 위한 것이라고 생각된다. 〈만전춘〉 제2연은 최호의 시와 분위기가 흡사하다. 이렇게 문언문의 표현들을 노출시키는 것은 경기체가는 물론 시조 가사에서도 흔히 쓰이는 문학적 관습이었다.

2.2.5. 타장르의 관습 차용

장르 간의 차용은 고정된 텍스트나 관습화된 표현을 전제로 이루어지는 바, 문어 층위의 언어 관습이라 할 수 있다. 속요는 〈정과정〉과 같이 10구체 향가와 유사한 형식을 보이는 것도 있고, 경기체가가 문학적 공간을 형상화하는 방법으로 '-景'을 관습적으로 쓰는 것과 유사하게 〈서경별곡〉의 "넉시라도 님을 흔데 녀닛 景 너기다니"처럼 경기체가의 문학적 관습을 공유하는 것도 있다. '景'이 말뭉치에서 쓰인 용례들을 조사한 결과, 산문에서는 '실제 자연 경치'나 '경황'이라는 뜻으로만 쓰였음에 비해, 운문에서는 가상의 상황을 설정하는데 특히 경기체가가 문학적 상황을 설정하여 '-景'으로 표현하는 바 이런 문학적 관습이 고려속요에도 적용되었을 가능성이 있다.

3. 언어 관습과 문학적 관습의 운율적 변개

고려속요는 민가와 궁중악이라는 태생적 특징으로 인해 구어와 문어의 다양한 요소들이 복합적으로 존재하며 조화를 이루어 각편의 운문을 형성한다. 작품에 따라 구어 층위의 운율 요소가 문어 층위의 운율 요소보다 더 우위를 보이는 것이 있고, 그 반대의 것도 있기 마련이다. 또한 문어 역시 구어와 완벽히 변별되는 것도 아닌 바, 구어와 문어 층위의 운율을 보이는 작품을 일도양단하기는 쉽지 않다. 오히려 그 태생적 특징에 주목하여 양층의 운율 요소를 파악하고자 하는 것이 더 온당하다. 이 장에서는 양층의 운율 요소 모두에 주목하면서도 구어와 문어 층위의 운율이 어떻게 실현되었는가를 보이기 위해 각각을 대표할 만한 작품을 선정하여 분석 예시한다.

3.1. 〈청산별곡〉에 나타난 구어 관습과 문학적 관습

◎살어리살어리랏다청산青山애살어리랏다멀위랑ᄃᆞ래랑먹고청산青山애살어리랏다얄리얄리얄라셩얄라리얄라(이하생략)[39]

주지하다시피 〈청산별곡〉의 노랫말 배열 방식은 민요에서 보이는 반복률[40]과 비슷하다. A/A/B/A의 민요조의 반복률이 C/D/B/A와 연계되어 보다 확장(A살다/A살다/B청산/A살다 + C멀위/D다래/B청산/A살다)되어 있는 것이 다른 점이다. 1, 2, 3, 6, 7장이 같은 구조로 되어 있어 전체적으로 민요적 리듬감이 강하다. 말의 흐름을 조절하는 후렴구가 매 장마다 있고, 그 후렴구는 3개의 음향(강한 /ㄹ/音과 모음(ㅣ, ㅏ) 그리고 깊은 후성(ㆁ))이 여러 번 반복되어 청각을 강하게 자극한다.

'살어리~'는 구어의 주저음에 해당하고, "멀위/ᄃᆞ래/잉무든장글/ᄂᆞ

39 『樂章歌詞』

40 ㅇ형님오네 형님오네 분고개로 형님오네 ㅇ참으시오 참으시오 一時半時 참으시오 ㅇ잡으시오 잡으시오 이술한잔 잡으시오 ㅇ말도마라 말도마라 오랍동생 말도마라 임동권, 위의 논문, 85쪽.

마자기구조개/에정지/사ᄉᆞ미짒대/비브른도긔설진강수/조롱곳누로기 미와잡ᄉᆞ와니"는 방언과 토속어의 사용에 해당한다. "이링공뎌링공ᄒᆞ야/오리도가리도업슨/어듸라더디던돌코/누리라마치던돌코"에서는 동사를 중첩하되 韻을 더하여 입말의 리듬감을 최대한 끌어올리고 있다.

〈청산별곡〉이 동일한 악곡을 8번 반복하여 불림에도 불구하고 각 장마다 언어 배열이 다른 것은 음악적 질서와 문학적 질서의 이분화가 가능하다는 것을 보여주기도 하며, 가사의 역동적인 언어적 질서 의식(율격 의식)이 무엇보다 우선한다는 사례이기도 하다.

3.2. 〈정석가〉에 나타난 문어 관습과 문학적 관습

문어적 율격 층위는 문자문화, 인쇄문화와 밀접한 관련을 가진다. 주지하다시피 인쇄는 언어를 표준화시키고 시의 형식과 운율을 고정화·규범화 시킨다. 신문과 잡지의 출판이 활발하게 시작했던 개화기에 우리 시가의 율격 논의가 본격화하게 되는 이유이기도 했다. 구술문학의 율격이 청각적 요소로만 구성되었다면 문자 문학의 율격은 '시각과 청각'을 아우른다. 시의 전체 구성(2단 또는 3단)이나 연·장의 구분과 배열, 글자수 맞춤, 두·각운의 운용은 모두 시각적 질서 의식과 관련된 문어적 율격 층위다. 속요가 향찰로 남아 있지는 않았지만,[41] 고려시대의 악보들이 존재했었다는 점으로 미루어 향찰 문자로 기록했었을 가능성은 있다. 기록될 수 있다는 최소한의 전제만으로도 속요는 부분적으로나마 문어적 율격층위에서 논의될 수 있다.

41 만약 〈悼二將歌〉를 고려속요에 포함시킨다면 향찰로 기록된 고려속요의 유일한 사례가 될 수 있다.

고려조의 사와 산곡의 유입으로 인해[42] 사와 산곡, 향가도 모두 문인들의 문학으로 향유되었고 이것은 모두 문어가 바탕이 된 것이기에, 이런 영향 하에 문인들에 의해 궁중악으로 창작된 속요 역시 문어적 운율 장치가 보인다. 전대 시가인 향가에서 보이지 않았던 연개념의 등장은 사와 산곡의 영향이라 생각된다. 어느 나라의 시가에든지 연형식은 존재하지만 그런 보편성만으로 이 시기 연형식의 등장을 설명하기는 어려울 듯하다. 연장체로 되어 있는 고려속요로는 〈동동〉(13章), 〈쌍화점〉(4章), 〈서경별곡〉(14章), 〈청산별곡〉(8章), 〈정석가〉(11章), 〈가시리〉(4章), 〈만전춘별사〉(6章)를 들 수 있다. 음악적 章과 문학적 련이 일치하지 않는 작품도 보이지만 애초에 악서에 기록된 것이니만큼 악곡을 위한 장치(圈點)를 제거하면, 연개념에 의한 가사의 배열을 이야기하는 것은 가능하다고 판단한다.

〈정석가〉를 예로 들어 문어적 층위의 율격 요소들을 따져보겠다.

> 딩아돌하 당금에계샹 이다/ 딩아돌하[43] 당금에계샹 이다/ 션왕셩딕예 노니ᄋᆞ와지 이다[44]/ ○삭삭기 셰몰애별헤 나는/삭삭기 셰몰애별헤 나는/구은밤 닷되를 심고이다/○그바미 우미도다 삭나거시아/그바미 우미도다 삭나거시아/有德유덕ᄒᆞ신님믈[45]여희ᄋᆞ와지 이다(이하 생략, 띄어쓰기와 행구분은 필자가 함)

42 成昊慶, 「元 散曲이 한국시가에 끼친 영향에 대한 고찰-元曲이 한국문학에 끼친 영향에 대한 연구(1)」, 『韓國詩歌硏究』 제3집, 한국시가학회, 1998, 223~252쪽.

43 原文에는 '딩이놀하'로 표기되어 있음.

44 『時用鄕樂譜』에는 다음과 같이 표기되어 있음. "딩아돌하當今에겨샤이다딩아돌하當今에겨샤이다先王聖代예노니ᄋᆞ와지이다"

45 다른 장과 비교하면 조사 '을'이 들어감. 율격적으로는 통일시키는 것이 좋겠으나, 이 또한 구술언어의 특징이라 볼 수 있다.

〈정석가〉는 『악장가사』에 전문이 실려 있는데 음악적으로 11장이며 문학적으로는 6개 연으로 나눌 수 있다. 매장은 3개 행이 A+A+B의 구조로 매우 도식적으로 이루어져 있다. 첫 장(序詞)을 제외하고 본사 부분의 나머지 장들을 두 개장씩 하나의 연으로 묶게 되면 '(A+A+B)+(C+C+D)'의 구조가 되고, 이 구조가 다시 '(χ+χ+χ)+(χ+χ+D)'의 4개 연으로 반복(χ=변수항, D="有德유덕ᄒᆞ신님여희ᄋᆞ와지이다")되면서 본사를 구성한다. 결사는 (A+A+B)+(A'+A'+B')로 서사를 변주하고 있다.

운의 측면에서 보면 이 작품은 '이' 음가가 각운처럼 쓰이고 있다. '이다'의 옛이응이 율격적 장치로 쓰인 것인데, 「시용향악보」에는 '겨샤이다'로 표기되어 있고, 『악장가사』에는 '계상이다'로 되어 있어 옛이응의 발음을 구현한 형태다. /ㅇ/과 /ㆁ/은 다른 소리로 'ㅇ'은 음가가 없다. 『훈민정음』(解例本) 예의편에서는 "ㆁ 牙音 如業字初發聲"이라 하였고, 제자해에서는 "ㆁ 雖舌根閉喉聲氣出鼻"라고 하여 ㆁ자로 표기되는 음이 '혀뿌리를 가지고 목구멍에서 입 안으로 통하는 통로를 닫고 날숨을 코로 내뿜어 내는 음'이라 하고 있다.[46] '이'는 발화에 있어 강조점이 있는 부분이다.

말뭉치에서는 '이다'가 1,328건, 'ㆁ이다'가 99건 검출되었다. 주로 경전류 언해본에서 사용되었고, 고려속요를 비롯한 〈용비어천가〉와 가사 등의 운문에서도 검출되었다. 따라서 '이다'는 문어적 표현으로 많이 쓰였다는 것을 알 수 있다. 〈정석가〉에서는 바로 '이다'의 깊은 후성을 이용하여 운율을 형성하고 있는 것이다.

---

46 『한국민족문화대백과』 옛이응.

이렇게 보면 시 전체적으로 '이'라는 동일한 자·모음이 동일한 위치(각 행의 마지막 마디)에서 반복되고 있다. '이다'를 각 행의 마지막 마디로 볼 때, 〈정석가〉는 각 행이 3개의 호흡으로 자연스럽게 나뉜다. 따라서 문법 휴지를 기준으로 나눌 때 3음보로 나누기 어려웠던 다음 시행들의 마디구분 문제를 해결할 수 있다.

a. 션왕셩듸예 노니ᄋᆞ와지이다
b. 鐵樹山텰슈산애 노호이다
c. 긴힛ᄃᆞᆫ 그츠리잇가
d. 信신잇ᄃᆞᆫ 그츠리잇가
e. 有德유덕ᄒᆞ신 님믈 여희ᄋᆞ와지이다
f. 有德유덕ᄒᆞ신 님 여희ᄋᆞ와지이다

a~d는 문법적으로 두 마디로 나뉘지만 /이/를 중심으로 나누면 세 마디로 세 호흡에 율독할 수 있다. e~f는 반복구임에도 불구하고 '님믈'과 '님'으로 글자수가 다르다. 더구나 3음보를 적용하면 셋째 마디와 음절수의 차이가 너무 크다. 이를 /이/를 중심으로 나누면 "有德유덕ᄒᆞ신님/여희ᄋᆞ와지/이다 "로 율독할 수 있고 전체적으로 매우 안정적인 규칙성을 발견할 수 있다. 3개의 마디로 나누고 같은 자·모음이 같은 위치에 반복해서 나타나는 것은 시각적인 질서에 해당하는데, 〈정석가〉는 '셋'이라는 수의 이미지를 시각적으로 매우 적극적으로 활용하고 있다. 우선 각 행이 3개 마디로 나뉘고, 3행이 모여 한 장을 이룬다. 시상 전개상 서사-본사-결사의 3단 구성으로 되어 있으며, 작품 전체를 이미지화 했을 때 三[47]이라는 숫자가 한 가운데에 위치하

47 '三同'은 전체 11개의 장 중 5번째, 본사 8개 장 중 4번째로 가운데에 章에 속하며,

기까지 한다.

이런 시각적인 질서와 함께, 수사법적으로 '부정적 현실의 설정'과 '불가능한 미래의 설정'을 통해 외적 무질서를 통한 내적 질서를 역설적으로 기원하고 있어 고도의 문학적 은유를 사용하고 있음을 볼 때 문어적 율격 층위에서 논의해야 할 작품으로 생각된다.

4. 결론

본 연구에서는 고려속요 작품을 대상으로 언어적 관습이라는 관점에서 우리말의 구어와 문어의 특성을 바탕으로 그 운율적 장치들을 발견하고자 하였다. 작품 각 편의 운율 분석을 통해 문어적 층위와 구어적 층위의 운율을 찾아내고 이를 토대로 우리 시가의 운율적 중층성을 논증하였다. 이 한편의 논문으로 우리말의 문어성과 구어성을 규명하는 일은 당연히 불가능한 일이지만, 이 연구에서는 문어와 구어라는 언어학적 주제에 초점을 맞추지 않고 운율론적으로 문어적, 구어적 관습이 어떻게 리듬을 구성하는 데에 영향을 미쳤다는 사실 논증에 초점을 두었다. 그 결과 고려속요 작품 속에서 문어적 관습과 구어적 관습을 분명히 발견할 수 있었다. 문학적 관습 특히 문어와 구어의 관습에 대한 연구는 본 연구가 첫 시도이기에 그 의의가 작지 않으나, 아직 본격적으로 고찰해야 할 부분들이 산재해 있다는 것도 함께 가지고 있는 한계다.

이런 기초 작업을 토대로 앞으로 구어적 운율성과 문어적 운율성의

3행중 가운데 행, 가운데 행 가운데 마디에 두 번째 '三同'이 씌어 있다.

차이를 정리하고, 고려속요뿐만 아니라 우리 시가문학에 나타나는 운율적 중층성에 대해 설명할 수 있을 것이다.[48]

—이 글은 「言語 慣習과 文學的 慣習이 韻律 層位 形成에 미친 影響에 대한 硏究 : 高麗俗謠를 中心으로」, 『국어국문학』 제171호, 2015, 289~318쪽에 실린 글을 수정·보완한 것임.[49]

48 이 논문의 후속편으로 다음 논문이 작성되었다. 박경우, 「말뭉치 검색 시스템을 활용한 고려속요의 관용적 패턴 연구-〈처용가〉와 〈만전춘〉을 중심으로-」, 『한국문학과 예술』 16집, 한국문예연구소, 2015, 5~39쪽.

49 관련 논문으로는 박경우, 「高麗俗謠 노랫말의 兩層性과 律格 意識에 關한 考察」, 『열상고전연구』 35집, 열상고전연구회, 2012, 363~397쪽이 있다.

고려가요 의문문의 수사적 의미와 기능

◉

최선경

1. 들어가는 말 : 문학의 본질로서의 문채

본 연구는 고려가요에 대한 수사학적 접근을 통해 고려가요의 수사적 특징을 살피고 이러한 특징이 고려가요의 공감성과 서정적 울림에 기여하는 양상을 탐색해 보고자 하는 목적을 갖는다. 그리스 시대 웅변에 뿌리를 둔 수사학은 '잘 말하는 기술' 혹은 '말로써 남을 설득하는 기술'로 정의되어 왔다. '착상-배열-표현-암기-발표'의 다섯 단계로 구분되는 고전수사학에서 '표현'은 감동과 즐거움의 차원에서 효과적인 설득에 필수불가결한 요소로 여겨졌다. 이렇게 "착상하여 배열된 내용에 적절한 말과 문장을 부여하는 방식"[1]인 '표현'은 문체(文體)론, 문채(文彩)론으로 문학연구와 만나왔다.

문학에 있어서 문채의 중요성은 "문학은 도를 담는 그릇(文以載道)"이라는 인식이 지배적이었던 동양에서도 결코 간과되지 않았다. 의미에 부합되지 않은 화려하기만 한 문채는 지양해야 할 요소로 간주되었

---

1 오형엽, 『문학과 수사학』, 소명출판사, 2011, 16쪽.

지만 즐거움과 감동이라는 문학의 두 본질적 기능과 관련하여 문채는 문학을 문학이게 하는 근거의 하나로 중시되었다.

> 성현의 저작들을 모두 문장(文章)이라고 부르니, 이는 그것들이 모두 문채(文采)를 갖추고 있다는 말이 아니겠는가? 물은 속성이 흐르고 움직이는 것이어서 언제나 물결을 일으키며, 나무는 그 몸체가 충실하면 거기에서 꽃을 피우게 된다. 이는, 형식이란 내용에 따르는 것임을 보여준다. 호랑이나 표범의 가죽에 무늬가 없다면 그것은 개나 고양이의 가죽과 다르지 않을 것이며, 코뿔소의 가죽으로 갑옷을 만들려면 거기에 붉은색을 칠해야만 한다. 이는, 내용이란 형식을 필요로 한다는 것을 보여준다.[2]

중국 육조시기 문학비평가인 유협은 일찍이 문장과 문채의 관계를 내용과 형식의 상호의존성과 조화로 설명하면서 내용과 적절히 융화된 형식이야말로 문학을 문학답게 만드는 본질적 요소임을 지적하였다.

> 화장품이나 눈썹을 그리는 먹은 단지 용모를 아름답게 꾸미기 위하여 사용되는 것이지만, 눈매와 입 모양의 아름다움은 아름다운 자태 그 자체에서 비롯된다. 이와 마찬가지로, 문장의 수식은 단지 언어를 아름답게 꾸미기 위하여 사용되는 것이지만, 문채의 아름다움은 성정의 진지함에 달려 있다. 그러므로 정리(情理)는 문장의 날줄이며, 말과 글은 정리의 씨줄이다. 날줄이 올바르게 배열된 다음에라야 비로소 씨줄이 제대로 성립될 수 있듯이, 정리가 확정된 다음에라야 비로소 문장이 유창해질 수 있다. 이것이 바로 문장 구성의 근본이 되는 것이다.[3]

---

2 유협, 최동호 역편, 『문심조룡』, 민음사, 1994, 378쪽. 〈情采〉 聖賢書辭, 總稱文章, 非采而何! 夫水性虛而淪漪結, 木體實而花萼振, 文附質也. 虎豹無文, 則鞹同犬羊; 犀兕有皮, 而色資丹漆, 質待文也.

유협은 또 표현하고자 하는 정리(情理)와 말과 글을 씨줄과 날줄에 비유하면서 문채가 문학의 본질로 기능하기 위해서는 내용과 형식의 조화, 즉 성정에 맞는 언어와 표현들의 적절한 선택과 배치가 필수임을 강조하였다. 표현하고자 하는 생각과 감정에 알맞게 말과 글을 고르고 조직해서 뜻과 표현이 융합을 이룬 작품이 이상적 문학임을 적시한 것이다.

문학에서 문채에 대한 인식은 동양과 서양을 막론하고 문채를 단지 장식적인 도구로 보는 관점에 문학의 본질로 중시해야 한다는 주장이 맞서왔다. 조선 중기 사장파(詞章派)와 도학파(道學派)의 대립이 그러한 단적인 예라 할 수 있다. 문채를 비롯한 수사(修辭)의 위상은 역사적으로 부침을 거듭했지만 일찍이 유협이 지적한 바와 같이 내용과 형식의 조화로운 융합이 필요하다는 인식은 지속되어 왔다고 할 수 있다. 고려가요의 수사에 대한 본 연구도 이러한 인식의 바탕 위에 있다. 시가의 수사는 "작품의 내용과 형식이 만나는 연결점으로서의 의미구성 행위"[4]이며 "형식의 종착점이면서 예술적 내용의 출발점"[5]이라는 입장에서 본 논의를 시작하고자 한다.

---

3 위의 책, 379~380쪽. 夫鉛黛所以飾容, 而盼倩生於淑姿; 文采所以飾言, 而辯麗本於情性. 故情者, 文之經, 辭者, 理之緯; 經正而後緯成, 理定而後辭暢, 此立文之本源也.

4 손종흠, 『속요형식론』, 박문사, 2010, 369쪽.

5 같은 곳.

2. 고려가요와 의문문

본 연구에서 우선 관심을 둔 것은 고려가요의 수사의문문이다. 이는 고려가요가 향찰이나 한자가 아닌 한글로 기록된 최초의 노래라는 점, 고려가요에 유독 의문문의 출현빈도가 높다는 두 가지 특징에 대한 주목에서 비롯되었다.[6] 고려가요의 문장종결방식을 살핀 한 연구[7]에 의하면 고려가요 가운데 가장 높은 출현횟수를 보이는 것은 평서문이며 다음이 의문문이라고 한다. 이러한 특징은 감탄문의 비율이 높은 향가와 비교되는 고려가요만의 특징임이 지적되었다.[8] 문장의 종결어미가 시적 화자의 정서를 드러내는 중요한 표식일 뿐 아니라 "시의 언술·문체가 지닌 특질로서 시적 화자의 정서, 세계관 등의 연구에서 중시"[9]되는 점 등을 고려할 때 고려가요에 빈번하게 등장하는 의문문의 양상과 그 시적 기능을 살피는 일은 고려가요 서정성에 기여하는 수사의 특징과 역할을 밝히고자 하는 본 연구의 목적과 부합한다.

먼저 고려가요 작품별 의문문의 출현빈도와 실현 양상을 제시하면 다음과 같다.

---

6 『악장가사』, 『악학궤범』, 『시용향악보』 소재 고려가요 13편 가운데 의문문이 등장하는 작품은 〈만전춘별사〉, 〈처용가〉, 〈가시리〉, 〈정과정〉, 〈정석가〉, 〈동동〉, 〈이상곡〉, 〈청산별곡〉, 〈서경별곡〉 총 9편이며, 의문문이 등장하지 않는 작품은 〈쌍화점〉, 〈상저가〉, 〈사모곡〉, 〈유구곡〉 4편이다.

7 서철원, 「향가와 고려속요의 장르적 차이를 통해 본 전변 양상의 단서」, 『한국시가연구』 제23집, 한국시가학회, 2007, 40쪽.

8 『삼국유사』 소재 신라 향가의 경우, 감탄형이 19회, 평서형이 11회이며, 의문형은 8회의 출현횟수를 보이는 것으로 조사되었다. 위의 논문, 38쪽.

9 위의 논문, 8쪽.

작품명	의문문 출현횟수	의문법 어미[10]
〈만전춘별사〉	4	-리오, -니잇가, -ㄴ다
〈동동〉	1	-ㄴ뎌
〈처용가〉	6	-니오, -(이)여
〈정과정〉	2	-니잇가
〈정석가〉	2	-리잇가
〈청산별곡〉	4	-리라, -고, -리잇고
〈서경별곡〉	4	-리잇가, -ㄴ다
〈가시리〉	3	-리잇고
〈이상곡〉	3	-리잇가, -리, -가
계	29	

일반적으로 의문문이란 "화자 자신은 잘 모르지만 청자는 안다고 생각되는 정보를 청자에게 요구하는 문장종류이다."[11] 의문문은 기대하는 답변의 종류에 따라 청자로부터 구체적인 설명을 요구하는 설명의문문, 긍정 혹은 부정의 대답을 요구하는 판정의문문, 둘 이상 가운데 어느 하나를 선택할 것을 요구하는 선택의문문, 대화 상대자의 질문을 확인하는 확인의문문 등의 순수의문문과 대답을 요구하는 것은 아니면서 서술이나 명령의 효과를 나타내는 수사의문문으로 나누어 볼 수

10 고려가요의 의문법에 주목한 이광호는 고려가요 속 의문법 어미를 '-고(-오)', '-가', '-ㄴ다', 'ㄴ뎌', '-리라'로 한정, 23개의 문장을 제시한 바 있다.(이광호, 「고려가요의 의문법」, 『한국시가문학연구』, 백영 정병욱선생 환갑기념논총 II, 신구문화사, 1983, 409~410쪽) 그러나 이는 초기에 이루어진 중세국어 의문법 연구에 기초한 것이어서 누락된 예들이 있다. 예를 들면 '-여', '-리'와 같은 의문법 어미가 그것이다. 본 연구에서는 중세국어 의문법 어미에 대한 최근의 논의를 참고, 의문법 어미를 위와 같이 정리하였다. 정재영, 「전기중세국어의 의문법」, 『국어학』 25, 국어학회, 1995, 221~265쪽.; 고은숙, 『국어 의문법 어미의 역사적 변천』, 한국문화사, 2011.; 장윤희, 『중세국어 종결어미 연구』, 국어학회, 2002.; 박진완, 「수사의문문에 나타나는 종결어미 고찰」, 『어문논집』 38, 민족어문학회, 1998, 345~367쪽 참조.

11 고은숙, 위의 책, 38쪽.

있다.[12] 이 가운데 문학작품인 시에 자주 등장하는 의문문은 수사적 효과를 얻기 위해 사용되는 수사의문문(rhetorical question)이다.

수사의문문은 누군가에게 물음을 던진다는 점에서는 순수의문문과 그 형태가 비슷하지만 청자에게 답을 요구하지 않으며, 화자의 심리상태를 드러낸다는 점에서 순수의문문과 구별된다. 수사의문문은 “실제로 대답을 들으려는 것이 아니고, 화자가 당연한 것으로 생각하는 대답을 청자가 스스로 보충하게 함으로써 직접적인 진술보다도 강력하게 강조하기 위하여 발하는 질문”[13]으로 정의된다. 답이 요구되지 않는 물음이라는 점에서 잉여적인 물음인 것처럼 보이기도 하지만 물음 속에 화자의 답변으로서의 주장이 내포되어 있어 질문이면서도 사실은 화자의 주장이 오히려 강력하게 전달되는 수사적 문장이다. 이런 수사의문문은 문학작품에서, 특히 서정시에서 자주 사용되는데 이는 화자의 내면 정서를 주관적으로 표출하는 서정시의 본질적 특성과 관계된다.[14]

수사학의 문채 분류[15]에 근거할 때 수사의문문은 발화문과 그 주체

---

12 의문문의 분류는 연구자에 따라 다른데 순수의문문과 수사의문문 사이에 준의문문을 두기도 한다. 박영순은 화자의 미지성·미진성, 청자를 통한 해결 의도성, 언어적 표현성, 의문 형식성, 타문형으로의 대치 불가성, 청자의 언어적 응답 요구성, 경어법 적용의 엄격성을 기준으로 의문문의 종류를 순수의문문(질문의문문), 준의문문(요청의문문), 의사의문문(수사의문문)의 셋으로 나누었다. 박영순, 「국어의문문의 의문성 정도에 대하여」, 『국어의 이해와 인식』, 갈음 김석득 교수 회갑기념논문집, 1991.

13 崔翔圭, 『文學用語事典』, 대방출판사, 1987, 251~252쪽.

14 사랑과 이별의 정서를 노래한 작품에서 수사의문문의 빈도가 높은 것은 이러한 추론을 뒷받침한다. 고려가요의 경우에도 애정시로 분류되지 않는 네 작품(〈쌍화점〉, 〈상저가〉, 〈사모곡〉, 〈유구곡〉)에서만 의문문이 보이지 않은 점을 통해 이러한 경향성을 확인할 수 있다.

15 문채 분류는 학자마다 다르지만 문채의 성질에 초점을 맞춘 경우, 문채는 단어의 소리나 의미, 순서에 관계하는 단어의 문채(두음법, 유음중첩법, 동음이의어법 등),

에 관계하는 사고의 문채에 속한다. 사고의 문채는 '이중어'(double language)의 문채로도 불리는데 그것은 "이들이 나타내고 있는 전언은 글자 그대로 이해되거나, 그 속에 담겨 있는 정신에 따라 이해되는 의미를 간직하고 있기 때문이다."[16] 즉 글자 그대로의 의미 외에 발화 맥락, 발화자의 상황을 고려했을 때 다른 의미로 이해되는 문채가 이중어의 문채이다. 수사의문문이 이중어의 문채, 사고의 문채로 분류되는 것은 문장 자체로는 물음을 던지는 의문문이지만 질문과 진술(주장)의 성격을 함께 지니고 있으며, 문맥에 따라 다른 의미로 이해되기 때문이다. 따라서 수사의문문의 진술적 의미는 문장 그 자체가 아니라 의문문이 놓여 있는 전후 맥락, 발화자의 상황을 통해 파악해야 한다. 다음 장에서는 수사의문문의 이런 특징을 바탕으로 고려가요에 나타난 의문문의 수사적 의미와 효과를 검토해 보겠다.

3. 고려가요에 나타난 의문문의 양상과 의미

시는 기본적으로 소통을 전제로 한 말하기이며 시인과 독자, 화자와 청자 간의 문학적 의사소통이다. 따라서 고려가요에 대한 수사학적 접근은 시인이 말하고자 하는 바를 어떠한 형태로 구조화하여, 누구의 입을 빌려, 누구에게, 어떻게 말하고 있는가 하는 소통구조의 분석에

의미의 변화와 관계하는 전의의 문채(은유법, 환유법, 제유법, 과장법 등), 문법 규칙이나 문장 구성, 담화의 순서와 관계하는 구문의 문채(생략법, 반복법, 도치법, 대구법 등), 발화문과 그 주체에 관계하는 사고의 문채(돈호법, 반어법, 설의법)로 분류된다. 올리비에 르불·박인철 옮김, 『수사학』, 한길사, 1999, 53쪽.

16 위의 책, 83쪽.

서 출발한다. 그런데 시의 소통 체계는 텍스트 외적 발신자와 수신자, 텍스트 내적 발신자와 수신자가 존재하는 이중적 양상을 띤다. 작품의 실제 작가인 시인, 작품의 구성자로서의 함축적 화자, 작품 속에서 직접 목소리를 들려주는 현상적 화자, 작품 안에서 수신자로 설정된 현상적 청자, 작가가 상정하고 있는 함축적 청자, 그리고 연행현장에서 혹은 그 밖의 현장에서 작품을 실제로 접하는 실제 청자가 존재한다. 즉 〈실제 시인-함축적 시인-현상적 화자-현상적 청자-함축적 독자-실제 독자〉[17]의 관계가 형성된다.[18] 따라서 시의 소통 체계 분석은 이러한 관계들을 다각적으로 고려한 가운데 이루어져야 한다. 본 연구에서는 고려가요의 의문문을 발신자의 지향에 따라 청자지향 의문문과 화자지향의 의문문으로 나누어 그 수사적 의미와 기능을 살펴보고자 한다.[19]

---

17 S. 채트먼의 서사적 의사소통구조를 바탕으로 김준오는 시적 담화의 3요소인 화자, 청자, 화제의 관계를 다음과 같이 도해하였다. 金埈五, 『詩論』, 三知院, 1997, 299쪽.

실제시인 → [함축적 시인 → [화자 → 청자] → 함축적 독자] → 실제독자

18 그러나 실제 시에서는 화자와 청자 즉 현상적 화자와 현상적 청자의 소통만이 부각되며 그 밖의 존재의 모습, 목소리는 숨어 드러나지 않는 경우가 많다.

19 언어 전달 체계를 발신자, 수신자, 메시지, 접촉, 기호체계, 맥락의 6요소로 구분한 야콥슨은 언어 전달이 이 여섯 개의 요소 중 어느 요소를 지향하느냐에 따라 어느 하나가 지배적인 기능을 하게 된다고 보았다.(로만 야콥슨, 신문수 편역, 『문학 속의 언어학』, 문학과지성사, 1989, 55~61쪽) 야콥슨의 이러한 주장에 근거하여 시의 어조를 분류하면 화자지향, 청자지향, 맥락지향, 메시지지향의 시로 나누어볼 수 있다. 화자(발신자)지향의 시는 전달내용에 대한 화자 자신의 정서적 반응이 강조되며 정감적 기능이 우세한 반면, 청자지향의 시는 대화적, 계몽적 성격을 띤다. 맥락지향의 시는 구체적이고 객관적인 정보 전달을 목적으로 함으로써 언어의 지시적 기능이 우세하고, 메시지지향의 시는 언어의 시적 기능이 강조된다. 이에 대한

3.1. 청자지향의 물음

3.1.1. 부재하는 '임'을 향한 직접 말건넴 : 정서의 직정적(直情的) 표출

고려가요의 의문문 가운데 청자지향 의문문은 시적 화자인 '나'가 텍스트 내의 청자인 '임'에게 직접 건네는 말로 존재한다. 노래는 두 사람의 사랑이 엇갈려 버린 시점에서 시작되기에 시적 화자인 '나'는, 나를 버리고 간 임에게 말을 건네지만 그 말은 임에게 가 닿지 못하고 부메랑이 되어 화자에게로 되돌아온다. 버림받은 현실을 어떻게든 되돌리려는 화자의 의지적 소망과 기원, 임에 대한 원망이 임을 향한 물음 속에 직정적으로 표출되어 있는 것이 청자지향 의문문의 특징이다.

내님을 그리ᅀᆞ와 우니다니
山졉동새 난 이슷ᄒᆞ요이다
아니시며 거츠르신 ᄃᆞᆯ 아으
殘月曉星이 아ᄅᆞ시리이다
넉시라도 님은 ᄒᆞᆫᄃᆡ 녀져라 아으
벼기더시니 뉘러시니잇가
過도 허믈도 千萬 업소이다
ᄆᆞᆯ힛마리신뎌
ᄉᆞᆯ읏븐뎌 아으
니미 나ᄅᆞᆯ ᄒᆞ마 니ᄌᆞ시니잇가
아소 님하 도람드르샤 괴오쇼셔

–〈정과정〉

〈정과정〉은 신하들의 참소로 고향 동래로 유배 온 정서(鄭敍, 1150

더 구체적 논의는 김준오, 앞의 책, 274~279쪽 참조.

~)가 곧 불러 주리라던 왕의 부름이 늦어지자 왕을 원망하며 지은 노래다. 작품의 실제 시인인 정서는 사랑하는 임에게 버림받은 여성 화자의 목소리를 빌려 자신의 억울한 심회를 풀어낸다. 자신의 모습을 접동새에 견준 화자는 '잔월효성'이 알 것이라는 말로 결백을 주장한(1~4행) 후 임에 대한 원망을 직설적으로 표출한다. "넉시라도 님은 흔딕 녀져라"고 다짐하시던 사람이 누구인가라는 물음은 날카롭게 임을 향해 있다. 그 다짐을 저버린 사람이 당신이 아니냐는 추궁에는 이별의 책임을 상대에게 지움으로써 관계회복을 꾀하려는 화자의 의도가 숨어 있다. 화자는 자신은 잘못도, 허물도 전혀 없으며 참소하는 말들은 다 허황된 것이라는 말로 자신의 결백을 주장한 후(7~9행) 다시금 임을 향해 "나를 ᄒ마 니즈시니잇가"고 묻는다. 이 물음에는 임에 대한 마지막 기대와 희망, 임을 향한 원망과 다시 불러달라는 애원의 심경이 복잡하게 뒤섞여 있다. 화자는 억제하기 어려운 감정들을 하나씩 쏟아낸 후 마지막으로 임을 불러 다시 사랑해 달라고 호소한다. 마지막 구절에서의 "아소 님하"라는 부름은 이제까지 함축적 청자로만 존재했던 청자를 화자 앞으로 불러들인다. 화자의 부름은 "나의 간절한 기원을 들어줄 수 있는 임을 내 앞에 불러들여서, 그 임에게 가상적으로라도 나의 기원이 이루어지기를 바라는"[20] 애원으로 애원하는 화자의 목소리는 서글픈 화자의 심경을 담아 길게 울린다.

<u>가시리 가시리잇고 나는</u>
<u>ᄇ리고 가시리잇고 나는</u>
위 증즐가 大平聖代대평성대

20 정종진, 『한국고전시가와 돈호법』, 한국문화사, 2006, 130쪽.

날러는 엇디 살라 ᄒᆞ고
ᄇᆞ리고 가시리잇고 나ᄂᆞᆫ
위 증즐가 大平聖代대평셩대

잡사와 두어리마ᄂᆞᄂᆞᆫ
선ᄒᆞ면 아니올셰라
위 증즐가 大平聖代대평셩대

셜온 님 보내ᄋᆞᆸ노니 나ᄂᆞᆫ
가시ᄂᆞᆫ ᄃᆞᆺ 도셔오쇼셔 나ᄂᆞᆫ
위 증즐가 大平聖代대평셩대

-〈가시리〉

〈가시리〉에서는 노래의 첫머리에서부터 임을 향한 물음이 연속적으로 던져진다. 이 시의 화자 역시 임으로부터 버림받은 여인이다. 화자는 "(어찌) 가십니까"는 물음을 임에게 반복하는데, 반복되는 이 물음 안에는 임을 붙잡고 싶은 간절함과 버림받은 충격에 따른 불안정한 심리가 담겨 있다. 이별을 맞이하게 된 화자는 동일한 물음을 반복하는 것으로 차마 믿기 어려운 임의 변심에 대한 확인을 시도하며 임의 대답을 촉구한다. 그러나 한편으론 기정사실화되어 버린 이별임을 알기에 화자는 "날러는 엇디 살라 ᄒᆞ고"라 절규하며 임의 연민에 호소한다. 〈가시리〉의 반복되는 물음은 화자의 원망스럽고, 비통한 심경을 강조적으로 드러내는 데 기여하고 있다.

그러나 〈정과정〉, 〈가시리〉에서 보이는 임을 향한 이런 호소의 말건넴은 임에게 전달되지 않는다. 임은 이미 떠나고 이 자리에 없는 존재이기 때문이다. 화자 또한 말의 부질없음을, 단지 공허한 말건넴일 뿐이라는 사실을 잘 알고 있다. 하지만 그럼에도 불구하고 솟구쳐 흘러나오는 감정을 주체할 수 없어 임에게 던지는 물음에 실어 보낸다. 화자의 이런 직정적 정서의 표출은 화자에게로 되돌아오며 작품 안에서 큰 공명을 일으키는데 이러한 맞울림이 이들 노래의 높은 서정성 획득에 기여하고 있다.

3.1.2. 대상(현상적 청자)을 향한 비껴 말하기 : 정서의 우회적(迂廻的) 표출

앞에서 살펴본 작품에서의 물음들이 부재하는 '임'을 향한 화자의 일방적 말건넴으로, 화자의 직정적인 정서 표출의 수사라면 다음 작품들에서의 물음은 나를 버린 임이 아닌, 제 삼의 존재에게 보내는 비껴 말하기의 수사라 할 수 있다. 말하고 싶은 대상으로서의 '임'은 따로 있지만 이 자리에 존재하지 않기에, 또 직접 말을 건네기 어려운 상대이기에 화자는 제 삼의 인물 혹은 대상을 불러 그에게 말 걸기를 시도한다.

大洞江대동강 아즐가
大洞江대동강 너븐디 몰라셔
위 두어렁셩 두어렁셩 다링디리

빅 내여 아즐가
빅 내여 노혼다 샤공아
위 두어렁셩 두어렁셩 다링디리

네 가시 아즐가
네 가시 럼난디 몰라셔
위 두어렁셩 두어렁셩 다링디리

녈 빅에 아즐가

<u>녈 빅예 연즌다 샤공아</u>
위 두어렁셩 두어렁셩 다링디리

大洞江대동강 아즐가
大洞江대동강 건넌편 고즐여
위 두어렁셩 두어렁셩 다링디리

빅 타들면 아즐가
빅 타들면 것고리이다 나는
위 두어렁셩 두어렁셩 다링디리

–〈서경별곡〉

〈서경별곡〉에서 화자의 물음은 대동강변의 사공에게로 향해 있다. 임이 떠나 홀로 남겨진 화자는 대동강변의 사공을 향해 두 가지 물음을 던진다. "대동강 넓은지 몰라서 배를 내어 놓았느냐"는 물음과 "(내 임을) 왜 배에 태웠느냐"는 물음이 그것이다.[21] 물론 이 두 물음은 사공의 대답을 요구하는 의도가 들어있지 않으며 비난의 의미를 내포한 진술이라는 점에서 수사적 물음이다. 화자는 사공을 불러 그의 행동을 짐짓 나무라는 투로 시비를 걸지만 화자의 분노의 원인은 사공에게 있는 것이 아니라 임이 떠난 현실에 기인한다. 따라서 사공에게 말해진 것처럼 보이는 비난의 날은 실은 임을 향해 있다. 화자는 애먼 사공에 대고 임에 대한 원망과 버려진 서러움을 비껴 표현하고 있다.

---

21 〈서경별곡〉의 이 대목의 해독에는 여러 이견이 있지만 여기서는 최철·박재민의 해독을 따랐다.
대동강 넓은 줄 몰라서/ <u>배를 내어 놓았느냐 사공아</u> / 네 각시도 (언젠가는 강을) 넘을 줄을 몰라서/ <u>가는 배에 (내 임을) 실었느냐 사공아</u> / (내 임은) 대동강 건너편 꽃을/ 배타고 들어가면 꺾을 것입니다. 최철·박재민, 『석주 고려가요』, 이회, 2003, 208쪽.

올하 올하 아련 비올하
여흘란 어듸 두고 소해 자라 온다
소콧 얼면 여흘도 됴ᄒᆞ니 여흘도 됴ᄒᆞ니

–〈만전춘별사〉

〈서경별곡〉의 사공을 향한 물음과 닮아 있는 물음이 〈만전춘별사〉 4연의 오리를 향한 물음이다. '여흘'과 '소'를 왕래하며 자는 '오리'의 모습에서 자신과 다른 여성 사이를 오가는 임의 모습을 떠올리게 된 화자는 오리에게 삐딱한 물음을 던진다. "여흘란 어듸 두고 소해 자라 온다"라는 화자의 물음에는 거처를 일정하게 하지 않고 이곳저곳을 오가는 오리에 대한 비아냥이 함축되어 있다. 물론 이 비아냥의 발화는 실상은 오리가 아니라 다른 여성과 화자 사이를 오가는 '임'을 겨냥하고 있다. 〈만전춘별사〉의 화자는 온전하게 임을 소유하지 못하는 안타까움과 부아를 오리에게 건네는 말에 담아 보낸다.

〈서경별곡〉과 〈만전춘별사〉에서 화자가 물음을 던진 대상은 화자가 자신의 심사를 드러내기 위해 불러들인 존재들이다. 이들은 화자에게 고통을 준 가해자가 아닌 제 삼자이다. 즉 화자와 임의 연애사에 직접 관련을 맺고 있지 않은 외부세계의 존재이다. 화자는 임에게서 버림받은 현실을 다시 돌리는 것이 어려우며, 임과의 거리를 좁힐 수 없음을 자각하고 있기에 임에게 직접 말하는 대신 외부의 대상에게 비껴 말하는 것으로 울울하고 서글픈 심사를 해소하고자 한다.[22] 대상을 부르는 돈호법과 수사적 의문문의 만남은 대상과 화자와의 서정적 상호교섭

22 정종진은 돈호법으로 주체가 대상을 부르는 것을 "나와 대상간의 동일화를 지향하는 것"으로, 이때 불러진 객체는 "화자와의 서정적 상호교섭"을 담당하는 것으로 보았다. 정종진, 앞의 책, 101쪽.

을 통한 갈등과 대립 해소의 시도라 하겠다.

3.1.3. 묻고 답하기 : 청중과의 공감적 소통

실재하는 대상을 향한 물음의 두 번째 유형은 화자의 물음과 청자의 답변으로 구성된 문답이다. 앞에서 살핀 두 작품에서 청자가 단지 질문의 대상자로만 존재했다면 이들 작품에서 청자는 텍스트 전면에 나서 화자의 물음에 직접 응답한다. 이러한 문답법은 두 화자의 목소리를 생생하게 들려줌으로써 청중으로 하여금 이들의 대화에 귀를 기울이고 문답에 동참케 하는 효과를 의도한 것으로 볼 수 있다.

千金을 주리여[23] 處容아바
七寶를 주리여 處容아바
千金 七寶도 말오
熱病神를 날 자바 주쇼셔

–〈처용가〉

인용한 〈처용가〉의 물음은 부재하는 청자가 아닌, 지금 이 자리에 존재하는 대상을 향해 던져지며, 질문을 받은 청자는 화자의 물음에 바로 응답한다. 묻고 답하는 〈처용가〉의 문답에서 물음을 던지는 화자는 의례에 참여하고 있는 제주(祭主)이며, 이에 응답하는 화자는 처용신으로 설정되어 있다. 처용의 위력에 놀란 열병신이 한달음에 달아나자 제주들이 처용신에게 감사하며 "어떤 보답을 드릴까요?"라고 묻고, 처용신이 "열병신이나 잡아달라"고 답하는 장면이다. 2인 이상의 인물

23 고려시대와 15세기 국어자료(석독구결, 순독구결)에서 보이는 의문형 종결어미 '-(이)여'에 대해서는 정재영, 앞의 논문, 241~244쪽 참조.

이 등장하여 대화를 나누는 문답법은 청중 혹은 독자의 주의를 집중시키고 생생한 현장감을 전달해주는 수사법이다. 〈처용가〉에서 처용신과 제주들이 나와 묻고 답하는 극적 장면을 연출한 것은 〈처용가〉가 나례에서 연행된 노래였다는 사실과 관계된다. 〈처용가〉가 고려시대 궁중에서 향악정재(〈학연화대처용무합설〉(鶴蓮花臺處容舞合設))로 혹은 구나(驅儺)에서 춤, 연희와 함께 연행되었던 사실은 〈처용가〉의 극적 성격을 해명하는 열쇠가 된다. 정재에서든 구나에서든 강하고 위엄 있는 처용신의 목소리를 청중에게 직접 들려주는 것은 의례의 성격상 필요한 장치였다. 처용신을 한목소리로 찬양하고, 축귀를 한마음으로 기원하며, 역신의 퇴치를 모의적으로 연출함으로써 의례에 참여하는 청중들은 하나 되는 공감적 경험을 공유할 수 있었기 때문이다.

비 오다가 개야 아 눈 하 디신 나래
서린 석석사리 조ᄇᆞᆫ 곱도신 길헤
다롱디우셔 마득사리 마두너즈세 너우지
잠 ᄯᅡ간 내 니믈 너겨
깃ᄃᆞᆫ 열명길헤 자라 오리잇가
죵죵 霹靂벽력 生陷墮無間싱함타무간
고대셔 싀여딜 내 모미
죵 霹靂벽력 아 生陷墮無間싱함타무간
고대셔 싀여딜 내 모미
내 님 두ᅀᆞᆸ고 년 뫼ᄅᆞᆯ 거로리
이러쳐뎌러쳐 이러쳐뎌러쳐 期約긔약이잇가
아소 님하 ᄒᆞᆫᄃᆡ 녀졋 期約긔약이이다

—〈이상곡〉

〈처용가〉에서 보이는 것과 같은 문답법은 〈이상곡〉 마지막 구절에도 등장한다. 그런데 〈이상곡〉 말미의 문답법은 화자가 스스로 묻고 답하는 자문자답의 형식을 취하고 있다는 점에서 〈처용가〉의 그것과 구별된다. 화자는 노래 말미에서 "어떠한 기약인가"를 묻고, 이어 "임과 함께 가고 싶다는 기약"이라고 답한다. 스스로 묻고 답하는 자문자답은 일방적인 말하기와는 다른 말하기로, 진술방식에 변화를 줌으로써 청중으로 하여금 화자의 말에 더 집중, 몰입하게 하는 수사 전략이다. 그런데 이 대목에서 화자는 질문을 던지고 난 후, 자신의 답변을 들을 청자를 특정인으로 지정해 놓았다. "아소 님하"라는 임의 부름은, 앞선 물음이 누구를 의식하고 던진 물음인지를 보여준다. 화자는 임과 함께 하고 싶은 소망을 임에게 더 강하게 전달하기 위해 질문을 하고, 임을 불러내어, 그 물음에 답하는 자신의 목소리를 직접 들려주는 것으로써 임에게 건네고 싶은 소망을 더 간절하게 전달한다. 이렇게 스스로 묻고 답하는 과정 속에서 증폭된 화자의 목소리는 화자의 정서를 더 극대화하여 전달하는 데 기여하고 있다.

3.2. 화자지향의 물음

3.2.1. 나를 향한 설득적 독백 : 내면의지의 다짐과 표백(表白)

청자지향의 물음이 지금 이곳에 존재하건 존재하지 않건 텍스트 안에 상정된 청자를 향해 물음을 던지는 방식인데 반해 화자지향의 물음은 물음에 답할 청자를 상정하지 않으며, 발신자인 화자가 곧 수신자가 되는 내적 발화의 양상을 띤다. 화자지향의 물음은 작품 안에서 고양된 감정 표현보다는 절제된 감정 표현으로 주로 나타나는데 화자 자신에게 건네는 설득 혹은 다짐으로서의 독백으로 자리한다.

비 오다가 개야 아 눈 하 디신 나래
서린 석석사리 조븐 곱도신 길헤
다롱디우셔 마득사리 마두너즈세 너우지
잠 짜간 내 니믈 너겨
깃ᄃᆞᆫ 열명길헤 자라 오리잇가
종종 霹靂벽력 生陷墮無間싱함타무간
고대셔 싀여딜 내 모미
종 霹靂벽력 아 生陷墮無間싱함타무간
고대셔 싀여딜 내 모미
내 님 두ᅀᆞᆸ고 년 뫼를 거로리
이러쳐뎌러쳐 이러쳐뎌러쳐 期約긔약이잇가
아소 님하 ᄒᆞᆫᄃᆡ 녀졋 期約긔약이이다

–〈이상곡〉

〈이상곡〉 역시 다른 고려가요 작품들과 마찬가지로 사랑의 틈이 벌어지기 시작한 비극적인 상황에서 출발한다. 노래 전면에는 임이 오지 않을 것임을 예감하면서도 혹시나 하는 기대와 희망을 저버리지 못하는 화자가 등장한다. 차가운 눈, 서걱거리는 서리만큼이나 싸늘하게 식어버린 임의 마음을 느끼는 화자의 가슴속에는 서늘한 슬픔이 자리해 있다. 화자는 임이 오려야 올 수 없는 자연적, 물리적 상황을 들어 기다려지는 마음을 단념시키려 한다. 비와 눈에, 서리까지 더해진 날씨에, 좁고 굽어진 길을 걸어서 임이 "어떻게 자러 오겠는가"는 물음은 "자러 올 수 없다"는 답을 이미 자신 안에 예비한 설득적 독백이다. 이 독백의 이면에는 그러니 "단념해야 한다"는 주문이, "임을 향한 마음을 거둬드려야 한다"는 화자의 자기최면이 담겨 있다.

사랑은 언제나 임과의 합일과 동일화를 지향하지만 사랑의 끝은 또 언제나 임과의 격절과 거리감의 자각으로 이어진다. 〈이상곡〉의 화자는 임과의 관계 종결을 이미 깨닫고 있지만 내적으로는 그 사랑을 이어가려는 의지를 지니고 있다. 버림받은 화자의 상황과 임을 포기할 수 없는 화자의 의지가 긴장감을 유지하며 교차되는 가운데 존재의 비극성이 부각된다. 화자는 사랑의 종결과 존재의 소멸을 예감하면서도 격렬한 슬픔을 노출시키는 대신 의연하게 안으로 사랑을 지키려는 모습을 보인다. 10행의 "내 님 두ᅀᆸ고 년 뫼ᄅᆞᆯ 거로리"란 독백 안에는 어떤 어려움을 감수하더라도 '임을 두고 절대로 다른 길을 걷지 않겠다'는 화자의 굳은 의지가 표백되어 있다.

구스리 바회예 디신ᄃᆞᆯ
구스리 바회예 디신ᄃᆞᆯ
긴힛ᄃᆞᆫ 그츠리잇가

즈믄 ᄒᆡᄅᆞᆯ 외오곰 녀신ᄃᆞᆯ
즈믄 ᄒᆡᄅᆞᆯ 외오곰 녀신ᄃᆞᆯ
信신잇ᄃᆞᆫ 그츠리잇가

–〈정석가〉

흔히 구슬연이라 불리는 〈정석가〉[24] 마지막 두 연의 의문문에서 또한 화자의 결연한 의지를 읽을 수 있다. 화자는 앞 연에서 불가능한 조건을 설정해 놓고 그러한 조건이 충족되었을 때라야 임과 헤어지겠다는 역설과 과장의 수사를 통해 어떤 일이 있어도 임과 헤어지지 않

24 위 구절은 〈서경별곡〉 5, 6, 7, 8장에도 동일하게 등장한다. 원문 생략.

겠다는 굳은 의지를 표명한다. 그리고 이어지는 구슬연에서 마지막으로 화자는 그 자신은 물론 청중도 알고 있다고 믿어지는 사실을, 물음의 형식을 빌려 제시하는 것으로 다시금 화자의 의지를 표명한다. "끈이야 끊어지겠습니까", "믿음이야 끊어지겠습니까"는 물음은 "결코 그럴 리 없다"는 답을 전제한 것으로 이미 합의된 공동체의 믿음에 기대 있다. 화자는 이미 보편화되어 있는 공동체의 믿음에 기반하여 임에 대한 화자의 사랑도 절대로 변치 않을 것임을 맹세, 다짐하고 있다.

3.2.2. 영탄의 혼잣말 : 상심과 체념의 탄식, 혹은 감탄

청자의 답변이나 변화를 기대하지 않는 화자지향의 물음은 내적 발화로, 수신자를 화자 자신으로 설정하고 있는 것이 특징이다. 그런데 위 1)의 작품들에서와 달리 내면을 향한 설득의 의지가 소거된 화자의 목소리는 상심과 체념의 탄식이거나 감탄이 된다. 화자의 감정이 긍정적으로 고양된 경우에는 감탄의 찬사로 기능하지만, 부정적으로 가라앉은 경우에는 상심과 체념의 탄식으로 변주된다.

> 耿耿경경 孤枕上고침샹애 어느 ᄌᆞ미 오리오
> 西窓셔창을 여러ᄒᆞ니 桃花도화ㅣ 發발ᄒᆞ두다
> 桃花도화ᄂᆞᆫ 시름업서 笑春風쇼춘풍ᄒᆞᄂᆞ다 笑春風쇼춘풍ᄒᆞᄂᆞ다
>
> -〈만전춘별사〉

한쪽의 사랑이 먼저 끝나 혼자 남겨진 화자의 고독한 심경은 〈만전춘별사〉 2연에 가득하다. "뒤척뒤척 홀로 자는 외로운 침상에 무슨 잠이 오겠는가"는 첫 행의 물음은 화자 자신에게로 향해 있다. 화자는 잠들지 못하고 뒤척이는 자신을 향해 "무슨 잠이 오겠는가"고 나지막

하게 중얼거린다. “경경 고침상”이라는 표현 속에서 이미 임으로부터 버림받은 화자의 고독한 상황과 외로운 기다림이 감지된다. 변함없는 사랑을 간직한 화자와 떠나버린 임 사이의 거리, 극복할 수 없는 아득한 거리감의 자각은 화자의 자조적인 탄식으로 발화된다. 가라앉은 듯한 화자의 쓸쓸하고 나지막한 목소리는 봄바람에 화사하게 웃는 도화의 심상과 대조를 이루며 화자의 쓸쓸하고 고독한 처지를 더욱 감각적으로 이미지화한다.

四月 아니 니저
아으 오실셔 곳고리새여
므슴다 錄事니ᄆᆞᆫ
녯나ᄅᆞᆯ 닛고신뎌[25]
아으 動動다리

–〈동동〉

〈동동〉 4월연 3~4행의 물음은 ‘녹사님’을 향해 있는 듯 보이지만 화자 자신을 향한 것으로 보는 것이 더 마땅하다. ‘녹사님’을 향한 발화라면 평칭의 ‘–ㄴ뎌’ 어미가 아닌, 존칭의 의문형 어미가 사용되어야 할 것이기 때문이다. 화자는 때가 되면 잊지 않고 돌아오는 꾀꼬리를 보고 버림받은 자신의 처지가 서글퍼져 다시금 목이 멘다. 변함없이 찾아오는 꾀꼬리와, 한 번 간 후 오지 않는 임의 대조적 병치는 화자의 사무치

25 ‘–ㄴ뎌’ 의문형 어미는 고려시대 구결 자료와 향가 등에서 보인다. 대부분 감탄어미로 쓰이지만 2인칭 의문형 종결어미인 ‘–ㄴ다’, ‘–ㄹ다’에 직접적으로 대응되는 2인칭 의문형 어미로 사용된 예가 드물지 않게 발견된다. ‘–ㄴ뎌’ 의문형 어미의 사용에 대해서는 정재영, 앞의 논문, 244~253쪽.; 이현희, 「≪악학궤범≫의 국어학적 고찰」, 『진단학보』 77호, 진단학회, 1994, 199~206쪽 참조.

는 그리움과 외로움을 부각시킨다. 만물이 소생하는 봄의 생기(生氣), 꾀꼬리의 정다운 몸짓 속에서 임의 부재를 절감하는 화자의 고독과 외로움만이 의문문 속 긴 탄식을 통해 가득히 개화(開花)되고 있다.

이링공 뎌링공 ᄒᆞ야
나즈란 디내와손뎌
오리도 가리도 업슨
바므란 ᄯᅩ 엇디 호리라

어듸라 더디던 돌코
누리라 마치던 돌코
믜리도 괴리도 업시
마자셔 우니노라
얄리 얄리 얄라셩 얄라리 얄라

–〈청산별곡〉

〈청산별곡〉 4연 마지막 행의 물음에서도 화자의 나지막한 탄식을 들을 수 있다. 이렇게 저렇게 낮은 지냈지만 혼자서 보내야만 하는 "밤은 또 어찌 지내야 하나"는 물음에는 걱정과 우려 섞인 탄식이 배어 있다. 화자는 본인의 의지로는 어쩔 수 없는 현실 앞에서 어떠한 의지도 갖지 못한 채 무기력한 모습으로 길게 탄식한다.

이런 무기력한 화자의 모습은 이어지는 5연에서도 지속된다. 느닷없이 날아든 돌에 맞은 화자는 "누가 던진 돌인지", "누구에게 맞히려고 던진 돌인지"를 물으며 울고 있다. 그러나 여기서의 돌은 실제 돌이 아닌, 비유적 상징이며 그러기에 화자의 물음에는 돌을 던진 주체를 파악하고자 하는 의지가 들어있지 않다. 그저 미워하는 사람도, 사랑하는 사람도 없이 돌에 맞아 울고 있는 화자의 울음 섞인 목소리가,

나약하고 고독한 화자의 모습과 어우러져 있을 뿐이다.

> 가다니 ᄇᆡ브른 도긔
> 설진 강수를 비조라
> 조롱곳 누로기 ᄆᆡ와
> 잡ᄉᆞ와니 내 엇디 ᄒᆞ리잇고
> 얄리 얄리 얄라셩 얄라리 얄라
>
> –〈청산별곡〉

4연과 5연에서 현실에 좌절하여 탄식하고 울먹이던 화자는 삶의 의지를 되살려보고자 이리저리 방랑하지만 결국 그 의지를 되살리지 못한 채 주저앉고 만다. 8연의 물음에는 화자의 이러한 체념의 정서가 담겨 있다. 이렇게 저렇게 유랑하던 화자는 술 빚는 집에서 나는 누룩의 향기에 붙들린다. 술 향기가 "(나를) 잡으니 내 어찌 할 것인가"고 핑계를 대지만 실은 화자 스스로 삶의 의지를 놓아버린 것이다. 다소 희극적으로도 보이는 이 중얼거림 안에는 현실에 새롭게 도전하거나 현실을 극복해보려는 의지가 꺾인 화자의 무기력한 모습이 어려 있다.

> 東京 ᄇᆞᆯᄀᆞᆫ ᄃᆞ래
> 새도록 노니다가
> 드러 내 자리ᄅᆞᆯ 보니
> 가ᄅᆞ리 네히로새라
> 아으 둘흔 내해어니와
> 둘흔 뉘해어니오
>
> –〈처용가〉

위 〈처용가〉 마지막 행의 물음은 누군가 아내의 잠자리를 침범한 것을 보고 처용이 뱉은 독백이다. 밤늦게 집으로 돌아와 목격한 어이없는 광경 앞에서 처용은 아내의 것이 아닌 두 다리의 정체를 묻는다. 중얼거리듯 내뱉은 처용의 독백 속에는 충격적인 장면을 목격한 처용의 혼란한 심경과 당혹스러움, 체념이 담겨 있다.

그러나 같은 〈처용가〉 안의 의문문이라도 발화 주체와 맥락에 따라 그 기능은 상이하다. 위의 인용에서 물음이 화자 처용의 상심과 체념의 정서를 담은 탄식이었다면 다음 인용에서의 물음은 처용신을 찬양하는 화자의 고양된 정서를 표출하는 감탄문으로 기능한다. 감탄문은 독백적 발화이면서 화자의 주관적 정서표출에 기여하는 점에서 수사의문문과 매우 닮아 있다.

> 어와 아븨 즈ᅀᅵ여 處容아븨 즈ᅀᅵ여
> 滿頭揷花 계오샤 기울어신 머리예
> 아으 壽命長遠ᄒᆞ샤 넙거신 니마해
> 山象 이슷 기ᇫ어신 눈섭에
> 愛人相見ᄒᆞ샤 오ᄉᆞᆯ어신 누네
> 風入盈庭ᄒᆞ샤 우글어신 귀예
> …… (중략) ……
> 누고 지ᅀᅥ 셰니오 누고 지ᅀᅥ 셰니오
> 바늘도 실도 어ᄲᅵ 바늘도 실도 어ᄲᅵ
> 處容아비ᄅᆞᆯ 누고 지ᅀᅥ 셰니오
> 마아만 마아만 ᄒᆞ니여
>
> –〈처용가〉

처용신의 외양에 대한 예찬 뒤에 덧붙인 "누고 지ᅀᅥ 셰니오"라는 의문문은 처용의 위용에 대한 감탄이다. 화자는 처용의 모습을 머리부터 발까지 하나하나 묘사한 뒤에 영탄적 물음을 반복한다. "누가 지어 세웠는가, 누가 지어 세웠는가"는 반복적 물음은 사람의 솜씨라고 볼 수 없는, 신적인 모습에 대한 찬탄이다. 화자는 처용신격의 위용을 감탄하는 것으로 초월적 존재로서의 처용신의 위력을 한껏 강조하고 있다.

4. 고려가요 의문문의 수사적 의미와 기능

고려가요는 사랑하는 임과의 합일을 꿈꾸는 화자의 욕망과 임으로부터 버림받은 화자의 황폐화된 내면이 전면화 되어 있는 노래이다. 조선조 유학자들이 고려가요를 '남녀상열지사'니 '비리지사'(鄙俚之詞)니 하며 비판한 것은 당황스러우리만큼 솔직하고 직접적인 고려가요의 정서 표현에서 비롯된 것이었다. 사랑의 기쁨과 이별의 아픔, 임을 향한 그리움과 혼자 남겨진 외로움의 정서를 진솔하게, 그러면서도 넘치지 않게 절제하며 노출시킨 바로 그 지점에 고려가요의 미학이 자리한다. 고려가요의 아름다움은 많은 연구자들이 지적한 것처럼 노래의 서정성 즉 노래가 주는 공감과 울림에 있다. 전통시기 시가 가운데 고려가요만큼 꾸미지 않은 날 것 그대로의 정서를 공감 가게 전해주는 장르는 드물다. 고려가요의 수사에 대한 본 연구의 관심도 종국엔 오늘날까지 유효한 고려가요의 미감과 감동력의 원천을 탐색해 보려는 데 있었다.

고려가요의 서정성 즉 깊은 공감과 울림의 원천은 작품 속 화자의 목소리와 관계된다.

> 시에 있어 이러한 정서를 결정적으로 좌우할 수 있는 장치로 작중 화자가 있다. …… 특히 시에서는 이 가상적 인물의 목소리에 따라 작품의

> 성격이 크게 좌우된다. …… 체험에 의해 얻어진 시인의 세계관은 작품 속에서 일정한 내면적 질서의 틀로 걸러진 뒤 문학으로 형상화된다. 이 과정을 통해 시인이 지녔던 복잡한 감정은 정서가 되고 이념이 되어 결과적으로 작품의 미학을 떠받치게 된다. 이 가상적 존재를 시적 화자 또는 서정적 자아 등으로 일컫는 바, 이는 문학적 장치로서 매우 중요한 기능을 하게 된다.[26]

인용한 글에 제시된 것처럼 시의 서정성은 화자의 목소리를 통해 전달되는 화자의 정서에 달려있다. 따라서 고려가요의 아름다움에 대한 탐색도 서정적 자아 즉 시적 화자의 서정적 목소리에 대한 귀 기울임에서 시작되어야 한다. 고려가요에는 화자의 다양한 목소리가 존재한다. 여러 노래가 하나의 노래로 합쳐지기도 하고, 한 노래가 다른 노래에 나누어 들어가기도 했던 수용적 특성 때문에 화자의 목소리가 다채로운 것이 고려가요의 특징 중 하나이다. 그런데 이러한 목소리 가운데 유독 두드러진 것 중 하나가 물음을 던지는 화자의 목소리이다. 본 연구에서는 바로 이 목소리를 크게 들어보고자 했다. 화자는 왜 물음을 던지는 방식으로 말을 하는지, 그 물음은 누구를 향해 있는지, 물음으로 말을 건네는 방식은 화자의 정서 표출에 어떻게 기여하는지에 대한 접근이 고려가요의 서정성을 해명하는 하나의 열쇠가 되어줄 것으로 판단했기 때문이다.

시가에 사용된 의문문은 일상적 대화에서의 의문문과는 달리 청자의 답변을 요구하지 않으며, 화자의 정서 표현에 초점이 맞추어져 있다는 점에서 수사법의 일종이며, 문자 그대로의 의미 외에 다른 의미

---

26 윤성현, 앞의 책, 46쪽.

를 내포하는 진술이라는 점에서 사유의 문채에 해당한다. 그런 까닭에 고려가요의 의문문에 대한 접근도 시의 소통 체계는 물론, 발화 주체와 맥락, 발화자의 상황에 대한 종합적인 고려 위에서 이루어져야 한다. 본 연구에서는 고려가요에 등장하는 의문문을 시적 화자의 발화 지향에 따라 청자지향 의문문과 화자지향 의문문으로 구분하여 그 의미와 기능을 살펴보았다.

먼저 청자지향의 의문문은 내가 아닌 타인을 향하고 있는 물음으로, 청자에게 직접 말을 건네는 발화이다. 고려가요 속 청자는 나를 버리고 떠나버린 '임'이기에 '나'는 떠나버린 임을 원망하며 다시 돌아오기를 기원하는 소망과 기원을 담아 임에게 말을 건넨다. 하지만 정작 그 말건넴의 대상인 임은 현재, 이곳에 존재하지 않기에 임을 향한 호소는 임에게 가 닿지 못하고 다시 화자에게로 돌아오며 큰 공명을 울린다. 바로 이 공명의 울림이 작품을 압도하면서 만들어내는 서정이 원망과 기원의 빛깔로 자리하고 있다.

시적 화자가 지금, 여기에 존재하는 대상을 향하여 던지는 물음은 나를 버린 임이 아닌, 제 삼자에게 건네는 말로, 여기에는 화자의 정서가 간접적, 우회적으로 표출되어 있다. 시적 화자는 사랑하는 임으로부터 '버림받음'이라는 비극적인 현실에서 자신의 정서를 불러일으키는 대상물을 향해 말을 건넨다. 자신의 의지와 무관하게 버림받은 화자는 현실과의 괴리를 감당할 수 없기에 외부 세계에 존재하는 대상을 불러 말을 건네는 것으로 울분에 찬 정서를 우회적으로 표출하며 정서적 카타르시스를 꾀한다. 대상을 향한 비껴 말하기 속에 숨겨진 화자의 비유적 정서는 그러나 쉽게 가늠되어 더욱 진한 연민과 공감을 불러일으킨다.

화자와 청자가 서로 묻고 답하는 문답법에서의 물음은 통상 정보 제공을 요구하는 질문으로서의 성격을 지닌다. 하지만 노래 속 문답법은 두 인물 간의 대화를 직접 들려줌으로써 자칫 단조롭게 흐를 수 있는 진술의 결에 변화를 주고, 생생한 현장감을 전달하며, 주의를 환기시키는 기능을 한다. 고려가요 속 문답적 대화는 대화하는 인물의 목소리를 증폭시켜 들려줌으로써 청중(혹은 독자)의 주의력을 극대화시키며 청중을 대화에 귀 기울이게 한다.

화자의 물음이 특정 청자를 향하지 않고, 발신자 자신을 향하는 화자지향의 의문문은 화자가 자신에게 던지는 내적 발화이다. 이 때 내적 발화는 자신의 황폐화된 내면을 다독이는 위로와 설득으로 기능하는데, 화자는 내향적 말 건넴을 통해 자신의 의지를 다지고 선언한다. 화자는 버려져서 혼자 남은 비극적 상황, 이별이 예감되는 불안한 상황에서도 만남과 재회에 대한 갈망을 버리지 않으며, 무너져 내리지 않으려는 의지를 불태운다. 차분하게 가라앉았지만 내면을 다잡는 화자의 설득적 독백은 화자의 결연한 의지를 전해준다.

그러나 마음을 다잡고 다시 무언가를 이루어보겠다는 의지마저 상실한 화자는 현실에 좌절한 나약한 존재의 모습으로 무기력한 목소리를 들려준다. 화자의 목소리는 긴 한숨 혹은 울음 섞인 탄식으로 흘러나오며 체념의 중얼거림, 넋두리로 자리한다. 무심한 듯 내뱉은 혼잣말 속에 배어 있는 화자의 진한 상실감과 슬픔은 고독하고 쓸쓸한 서정으로 작품을 물들인다.

이상에서 살펴본 바와 같이 고려가요의 의문문은 화자의 정서를 강조하여 전달하는 수단이며, 청중(혹은 독자)과의 정서적 교감을 통해 공감대를 형성하고 감동을 주는 데 기여하는 수사적 장치이다. 본 연구에서는 물음을 던지는 고려가요의 말하기 방식 속에 담긴 정서의 농도와 빛깔 그리고 그 결들을 두루 살펴보고자 했다. 그러나 작품 속에서 의문문만을 떼어 고찰한 탓에 전체적인 작품의 정서, 그리고 그것과의 어울림을 놓쳤고, 또 다른 수사적 장치들과의 관계를 함께 살피지 못했다. 또한 당대 다른 시가 갈래에 사용된 의문문과의 비교 분석 등에 천착하지 못했다. 이런 미비점에 대한 보완이 후속 연구를 통해 더 정교하게 이루어질 때 고려가요 서정성의 본질과 미학, 고려가요의 감정 구조나 소통방식의 특수성이 더 온전하게 드러날 수 있을 것이다.

—이 글은 「고려가요 의문문의 수사적 의미와 기능」, 『수사학』 17, 2012, 119~148쪽에 실린 논문을 재수록한 것임.

고려가요 여음구와 반복구의 문학적·음악적 의미

◉

김진희

1. 들어가며

여음구[1]와 반복구가 고려가요의 특징적인 형태라는 점에 대해서는 이견이 있을 수 없다. 그러나 이러한 구절들의 문학적 가치를 어떻게 보느냐에 대해서는 이견이 존재한다. 한편에서는 이러한 구절들이 속악가사(俗樂歌詞)로 불리어졌다는 고려가요의 특징적 수용 맥락과 관련된 것으로 보아 문학적 의미는 찾기 어려운 것으로 판단했다.[2] 그러

1 '여음구'보다는 '여음'이라는 용어가 사실상 더 많이 쓰인다. 그러나 '여음'은 음악에서도 쓰이는 용어이므로, 혼동을 피하기 위하여 이 글에서는 '여음구'라는 용어를 쓰기로 한다. 한국시가의 여음구는 그 위치에 따라 初斂·中斂·後斂 등으로 나뉘기도 했고, 그 기능에 따라 조흥구와 감탄사로 나뉘기도 했다. 이 글에서 사용하는 '여음구'는 이러한 경우들을 모두 포괄하는 개념이다. 황희영, 「韓國詩歌餘音攷」, 『국어국문학』 제18권(국어국문학회, 1957), 48~52쪽.; 朴春圭, 「麗代 俗謠의 餘音 研究 -餘音의 韻律과 活用的 機能을 中心으로」, 『어문론집』 제14집(중앙어문학회, 1979), 68~69쪽 참조. 한편, '반복구'는 실사부가 반복되는 경우를 지칭한 것으로, 연과 연 사이에 반복되는 후렴은 여기에서 제외한다.

2 김준영의 다음과 같은 견해를 참조할 수 있다. "속가는 상고시대부터 오늘까지 이

나 다른 한편에서는 이 구절들이 속악(俗樂)의 개입과는 관계없이 존재한 고려가요의 원래적 특성과 연관되며 나름의 문학적 의미를 지니는 것으로 해석했다.[3]

그러나 사실상 고려가요에 나타나는 다양한 여음구와 반복구의 의미를 문학이나 음악 어느 한쪽으로 일률적으로 재단하기는 어렵다. 이들 중 어떤 것들은 명백히 속악과의 관련 속에서 형성된 것으로 보이는 것이 있는가 하면, 그렇지 않은 경우도 있기 때문이다. 따라서 이들 구절들은 문학이나 음악 양 방면에서 모두 의미를 지닐 수 있음을 전제하고, 각각의 경우에 어떠한 문학적 혹은 음악적 의미를 가지는지에 대해 보다 상세한 논의를 진행해야 할 것이다. 이를 통해, 다종의 여음구와 반복구를 동반한 고려가요의 현 형태가 어떠한 문학적 가치를 지니는가 하는 해묵은 논쟁에 대해 대안적 시각을 마련할 수 있을 것이다.[4]

어 나온 것이지만 고려 때의 일부 속가가 악장가사에 실린 것 중에는 외래악곡에 맞추기 위하여 한·두 구를 반복하거나 여음을 붙여 음악상으로는 3구로 분단한 것도 있지만, 그 원형은 사구체이므로" 김준영, 『국문학개론』(형설출판사, 1983), 117쪽. 또한, 유종국, 「高麗俗謠 原形 再構」, 『국어국문학』 제99집(국어국문학회, 1988), 5~27쪽 참조. 한편, 조홍욱, 「고려가요에 사용된 감탄사의 악보에서의 의미와 그 변모 양상에 대하여」, 『한신논문집』 제3권(한신대학교 출판부, 1986), 71~92쪽과 양태순, 「고려가요 조흥구의 연구」, 『논문집』 제24집(서원대학교, 1989)에서는 여음구의 음악적 기능을 구체적으로 분석하였다.

3 황희영, 앞의 글과 박춘규, 앞의 글에서는 여음구가 시적 내용과 형식 양면에서 지니는 의미를 다음과 같이 언급하고 있다. "이것들은 노래의 律調(Rythm)를 맞춰 그 呼吸을 늦추기도 하고 혹은 그 감정을 調和시키기도 하고"(황희영, 44쪽); "여음의 운율과 그 의취성"(박춘규, 68쪽). 그러나 이 논의들의 대부분은 여음구의 운율적 고찰에 할애되어 있다.

4 고려가요에 대한 연구가 현 형태에 대해 이루어져야 함을 주장한 논의로는 김대행의 다음 글들을 참조할 수 있다. 「高麗歌謠의 律格」, 『고려시대의 가요문학』(새문사, 1982), Ⅱ-17~18쪽.; 「고려시가의 틀」, 『우리 詩의 틀』(문학과 비평사, 1989), 132~133쪽. 반면, 원형 연구의 중요성을 강조한 논의로는 김준영, 앞의 글과 유종

고려가요에서 여음구와 반복구가 지닌 의미는 대개 이들 구절의 일반적 속성에 의거하여 설명되어 왔다. 정형적 시 형태를 이루거나 흥을 돋는 여음구의 기능과, 의미의 강조를 유발하는 반복구의 기능에 대한 논의들이 있었다.[5] 이 글에서는 방향을 선회하여 여음구와 반복구가 고려가요의 내용적 구조를 형성하는 데 기여한 바를 살펴보고자 한다. 시어의 의미는 작품의 시적 구조 내에서 형성되는 것이므로, 고려가요의 여음구와 반복구 역시 고려가요의 시적 구조체 안에서 유기적 의미를 지닐 때 그 문학적 가치를 보다 인정받을 수 있을 것이기 때문이다. 따라서 이 글에서는 고려가요의 여음구와 반복구가 텍스트 전반이나 연 형식의 층위에서 독특한 시적 구조를 만들어내는 양상을 살펴보고자 한다.

더불어 이 글에서는 고려가요의 여음구와 반복구가 음악과 맺는 관계에 대해서도 악곡 구조와 가사 간의 대조를 통해 보다 구체화하고자 한다. 이를 통해 고려가요의 현 형태가 문학의 논리와 음악의 논리가 동시에 개입하여 형성된 산물이며, 따라서 고려가요의 감상과 해석에는 현 형태의 문학적 의미에 대한 적극적 해석과 더불어, 속악 개입 이전의 원형에 대한 고려 또한 따라야 함을 밝히고자 한다.

국, 앞의 글 참조. 그런데 사실상 고려가요의 형식에 대한 논의들은 여음구나 반복구를 제외한 형태에 대해 이루어진 것이 대부분이어서, 고려가요 연구에서 원형태에 대한 전제는 암묵적으로 계속되어 왔다고 할 수 있다.

5 황희영, 앞의 글; 박춘규, 앞의 글; 성호경, 「高麗詩歌의 문학적 형태 복원 모색」, 『韓國詩歌의 類型과 樣式 硏究』(영남대학교출판부, 1995), 139~162쪽 참조.

2. 중렴(中斂)의 구조적 의미

여음은 그 위치에 따라 초렴(初斂)·중렴(中斂)·후렴(後斂) 등으로 나눌 수 있다.[6] 이 중 이 글의 논의대상은 중렴에 한정된다. 고려가요에서 초렴이라 부를 만한 것은 사실상 거의 없고, 후렴이 시적 구조상으로 지니는 의미에 대해서는 이미 여러 번 논의되었기 때문이다. 고려가요에서 초렴으로 분류되는 것은 〈상저가〉의 '듥기둥', 〈처용가〉의 '어와' 정도인데, 이것들은 각기 일회적으로 쓰인 의성어나 감탄사 정도로 이해된다. 한편, 후렴으로 분류되는 것은 〈동동〉의 "아으 動動다리", 〈서경별곡〉의 "위 두어렁셩두어렁셩다링디리", 〈청산별곡〉의 "얄리얄리얄랑셩얄라리얄라", 〈가시리〉의 "위 증즐가 대평셩딕太平聖代" 등인데, 이러한 후렴들이 작품에 형태적 정형성을 부여하며 조흥적(助興的) 기능을 한다는 것은 이미 상식화된 사실이다. 반면, 고려가요 각 작품의 구조 내에서 유기적인 기능을 담당한 중렴에 대해서는 보다 충분한 논의가 필요할 것으로 보인다.[7] 그러므로 이 글에서는 특히 고려가요의 중렴이 지닌 구조적 의미를 살펴보고자 한다.

중렴은 그 기능에 따라 다시 감탄사와 조흥구로 나눌 수 있다.[8] 감탄사로 들 수 있는 것은 향가에서부터 그 연원을 찾을 수 있는 '아으'이다.[9] '아으'는 십구체 향가에서 쓰인 바와 같이 고양된 정서를 분출하

---

6 황희영, 앞의 글, 48~52쪽 참조.

7 고려가요의 여음이 지닌 구조적 의미에 대해서는 행 차원에서 '나는'에 담긴 율격적 의미가 언급된 바 있다. 성호경, 앞의 글, 156~157쪽 참조. 본고에서는 주로 연 형식이나 시편 전체의 층위에서 여음구의 구조적 의미를 모색하고자 한다.

8 여음은 기능에 따라 "助興餘音"과 "感歎詞"로 분류된 바 있다. 박춘규, 앞의 글 참조.

9 감탄적 중렴으로는 '아소님하'도 들 수 있다. 그러나 이것은 그 사용법이 하나로

는 감탄사로서 기능한 어휘이다. 한편, '아으' 외의 중렴은 대체로 조흥구로 분류할 수 있다. 조흥구는 지시대상이 불명확한 음절들의 조합으로서, 대개 연행 현장에서 흥을 돋우는 역할을 한 구절로 이해된다. 그런데 '아으'는 고려가요에서 고양된 정서의 분출이라는 시적 역할을 하는 것 이외에 음악적 투어(套語)로서도 기능하고 있으며, 조흥구는 단순히 흥을 돋우는 역할 이외에 시적 구조의 형성에 중요한 기능을 담당하기도 한 것으로 보이는바, 이제 그 각각의 경우를 살펴보도록 한다.

2.1. 감탄사

감탄사 '아으'가 악곡상의 필요에 의한 것임이 확연히 드러나는 경우는 〈처용가〉다. 〈처용가〉에서 '아으'는 총 6회 쓰이는데, 문학적으로 볼 때는 일관된 규칙을 찾기 어렵다. 그러나 악곡 구조와 관련하여 보면 규칙성이 확연히 드러난다. 이를 보면 다음과 같다.

구절 번호[10]	〈처용가〉 구절	〈처용가〉 악곡단위
1~8	新羅盛代 昭盛代 ~ 아으 壽命長願ᄒᆞ샤 넙거신 니마해	前腔·附葉·中葉·附葉·小葉
9~14	山象이슷 깅어신 눈섭에 ~ 아으 千金 머그샤 어위어신 이베	後腔·附葉·中葉·附葉·小葉
15~23	白玉琉璃ᄀᆞ티 희여신 닛바래 ~ 아으 界面 도ᄅᆞ샤 넙거신 바래	大葉·附葉·中葉·附葉·小葉

정해져 있어서 논의의 여지가 별로 없다. 이것은 문학적으로는 작품의 마지막 구초두에서 쓰여 시상을 마무리하는 역할을 하며, 음악적으로는 마지막 악절을 알리는 套語로서 기능한다. 조홍욱, 앞의 글, 81~84쪽 참조.

10 〈처용가〉의 구 구분은 최철, 『고려국어가요의 해석』(연세대학교 출판부, 1996),

24~29	누고 지ᅀᅥ 셰니오 ~ 아으 處容 아비를 마아만 ᄒᆞ니여	前腔·附葉·中葉·附葉·小葉
30~37	머자 외야자 綠李야 ~ 아으 둘흔 내해어니와 둘흔 뉘해어니오	後腔·附葉·中葉·附葉·小葉
38~46	이런 저긔 處容 아비옷 보시면 ~ 아으 熱病大神의 發願이샷다	大葉·附葉·中葉·附葉·小葉

〈처용가〉의 악곡은 균등한 세토막 구조가 2회 반복되는 것으로 되어, 전체로 볼 때 여섯 부분의 균등한 단위로 나뉜다.[11] 이렇게 나뉜 여섯 부분들의 마지막은 항상 '소엽'으로 구성되는데, 그러한 소엽 첫머리에는 반드시 감탄사 '아으'가 가사로 붙어 있다. 그런데 이러한 악곡 단위의 구분은 문학적 의미단락과 일치하지 않는다. 〈처용가〉의 의미단락은 다음과 같이 크게 다섯 단락으로 나눌 수 있다.

구절 번호	〈처용가〉 구절	의미단락의 내용
1~5	新羅盛代 昭盛代 ~ 三災八難이 一時消滅ᄒᆞ샷다	서사
6~23	어와 아븨 ᄌᆞᅀᅵ 여 ~ 아으 界面 도ᄅᆞ샤 넙거신 바래	처용의 형용 묘사
24~29	누고 지ᅀᅥ 셰니오 ~ 아으 處容 아비를 마아만 ᄒᆞ니여	처용의 위대함에 대한 감탄
30~37	머자 외야자 綠李야 ~ 아으 둘흔 내해어니와 둘흔 뉘해어니오	처용의 노래와 역신 퇴치
38~46	이런 저긔 處容 아비옷 보시면 ~ 아으 熱病大神의 發願이샷다	역신의 도망

위의 표를 그 전 표와 비교하여 보면, 의미단락에 따른 가사 구분과 악곡단위에 따른 가사 구분이 작품의 전반부에서는 일치하지 않음을

59~61쪽의 것을 이용했다.

11 양태순, 『고려가요의 음악적 연구』(이회문화사, 1997), 79~80쪽 참조.

알 수 있다. 첫 번째 악곡단위에 실린 가사에서는 서사단락이 구분되지 않은 채 처용의 형용을 묘사한 본사단락으로 넘어가고 있다. 그리고 두 번째와 세 번째 악곡단위에 해당하는 가사들은 모두 처용의 형용을 병렬적으로 묘사하는 부분이어서 특별히 나누어질 부분이 아닌데도 악곡단위에 의해 서로 나뉘었다. 따라서 〈처용가〉의 전반부에서는 악곡단위에 의한 가사 구분이 문학적으로 의미를 지니지 못한다고 할 수 있으며, 악곡 구조에 맞추어 '소엽'의 자리에 일정하게 온 감탄사 '아으' 또한 응축된 감정의 분출이라는 문학적 기능을 다하고 있다고 보기 어렵다.

한편, 〈처용가〉의 후반부인 제24~46구에 해당하는 부분에서는 악곡단위에 따른 가사 구분이 의미단락과 서로 일치하며, 이와 함께 '아으' 또한 각 의미단락에서 쌓인 고조된 정서를 풀어낸다는 시적 의미를 띠고 있다. '발단-전개-위기-절정-결말'로 이해되는 총 다섯 단락으로 이루어진 〈처용가〉의 의미단락들 중 '위기~결말'에 해당하는 후반부에서 '아으'는 각 의미단락을 효과적으로 구분지으며 시상을 고조시키는 데 기여하고 있다. 〈처용가〉의 드라마틱한 시상 전개에 '아으'의 규칙적 사용이 유용하게 작용하고 있는 것이다.[12] 그러나 그렇다 하더라도 〈처용가〉의 전후반을 통틀어 볼 때 '아으'의 쓰임에 일관되게 적용되는 규칙은 문학적인 것이 아니라 음악적인 것이라는 사실에는 변함이 없다.

---

12 〈처용가〉는 보통 네 개의 의미단락으로 구분되어 왔다. 이와 달리 본고에서는 제30구~제46구에 이르는 부분을 둘로 나누어 다섯 개의 의미단락으로 〈처용가〉를 나누었다. 기존 논의에 대해서는 박병채, 『高麗歌謠의 語釋硏究』(이우출판사, 1975), 134쪽; 이명구, 「〈處容歌〉 硏究」, 김열규·신동욱 편, 『高麗時代의 가요문학』(새문사, 1982), Ⅰ-24쪽 참조.

'아으'의 쓰임이 악곡 구조상으로 규칙성을 띠는 것은 〈정과정〉의 경우에도 마찬가지다. 그러나 〈정과정〉의 경우에는 〈처용가〉와 달리 악곡 구조에 따른 가사 구분과 문학적 의미단락이 일치하며, 이에 따라 '아으' 역시 각 의미단락에서 응축된 감정을 분출하는 시적 기능을 다하고 있다. 〈정과정〉은 '강'(腔)·'엽'(葉) 등의 악곡단위가 첨부된 채로 『악학궤범』에 기록되어 있는데, 이에 따라 구절을 분류하여 텍스트를 제시하면 다음과 같다.

前腔 내님을 그리ᄉᆞ와 우니다니
中腔 山졉동새 난 이슷ᄒᆞ요이다
後腔 아니시며 거츠르신ᄃᆞᆯ 아으
附葉 殘月曉星이 아ᄅᆞ시리이다

大葉 넉시라도 님은 ᄒᆞᆫᄃᆡ 녀져라 아으
附葉 벼기더시니 뉘러시니잇가

二葉 過도 허믈도 千萬 업소이다
三葉 ᄆᆞᆯ힛마리신뎌
四葉 ᄉᆞᆯ읏븐뎌 아으
附葉 니미 나ᄅᆞᆯ ᄒᆞ마 니ᄌᆞ시니잇가

五葉 아소님하 도람드르샤 괴오쇼셔

〈정과정〉의 악곡은 대체로 대여음(大餘音)의 존재에 따라 위와 같이 '전강(前腔)~부엽(附葉) / 대엽(大葉)·부엽(附葉) / 이엽(二葉)~부엽(附葉) / 오엽(五葉)'의 네 부분으로 나뉜다.[13] 이때 마지막 '오엽'을 제외한

---

13 양태순, 앞의 책, 283쪽 참조.

각 부분은 모두 '부엽'으로 마감되는데, '부엽'이 시작되기 바로 직전에는 '아으'가 항상 가사로 옴을 위에서 볼 수 있다. 이로써 〈정과정〉의 '아으' 또한 악곡의 단위를 구분하는 투어로서 기능함을 알겠다.

그러나 〈정과정〉의 악곡 단위에 따른 가사 구분은 〈처용가〉와 달리 시의 의미단락과도 일치한다. 〈정과정〉의 시형태는 10구체 향가 형식과 유관한 것으로 전부터 논의되어 왔다.[14] 전체적인 구의 개수가 비슷하고 내용 또한 대체로 3단으로 나누어 볼 수 있다는 것이 그 이유였다. 그러나 〈정과정〉의 의미구조에는 10구체 향가와 상이한 부분 또한 분명히 존재한다. 10구체 향가는 1~4구, 5~8구가 각기 하나의 의미단위로 되어 있으며 4구와 8구에 보통 종결어미가 온다. 그런데 위에서 보는 것과 같이 〈정과정〉의 5~10구는 의미상 독립된 여러 개의 문장들이 나열되어 있는 형태이다. 이러하므로 〈정과정〉의 형식은 10구체 향가의 잔영으로 이해되어 왔다. 그런데 위에서 제시한 형태와 같은 4단 구조로 시상을 파악하면 막연히 향가의 잔영이라 할 때보다 더 구체적으로 〈정과정〉의 구조를 파악할 수 있다.[15] 이를 보면 다음과 같다.

---

14 조윤제, 『韓國詩歌史綱』(을유문화사, 1954), 100~101쪽.; 김동욱, 『韓國歌謠의 硏究』(을유문화사, 1961), 167쪽 참조.

15 '1~4구 / 5~6구 / 7~10구 / 11구'의 형태로 〈정과정〉의 단락을 구분할 수 있음은 양태순에 의해 언급된 바 있다. 그 이유로 그는 "음악적인 기준으로 보아도 그렇고(세 군데 '부엽'이 하행종지형 선율이고 그 뒤에 여음이 옴), 노랫말로 보아도 세 군데 '부엽'의 앞에 "아으"가 놓임으로써 단락의 구분을 보장하고 있다."는 점을 들었다. 양태순, 「音樂的 側面에서 본 高麗歌謠」, 성균관대학교 인문과학연구소 편, 『高麗歌謠硏究의 現況과 展望』(집문당, 1996), 92쪽.

1단 (1~4구)	제1~2구	충성의 다짐
	제3~4구	참소의 억울함 하소
2단 (5~6구)	충성의 다짐	
3단 (7~10구)	참소의 억울함 하소	
4단 (11구)	총애의 회복에 대한 염원	

위와 같이 〈정과정〉의 시상은 "총애의 회복에 대한 염원"이라는 전체 주제에 이르기까지 "충성의 다짐"과 "참소의 억울함 하소"라는 두 가지 내용이 교체·반복되는 꼴로 전개되고 있다. 이러한 이질적 내용들이 1단락에서는 세련된 병렬 구조를 통해 통합되었으며,[16] 2단락과 3단락에서는 잦은 영탄형 문장들을 통해 각각 보다 강렬하게 표현되었다.[17] 이렇듯 서로 변별되는 내용을 과감히 통합하며 강렬하게 드러내는 의미구조는 10구체 향가의 경우와 사뭇 다르다. 10구체 향가는 1~4구와 5~8구에 표현되는 내용과 정서가 대체로 균질한 편이다. 충신연주지사라는 점에서 〈정과정〉에 맥이 닿는 것으로 평가되는 〈원가〉(怨歌)의 예를 보아도 그 내용은 버림받은 시적 화자의 모습을 표현하는 것으로 일관된다. 이에 비해 〈정과정〉은 일편단심과 억울함·원망이라는 이질적 정서가 뒤섞이며 상승하는 시상의 전개를 보여 주고 있

16 님을 향한 화자의 일편단심을 표현한 전 2구와 참소의 억울함을 표현한 후 2구가 의미적 대립을 이루는 동시에 전 2구의 '山졉동새'와 후 2구의 '殘月曉星'의 비유가 서로 대응하고 있다.

17 이와 같은 해석은 〈정과정〉에 존재하는 몇 가지 난해구들로 인해 불안정한 면을 지니고 있다. '벼기더시니'나 '믈힛마리신뎌' 등이 그러한 난해구들이다. '벼기더시니'는 '우기다'(양주동) 혹은 '어기다'(박병채)로 해석되었는데, 어느 경우라 할지라도 제2단락의 내용은 시적 화자의 일편단심과, 그러한 일편단심을 저버린 님에 대한 소극적 원망의 표현 정도로 볼 수 있겠다. 한편, 제3단락의 '믈힛마리신뎌'는 '무리들의 讒言'(양주동) 혹은 '말짱한 말'(박병채)로 해석되었는데, 그 전 구와 이어져 대체로 참언의 그릇됨을 뜻하는 부분으로 볼 수 있을 듯하다.

다. 〈정과정〉의 4단 구조는 이러한 시상 전개를 잘 담아낸다는 점에서 의미 있는 시적 구조라고 할 수 있다.[18]

〈정과정〉의 4단 구조에서 감탄사 '아으'는 중요한 역할을 담당한다. '아으'는 각 의미단락의 마지막 구 바로 직전 구의 말미에 항상 와, 각 단락의 시상을 집약하는 동시에 단락과 단락 사이의 시상 전환 또한 부각하고 있다. 이렇게 볼 때 '아으'는 악곡의 구조와 관련된 음악적 투어일 뿐만 아니라 문학적 구조에서도 유기적 기능을 담당하는 어사임을 알 수 있다.

〈처용가〉의 경우 '아으'의 규칙적인 쓰임은 악곡의 구조에 맞게 조율된 것임이 분명하다. 그것이 시의 구조와는 일관된 연관성을 보이지 못함에 반해 악곡의 구조와는 뚜렷한 관련을 보이기 때문이다. 그러나 〈정과정〉의 경우에는 '아으'가 음악과 문학 양면에 걸쳐 구조상 중요한 의미를 지니기 때문에, 음악적 성격이나 문학적 성격 중 어느 쪽이 더 본질적인 것인가에 대해 말하기 어렵다. 이러한 두 경우를 종합한

---

18 〈정과정〉은 향가의 잔영으로 이해되면서도 한편으론 4단의 의미단락을 지닌 것으로도 해석되어 왔다. 그런데 의미단락의 구분은 논자마다 일정하지 않았다. 그것은 각운의 유무에 따라 "1~4구/5~7구/8~10구/11구"로 나뉘기도 했고, 내용상의 이유로 "1~4구/5~8구/9~10구/11구"로 구분되기도 했다. 정재호, 「〈鄭瓜亭〉에 대하여」, 김열규·신동욱 편, 『高麗時代의 가요문학』(새문사, 1982), Ⅰ-188~191쪽; 최용수, 『高麗歌謠硏究』(계명문화사, 1996), 62~64쪽 참조. 그런데 이 두 논의들은 세부적 단락 구분에서는 정확히 일치하지 않았지만, 〈정과정〉의 시상이 4단 구조를 통해 복합적으로 전개된다는 점에 대해서는 비슷한 시각을 보였다. 전자는 "님에 대한 충성, 충성에 대한 부정, 부정에 대한 변명"으로, 후자는 "(충성-결백)-(충성-결백)-자탄(怨望)-구애"로 〈정과정〉의 시상을 파악하였는데, 이러한 시각들은 〈정과정〉의 시상이 복합적으로 전개된다고 보는 본고의 관점과 부합한다. 그러나 본고에서는 앞선 논의들과 달리, 악곡 구조와 일치하는 형태로 〈정과정〉의 의미단락을 나누었을 때 이러한 시상 전개가 잘 파악된다고 보았다.

다면, 고려가요에서 감탄사 '아으'는 음악적 투어로서의 의미를 지니기도 하지만, 복합적 정서의 통합이라는 고려가요의 독특한 시적 구조를 성립시키는 데도 중요한 역할을 한 어사라고 결론 내릴 수 있다.

2.2. 조흥구

중렴으로 쓰인 조흥구가 고려가요의 시상 전개에 작용한 바는 연의 층위에서 파악된다. 이로는 〈사모곡〉, 〈쌍화점〉 등의 경우를 들 수 있다. 〈사모곡〉에 쓰인 조흥구 '위 덩더둥셩'과 〈쌍화점〉에 쓰인 '다로러니'류는 〈사모곡〉과 〈쌍화점〉의 전반적 의미와는 별다른 관계 없이 연행상황에서 흥을 돋우기 위해 쓰인 구절인 것으로 대개 파악되었다. 특히 〈쌍화점〉에 쓰인 '다로러니'류의 조흥구는 『시용향악보』에 실린 여타의 무가계(巫歌系) 고려가요에서 중렴이나 후렴으로 자주 쓰여 본사의 내용과 별 관계없이 널리 쓰인 조흥적 여음으로 짐작된다.[19] 한편, 〈사모곡〉에 쓰인 '위 덩더둥셩'은 악곡 구조와의 관련성 또한 지닌 것으로 보인다. '위'로 시작되는 조흥구는 다른 고려가요 작품들에서 한결같이 종지형(終止型) 악구(樂句)에 붙어 있는데,[20] 이는 〈사모곡〉에서도 또한 마찬가지다. 따라서 〈사모곡〉의 조흥구 '위 덩더둥셩'은 종지형 악구에 따른 투어로서도 기능한다. 그러나 이러한 연행적·음악적 의미와는 별도로 〈사모곡〉과 〈쌍화점〉의 조흥구는 시적 구조와 관련된 문학적 기능 또한 담당하고 있는 것으로 보인다.

---

19 〈쌍화점〉의 조흥구는 악기의 의성어로 흔히 파악되곤 했다. 김사엽, 『국문학사』(정음사, 1945), 286쪽.; 김기동, 『국문학개설』(대창문화사, 1957), 76~77쪽 참조.

20 조흥욱, 앞의 글, 74~78쪽 참조.

〈사모곡〉과 〈쌍화점〉의 시편 형식은 서로 다르다. 〈사모곡〉은 하나의 연으로 작품 전체가 구성된 단연체이고, 〈쌍화점〉은 같은 형식의 연이 반복되는 연장체이다. 그러나 이들 작품은 서로 유사한 구조의 연을 지니고 있다. 그것은 4구로 구성된 본사의 마지막 구가 조흥구에 의해 앞의 구들과 분리되는 구조이다. 이를 살펴보면 다음과 같다.

작품명	조흥구를 뺀 형태	조흥구를 붙인 형태
사모곡	호ᄆᆡ도 늘히어신 마ᄅᆞᄂᆞᆫ 낟ᄀᆞ티 들리도 어쁘새라 아바님도 어ᅀᅵ어신 마ᄅᆞᄂᆞᆫ 어마님ᄀᆞ티 괴시리 어뻬라	호ᄆᆡ도 늘히어신 마ᄅᆞᄂᆞᆫ 낟ᄀᆞ티 들리도 어쁘새라 아바님도 어ᅀᅵ어신 마ᄅᆞᄂᆞᆫ <u>위 덩더둥셩</u> 어마님ᄀᆞ티 괴시리 어뻬라
쌍화점	상화뎜에 상화사라 가고신ᄃᆡ 휘휘아비 내손목을 주여이다 이말슴이 이뎜밧ᄭᅴ 나명들명 죠고맛감 샷기광대 네마리라 호리라	상화뎜에 상화사라 가고신ᄃᆡ 휘휘아비 내손목을 주여이다 이말슴이 이뎜밧ᄭᅴ 나명들명 <u>다로러니</u> 죠고맛감 샷기광대 네마리라 호리라

위의 작품들에서 조흥구를 뺀 형태는 전 2구와 후2구가 의미상 대응하거나 반전되는 4구로 구성되어 있다. 〈사모곡〉은 호미와 낫의 비유로 이루어진 전 2구와 아버님과 어머님의 사랑을 비교한 후 2구가 대응하는 구조로 되어 있고, 〈쌍화점〉은 전 2구에서는 불미스러운 상황을 서술하고 후 2구에서는 엉뚱한 핑계를 대어 시상의 반전이 이루어지는 구조로 되어 있다.

대구나 반전의 4구 구조는 고려가요에서 흔히 보인다. 〈동동〉의 연들이 그러하고, 〈정과정〉의 제1단락 또한 그러하다. 이를 보면 다음과 같다.

〈동동〉 1월연	〈정과정〉 제1단락
正月ㅅ 나릿므른 아으 어져 녹져 ᄒᆞ논ᄃᆡ 누릿 가온ᄃᆡ 나곤 몸하 ᄒᆞ올로 녈셔 아으 動動다리	내님을 그리ᅀᆞ와 우니다니 山졉동새 난 이슷ᄒᆞ요이다 아니시며 거츠르신ᄃᆞᆯ 아으 殘月曉星이 아ᄅᆞ시리이다

후렴 "아으 動動다리"를 제외하고 볼 때, 〈동동〉의 1월연에서는 정월 냇물의 조화로움을 읊은 전 2구와 시적 화자의 고독을 읊은 후 2구의 날카로운 의미적 대립과 형식적 대응 구조를 볼 수 있다. 〈정과정〉의 제1단락에서도 또한 님을 향한 화자의 일편단심을 표현한 전 2구와 참소의 억울함을 표현한 후 2구가 의미적 대조를 이루는 동시에 전 2구의 '山졉동새'와 후 2구의 '殘月曉星'의 비유가 서로 대응하고 있다.

대응과 대립의 병렬적 방식을 통해 아이러니한 시상을 전개시키는 것은 고려가요의 특징적 연 구조로 보인다. 이때 중렴은 시상의 대립과 반전을 더욱 부각하는 역할을 한다. 위에서 보는 바와 같이 〈정과정〉 제1연의 '아으' 또한 이러한 역할을 하고 있는데, 이는 〈사모곡〉이나 〈쌍화점〉의 조흥구들과 비슷하다. 〈사모곡〉과 〈쌍화점〉에서 중렴이 놓인 부분은 둘 다 의미상의 대립과 반전이 확연히 이루어지는 마지막 구 앞이다. 이들은 각기 '마ᄅᆞᄂᆞᆫ', '나명들명'과 같은 역접 혹은 조건의 연결어미 뒤에 쓰여, 뒤에 이어질 의미적 대립과 반전을 기대하게 한다. 이런 점에서 이들 조흥적 중렴은 시적 의미의 긴장을 지속·심화시켜 대립과 반전의 연 구조를 강화하는 데 기여하는 어사들이라 할 수 있다.[21] 이 점 〈정과정〉의 '아으' 또한 마찬가지인데, 이 역

21 〈쌍화점〉·〈정과정〉 등과 달리 〈사모곡〉에서는 전 2구와 후 2구 사이에 의미상의 대립이 일어나지 않고 형식상으로 대응될 뿐이다. 의미적 대립이 일어나는 부분은

시 '거츠르신돌'이라는 조건문 뒤에 놓여 마지막 구의 대립적 시상[22]을 부각하고 있다.

중렴으로 갈라지는 고려가요의 연 구조는 일종의 전대절(前大節)·후소절(後小節) 구조로 해석될 수 있다. 전대절·후소절 구조는 한국시가의 기본 이념이라고 설명되었을 만큼 고시가 장르에서 다양한 형태로 반복적으로 나타나는 구조다. 그것은 향가와 경기체가, 시조 장르를 관통하는 것으로 설명된다.[23] 그런데 중렴을 중심으로 전3구와 후1구로 갈라지는 고려가요의 연 구조 또한 이에 해당하는 것으로 보인다. 그러나 향가·경기체가·시조 등의 장르에 나타난 전대절·후소절 구조가 시상의 종합과 고양을 지향하는 데 비해, 중렴을 중심으로 한 고려가요 연의 전대절·후소절 구조는 시상의 반전을 지향한다는 점에서 변별된다.

한편, 〈쌍화점〉에서 조흥구는 연의 전대절·후소절 구조를 넘어 더욱 확장되었다. 〈쌍화점〉의 매 연은 '4구의 의미단락+조흥구'로 이루어진 전대절·후소절 구조에 다시 각기 두 구의 조흥구와 실사구가 덧붙은 형태로 되어 있는데, 이 경우에도 조흥구가 시상의 반전에 중요한 역할을 하기는 마찬가지다.[24] 〈쌍화점〉 제1연의 전체를 보면 다음

제1구와 제2구 사이, 그리고 제3구와 제4구 사이다. 이러한 구조에서 조흥구 '위 덩더둥셩'은 제3구와 제4구를 가름으로써 대립적 시상을 더욱 부각시킨다.

22 '일편단심'과 '부당한 참소의 억울함' 간의 대립적 시상.

23 조윤제는 "한 篇의 詩歌가 前大節·後小節에 分段되고, 그리고 後小節의 머리에는 대개 '아으'類의 感歎詞가 붙는 것이 상당히 강렬한 우리 詩歌形式의 基本理念인 것 같이 보인다."라고 하고, 향가의 10구체는 전8구 후2구로 분단되고, 경기체가의 각 장은 전대절과 후소절로 분단되는 것이라고 설명하였다. 조윤제, 「시조의 종장 제1구에 대한 연구」, 『도남잡식』(을유문화사, 1964), 6~9쪽.

24 특히 〈쌍화점〉과 관련하여, 중렴으로 쓰인 고려가요의 조흥구가 지닌 반전 기능에

과 같다.

상화뎜에 상화사라 가고신ᄃᆡ
휘휘아비 내손목을 주여이다
이말ᄉᆞᆷ이 이뎜밧씌 나명들명
다로러니
죠고맛감 삿기광대 네마리라 ᄒᆞ리라
더러둥셩다로러
긔자리에 나도자라 가리리
위위 다로러거디러거 다롱디 다로러
긔잔ᄃᆡᄀᆞ치 덥거ᄎᆞ니 업다

위에서 보는 것처럼 〈쌍화점〉의 각 연에는 총 3회의 조흥구가 쓰였으며, 이는 시상의 거듭된 반전 구조를 가능하게 하였다. 첫 번째 조흥구 “다로러니”는 이전 시구들에서 쌓인 긴장 속에서 발화된다. 이전 시구들에서는 쌍화점에서 일어난 불미스러운 상황을 서술하고 그러한 상황이 소문날 수도 있다는 가정을 제시함으로써 시적 상황을 긴장국면에 이르게 한다. 그러한 국면에서 조흥구 “다로러니”를 통해 호흡을 고르는데, 드디어 제시되는 내용은 화자가 어이없게도 애먼 어린 광대의 핑계를 대는 것이다. 이렇게 윤리적으로 무책임한 결말을 접하며 듣는 이가 정서적 충격에 빠져 있는 가운데 다시 두 번째 조흥구 “더러둥셩다로러”가 호흡을 고른다. 그런데 이어 제시되는 내용은 아예 노골적이어서 더 한층 충격적이다. 다른 화자가 등장해 난잡한 불륜의

대해 본고와 유사한 시각을 보여준 다음의 논의가 있었음을 본고의 퇴고 과정에서 발견하여 밝혀둔다. 김대행, 「雙花店과 反轉의 意味」, 『高麗詩歌의 情緒』(개문사, 1985), 193~207쪽.

장소에 동참하고 싶다고 선언하고 있는 것이다. 이러한 선언이 유발하는 충격의 크기만큼 뒤이어 나오는 마지막 조흥구의 길이는 길다. 드디어 한참 후에야 지금까지의 충격을 완화시키는 점잖은 발언이 끝으로 나온다. 이렇듯 〈쌍화점〉의 조흥구는 얼핏 보기에 정연한 시구 전개를 방해하는 것으로 보이기도 하지만, 다시 보면 거듭되는 반전으로 이루어진 연 구조를 가능하게 한 중요한 시적 장치임을 알 수 있다.

이상에서 〈사모곡〉과 〈쌍화점〉 등에 중렴으로 쓰인 조흥구가 시상의 반전을 지향하는 연의 의미구조에 사용된 바를 보았다. 조흥구는 이들 작품에서 연의 전대절·후소절 구조를 이루기도 하였고, 반복적 쓰임을 통해 반전의 시적 구조를 확대하기도 하였다. 따라서 이들 작품의 조흥구는 단순히 흥을 돋우는 요소나 악곡 구조상의 이유로 쓰인 투어만이 아니라, 연 형식의 층위에서 반전의 시적 구조를 이루어낸 문학적 요소로 평가된다.

3. 반복구의 구조적 의미

3.1. 악곡 구조에 따른 반복구

실사들로 이루어진 반복구는 의미가 불분명한 여음구에 비해 문학적 의미를 획득할 가능성이 더 높은 것으로 일반적으로 여겨진다. 그러나 반복구 또한 고려가요에서 악곡상의 필요에 의해 첨가된 것일 수 있음은 여러 번 제기된 바 있다. 대표적인 경우가 〈정석가〉에 나타난 반복구이다.

〈정석가〉의 반복구가 음악상의 필요에 의한 것이었으리라는 추정은 반복구를 동반하여 〈정석가〉 악곡 1절에 실린 가사의 형태가 〈정석가〉의 문학적 연과 일치하지 않는다는 점에서 비롯된 것으로 보인다. 더구나 〈정석가〉의 연은 고려가요에서 전형적으로 나타나는 4구체로 되어 있어서, 그러한 4구체가 〈정석가〉의 원형태였으리라는 추정을 하게 되기 쉽다.[25] 〈정석가〉의 1연이 악곡의 두 절에 나누어 실린 모습을 보면 다음과 같다.

〈정석가〉 제1연	〈정석가〉 제1절·제2절
삭삭기 셰몰애 별헤나ᄂᆞᆫ 구은밤 닷되를 심고이다 그바미 우미도다 삭나거시아 有德유덕ᄒᆞ신 님믈 여ᄒᆡᄋᆞ와지이다	삭삭기 셰몰애 별헤나ᄂᆞᆫ 삭삭기 셰몰애 별헤나ᄂᆞᆫ 구은밤 닷되를 심고이다 그바미 우미도다 삭나거시아 그바미 우미도다 삭나거시아 有德유덕ᄒᆞ신 님믈 여ᄒᆡᄋᆞ와지이다

〈정석가〉의 1연은 왼쪽에서 보는 것처럼 4구로 이루어져 있으며, 비현실적 상황의 설정이 영원한 사랑에 대한 기약으로 전환되는 의미 구조로 되어 있다. 전반부에서의 '무한(無限)의 과장된 설정'이 후반부에서의 '유한(有限)에 대한 아쉬움'과 결합하면서 의미적 대립을 이룬다.[26] 이러한 형태와 의미구조는 고려가요의 전형적인 연 구조를 보여

25 다음과 같은 견해를 참고할 수 있다. "「정석가」에 있어서 악장가사의 분장 방식에서 보여주는 각 章의 첫 구의 반복 사용이나, 分章의 결과가 의미상의 段落과 어긋나는 것은 그 분장 방식이 樂曲에 맞추기 위한 배려였다고 이해하기에 충분한 것이다." 윤철중, 「「鄭石歌」攷」, 성균관대학교 인문과학연구소 편, 『高麗歌謠硏究의 現況과 展望』(집문당, 1996), 186~187쪽.

26 〈정석가〉 후반부의 내용은 물론 영원한 사랑에 대한 기약이다. 그러나 그러한 기약의 이면에는 사랑의 유한성에 대한 아쉬움과 불안이 내재되어 있다. 이는 〈정석가〉와 비슷한 시상을 보여주는 〈五冠山〉을 생각해 보면 더 잘 이해된다. 불가능한 상황을 설정하여 어머니의 장수를 비는 不傳 高麗歌謠 〈오관산〉의 내용은 유한한

준다. 그런데 반복구의 쓰임은 그러한 구조를 해체하는데, 이에는 구조상의 또 다른 필연성이 별로 있어 보이지도 않는다. 이런 이유로 〈정석가〉에 나타난 반복구는 악곡상의 필요에 의한 것으로 추정되곤 했다. 그러나 이러한 이유만으로는 〈정석가〉 반복구의 음악적 성격을 확증하기 어려울 것이다. 반복구를 동반한 형태가 전형적인 고려가요의 연 구조와 괴리되기는 하지만, 그것대로의 또 다른 문학적 효과를 자아낸다고 설명할 수도 있기 때문이다. 그러나 다음과 같은 측면을 더 고려할 때 〈정석가〉의 반복구는 음악적 이유로 쓰였을 확률이 높아 보인다.

반복구가 명백히 악곡상의 필요 때문에 발생하는 경우는 고려가요 개찬가사를 통해 볼 수 있다. 이로는 〈봉황음〉(鳳凰吟)과 〈만전춘〉의 한문가사를 예로 들 수 있다. 〈봉황음〉은 〈처용가〉 악곡에 맞춰 불린 선초의 개찬가사이다.[27] 그런데 〈봉황음〉과 〈만전춘〉의 한문가사는 반복구를 제외하면 사실상 동일하다. 다만 〈처용가〉의 악곡이 〈만전춘〉의 악곡에 비해 길기에, 〈처용가〉 악곡에 실린 〈봉황음〉은 반복구를 동반하게 된 것으로 보인다. 이를 보면 다음과 같다.[28]

인간의 삶에 대한 안타까움이 없었다면 설정되지 못했을 것이다. 이제현의 번역시를 통해 〈오관산〉의 내용을 보면 다음과 같다. "나무토막으로 자그마한 당닭을 깎아 젓가락으로 집어다가 벽에 앉히고 이 새가 꼬끼오 하고 때를 알리면 어머님 얼굴은 비로소 서쪽으로 기우는 해처럼 늙으시리라.(木頭雕作小唐鷄 筯子拈來壁上棲 此鳥膠膠報時節 慈顔始似日平西)"

27 『大東韻府群玉』 권8의 기록에 따르면 세종의 명에 의해 尹淮가 지었다고 한다.

28 〈봉황음〉 시와 〈만전춘〉 한문가사는 『세종실록』「악보」에 각기 〈처용가〉 악곡과 〈만전춘〉 악곡에 얹혀 〈봉황음〉 혹은 〈만전춘〉이라는 제목으로 실려 있다.

〈만전춘〉의 한문가사	〈처용가〉 악곡에 실린 〈봉황음〉
山河千里國에 佳氣鬱葱葱ᄒᆞ샷다 金殿九重에 明日月ᄒᆞ시니 群臣千載에 會龍雲이샷다 熙熙庶俗ᄋᆞᆫ 春臺上이어늘 濟濟群生ᄋᆞᆫ 壽域中이샷다 高厚無私ᄒᆞ샤 美貺臻ᄒᆞ시니 祝堯皆是 大平人이샷다 熾而昌ᄒᆞ시니 禮樂光華ㅣ 邁漢唐이샷다	전강) 山河千里國에 佳氣鬱葱葱ᄒᆞ샷다 金殿九重에 明日月ᄒᆞ시니 群臣千載에 會龍雲이샷다 熙熙庶俗ᄋᆞᆫ 春臺上이어늘 濟濟群生ᄋᆞᆫ 壽域中이샷다 부엽) 濟濟群生ᄋᆞᆫ 壽域中이샷다 중엽) 高厚無私ᄒᆞ샤 美貺臻ᄒᆞ시니 祝堯皆是 大平人이샷다 부엽) 祝堯皆是 大平人이샷다 소엽) 熾而昌ᄒᆞ시니 禮樂光華ㅣ 邁漢唐이샷다

〈처용가〉 악곡은 〈만전춘〉 악곡에 비해 긴데, 그 개찬가사로는 〈만전춘〉의 개찬가사와 같은 작품을 사용했다. 이때 긴 악곡을 메우기 위해 반복구를 사용하였는데, 그 원칙은 악곡의 '부엽' 부분에는 항상 바로 앞의 가사를 반복하여 싣는 것이었다. 위에서는 〈봉황음〉 전체의 1/3만 보였지만, 이하 부분에서도 이러한 원칙은 동일하다. 그런데 이러한 반복은 시적 구조상으로는 별 의미가 없다. 시구의 형태나 의미로 볼 때 특별히 이 부분들이 반복·강조되어야 할 이유가 없기 때문이다. 따라서 이는 명백히 악곡상의 이유로 반복구가 쓰인 경우로 볼 수 있다.

그렇다면 〈정석가〉 역시 〈봉황음〉과 유사하게, 이미 있는 악곡에 올리는 과정에서 무의미하게 반복구가 붙은 경우일 수 있다. 그러나 이는 여전히 확실치 않다. 〈정석가〉가 〈봉황음〉처럼 이미 있던 악곡에 얹혀 불린 것인지 불분명하기 때문이다. 그런데 〈정석가〉는 실제로 이미 존재하던 악곡에 얹혀 불린 것으로 보인다. 〈정석가〉의 악곡은 〈서경별곡〉의 악곡을 거의 그대로 가져다 쓴 형태인 것이다.[29] 따라서 〈정석가〉의 반복구가 〈봉황음〉에서처럼 악곡상의 이유에서 붙여진 것이었을 확률은 더욱 커진다.

〈서경별곡〉의 악곡을 습용한 〈정석가〉 악곡의 형태는 〈정석가〉의 문학적 1연을 다 싣기에 충분치 않다. 정석가가 실린 『시용향악보』 소재 고려가요들은 시 한 마디가 보통 악곡의 1행 혹은 반행에 실려 있다.[30] 그런데 한 마디가 반행에 실린 경우는 모두 선율의 변화가 없는 부분이 악곡의 소절 끝에 올 때뿐이다.[31] 그런데 〈정석가〉 악곡은 이런 구조로 되어 있지 않으므로 시 한 마디가 악곡 1행에 오는 편이 자연스럽다. 그렇다면, 〈정석가〉의 1연은 4구로 되어 있으므로 이를 싣기 위해서는 적어도 12행 이상의 악곡이 필요하게 되는데, 〈정석가〉의 악곡은 9행으로 되어 있어서 충분치 못하다.

물론 〈정석가〉에 반복구가 쓰인 것이 오로지 악곡의 영향 때문만이라고만 볼 수는 없을 것이다. 예컨대 〈서경별곡〉처럼 후렴을 쓰지 않

29 박재민, 「〈정석가〉 발생시기 再考」, 『한국시가연구』 제14집, 한국시가학회, 2003, 10~11쪽 참조.

30 무가계와 한시계 노래를 제외하고 보았을 때, 『시용향악보』에 실린 고려가요에는 〈사모곡〉·〈유구곡〉·〈상저가〉·〈청산별곡〉·〈가시리〉·〈서경별곡〉 등이 있다. 이 중 〈사모곡〉, 〈유구곡〉, 〈상저가〉 등은 악곡 1행에 시 한 마디가, 〈청산별곡〉, 〈가시리〉 등은 악곡 반 행에 시 한 마디가 실려 있다. 〈서경별곡〉은 전체 8행으로 된 악곡 중 2행을 제외하면 악곡 1행에 시 한 마디가 실려 있다.

31 다음에서 보는 바와 같은 〈가시리〉나 〈청산별곡〉의 악곡이 이러한 구조로 거의 일관된다. 색칠한 부분이 선율의 변화가 없는 부분이다.

宮			宮		上一			宮			下一		下二		
가	시				리			가			시		리		
宮			上三		上二		上一	宮					宮		
이			쇼		나			는							

下一			宮		宮			上二			上一		宮	下一	
멀			위		랑			드			래		랑		
下二					下三			下二					下二		
빠					먹			고							

고 반복구를 쓴 까닭이 무엇인지에 대해서는 또 다른 측면을 생각해 볼 수 있을 것이다.[32] 반복을 통한 의미상의 효과도 전혀 없을 수는 없다. 그러나 〈정석가〉가 이미 존재하고 있던 악곡에 얹혀 불렸다는 점, 그런 경우엔 악곡 구조에 기인한 반복구가 쓰이기도 했다는 점, 〈정석가〉 악곡의 길이가 〈정석가〉 1연 전체를 싣기에 용이치 않다는 점, 〈정석가〉에 쓰인 반복구의 문학적 의미가 명확치 않다는 점 등을 통해 볼 때, 〈정석가〉의 반복구는 문학적 필요보다는 음악적 요인에 의해 형성된 것으로 짐작된다.

3.2. 시적 구조를 이루는 반복구

〈정석가〉를 제외하고 본다면, 고려가요 작품들에 쓰인 반복구는 시편 구조에서 중요한 의미를 지니고 있는 것으로 보인다. 이러한 예로는 〈사모곡〉, 〈유구곡〉, 〈이상곡〉, 〈만전춘별사〉 등을 들 수 있다.[33] 〈사모곡〉과 〈유구곡〉의 예를 먼저 들어보면 다음과 같다.

---

32 이로는 경기체가의 후소절에 쓰이는 반복구 구성이 영향을 준 것이 아닐까 가정해 볼 수도 있다. 그러나 경기체가 후소절의 반복구는 연 전체의 시상을 집약하는 의미로 쓰인다는 점에서 구조적 의미를 지니는 반면 〈정석가〉에 쓰인 반복구에서는 그러한 구조적 의미를 찾기 어렵다. 그렇다면, 설령 경기체가가 〈정석가〉에 영향을 준 것이라 할지라도 이는 단지 형태상의 영향을 준 것일 뿐 문학적 의미를 보장해주는 것은 아니다.

33 반복구가 쓰인 작품으로는 〈서경별곡〉도 있다. 그러나 이 경우에는 다른 작품들에서와는 달리 각 구의 제일 앞 단어만 반복되는 형태를 취한다. 예컨대 다음과 같다. "셔경西京이 아즐가 // 셔경西京이 셔울히 마르는 // 위 두어렁셩두어렁셩다링디러리." 이러한 단순 반복의 형태에서는 리듬형성의 측면 외에는 별다른 의미를 찾기 어려우므로 〈서경별곡〉의 경우는 논의에서 제외한다. 그 외 이 글에서 논의하는 반복구들은 시구 전체가 반복되는 형태로 〈서경별곡〉의 어휘 반복과 다르며, 시의 전체 구조에서 유기적인 의미를 띠고 있다.

사모곡	유구곡
호ᄆᆡ도 ᄂᆞᆯ히어신 마ᄅᆞᄂᆞᆫ 난ᄀᆞ티 들리도 어ᄡᅳ새라 아바님도 어ᅀᅵ어신 마ᄅᆞᄂᆞᆫ 위 덩더둥셩 어마님ᄀᆞ티 괴시리 어뻬라 아소님하 어마님ᄀᆞ티 괴시리 어뻬라	비두로기 새ᄂᆞᆫ 비두로기 새ᄂᆞᆫ 우루믈 우루ᄃᆡ 버곡댱이ᅀᅡ 난됴해 버곡댱이ᅀᅡ 난됴해

〈사모곡〉에서는 마지막 구를 한 번 더 반복하였는데, 이를 통해 마지막 구의 내용은 더 한 층 앞 구절과 대조·부각된다.[34] 〈유구곡〉에서 또한 반복구는 의미의 반전을 강화한다. 반복구를 뺀 〈유구곡〉은 총 3구로 되어 있는데, 제1구와 제3구가 각기 반복되어 총 5구로 작품이 구성되었다. 이에 따라 제2구를 중심으로 그 전과 후가 대칭을 이루게 된다. 그러나 형태상으로는 대칭을 이루어 균형감을 주지만 의미상으로는 반전되어 정서적 충격을 일으킨다.[35] 의미의 반전이 대칭적 형태를 통해 아이러니컬하게 이루어지고 있는 것이다. 이렇듯 〈사모곡〉과 〈유구곡〉에 쓰인 반복구들은 반전된 시상을 강조하여 시 전체의 주제

34 〈사모곡〉의 마지막 구는 앞에 조흥구 '위 덩더둥셩'이 오면서 한 차례 강조되었음을 앞 장에서 보았다. 여기에 더하여 마지막 구가 다시 한 번 반복됨으로써 제3구와 대립 구도를 지닌 마지막 구의 의미는 더욱 강조된다.

35 〈유구곡〉의 해석은 둘로 제시할 수 있다. 하나는 "비둘기 새는 울음을 울지만 뻐꾸기야말로 나는 좋다"이고, 다른 하나는 "비둘기새는 울음을 우는데, (그 울음의 내용인즉슨) '뻐꾸기가 난 좋다.'"이다. 어느 경우에나 시상이 반전됨은 마찬가지다. 전자의 독법은 고려 예종이 言路의 개방을 추구하며 지었다는 〈伐谷鳥〉와 관련되어 주로 해석되는데, 이는 〈유구곡〉에 대한 일반적인 해석법이었다. 반면 후자의 독법에 따르면 〈유구곡〉은 "동종집단을 벗어나 뻐꾸기를 향한 연정을 고백하고 있"는 "은밀한 사랑을 고백한 노래"가 된다. 전자의 해석에 대해서는 권영철, 「〈維鳩曲〉攷」, 김열규·신동욱 편, 『고려시대의 가요문학』(새문사, 1982), Ⅰ-124~154쪽 참조. 후자의 해석에 대해서는 윤성현, 「〈유구곡〉의 구조와 미학의 본질」, 『속요의 아름다움』(태학사, 2007), 228~235쪽 참조.

를 부각하는 역할을 하고 있다.

〈이상곡〉에서 또한 반복구는 작품 전체에 걸쳐 비약적인 시상 전개를 이루는 데 중요한 역할을 하고 있다. 〈이상곡〉의 시편 구조는 〈정과정〉의 영향을 받은 것으로 보인다.[36] 〈정과정〉이 십구체 향가의 영향을 받으면서도 감탄사 '아으'의 활용을 통해 전체 4단의 의미구조를 이루었음은 앞에서 본 바와 같다. 이러한 4단의 의미구조가 〈이상곡〉에서는 반복구의 활용을 통해 더욱 뚜렷해지고 있다. 〈이상곡〉의 전편을 의미단락에 따라 나누어 보면 다음과 같다.

비오다가 개야아 눈하디신 나래
서린석석 사리조븐 곱도신 길헤
다롱디 우셔마득 사리마득 너즈세너우지
잠짜간 내니믈 너겨깃둔
열명길헤 자라 오리잇가

죵죵 벽력 싱 함타무간 고대셔 쇠여딜 내모미
霹靂 生 陷墮無間
죵 벽력 아 싱 함타무간 고대셔 쇠여딜 내모미
霹靂 生 陷墮無間
내님 두숩고 년뫼롤 거로리

이러쳐 뎌러쳐
이러쳐 뎌러쳐 긔약이잇가
期約

36 악곡 간의 영향관계를 통해 〈이상곡〉의 악곡이 〈진작〉 4(〈정과정〉의 악곡 중 후대 악곡)의 영향을 받은 것임이 추론된 바 있다. 이는 〈이상곡〉이 〈정과정〉의 영향을 받아 후대에 창작된 것임을 방증한다. 양태순, 앞의 책, 309~318쪽 참조.

아소님하 한ᄃᆡ 녀젓 긔약이이다
期約

제1단락은 고립된 상황에서 님을 다시 만날 수 없다는 좌절감을 표현하였다. 시적 화자는 고립된 자신의 상황을 '비와 눈, 서리까지 내린 좁고 굽은 길'이라고도 하고, '열명길', 곧 '저승길'이라고도 표현하고 있다. 이러한 좌절감은 제2단락에서 급속도로 악화되는데, 이러한 정서의 심화는 제2단락 내의 반복구를 통해 이루어지고 있다. 벼락이 쳐 '무간지옥'(無間地獄)에 빠져 죽고 말 것이라는 극단적 진술이 두 번 반복되면서 좌절감의 극을 표현하고 있는 것이다. 이윽고 이어지는 "내 님 두ᅀᆸ고 년뫼ᄅᆞᆯ 거로리"에서는 극도의 좌절감 끝에 역설적으로 형성되는 간절한 소망이 표현된다. 이후 제3단락에서는 '기약'을 상기하는 긍정적 정서로 전환되고, 마지막 4단락에서는 긍정적 믿음이 서술된다. 이와 같이 〈이상곡〉은 좌절과 소망이라는 상충되는 두 정서가 역설적으로 결합하는 시상의 전개를 보여준다.[37] 이러한 시상은 기-승-전-결의 4단 의미구조로 전개되는데, 반복구를 통한 제2단락과 제3단락의 구성은 이러한 의미구조를 형성하는 데 결정적인 역할을 하고 있다.[38] 제2단락에서 정서의 심화가 반복구를 통해 이루어질 수 있었고,

---

37 〈이상곡〉의 시상이 복합적임은 "소망↔체념, 좌절↔비극적 초월이라는 이중적 정서 체계의 복합적인 정서"로 설명된 바 있다. 나정순, 「履霜曲과 정서의 보편성」, 김대행 편, 『高麗詩歌의 情緖』(개문사, 1985), 250쪽. 이러한 비극적·초월적인 〈이상곡〉의 시상은 "모든 조건과 세상의 시선, 혹은 선악의 판단까지도 무릅쓴 사랑"을 표현한 것으로 해석된 바 있다. 최미정, 「「履霜曲」의 綜合的 고찰」, 성균관대학교 인문과학연구소 편, 『高麗歌謠研究의 現況과 展望』(집문당, 1996), 261~264쪽 참조.

38 〈이상곡〉의 의미단락은 흔히 '1~5구/6~8구/9~11구'의 셋으로 나뉘곤 했다. 그러나 '아소님하'로 시작되는 마지막 구는 〈정과정〉이나 〈만전춘별사〉에서 그러한 것

시상이 전환되는 제3단락은 반복구를 통해 그것이 하나의 의미단락임을 뚜렷이 나타낸다. 반복구는 〈이상곡〉의 복합적 시상 전개를 가능하게 한 중요한 시적 장치인 것이다.

마지막으로 살펴볼 것은 〈만전춘별사〉에 나타난 반복구들이다. 〈만전춘별사〉에는 전편에 걸쳐 여러 번 반복구가 쓰였는데, 이를 보면 다음과 같다

어름 우희 댓닙자리 보와 님과 나와 어러주글만뎡
어름 우희 댓닙자리 보와 님과 나와 어러주글만뎡
정 둔 오ᄂᆞᆳ범 더듸 새오시라 더듸 새오시라
情

경경 고침상애 어느 ᄌᆞ미 오리오
耿耿 孤枕上

셔창을 여러ᄒᆞ니 도화이 발ᄒᆞ두다
西窓 桃花 發

도화ᄂᆞᆫ 시름 업서 쇼츈풍ᄒᆞᄂᆞ다 쇼츈풍ᄒᆞᄂᆞ다
桃花 笑春風 笑春風

넉시라도 님을 ᄒᆞᆫᄃᆡ 녀닛경景 너기다니
넉시라도 님을 ᄒᆞᆫᄃᆡ 녀닛경景 너기다니
벼기더시니 뉘러시니잇가 뉘러시니잇가

올하 올하 아련 비올하
여흘란 어듸 두고 소해 자라온다
소콧 얼면 여흘도 됴ᄒᆞ니 여흘도 됴ᄒᆞ니

처럼 독립된 부분으로 보는 것이 적합할 것이다.

남산애 자리보와 옥산을 벼여누어 금슈산 니블안해 샤향각시를 아나누어
南山 玉山 錦繡山 麝香

남산애 자리보와 옥산을 벼여누어 금슈산 니블안해 샤향각시를 아나누어
南山 玉山 錦繡山 麝香

약 든 가슴을 맛초ᄋᆞᆸ사이다 맛초ᄋᆞᆸ사이다
藥

아소님하 원ᄃᆡ평생애 여힐ᄉᆞᆯ 모ᄅᆞᄋᆞᆸ새
遠代平生

위에서 전체적으로 눈에 띄는 형식상의 특성은 연의 형식이 교체되고 있다는 점이다. 즉, 1·3·5연의 형태가 서로 비슷하고 2·4연의 형태가 서로 유사하다. 1·3·5연에서는 제1구를 제2구에서 그대로 반복하나, 2·4연에서는 그러한 구절 반복이 없다.

그런데 〈만전춘별사〉의 교체형 구성은 정서의 종류가 교체되는 〈만전춘별사〉의 시상 전개와 긴밀한 관계를 가지고 있다. 반복구를 동반하며 보다 긴 호흡으로 구성된 1·3·5연에서는 격정적인 정서가, 길이가 보다 짧은 편인 2·4연에서는 침체된 정서가 구현되고 있는 것이다. 이는 각 연의 종결어미를 통해서만 보더라도 알 수 있다. 1·3·5연은 각기 명령형·설의형·청유형으로 끝나 시적 화자의 의지와 감정을 강하게 드러내는 형태로 되어 있는 반면, 2·4연은 평서형으로 끝나 시적 화자의 정서가 밖으로 발산되기보다는 안으로 수렴된다. 이렇듯 〈만전춘별사〉의 1·3·5연은 반복구조로 된 연 형태를 통해 합일에의 열정과 같은 강렬한 정서를 표현했고, 2·4연은 반복구가 없는 비교적 짧은 연 형태를 통해 고독이나 회한과 같은 내향적 정서를 표현했다. 이러한 정서의 교체 구조를 도식화하면 다음과 같다.

외향적 – 내향적 – 외향적 – 내향적 – 외향적 – 종합

위와 같은 정서의 교체 구조를 따라 〈만전춘별사〉는 열정에서 고독과 번민으로, 그리고 다시 환희로 변하는 정서의 드라마적 전개를 구현할 수 있었다. 〈만전춘별사〉에서 반복구를 뺀 형태만 놓고 보았을 때는, 교체되는 시상의 전개는 드러나지 않고 이질적인 내용으로 이루어진 연들이 원칙 없이 섞여 있는 것으로 보인다. 특히 〈정과정〉에서 빌려온 3연은 반복구를 뺄 경우 다른 연들과 형태상으로 이질적인데,[39] 그러한 이질성을 시적 논리로 설명하기 어렵다. 이때 〈만전춘별사〉는 전체적인 시적 논리를 갖추지 못한 단순한 합사(合詞)로 파악될 수밖에 없다. 이와 달리 반복구를 동반한 〈만전춘별사〉의 형식은 정서의 교체 구조를 통한 드라마틱한 시상의 전개를 가능하게 한다. 따라서 〈만전춘별사〉의 반복구는 시편 구조에서 중요한 의미를 지닌 것으로 평가할 수 있다.

이상에서 본바, 고려가요에 쓰인 반복구는 〈정석가〉에서와 같이 음악적 이유에 의해 형성된 경우도 있었으나 대부분의 경우에는 작품의 전체 구조를 이루는 데 중요한 역할을 하였음을 알 수 있다. 〈사모곡〉·〈유구곡〉의 반복구는 시상의 대조·반전을 이루었고, 〈이상곡〉·〈만전춘별사〉의 반복구는 복합적·극적 시상을 전개하는 데 중요한 시적 장치로 활용되었다.

---

39 반복구를 뺀 3연은 다음과 같다. "넉시라도 님을 흔듸 녀닛경景 너기다니 // 벼기더시니 뉘러시니잇가 뉘러시니잇가". 이러한 형태는 대체로 3구로 구성된 다른 연들의 원형태와 다르다.

4. 고려가요의 다층적 해석을 위하여

이 글에서는 고려가요의 여음구와 반복구가 지닌 문학적·음악적 의미를 살펴보았다. 여음구에 대해서는 시상 전개에 유기적 기능을 담당하는 중렴을 중심으로 살펴보았다. 중렴은 기능에 따라 다시 감탄사와 조흥구로 나뉘었는데, 이러한 중렴들은 악곡 구조와의 관련성을 지니기도 했지만 시의 전체 구조나 연 구조의 층위에서 시상의 전환을 효과적으로 이루어낸다는 시적 의미를 지니는 경우가 많았다. 악곡 구조에 따른 감탄사의 예로는 〈처용가〉의 '아으'를, 시편 구조상 유기적 의미를 지니는 감탄사의 예로는 〈정과정〉의 '아으'를 보았다. 그리고 연 구조의 층위에서 시상의 전환을 부각하는 조흥구의 예들로 〈사모곡〉의 '위 덩더둥셩'과 〈쌍화점〉의 '다로러니'류(類)를 살폈다. 한편, 반복구에 대해서는 악곡 구조에 따른 반복구의 예로 〈정석가〉의 경우를 보았고, 이와 달리 시편 구조상 유기적 의미를 지니는 반복구의 예로 〈사모곡〉·〈유구곡〉·〈이상곡〉·〈만전춘별사〉의 경우를 살폈다.

고려가요의 여음구와 반복구는 시의 전체 구조나 연 구조의 층위에서 복합적 정서를 고양·결합하거나(정과정·이상곡·만전춘별사), 대립적이고 아이러니한 시상을 전개하는(사모곡·쌍화점·유구곡) 데 중요한 역할을 담당했다. 충돌하고 불일치하는 외부적 사건과 정서적 상황을 표현하고 이를 극복하고자 하는 정서의 움직임을 보여주는 것은 고려가요가 지닌 내용적 특수성이다. 이러한 시세계를 담아내는 데 여음구와 반복구는 핵심적으로 작용하였다. 따라서 고려가요에서 여음구와 반복구는 단순한 조흥이나 시적 의미의 단편적 강조의 차원을 넘어서 고려가요의 역설적 시세계를 형성하는 데 중요한 역할을 담당한 구조적 요소로서 적극적으로 평가될 수 있다.

그러나 고려가요의 여음구와 반복구에는 시적 기능 외에 음악적 기능 또한 있음은 부정할 수 없는 사실임을 살펴보았다. 따라서 여음구와 반복구를 동반한 고려가요의 현 형태 이면에 놓여 있는 일종의 원형에도 주의를 기울일 필요가 있다. 예컨대 여음구와 반복구를 제외하고 보았을 때 고려가요에서 흔히 나타나는 세 마디 4구의 연형식과 같은 것이 그러한 것이다.

고려가요의 현 형태와 고려가요의 이른바 원형태 중 어느 편이 감상과 연구의 대상이 되어야 할 것인가 하는 점은 암묵적으로든 명시적으로든 고려가요 연구에서 항상 문제가 되어 왔다. 이 글에서는 고려가요의 여음구와 반복구가 지닌 문학적 의미와 음악적 의미를 함께 살핌으로써 고려가요의 현 형태와 고려가요의 원형태 양쪽 모두가 의미를 지님을 보였다. 여음구와 반복구를 동반한 고려가요는 그 특유의 역설적 시세계를 형성해 내었으므로, 고려가요의 현 형태는 단순히 음악적 요인에 의해 만들어진 '잡연(雜然)한' 것으로 치부되어서는 안 될 것이다. 그러나 동시에 고려가요의 현 형태에는 음악적 필요에 의해 형성된 측면 또한 있으므로, 음악적 변형 이전의 원형태에 대해서도 고려할 필요가 있다.

따라서 고려가요는 다층적으로 접근해야 할 텍스트가 된다. 그 현 형태는 고려가요 특유의 시세계를 형성한 구조물로서 평가되어야 하며, 그 원형태 또한 고려가요 형성의 근간이 된 시형식의 전통으로서 고려되어야 한다. 이러한 다층적 접근을 통해 고려가요가 지닌 시적 아름다움은 더 풍요롭게 해석될 수 있을 것이다. 주의해야 할 것은 고려가요의 여음구와 반복구가 지닌 문학적 또는 음악적 성격에 대한 일률적 재단 속에서 고려가요의 현 형태나 원형태 중 어느 하나를 선택하고 다른 하나는 파기하는 구도를 고려가요 연구에서 취해서는 곤란하다는 점이다.

— 이 글은 「고려가요 여음구와 반복구의 문학적·음악적 의미」, 『한국시가연구』 31, 2011, 101~130쪽에 실린 논문을 수정·보완한 것임.

장르와 전승

고려 속가와 일본 최마악(催馬樂) 비교

◉

최정선

1. 들어가며

고려 속가는 민간 유행 가요가 궁중 속악으로 수용되어 조선에 이르러 기록된 노래이다. 고려 속가의 궁중 속악으로의 정착에는 송대(宋代)의 사(詞)문학과 원대(元代)의 산곡(散曲)의 영향이 있었음은 다수의 연구자에 의해 설명되었다. 박노준[1]과 김쾌덕[2]은 『고려사』, 『고려사』 악지 등 역사 기록을 정밀하게 검토한 위에 송의 사문학 유입에 적극적이었던 고려의 사회 문화적 분위기로 볼 때 고려 속가 형성에 송대 사문학이 직접적 영향을 미쳤을 것으로 분석했다. 또한 금기창은 고려가요의 대부분이 첩구(疊句)표현의 기법을 사용하고 있는데 이는 송사의 첩구 형식에서 비롯되었음을 왕유(王維)의 시 양관곡(陽關曲)을 들어 실증적으로 비교하였다.[3] 나아가 성호경[4]은 고려시가 형성에 있어 송대 성행

1 박노준, 『高麗歌謠의 硏究』, 새문사, 1990, 7~16쪽.

2 김쾌덕, 『고려노래 속가의 사회배경적 연구』, 국학자료원, 2001, 117~142쪽.

3 금기창, 「高麗歌謠에 미친 詞文學의 영향」, 『語文學』 제44·45집, 한국어문학회, 1984, 1~29쪽.

4 성호경, 『韓國詩歌의 類型과 樣式硏究』, 영남대출판부, 1995, 238~275쪽.

한 사의 영향만 논하고 있는 문제점을 지적하고 고려 시가 중 엽(葉), 강(腔), 신조(新調) 등의 용어가 산곡 형식에서 비롯되었다고 결론짓고 경기체가의 구성, 형식과 반복구, 음악상 곡조의 배열 방식 비교를 통해 산곡의 영향력을 논증하였다. 하경심[5]은 고려가요의 속 문학적 성격과 가사로서의 기능에 초점을 두고 형식, 표현 특징, 주제, 효과, 창작 태도를 살펴봄으로써 고려시가와 원대 산곡 간의 영향관계를 작품 중심으로 설명하며 증명하였다. 나아가 김명준은 고려 속가에 내재한 서역적 요소를 비롯한 다채로운 항목을 찾아보고 이들이 기원, 악곡, 시어, 다중 언어 혼용의 수사적 측면에서 외래적 영향을 받았다고 주장했다.[6] 이러한 연구들은 고려가요 발생의 외래적 요인에 주목함으로써 연구의 폭을 확장함과 동시에 고려가요의 장르적 특징을 설명하는 데 기여하였다. 그 간의 연구를 종합하여 볼 때 고려 속가 형성에 외래적 요인이 복합적으로 관계하였음을 알 수 있다. 동아시아 문화권역은 한자를 중심으로 한 중국어문화권에 속하고 있었으므로 보편으로서의 중국의 문학 규범을 크게 벗어나기는 어려웠다. 특히 궁중악과 같이 격식과 절차가 중요시되는 의례 음악은 중국을 기준으로 삼을 수밖에 없었다. 그렇다고 해서 노래의 보편적 특성과 몇몇 유사점만을 선별하여 자의적으로 비교함으로써 영향관계를 논하거나, 민간 유행가의 일반적 내용을 특정 문학의 직접적 영향으로 단순화하는 것은 아닌지 조심스럽게 검토해 볼 필요는 있다. 우리 문학의 지형도는 당대 경제, 정치, 문화의 파장과 밀접하게 관련되어 있고 개별화의 방식과 양상도 다양

5 하경심, 「高麗詩歌내 元曲 및 元代 문화의 영향에 대한 연구」, 『중국어문학논집』 44, 중국어문학회, 2007.6, 417~443쪽.

6 김명준, 「고려속요 형성에 관여한 외래성」, 『고시가 연구』 22호, 2008, 25~59쪽.

하다. 따라서 영향관계뿐만 아니라 독자적 창조력과 문학 생성의 의지를 밝혀낼 필요가 있다. 외래문학의 영향에 압도되어 자칫 놓치기 쉬운 문학 내부의 자생적 전개에 주목해야한다. 외래적 요인을 자국화하는 사유와 방식, 그리고 문학적 형상화의 독자성도 점검되어야 한다. 이것이 사회, 문화적으로 배태된 당대 문학정신이기 때문이다.

이 논문은 중국 문학의 영향관계에 주목했던 기존 연구들의 성과를 바탕으로 하여 동아시아 문학 자장권 안에서 일본 문학과의 관계는 어떠한지 살펴보는 데 목적이 있다. 구체적으로 고려 속가와 일본의 궁중음악인 최마악(催馬樂, 사이바라)의 형성, 내용과 문학적 의미를 살펴보고자 한다.[7] 최마악은 헤이안(平安) 초기 서민들 사이에서 불린 민요와 풍속가(風俗歌)의 가사에 외래 악기를 반주로 하여 만들어진 신률(新律)에 의한 일본 음악이다. 일본의 최마악은 이혜구에 의해 국내에 처음으로 소개되었다. 이혜구는 「催馬樂의 五拍子(고료시)」를 통해 최마악의 박(拍)이 구종(句終)이 아니라, 구(句)는 두(頭)에 나오는 점, 'アハレ'라는 무의미한 탄사(歎詞)가 신라 향가의 감탄사인 아야('阿也') 또는 처용가의 '아으'와 유사하다는 점을 비롯한 여러 음악적인 특징들을 분석하였다. 그리하여 결론적으로 최마악은 당악(唐樂)보다는 신라의 사뇌(詞腦)와 관계가 있다고 보았다.[8] 나아가, 최마악의 어원을 'サイ'(사이)는 새, 즉 신(新)으로 풀이하고, 'バラ'(바라)는 벌(原)의 뜻이고 벌라자 라(羅)의 훈독은 '벌'이어서 'サイバラ'(사이바라)는 '신라'라는 뜻이

7 일본학계의 최마악연구사 검토는 생략한다. 이 논문은 고려 속가의 비교문학적 연구로서 일본 최마악과의 비교가 목적이므로, 한국 학계의 최마악연구사를 검토한다.

8 이혜구, 「催馬樂의 五拍子」, 『韓國精神文化硏究』16 (3), 한국학중앙연구원, 1993. 9, 119~171쪽.

고 그 음악은 신라악(新羅樂) 즉 사뇌라고 추정하였다. 최마악의 원곡은 당악이 아닌 일본의 신제당악(新製唐樂)인데 이는 한국의 고대 향악(鄕樂), 즉 신라악(新羅樂)에서 보인다 했다. 최마악이 고대 신라의 음악과 박자, 율격 구성에서 매우 유사함을 밝혔을 뿐만 아니라, 최마악의 어원을 신라 노래 즉 새벌로 풀이한 탁견이다. 아울러 이지선은 최마악의 율가(律歌)와 여가(呂歌)의 음악적 특징을 분석하는 동시에 시대 흐름에 따른 변화에 주목하였다. 12세기에는 사람들이 빠른 음악을 좋아하는 성향이 두드러지게 나타나고 이로 인해 같은 가사를 사용하면서 빠르게 부르는 최마악 곡이 늘어났다고 분석했다.[9] 노랫말보다는 최마악의 음악적 특징과 연주 등에 주목하여 연구하였다.[10] 이들 연구는 최마악의 박자와 율격, 음악적 특성을 분석하여 일본의 고대 음악이 고대 한국 -고구려, 백제, 신라 -의 영향을 받았으며 그 가운데서도 특히 신라악과 친연성 있음을 밝혔다는 점에서 주목할 만하다.[11]

이 논문에서는 민간의 노래를 수집하여 궁중악으로 편입시켰다는 발생론적 동질성을 가진 고려 속가와 일본의 최마악[12]을 비교한다. 민

---

9 이지선, 「최마악 流波의 음악적 변화」, 『동양음악』, 서울대학교 동양음악연구소, 1998, 181~212쪽.

10 이지선의 http://www.leejisun.com/ 에는 연구논문과 일본음악과 예능에 관한 자료들이 정리되어 있다.

11 최마악의 악보 분석을 통해 악기와 연주, 박자 등의 신라음악과의 연관성이 드러나고 신라음악의 실상이 음악연구자들에 의해 밝혀지리라 기대한다. 이 논문은 음악적 고찰은 유보하고, 노래 말로서의 가사 분석과 문학적 의미 추출을 목적으로 한다.

12 최마악(사이바라)은 헤이안시대 서민들 사이에서 불린 민요와 풍속가(風俗歌)의 가사에 아악의 악기를 반주로 하여 만들어진 새로운 선율을 얻은 것으로 9세기에서 10세기에 걸쳐 융성한 음악이다. 기원과 역사, 음악적 반주는 본론에서 다시 설명하기로 한다.

간의 노래, 풍속의 노래를 수집한 것은 동아시아 음악 전통의 오래된 연원이지만, 이들 노래를 선별하여 궁중악으로 수용한 것은 고대 한국과 일본의 음악 향유 방식의 공통된 특징이기도 하다. 민간의 속을 궁중의 음악으로 아(雅)화 하는 공통적 수용 방식 위에 아화의 방식과 문학의식을 검토해 보고자 한다. 이는 고대를 거쳐 중세로 접어든 동아시아 한자문화권 내에서 기록할 자국어가 없음에도 불구하고 변방의 문학으로 머물지 않고 독자적인 방식으로 궁중문학을 정착, 향유해 왔던 문학정신이기 때문이다. 물론 중국의 송대에 이르러 아와 속 융합의 시도가 빈번하게 일어나지만, 음악은 중국의 선율을 수용하되 노래말에 해당하는 가사만큼은 민간의 것을 채록하여 활용하거나 직접 창작하여 자국어로 부르려 한 것은 중국과는 다른 방식의 아속 융합정신이라 할 수 있다. 다음으로 노래 말의 주제와 문학적 의미를 비교하고자 한다. 민간 노래의 주제는 사랑, 찬미, 유희 등 비교적 다양하다. 폭넓은 주제를 궁중악화 하는 문학 주제의식과 변용을 중심으로 고려속가와 최마악을 견주어 보고자 한다. 즉, 민간에 유행하던 노래를 궁중악의 가사로 수용하였다는 발생적 유사점을 바탕으로 하여 노래 가사에 드러난 특수성 내지는 유사성을 비교하여 본다. 중국문학의 자장안에 존재했지만 끊임없이 독자성을 추구하였던 한국과 일본 문학의 개성적 전개에 주목함으로써 고려와 송, 원의 문학 관계망을 고려와 헤이안으로 확장하여 보고자 한다. 궁극적으로 이러한 비교가 고려 속가의 이해에 기여할 수 있기를 기대한다.

2. 고려 속가와 일본 최마악의 형성

2.1. 아속의 의미와 혼종성

아는 원래 시체로 『시경』(詩經)의 풍(風), 송(頌)으로 분류되는 문학적 특질이다.[13] 「시대서」(詩大序)에는 "言天下之事 形四方之風 謂之雅 雅者正也 言王政之所由廢興也…"(천하의 일을 말하고 사방 여러 나라의 풍속을 표현한 것을 아라 한다. 아는 바르다는 뜻으로 왕정이 흥하고 쇠한 까닭을 말하는 것이다…) 라 하여 아는 바른 것으로 해석하였다. 바른 것의 함의는 통치자의 자세와 자질로 백성을 아끼고 정의를 구현하는 공평정대함이다. 즉, "아"는 정치의 올바름을 일깨워 통치자를 바른 길로 이끄는 역할이다. 순자의 악론에도 "故聽其雅頌之聲 而志意得廣焉 執其干戚 習其仰俯屈伸 而容貌得莊焉…"(아송의 소리를 들으면 의지가 넓어지고 그 간척을 잡고 그 앙부굴신을 익히면 용모가 엄정함을 얻는다.)고 하여 雅한 소리가 인간의 성정뿐만 아니라 외모의 엄정한 형상을 만드는 데도 기여한다 했다. 아는 인간의 성정과 자질, 나아가 용모에 이르는 엄정함과 단정함을 의미할 뿐만 아니라 문학의 규범으로서의 엄정함도 내포한다. 음악으로서 아악은 의식에 사용되는 문묘제례악뿐만 아니라, 궁정 안의 의식(연희)에 사용되는 모든 음악을 총칭하며 민간의 민속악에 대비된다.

"아(雅)"의 사전적 의미를 살펴보면 다음과 같다. 1) 夏와 통용되는 字로 中夏지역, 2) 규범에 맞는 올바름 3) 庸俗하지 않은 고상함 4) 아름답고 좋은 5) 시경 六義의 하나인 雅 6) 樂器 名 7) 평소 …의 뜻이

---

13 『시경』에서 아(雅)는 정악의 노래, 풍(風)은 민간의 노래, 송(頌)은 조상의 공덕을 찬미하는 노래로 분류했다.

있다. 원래 아는 하(夏)와 통용되는 글자로 하인(夏人)이 거주하는 지명을 의미했다. 이로부터 주왕실의 경기(京畿)지방을 지칭하게 되었고 경기 지방은 당시의 정치 문화 경제의 중심적 자리에 위치하였음으로 정(正)의 의미로 확대되었다. 중앙에 자리하고 있음으로 "바르고 규범이 되며 고상하여 아름답다"는 다의성을 내포하고 있다.

이에 반해, 아와 대비되는 속은 『설문해자』(說文解字)에 "俗 習也"로 풀이했다. 사전적 의미는

1) 풍속, 습관 2) 대중적, 통속적, 3) 용속(庸俗), 평용(平庸) 4) 세속, 세간이다. 습관적으로 행해지는 세속의 관습과 풍속을 의미한다.

아와 속은 대립되는 개념어이다. 문학적으로도 아속은 풍격의 문제로 변화와 대응의 주제로 다루어졌다. 아사(雅詞)는 사대부 문인들의 고차원적인 정신세계를 세련된 문체로 담아낸 반면 속사(俗詞)는 일반인들의 평속한 생활정서와 감흥을 속어로 표현하였다. 물론 아속은 층위의 개념에서 혼종성을 띠며 경계를 무력화하는 문학적 시도가 감행되기도 했다. 특히 중국의 송대 사회 문화의 혼종적 양상은 안사의 난 이후 송대까지 진행된 과거제의 변화를 필두로 야기된 아속의 계층적 착종성, 이학 사유의 내적 구조, 문예 심미의 표출 등으로 인해 아속의 상호교감이 이루어졌다.[14] 중국에서도 아와 속은 엄격하게 구분되었지만 경제적 풍요 속에 계층과 문화간의 교섭과 혼용이 이루어지며 경계가 다소 완화되었다.

아속의 문학적 풍격 문제는 음악에도 적용된다. 일반적으로 고대 예악 사상에 근거하여 천지인을 모시는 의식음악이 아악이다. 이미 춘추

14 북송 문화의 문예미와 이학의 구도에 관해서는 오태석, 「북송문화의 混種性과 이학 문예심미」(『중국어문학지』 제34집, 중국어문학회, 2010)에 자세하게 기술되었다.

시대에 아악의 개념이 구체화되어 예악사상이 발달하였다. 사회의 질서를 이루는 예와 사람을 조화롭게 만드는 음악으로서 악인 예악사상은 통치 이념으로 활용되었다. 즉 국가가 이상적인 예악을 펴면 민중은 절로 조화와 질서를 이루게 된다고 파악했다. 한대(漢代, B.C.140-A.D.220)에는 예악사상에 기초하여 유교 제사로서 아악이 제도적으로 정립되었다. 아악은 좁은 의미에서는 문묘제례악, 넓은 의미에서는 궁중 밖의 민속악에 대하여 궁정 안의 의식에 사용되던 음악을 망라한다. 특히, 당대(618-907)에는 특히 음악의 비약적 발전과 변화가 있었는데 유교의 제사악인 아악이 견고히 유지되는 한편 서역으로 전래된 호악(胡樂), 중국 고유의 속악(俗樂)이 어울려 다양한 변주를 이루어냈다.[15] 고대 한국과 일본은 중국의 아악을 수용, 의식에 사용하면서 의례를 갖추고 아속의 조화로운 접점을 모색하였다. 고려에서 처음으로 중국의 음악을 도입하려 했던 시기는 광종대로서 "定雅樂…"(아악을 정하였다. 『太宗實錄』 卷23 太宗11年12月)이라 기록되어 있다. 고려는 중국의 음악을 수용하되 자국의 정치, 문화 현실에 맞춰 능동적으로 문학적 변주를 만들어 갔다.[16] 이는 중국한어시가와 국어시가가 공존하는 상황에서 궁중음악에 걸맞은 격식과 언어미를 갖춘 음악, 중국의 음악을 수용하되 실제적 활용과 문학적 감동이 가능한 문학화의 방식을 새롭게 고안하지 않으면 안 되었던 사회, 문학 향유 환경과 관련된다. 아울러 음악으로 성정을 바로 잡고 정치적 도의를 바르게 하려했던 동아시아 고유의 예악관에 기인한다.

---

15 김해명 앞의 논문, 238쪽.

16 임주탁, 『고려시대 국어시가의 창작, 전승 기반 연구』(부산대학교 출판부, 2004)는 중국 음악의 도입과 배경을 문헌 기록을 통해 상세하게 추적하여 연구하였다.

2.2. 고려 속가 : 이속위아(以俗爲雅)

고려 속악은 민간에서 발생한 노래가 궁중의 악으로 수용되어 정착된 것이다. 일반적으로 고려 궁중악은 국가에서 직접 제정, 개인 창작악의 수용, 민간의 음악(민요) 수용, 중국으로부터의 수입과 같은 다양한 경로를 거쳐 제정되었다. 국가가 직접 제정하거나 중국으로부터 음악을 직접 받는 경우는 정풍으로서의 아에 해당되고 민간의 노래를 수용한 경우는 속이라 할 수 있다. 국가 종묘 제사와 제향, 연회에서 불린 노래는 아로서의 당악을 이용하는데 그치지 않고 속악도 대등하게 사용하였다. 즉, 지방 민요적 성격의 노래가 지방의 관기가 궁중에 차출되면서 궁중에 반입되어 악장으로 편입되었다[17]거나 지방의 민풍을 살피기 위해 사록을 두어 민속 가요와 수령의 정적을 기록하게 하였는데 사록들이 지방의 가요를 수집하여 올리면 음악을 관원들이 수용하거나 부분 수정을 가하여 궁중에서 노래하게 하고 악보에 올리는[18] 과정을 거쳐 궁중악으로 정착되었을 것으로 본다. 즉, 당악을 궁중악으로 수용하되 노래 말은 민간의 노래이든 궁중에서 제작한 노래 말이든 크게 차등을 두지 않았다. 역사적으로는 문종대 관현방 설립으로 송나라 음악(교방악) 도입이 활발하게 추진되어 고려의 대악으로 정비되어 간다. 중국음악이 고려 대악으로 정립되면서 고려 전래 음악과 국어 시가의 위상에는 어느 정도 변화가 올 수 밖에 없었으리라 추정할 수 있다. 시가 창작과 향유의 상층 집단은 치어(致語)와 구호(口號)를 지어

---

17 김학성, 「고려가요의 작자층과 수용자층」, 『국문학의 탐구』, 한국학술정보, 2001, 15~47쪽.

18 김선기, 「고려사 악지의 속악가사에 관한 종합적 고찰」, 『한국시가연구』 제8집, 한국시가학회, 2000.8, 3~56쪽.

노래에 얹거나 송축의 말을 보탬으로써 국어 시가의 아(雅), 송(頌)적 형상을 갖추어 나갔다.[19] 그리고 한어 시가의 연행이 교방 주악(奏樂)의 필수 절차로 포함되면서 국어 시가의 위상은 점차 미약하게 되었을 것이다. 즉 중국 음악을 수용한 결과 한어시가가 그 음률에 더 잘 어울렸기 때문에 국어시가는 상대적으로 쇠퇴할 수밖에 없었다. 아악의 정비는 『시경』의 고사와 같은 한어시가를 악가로 만들어 부를 수 있는 음악을 만드는 것이었으므로 국어 시가의 의의와 실상을 현저하게 약화시키는 결과를 초래했다.[20]

그렇다고 해서 국어시가가 완전하게 주변부로 밀려난 것은 아니었다. 무신 집권기, 강화천도시기와 같은 고난의 시간을 보내면서 국가통합과 민족적 자긍심의 회복에 주의를 기울이게 된다. 이를 위해 국어시가를 적극적으로 활용함으로써 계층적 교감과 융합을 도모한다. 주변에 머물던 백성의 노래와 정서를 중심으로 수용하여 재편함으로써 아와 속의 조화로움을 도모하였다[21] 통합과 질서 유지로서 국어 시가의 활용은 결과적으로 아와 속의 융합으로 나타나게 되었다. 뿐만 아니라, 지방 노래의 수집은 왕권 강화와 지방에 대한 중앙의 지배력을 강화하기 위한 방편으로 활용되었다. 지방의 노래, 민간의 노래를

---

19 당악정재에서는 죽간자가 연희의 시작과 끝을 알리며 군왕에게 송축의 내용을 지닌 치어와 구호를 아룀으로 예를 갖춘다.

20 임주탁, 『고려시대 국어시가의 창작, 전승 기반 연구』, 부산대학교 출판부, 2004, 118~139쪽.

21 일연의 『삼국유사』 찬술도 유사한 배경에서 이해할 수 있다. 민족 수난기에 민족의 자긍심과 역사의식을 고취하려는 목적으로 『삼국유사』의 이야기들을 모았기 때문이다. 건국신화뿐만 아니라 불교적 이적과 승려의 기이한 행적, 아울러 평범한 인물들의 선행과 미덕의 이야기를 통해 성과 속의 경계를 허물며 아와 속이 결코 다르지 않음을 보여준다.

수집하여 궁중악으로 사용함으로써 변방의 문화를 중앙으로 포섭하여 중심화했다. 지방과 중앙의 경계가 분명한 가운데 지방의 속 문화를 궁중의 아문화에 편입함으로써 서로 다른 문화의 혼융을 꾀하였다. 그리하여 속문화를 아문화로 포섭하여 문화의 기준을 만듦으로써 지방색을 탈피한 중앙 집권적 문화를 형성하게 된다.

이와 같은 사적 전개 속에 민간가요를 궁중악으로 수용한 것은 속을 아화하여 아속의 조화를 도모한 것으로 해석할 수 있다. 예와 격식을 갖춘 음악으로서 아를 지향한 가운데 국어 시가의 노래 말로서 속을 결합하여 이속위아(以俗爲雅)하는 방식으로 궁중악을 제정하였다. 즉 국어시가로는 표현할 수 없는 아의 풍격을 음악의 형식으로 구체화하였다. 그리고 노래 말로 드러나는 속의 직설적이고도 격정적인 감정의 분출은 첩구, 분연체와 같은 형식으로 정제되고 구호와 치어의 활용으로 격조를 갖추며 아화한다. 음악으로써 계층적 교감과 정서 조화를 도모하였다. 또한 지방 문화를 궁중 문화로 수용함으로써 중앙 집권적인 문화 권력을 강화하는 효과를 가져왔다. 이속위아(以俗爲雅)함으로써 지방에서 벗어나 중앙 문화로의 집중이라는 문화 재편성을 도모했고 이는 중앙 집권적 문화정책으로 기능했다. 지방의 통속을 받아들이지만 전아한 풍격을 갖춘 아문화화 함으로써 지방의 문화체력을 약화시키고 중앙 집중적 문화 창출과 배급으로 문화지형을 재편하려 했다. 이속위아 양상은 궁중의 제례와 연회에 사용되는 음악은 외래악을 수용하되 노랫말은 우리말을 사용해야 한다는 주체의식에도 나타난다. 우리말 가사라야 의미전달이 명료하고 감동을 줄 수 있다는 자국어 문학의 내재력에 대한 믿음이다. 이러한 문학관은 이미 향가에서도 나타난다. "羅人尙鄕歌者尙矣 盖詩頌之類歟 故往往能感動天地鬼神者

非一"[22]에서 직시한바, 노래는 천지귀신을 감동시키는 효능이 있으며 사람이 감동하는 노래는 귀신도 움직일 수 있다 하였다. 감응의 근본은 송축하는 말, 즉 우리말이어야 한다는 것이다. 세속의 말이야말로 고상하고 아름다워 감동을 이끌어내기에 아의 본질에 가깝다 여긴 것이다.

궁중악은 국가의 정치적 필요에 의해 제정하는 측면이 있기 때문에 정치 문화적 의도가 개입될 수밖에 없다. 다시 말하면 정치적 이념이나 통치의 정당성을 위한 음악을 만들어 국가적 행사에서 연행하거나 효나 충 같은 이념을 담아 사회를 통제하고 백성을 교화하는[23] 방편으로 삼기도 한다. 이와 같이 음악이 인간과 인간, 인간과 사회, 인간과 천지자연의 융화를 지향하고 있으며 악의 궁극적 기능은 정치교화에 있다는 생각은 고대 동아시아의 음악관이다.[24] 예악(禮樂)으로 정치를 한다는 예악사상은 고대 중세정치의 세련된 수단이었고 정치의 기본이었다. 구체적으로 『고려사악지』의 서[25]에 의하면 악은 풍화를 수립하고 공덕을 본받게 한다 했다. 음악의 효용이 풍속을 교화하여 나라를 바로 잡는 현실적 목적에 있음을 강조했다. 나아가 공덕을 찬미함

---

22 『삼국유사』 월명사 도솔가 조.

23 여기현, 『고려 속악의 형성과 향유, 그 변용』, 보고사, 2011, 30쪽.

24 예는 사회의 질서를 이루는 儀禮이고 樂은 인심을 조화롭게 하는 음악을 의미하여 국가가 이상적인 예악을 행할 때 비로소 백성은 절로 조화와 질서를 이룬다고 하는 통치이념이 예악 사상으로 구체화되었다.

25 夫樂者, 所以樹風化, 象功德者也. 高麗太祖, 草創大業, 而成宗立郊社, 躬禘祫. 自後文物始備, 而典籍不存, 未有所考也. 睿宗朝, 宋賜新樂, 又賜大晟樂. 恭愍時, 太祖皇帝, 特賜雅樂, 遂用之于朝廟. 又雜用唐樂及三國與當時俗樂. 然因兵亂, 鍾磬散失. 俗樂則語多鄙俚, 其甚者, 但記其歌名與作歌之意. 類分雅樂·唐樂·俗樂, 作樂志.

으로써 만천하에 알려 백성들을 동화하고자 하였다. 이러한 음악관은 『악학궤범』에서도 확인된다. "…所導有正邪之殊 而俗之隆替係焉 此樂之道所以大關於治化者也"라 하여 백성을 바름(正)으로 인도하는 데 음악의 효용이 있음을 강조했다. 음악으로서 정치를 바로 잡고 백성을 교화한다는 예악사상에 근거하여 음악 선율로서의 아와 노래 말로서의 속을 조화롭게 엮어 나가려 했던 시도가 고려 속가의 형성에 반영된 문학 정신이다.

2.3. 헤이안 최마악 : 화혼한재(和魂漢才)

최마악에 관한 역사 기록은 『삼대실록』(三代實錄)[26]에 처음 등장한다. 청화(淸和)천황(858-876)정관(貞觀)원년(859)에 상시(尙待)였던 광정여왕(廣井女王)의 사망을 기록하면서 최마악을 잘 했던 그녀가 많은 사람에게 노래를 가르쳐 주었다 했다.[27] 이로 미루어 볼 때 최마악은 헤이안 전기 궁중에서 이미 널리 불리기 시작하였던 것 같다. 헤이안 초기부터 불리기 시작하여 10세기에 가장 융성했다. 그 이후 무로마치 시대(室町時代)에 이르러 연주 전승이 단절되다 에도시기 재흥되어 현재 17세기의 고보(古譜)로부터 복원된 6곡이 연주되고 있다. 가장 성행했던 제호천황(醍醐天皇)의 시기(897-930)에는 최마악과 관현을 서로 맞춘 음악체계가 일정한 양식으로 정해져서 천황과 공경, 전상인이 연주자로서 합주와 노래를 즐기는 "어유(御遊)"가 궁정에서 개최

26 宇多천황(887-897 재위) 의 칙명에 의해 착수되어 醍醐천황(897-930 재위) 延喜원년(901)에 완성된 3대 30여 년 간의 역사를 편년체로 기록한 총 50권의 역사서.

27 以能歌見称 特善催馬樂歌 諸大夫及少年好事者 多就而習之焉『三代實錄』

되어 최마악이 연주되었다. 원래 일반 서민들 사이에서 불린 가요였기 때문에 특별히 선율은 정해져 있지 않았으나 귀족들에 의해 아악풍으로 편곡되어 "대가"(大歌)[28]로서 궁정에 도입되어 아악기의 반주로 노래하는 궁정음악으로 유행하게 되었다. 최마악은 아악으로 도입된 이후 여러 번 악보의 선정이 이루어져 헤이안 시대 중기에 이르러 「률」(律) 그리고 「려」(呂)의 2종류의 선법으로 정해졌다. 최마악의 노래 방법은 유파에 따라 상이하나, 반주에는 홀박자(笏拍子), 비파(琵琶), 악비파(樂琵琶), 쟁(箏), 생(笙), 필률(篳篥), 용적(龍笛) 등의 관악기, 현악기가 사용되었고 춤은 동반되지 않았다.[29]최마악의 가사에는 부분적 반복이 많고, 반복할 때 장단을 맞추는 잡자사(囃子詞)를 넣기도 하여 짧은 가사를 길게 늘이기도 한다. 노래하는 방식도 발음 하나하나를 길게 늘이는데 이는 당시 귀족들의 우아한 것을 추구하는 취향과 노래 가사를 선율에 맞추어 부르는 방식이었을 것이다. 가사는 모두 일본어로 노래되며 대체로 홀박자(笏拍子)를 두드리면서 독창이 끝나면, 용적, 필률, 생, 비파, 쟁으로 반주하는 제창으로 연결되는 형태를 갖추고 있다.[30]

최마악 명칭 기원에는 여러 설이 있다. 1) 각 지방에서 조정에 공물을 운반할 때 부른 노래로 말을 재촉한다는 의미에서 파생, 2) 최마악의 「我が駒」에서 「いで我が駒早く行きこせ」라는 어구에서 유래 3) 大嘗會에서 신마(神馬)를 끌 때 부른 노래 4) 신마(神馬)를 봉헌할 때 신

28 大歌(오오우타)는 민간에서 불린 小歌(고우타)에 대비되는 노래로 궁정의 공식 행사, 예를 들면 정월,절회(節會) 대상회(大嘗會) 등에서 불린 노래를 칭한다.

29 고려 속가와 악기와 함께 춤도 사용된 것과 비교된다. 최마악은 악곡과 선율위주의 노래인데 반해 고려속가는 좀 더 의례적이고 규모가 장대한 음악이었다.

30 竹內日出男 等著, 『吟詠 系譜』, 東京:吟濤社, 1985, 92쪽.

이 말을 타도록 하기 위해 재촉하는 노래 5) 당악의 최마악 박자에 맞춰 부른 노래 6) 라(ラ)는 樂 의 자음, サイバ는 サルメ(猨女), サイバラ는 신악(神樂)에 대비되는 노래[31] 등 명칭에 관한 설이 다양하다. 명칭의 어의에서 드러나듯, 공물을 도성으로 옮길 때, 짐을 운반하는 말을 재촉하는 마부의 노래로부터 비롯되었다는 명칭 기원설이 일반적이다. 지방의 공물을 도성으로 옮기면서 마부들이 지방의 노래를 함께 운반했고 물자와 더불어 문화를 공물로 바쳤다. 각지방의 민요를 궁중으로 유입하는 통로 역할을 했으며 지방 문화를 중앙에 전달하는 운송자 기능을 했다.

최마악은 서민들의 노래를 궁중악으로 수용했다는 점에서 고려 속가의 형성과 유사하다. 헤이안 귀족은 당악이나 고려악을 그들의 심미취향과 음악적 감성에 맞추어 새롭게 제정하여 반주로 삼았다. 역사적으로 살펴보면 헤이안시대는 이전시기부터 이어진 당악의 수입이 지속되다 승화(承和) 5년(838) 견당사(遣唐使)를 통한 문화교류가 중단되면서 대륙음악에 대한 일본인의 독자적 토착화가 고양되기 시작한다. 수입된 대륙문화가 일본의 토착 관습과 융합되면서 정치, 경제, 언어의 표기법, 문예와 미적 가치의 영역에 걸쳐 내적 제합성이 두드러진 자기 완결적인 문화체계(왕조문화)를 만들어낸다.[32] 구체적으로 음악의 경우 모든 외래음악을 일본풍으로 바꾸어 일본 아악(雅樂)의 기초를 이루게 된다. 외래음악을 당악(唐樂)과 고려악(高麗樂)의 두 계통으로 정리 통합하였다. 종래의 당악과 림읍악(林邑樂) 등 남방계의 음악을 당

---

31 土橋寬, 小西甚一校注 『古代歌謠集』 日本古典文學大系3, 東京 : 岩波書店, 1957, 111쪽.

32 김태준, 노영희 역, 『日本文學史序說』 1, 시사일본어사, 1995, 132~140쪽.

악으로 통합하고 삼한악(三韓樂)에 발해악(渤海樂)을 덧붙여 고려악(高麗樂)으로 칭하기 시작하였다. 전자는 좌방(左方)의 악, 후자는 우방(右方)의 악으로 구별하였다. 이러한 변화가 이루어진 배경에는 일본인의 음악적 감수성과 심미경향에 맞지 않는 것을 없애고 일본화하고자 한 귀족층의 강렬한 의지가 있었던 것으로 여겨진다.[33] 아악의 국풍화는 헤이안시기 문학정신의 구체화이다.

외래악을 자국의 음악 감성과 미적 취향에 맞추어 재정비하였고 노래 말 역시 오래 전승되던 만엽가, 민요 등을 수용하였으니, 궁중악으로서의 아(雅)와 가사로서의 속(俗)을 화혼한재(和魂漢才) 방식으로 혼융한 것이다. 일본의 야마토타마시[34] 정신에 외양으로서의 외래 음악의 형식을 더해 일본 특유의 문학정신을 이어가는 전통을 만들어갔다. 야마토타마시(和魂)는 일본(야마토)는 천조대신(天照大神)을 중심으로 하는 고천(高天)에서 비롯되었고 신들의 보살핌으로 영원히 평안할 수 있기를 염원하는 정신이 주축을 이룬다. 최마악의 노랫말은 민간의 소박한 정서를 반영하며, 음악의 박자와 율격 역시 그들의 미적 취향에 접합하게 변용하였다. 화혼을 노래의 본질로 삼되 표현되는 언어 형식은 중국의 기교를 빌었다. 5음과 7음이 반복되는 시가형식의 5.7. 형식은 한시의 형식인 오언 칠언을 의식한 율격배치이다. 헤이안귀족들

33 김해명 교수는 「平安時代 雅樂과 唐樂의 關係」(『중어중문학』 39, 한국중어중문학회, 2006.12, 233~259쪽)에서 헤이안시대 아악의 성립과 일본화 과정, 궁중에서 귀족들의 교유와 유흥에 사용된 랑영(朗詠)을 설명하고 한시와 와카(和歌)의 접근 현상을 설명하였다.

34 헤이안조문헌에 등장하는 말로 한재(漢才), 학문 지식에 대해, 실생활 상의 지혜 재능을 의미하는 말로 실용적이며 중국과 다른 독자적인 일본인다운 정신활동을 의미하는 개념이다.

은 자신들의 심미적 취향과 문학적 호사 취미에 부합하는 방식으로 大和(야마토) 정신 위에 중국의 형식을 빌어 예악정신을 구체화하였다.

3. 고려 속가와 최마악 내용과 문학적 의미

3.1. 내용 분류와 해석

최마악과 고려 속가를 내용 혹은 주제, 소재 중심으로 분류하여 비교하는 데는 몇 가지 장애가 있다.[35] 가령 고려 속가의 경우, 여성화자 목소리를 통한 애정 주제의 노래가 주류를 이루고 있지만, 고독, 기다림, 원망처럼 애정의 다채로운 정서가 혼융되어 있어 분류가 쉽지 않다. 또한 만남, 이별, 님의 부재와 같이 상황에 따른 정서도 상이하게 나타나기 때문에 애정 노래로 동일 범주에 넣어 분류하기 어렵다. 주제를 구현하는 섬세한 감정의 다채로운 표현을 외면하게 되기 때문이다.[36] 뿐만 아니라 남녀 간의 애정 노래에 송도나 기원의 의미가 더해짐으로써 복합주제를 형성하기도 하며 해체와 결합의 구성에 의해 넘나듬이 가능해 주제적 다양화가 돋보이다. 이러한 고려 속가의 장르적 특성으로 인해 주제별 작품 분류는 수월하지 않다. 반면, 최마악은 노

35 한·일 고대 가요의 비교는 주로 소재 중심(달, 자연, 식물, 동물) 혹은 주제(사랑, 죽음)로 이루어졌다. 고대 삼국 자료의 수적 열세를 보완한다는 점에서 소재 중심의 비교나 주제적론 고찰이 의미 없는 것은 아니다. 그러나 두세 작품에 나타난 자연물, 혹은 작품의 일부로 드러난 정서를 중심으로 비교하여 양국의 문학관을 설명하는 것은 보편을 특수화할 우려가 있다. 자의적 해석으로 객관적 문학 현상을 설명하지 못함으로써 연구의 논리적 설득력을 얻지 못한다는 문제점도 제기할 수 있다.

36 윤성현, 『속요의 아름다움』(연세국학총서 81, 2007)에서 고려 속요의 서정성을 만남, 이별, 체념으로 나누어 살펴보았다.

래 말이 짧아 주제가 비교적 선명하게 드러난다.[37] 이 글에서는 최마악 가사를 예찬(讃め歌), 애정(戀歌), 풍자(諷刺歌)로 내용 분류하고 고려 속가와 비교 가능하거나 고대 한국과 관련된 내용이 있는 노래를 중심으로 살펴보고자 한다.[38] 또한 지금까지 우리 말로 번역 소개된 적이 없는 최마악의 노래들을 문학적으로 해석하고 고려 속가와 대비되는 문학적 특색을 설명하는 데 의미를 둔다. 최마악 노래 말을 통해 장르적 특징을 확인하고 고려가요와 비교하여 살펴보기로 한다.[39]

3.1.1. 예찬

최마악은 민간의 리요(俚謠) 또는 유행가가 귀족들의 연회의 장에서 부르는 노래로서 수용된 것이다. 이 가운데 귀족들이 새롭게 만든 와카 그리고 신년 축하 노래 등이 더해져 다이죠우에(大嘗會)[40]의 풍속 노래 등으로 연주되었다.

노래 몇 수를 통해 찬미의 방식과 찬탄의 대상을 살펴보자.

---

37 鈴木日出男, 「催馬樂における戀」(『國語國文學』, 東京大學, 國語國文學會, 1995.5, 139~154쪽)는 최마악 61수 가운데 31수를 애정 노래로 파악하였다. 饗宴의 노래로서의 본래적 성격은 신을 향한 제의와 연회이므로 신의 강림, 향응과 같이 신을 대상으로 하는 찬미와 감탄이 주요 정조이다. 따라서 신을 향한 구애의 갈구와 능력의 찬미는 남녀 간의 사랑으로 환치될 수 있다.

38 高橋信孝는 논문 「催馬樂の世界」(『國文學解釋と鑑賞』 55卷, 至文堂, 1990, 77~80쪽)에서 최마악 내용을 축하(祝い歌), 사랑(戀歌), 희롱(戯れ歌)으로 나누었다.

39 고려 속가와의 구체적 내용 비교는 작품 선정, 비교의 방법과 기준을 정밀하게 마련한 뒤, 후속 연구로 진행하고자 한다.

40 천황 즉위 후 처음 지내는 제를 신상제(新嘗祭)라고 한다. (출처 http://www.weblio.jp)

安名尊(あなとうと)
아– 아 고귀하여라 오늘의 고귀함이여 예전에도 *하레*
예전에도 오늘날과 같았으리라 오늘날의 고귀함이여
아라헤 소고요사 오늘날의 고귀함이여[41]

전형적인 궁정찬가이다. "오늘이 준(尊, 소중히 여기다, 존경하다.) 하다"는 가사에 감탄사와 하야시코토바(囃子詞)[42]를 삽입 세 번 반복함으로써 오늘의 경사스러움을 강조했다. 간결명료한 가사이며 의례적 성격이 분명하므로 최마악 가운데 비교적 오랜 시간 전승되어 연주되었다. 궁중 연회의 시작을 고하는 노래에 적합한 내용 때문에 향연의 자리에서 도입의 노래로 활용되었다. 심지어 이 노래를 부르지 않으면 다른 노래를 자연스럽게 부를 수 없다고 생각할 정도로 도입가로서의 역할을 하였다.[43] 노래 말의 "준(尊)"은 우러르다, 존경하다는 뜻 이외에 제사(祭祀) 지낼 때 술이나 명수(明水) 등을 담기 위해 만든 그릇이나 술잔을 의미하므로, 제사의 시작을 고하는 자리에서 불렀음을 알 수 있다. 특히 오늘날의 소중하고 존귀함이 예전과 같다(今日の尊さ や

41 あな尊 今日の尊さ や いにしえも はれ いにしえも かくやありけむ
今日の尊さ あはれ そこよしや 今日の尊さ

42 하야시코토바(囃子詞)는 특별한 의미가 없는 조흥구이다. 노래에 활기를 더하고 돋보이게 하기 위해 가사의 본문에 삽입하는 짧은 어휘. 또는 가사의 글자 수 부족을 보충하기 위해 박자를 조절하기 위해 삽입되는 짧은 어휘를 지칭한다. 박자를 맞추거나 노래의 활기 또는 재미를 위해 의도적으로 삽입된 의미가 명확하지 않는 음절들이다. 가창 측면에서는 하야시코토바(囃子詞)는 노래를 부르는 본인이 부르는 경우도 많지만 대부분 제3자(복수의 경우가 많다)가 부르는 경우가 더 많다. 대표적인 예가 민요이다.(출처. http://kotobank.jp)

43 臼田甚五郎, 新間進一校注・譯, 『神樂歌 ; 催馬樂 ; 梁塵秘抄 ; 閑吟集』 日本古典文學全集 25, 東京:小學館, 1976, 140쪽.

いにしえも)는 사고는 신화적 세계관과 상통한다. 오늘날 우리는 시원(始原)의 신의 세상에 기반을 두고 형성되었기에 예전과 같이 존귀하다는 의식이다. 헤이안귀족들은 자신들의 시조가 천조대신(天照大神)을 중심으로 하는 고천(高天)에서 비롯되었다고 여겼다.[44] 따라서 이들이 생각하는 옛날은 신화세계의 시원으로 거슬러 올라간다. 신성하기에 고귀한데 존귀함이 예전과 다르지 않다는 자족적 찬미의식이다. 신을 찬미함과 동시에 신의 신성함이 자신들에게까지 이르렀음을 자족하는 듯하다.

신을 향한 송축의 말은 고려 속가 '동동'의 서사 "德으란 곰비예 받잡고…" 혹은 '정석가'의 "딩하 돌하 當今에 계샹이다 딩하 돌하 當今에 계샹이다 先王 聖代예 노니ᄋᆞ와지이다"와 같은 도입부의 송도지사(頌禱之詞)와 유사하다. 송축의 기원을 담은 노래로서 최마악의 기능과 궁중악으로서의 성격을 간명하게 보여주며, 고려 속가 역시 궁중악으로 기능하기 위해 송축의 뜻을 담은 어구가 덧보태진 공통점이 있다. 노래의 형식을 갖추고 신을 찬미함으로써 후손들에게 축복이 내리길 간구하는 염원이 담겨 있다.

다음은 계절의 찬미이다.

> 梅枝(むめがえ)
> 매화나무 가지에 날아 앉은 꾀꼬리야 겨울에서 봄이 되도록 *하레*
> 봄이 되어 울고 있지만 지금에서야 눈은 계속 내리고 있고 *아하레 소고요샤*
> 눈은 계속 내리고 있고[45]

---

44 高橋信孝, 「催馬樂の世界」, 『國文學解釋と鑑賞』 55卷, 至文堂, 1990, 77쪽.

긴 겨울의 끝자락에서 발견한 봄의 미약한 움직임을 포착하였다. 매화가지에 앉은 꾀꼬리는 봄의 도래를 노래한다. 하나 눈이 아직도 내리고 있으니 겨울도 얕고 봄도 야트막하게 움트고 있음이다. 계절의 변화에 따른 찬미는 신에게 헌사하는 헌가의 주요 주제이다. 특히 봄은 시작으로서 생명의 활력을 의미한다. 잔설, 매화가지, 꾀꼬리의 소재를 감각적으로 활용하여 회화적 배치 안에 청각적 울림을 더하였다는 점에서 일본 와카(和歌) 미의식의 심화로 이어지는 단초를 발견할 수 있다.

이 노래는 고려 속가 가운데 송도지사(頌禱之詞)로 성격이 덧붙여진 '동동'(動動)을 연상하게 한다. 계절의 변화에 따른 임에 대한 그리움을 노래하고 있는 동동의 봄 역시 꾀꼬리로 상징화된다. 다만 꾀꼬리는 님이 돌아오기로 약속한 시간의 도래를 상기시켜 줌으로 인해 오히려 님의 부재로 인한 슬픔을 각성시키는 비애의 매개체이다. 반면 최마악의 꾀꼬리는 이른 봄을 알리는 전령이다. '동동' 역시 민간에서 비롯된 노래였겠지만 서두의 "德으란 곰빅에 받줍고 福으란 림빅에 받줍고 德이여 福이라 호놀 나슥라 오소이다 아으 動動다리"의 구호가 붙음으로 궁중악으로 사용되었다. 연정적 주제로 엮인 각 장의 노래들도 발생의 연원을 거슬러 올라가면 제의의 현장에서 신에게 바치는 노래였을 가능성도 배제하기 어렵다. 계절 변화에 따른 상황 변화와 심리 전환은 계절을 주관하는 신, 나아가 인간 마음의 변화무쌍한 심리전변까지 이끌러 내는 신 권능에 한 찬미로 해석될 수 있기 때문이다.

---

45 春かけて 鳴けどもいまだや 雪は降りつつ
あはれ そこよしや 雪は降りつつ

新年(あたらしきとし)
새로운 年初이구나 이와 같이 *하레*
이와 같이 잘 모셔봅시다 오랜 시간 후에도
아 아 그때가 좋을 거에요, 오랜 시간 후에도[46]

새해가 밝았음을 경축하는 노래이다. 오늘이 좋으니 앞으로도 변함없이 좋을 것이라는 염원을 담아 찬양한다. 새해가 시작된 경사스러움을 예찬하면서 과거와 현재, 그리고 미래로 이어지는 시간의 영속성과 영구한 복덕과 경사를 기원한다. 현재를 찬미하며 현재의 가치를 미래적 희망으로 투사하는 방식의 찬양가는 최마악에 빈번하게 등장한다. 오늘이 좋으면 내일도 좋을 것이라는 현세 중심의 믿음은 고대인들의 주술적 사고에 기인한 낙관적 신념화라고 생각할 수 있다.

眞金吹(まがねふく)
진금 부는[47] 吉備의 中山 띠처럼 두르고 있네 *나오야 라이시나야 사이시나야*
띠로 두르고 있네 띠로 두르고 있네 *하레*
띠로 두르고 있네 細谷川의 청량한 물소리여 *라이시나야 사이시나야*
시원한 소리여 시원한 물소리여[48]

---

46 新しき 年の始めにや かくしこそ はれ
かくしこそ 仕えまつらめや 万代(よろずよ)までに
あはれ そこよしや 万代までに

47 眞金(まがね)吹く은 枕詞. 枕詞는 고대시가(和歌)에 사용된 수사법으로 특정한 낱말 앞에서 어구를 수식하거나 어조를 정돈하는 역할을 한다. 보편적으로 5언이나 3, 4언인 경우도 있다. 위 노래에서 진금은 철(鐵)을 의미하므로 "진금 분다"는 枕詞는 철이 생산되는 吉備(기비)를 의미와 운율의 이중적 차원에서 수식한다.

48 眞金(まがね)吹く 吉備の中山 帯にせる
なよや らいしなや さいしなや

지명이 포함된 노래는 주로 토지예찬이다. 기비의 나카야마(吉備 中山)를 에워싸고 흐르는 세곡천(細谷川)을 띠처럼 둘러싸고 있는 성스러운 장소로 묘사하며 시원스럽게 흘러내리는 강물소리에 신성함을 중첩시켰다. 철의 생산지인 길비(吉備)가 자연 즉 신의 혜택을 받은 신성한 장소임을 산과 물의 조화를 통해 묘사했다. 『고금화가집』(古今和歌集)과 『만엽집』(萬葉集)에도 이와 유사한 노래가[49] 가 수록되어 있어 토지(지역)를 예찬하는 노래의 오랜 전통을 알 수 있다.

살펴본 위의 노래 이외에도 계절, 자연, 건물, 술을 대상화하여 찬미하는 노래가 있다. 계절이나 자연물은 신의 조화와 운영에 의한 영적 대상물로 찬양하였고 신에게 바치는 술, 제향의 자리로서 건축물은 외경의 대상이 되었다. 공통적으로 이들은 "지금"을 찬양하고 있는 현재성을 보여준다. 과거의 연장으로서 현재의 긍정은 거슬러 과거의 찬탄까지 포함하고 있기 때문이다. 현재를 찬미할 수 있는 이유가 과거의 신성에서 유래한다는 사유방식은 고대 신화적 세계관에서 유래한다. 더불어 시간성을 미래로 확대 생산하여 중세적 사유 체계로의 변화를 보여준다. 즉 과거의 먼 시간대로 역행성에 그치지 않고 미래시간으로 시간 개념을 확장했다.

帶にせる 帶にせる はれ
帶にせる 細谷川の 音のさやけさや らいしなや さいしなや
音のさや 音のさやけさや

49 'まがねふく 吉備の中山 帶にせる 細谷川の 音のさやけさ', 『古今和歌集』 1082. 『万葉集』(7세기경 편찬된 일본의 고대가요집, 만엽가나로 표기되어 있음) 巻七 1102에도 이와 유사한 노래가 있다. 최마악이 민간에서 활발히 불리던 노래들을 수용하였음을 알 수 있다.

고려 속가 가운데 계절, 자연, 토지나 건물만을 찬양의 대상으로 하는 노래는 없다. 다만 '처용가'의 "新羅盛代 昭盛代"나 정석가의 "딩아 돌하 當今에 계샹이다" '가시리'의 "위증즐가 太平盛代"에서처럼 송축의 어구를 삽입하여 현재 시간의 의미를 찬양하고 시간의 영속성 기원한다. 일본의 최마악이 단일 주제 집중성은 단가 5.7.5.7.7에 가까운 비교적 단형의 노래이기 때문인 것이다. 이에 반해 고려가요는 분장, 혹은 연장체로 복합주제를 담고 있다. 또한 최마악은 고대적 사고, 즉 신성의 찬양과 신의 찬미가 고려 속가에 비해 뚜렷하다. 미루어 짐작하건데, 고려 속가가 조선에 이르러 정교한 문학적 손길이 덧칠되어 연장체의 반복과 송축의 의미로 채색되기 이전의 원형적 모습을 최마악이 보여주는 것은 아닐까? 나아가 사물에 대한 예찬이 고도로 정밀화되면서 서책, 술, 추천(鞦韆)의 귀족적 취향의 풍아한 취향으로 세련화되어 나타난 것이 경기체가이다.

3.1.2. 애정

최마악 61수 가운데 사랑을 주제로 한 노래가 절반에 가깝다.

貫河(ぬきかは)
貫河의 여울의 골풀같은 부드러운 팔베개 부드러운 동침의 밤은 없는데
부모님이 허락하지 않는 내 사랑 낭군
부모님이 허락하지 않는 그대 한층 가련하구나, 그리워하는 마음 이러하니
야하기의 시장에 신발 사러 가야겠네
신발을 산다면 직물로 짠 비단 신발을 사세요, 신을 신고 겉옷을 걸치고
궁로(宮路)에 나가 볼 수 있게.[50]

남녀 교환노래 형식이다. 여인이 남성에게 말을 건네고 상대방 남성이 여성의 말을 받아 노래하고 여성 화자가 단호한 대응으로 마무리한다. 여인은 부모가 허락하지 않지만 남자에게 연정을 품고 있다. 동침을 원한다. 그러나 부모가 허락하지 않을수록 남성의 여인에 대한 사랑은 오히려 강렬해진다. 여인의 불만을 잠재우고 위로하기 위해 남성은 신발 선물을 약속한다. 여인은 신발 중에서도 비단신발을 원한다. 선물을 얻기 위해 (남성의 마음을 확인하기 위해) 남성의 거처로 직접 찾아갈 작정을 한다. 통상 남녀 간의 연애와 혼인에서는 남성이 여성의 거처를 방문한다. 하지만 여성은 사회적 관습과 달리 부모가 허락하지 않으므로 본인이 적극적으로 남성에게 가겠다고 했다. 사랑 쟁취에 적극적인 새로운 여성상이다. 또한 일상생활의 묘사와 어울려 사랑의 감정이 현실적으로 묘사되었다. 성애는 골풀 같이 부드러운 팔베개이고 사랑의 징표는 신발이다. 여인은 직물로 짜서 끈으로 엮어 감싸는, 신발 중에서도 가장 고급스러운 비단 신발을 사달라고 요구한다. 신발부터 윗옷까지 잘 차려입고 사랑하는 남성에게 접근하고자 하는 구애의 강렬한 소망을 담았다. 연모의 정을 적극적으로 표현하고 사랑의 정표 획득을 요구하는 여인의 대담함은 오히려 사랑스럽다. 귀족연회의 공간으로 수용된 일반 서민가요의 직설적이며 적극적인 생활밀착형 어법은 인간미가 느껴진다.

부모님의 허락에 아랑곳하지 않는 대담함과 남성에게 비단 신발을 요구하는 당당함, 그리고 자랑스럽게 사람들 앞에 그의 연인임을 드러

50 貫河の瀬々の やはら手枕 やはらかに 寝る夜はなくて 親避くる夫
親避くる夫は ましてるはし しかさらば 矢はぎの市に 沓買ひにかむ
沓買はば 線がいの 細底を買へ さし履きて 表裳とり着て 宮路かよはむ

내는 사랑의 자부심은 최마악이 신화적 사유에서 생성 변화화였음을 알 수 있게 한다. 신과 인간의 결합을 유도하는 성혼의 발상이 인간 남녀의 애정가로 표현되었다. 제례나 궁중 연희에 사랑 노래가 사용됨으로써 신과 인간의 관계가 한층 농밀해지는 경험을 하게 된다.[51] 여성 화자의 적극적인 태도는 고려 속가에도 자주 등장한다. '쌍화점'의 여성 화자는 소문의 주인공과 동화되어 애욕에 솔직한 태도를 보인다. '만전춘 별사'의 여인은 "어름 우희 댓닙자리 보와 님과 나와 어러주글 만뎡…" 사랑을 나눈 오늘 밤만큼은 천천히 밝아오길 기원한다. 수동적 여성성보다는 자신의 감정을 인정하고 욕망에 충실한 여성상은 제의의 노래와 연희의 장면에서 이질적이기 때문에 오히려 강렬한 역할을 한다. 엄숙주의를 지향하는 상층 귀족 남성의 욕망을 여성으로 하여금 대리발화하게 한다. 내용과 격식의 요구를 모두 충족시키는 문학 장치이다.

> 石川(いしかは)
> 石川의 高麗人에게 帶를 빼앗겨 몹시도 후회하고 있다네
> 어떤 어떤 띠였지… 담황색 띠로 가운데가 끊어진 것이었나
> 어쩌지… 아…아 어쩐다…안쪽이 끊어진 것인데…[52]

석천(石川)은 대판부(大阪府)의 부전림시(富田林市)를 흐르는 강 유역의 지역으로 귀화인이 많이 거주했다. 특히 고려인[53]들이 많았는데 이

---

51 鈴木日出男, 「催馬樂における戀」, 『國語と 國文學』, 東京大學國語國文學會, 平成七年五月(1995).

52 石川の 高麗人に 帶を取られて からき悔いする
いかなる いかなる帶ぞ 縹(はなだ)の帶の 中はたいれなるか
かやるか あやるか 中はたいれたるか

노래는 고려인에게 강제로 욕을 당한 여인의 한탄이 문답식으로 표현되었다. 여인은 고려인에게 허리띠를 뺏겨 후회하고 있다며 강제로 능욕을 당한 상황을 전면화한다. 넋두리를 듣는 상대 남성은 어떤 허리띠였는지 물어 보며 끈이 견고하지 못한 것이었을 거라 추정하며, 그 남자와의 관계는 끊어진 허리띠처럼 사실 별 일 아니라고 위로한다. 남성의 위로에 응대하여 여인은 허리띠의 안쪽이 끊어졌으니 그 사람과의 인연도 단절되었으리라 위안하며 잊으려한다. 도래인인 고려인에게 욕을 당한 여인의 슬픈 탄식의 노래이다. 고려인에게 능욕당한 치욕을 다른 남성에게 고백하며 별일 아니었다고 위로받길 원하는 여성의 심리를 표현한다. 행실이 가벼운 자신의 잘못이라기보다 쉽게 끊어질 낡은 허리 띠를 하고 있었던 자신의 가난한 형편 탓을 하며, 어쩔 수 없었다는 체념으로 스스로 위안한다. 그러나 이 노래의 묘미는 여성화자의 복잡한 심리가 다층적으로 읽힌다는 데 있다. 능욕의 수치스러움과 가난한 처지의 절망, 상대에 대한 원망의 정서 이외에 남녀 간의 정을 온전히 누리지 못한 아쉬움과 격정적 밤의 기억으로 사랑의 환희를 추억하는 마음 역시 담겨 있다. 오히려 하루 밤의 사랑을 못내 아쉬워하며 남성의 사랑을 그리워하는 여인의 애잔한 정서로 해석할 수 있다. '허리띠를 빼앗기다'는 표현은 남성과 하루 밤을 함께 보낸 열정의 밤을 은유한다. 대화 상대방은 혹시 허리띠 안쪽이 닳아서 살짝 끊어진 것을 상대 남성이 알게 되어 부끄러운 마음에 걱정을 하는 것은 아닌지 여인에게 물어본다. 여인은 밤이라서 몰랐겠지만 혹시 닳아서 헤진 허리띠를 보았으면 어쩌나… 하며 부끄러워한다. 남성과 사

53 고려인이라 함은 高句麗 사람을 뜻한다.

랑을 나눈 밤을 그리워한다. 정상적인 사랑의 범주에 들지 않는 외간 남성과의 야합이라 할지라도 사랑 나눈 밤을 그리워하는 여인의 애절함이 돋보인다.

외래인과의 사랑과 여인의 부끄러움 혹은 수치심을 표현했다는 점에서 고려의 '제위보', 회회아비가 등장하는 '쌍화점'과 유사하다. 특히 제위보가 손목 잡힌 여인의 수치심을 표현했다는 설명과 반대로 이제현의 한역시에서는 외간 남자와의 사랑을 잊지 못하는 여인의 연정을 강조하였으니 일견 유사하다. 이는 여성을 바라보는 남성의 시각이 이중적이었음을 드러낸다. 시대적 관념으로 이상화된 정숙한 여성과 성애의 적극적 대상으로서의 여성으로 이중적 시각을 가지고 있었던 남성의 여성관을 반영한다.

도래인 중 고려인과 관련된 노래를 한 수 더 살펴본다.

> 山城(やましろ)
> 山城의 고마(高麗)근처의 농사꾼[54] *나요야 라이시나야 사이시나야*
> 농사꾼 농사꾼 *하레* 농사꾼
> 나를 원한다고 하네, 어떻게 하지 *나오야 라이시나야 사이시나야*
> 어떻게 하지 어떻게 하지 *하레* 어떻게 하지
> 한 번 만나볼까 외가 익을 때까지 *라이시나야 사이시나야*
> 외가 익을 때까지 외가 익을 때까지[55]

---

54 과(瓜)류의 호박, 오이, 참외 등을 농사짓는 사람을 이르는데, 특별한 농사 기술을 가지고 일본에 건너와 정착했던 도래인을 지칭함.

55 山城の 狛のわたりの 瓜つくり なよや らいしなや さいしなや
瓜つくり 瓜つくり はれ
瓜つくり 我を欲しと言う いかにせん なよや らいしなや さいしなや
いかにせん いかにせん はれ
いかにせん なりやしなまし 瓜たつまでにや らいしなや さいしなや

귀화인과 일본 여성 사이의 사랑노래이다. 다른 나라에서 새로운 농사 재배술을 가지고 정착한 낯선 도래인과의 긴장된 사랑이다. 외가 익는다는 것은 성애를 의미하며 성적 만남을 기대하면서도 두려워하는 여인의 갈등이 드러난다. 노래는 "하레(波礼) 나오야(奈與也)라오시나야(良伊之奈也) 사이시나야(左以之名也)"를 삽입하여 곡조를 장단에 맞추고 있는데 특히 남녀 간의 성애와 희롱의 장면들을 하야시코토바를 통해 청각적으로 의미화하였다. 외래인은 우월한 기술을 가지고 타지에서 유입된 사람이다. 이들의 뛰어난 기술과 다른 생김새와 말씨, 이질적인 생활방식은 신성한 외경심을 환기시켰다. 외래인과의 결합은 신혼(神婚)의 중세적 변형으로 읽힌다. 신기술을 가지고 등장한 외래인에 대한 호기심과 동경이 남녀 간의 애정으로 심화된 것이다. 외래인과의 애정은 고려속가 '쌍화점'에도 드러나는데 '雙花店에 雙花사라 가고신딘 回回아비 내손모글 주여이다…'와 같이 은밀한 사랑이지만 사람들에게 알려져 인정받고자 하는 사랑의 양면성을 담고 있다.

최마악은 남녀 간의 사랑이 주요 주제이다. 남녀 간의 다양하고 복잡한 구혼양상과 연애 감정을 취하고 있으며 남녀 간에 노래를 주고받는 극적인 배치를 보이는 노래가 많다. 남녀 간의 성적 결합은 신혼(神婚)의 모습으로 종교적 성스러움을 내포하고 있다. 즉, 남녀 간의 연정의 노래라고 해도 신과 절대자를 찬미하는 연회의 성격에 적합한 표현과 구성으로 재정비되었다.

瓜たつ間(ま) 瓜たつまでに

3.1.3. 풍자

궁중악의 주제는 주로 번영에 대한 기원과 송축의 의미를 담고 있지만 간혹 풍자와 풍간의 속내를 교묘하게 감추기도 한다. 동양의 예악사상은 음악으로 하여금 세상을 바로잡도록 했기 때문이다. 음악을 인격의 도야 또는 교화의 수단으로 삼았기에 노래 말에는 정언 즉 바른 말로 바른 행동을 유도하는 뜻이 담기기도 했다. 생활의 공간 즉 속의 구석에 스며든 부조리를 노출함으로써 성·속의 경계를 무화시키기도 한다.

> 老鼠(おいねずみ)
> 西寺의 늙어 나이든 쥐와 젊은 쥐새끼들이
> 법사의 옷을 갉아 먹었네 袈裟 갉아 먹었네 袈裟 갉아 먹었네
> 法師에게 말씀드려야지 師에게 일러야지 法師에게 말씀드려야지 師에게 일러야지[56]

쥐를 의인화해서 나이 든 쥐, 젊은 쥐의 잘못된 행동을 비유적으로 표현했다. 풍자의 내용과 대상을 구체적으로 알 수 없으나, 신성의 공간과 배치되는 배신과 음모의 음험함이 드러난다. 아와 속의 경계가 느슨해지며 아가 속으로 희화화되었다. 종교 공간이 신성에 위배되며 세속적 타락으로 조롱의 대상이 되기도 하였음을 보여준다. 신성한 종교 공간의 타락은 고려가요 '쌍화점'의 삼장사에 주지승의 행위에서도 나타난다. 세속의 사랑이나 금전, 권력의 욕망으로부터 자유로워야 할

---

56 西寺の 老鼠 若鼠
御裳食(つ)むつ 袈裟食むつ 袈裟食むつ
法師に申さむ 師に申せ 法師に申さむ 師に申せ

공간에서 벌어지는 탐욕을 조롱함으로써 사회 비판의 주제를 형성하고 있다.

> 陰名(くぼのな)
> 여성의 음부를 뭐라 부르지, 뭐라고 부르지. 여성의 음부를 뭐라 부르지 뭐라고 부르지
> 쯔라다리 게후쿠나리 다모로 게후쿠나리 다모로[57]

여성의 성기를 소재로 삼아 희롱의 언어유희를 즐겼다. 정확한 뜻을 알 수 없어 문학적 해석을 덧붙이기 어렵지만 은밀한 신체부분이기에 속어 혹은 은어적 표현이 가능하였으리라 생각한다. 궁중악의 격의 갖춘 전아한 풍격에 적합하지 않는 노골적으로 속된 희롱 노래이다. 하지만 주연(酒宴)이나 신사(神事), 혹은 노동의 경우 성과 관련된 노래가 풍요와 생산의 기원으로 활용되기도 하였으므로 궁중악의 제의가로 전용 가능하다. 일상적으로 입에 올리지 않는 금기어를 나열하는 특수한 어휘배열을 고려하면 주술적 의미가 있는 노래로 추정할 여지도 있다.[58] 여성의 신체부위를 희롱의 주제로 삼은 것은 원시적 풍요로서의 대지신을 향한 찬미와 관계 깊다. 풍요의 기원이 여성의 성기를 노골적으로 발화하는 방식으로 표현되었는데 이는 후대에 이르러 내용이 불분명한 주문처럼 활용되면서 다양한 목적으로 응용되었을 것이다.

---

57 女陰の名
女陰の名をば 別に何と言うか 女陰の名をば 別に何と言うか
つらたり けふくなり たもろ けふくなり たもろ

58 高橋信孝, 앞의 논문,

無力蝦(ちからないかえる)
힘도 없는 개구리 힘도 없는 개구리
뼈도 없는 지렁이 뼈도 없는 지렁이.[59]

개구리와 지렁이의 관련이 분명하지 않으나 특정 상황에 대한 비유 혹은 주술적인 노래로 해석된다. 힘 없는 개구리와 뼈 없는 지렁이 소재는 이 노래가 원래 민간의 동요 혹은 참요적 성격의 노래였을 가능성을 시사한다. 힘도 없고 뼈도 없는 일반 백성들의 애환을 자조적으로 표현한 듯하다. 무기력하고 무화된 존재인 듯 보이지만, 결코 가벼이 여길 수 없는 존재의 힘을 중의적으로 나타냈다. 일본어로 개구리(かえる)는 돌아간다(歸)는 이중적 의미가 있다. 개구리는 비록 힘은 없지만 도약과 자생력을 상징한다. 지렁이 또한 뼈도 없이 가장 낮은 곳을 기어 다니는 미물이지만 뼈가 없기 때문에 부러지지 않고 기어 다니기 때문에 이르지 못할 곳이 없는 무골의 위력을 의미화 한다. 일상에서 쉽게 접할 수 있는 개구리, 지렁이를 문학 소재로 활용하여 문학 관습이 파생하는 의미 맥락을 만들어냈다. 고려가요에는 '청산별곡' 가운데 "사ᄉᆞ미 짒대예 올아셔 奚琴(ᄒᆡ금)을 혀거를 드로라"에서 보이는 바, 사슴이 등장하기는 하나, 동물이나 곤충을 소재로 하여 동물세계를 인간에 빗댄 풍자의 노래는 극히 드물다.[60] 최마악의 소재는 매우 다양해서 인간의 신체부위, 곤충, 동물 등을 아우르고 있다. 지방 민요의 원시적 원형이 보존되면서 풍자의 신랄함을 확보하였다. 궁중악으

59 無力蝦(ちからないかえる)
力なき蝦 力なき蝦 骨なき蚯蚓(みみず) 骨なき蚯蚓

60 이 후 조선시대 사설시조에 이르러 조롱과 해학, 익살이 보편화되면 개구리, 지렁이 같은 소재가 전면에 나타난다.

로서 최마악의 자유분방한 주제적 확장과 응용력을 동시에 보여준다.

3.2. 고려 속가와 최마악의 문학적 특색

최마악의 주제를 예찬, 애정, 풍자로 나누고 몇몇 작품을 분석했다. 분석을 통해 예찬은 신화적 사유의 전승을, 애정은 원시 신화적 사유의 확산과 변용을, 풍자는 민요 기반의 기원과 속성을 반영하고 있음을 파악했다. 더불어 최마악의 노래는 근본적으로 신화적 세계관을 바탕으로 신에게 드리는 경건함과 찬미의 정서를 기조로 하고 있음을 알 수 있었다. 이러한 바탕 위에 애정과 풍자의 정서로 다채롭게 변주되며 주제적 영역을 확장하여 나갔다. 구체적으로 예찬의 노래는 국가의 안녕을 기원하는 시점은 현재이지만, 현재의 기원은 과거 시원적 신화의 공간으로부터 비롯됨을 강조한다. 또한 과거를 이상화하고 찬미함으로써 신화적 사유방식을 문학적으로 계승하고 있다. 일본의 산과 하천, 지명, 건물에 대한 찬미 역시 신적 공간으로서, 신이 상주하는 공간으로서의 신성성을 현재화한다. 신 앞에 올리는 음악으로서의 격식은 성스러운 시간과 공간의 배치를 통해 완성된다.

남녀 간의 연정을 담는 노래 또한 신화적 사고의 확대 변용이다. 남녀의 결합은 신성한 혼례로써 신을 향한 인간의 소통 욕구를 상징한다. 신에게 헌사하는 인간의 목소리를 여성화함으로써 구애와 애욕 성취에 적극적인 여성상을 구현었다. 마지막으로 속된 현실세계를 아화(雅化)하는 방식으로 풍자기법을 사용하였다. 풍자의 대상은 속(俗)이고 기원의 내용은 송축과 번영의 아화(雅化)이다. 그러나 풍자의 소재가 생산성과 풍요를 상징하는 여성의 성기라든가, 다산과 생명력의 상징인 개구리, 지렁이, 그리고 쥐라는 점에서 연정과 송축 노래의 신화적 외연에서 크게 벗어나지 않았다.

반면 고려 속가는 신화적 세계관에서 상당히 멀어져 있다. 고려 속가의 내용적 특징은 인간 중심적이다. 그리고 현실적이며 직정적이다. 현실세계의 생동감 넘치는 인간 감정에 기반한 노래이다. 남녀 간의 애정, 사랑의 고통과 이별, 슬픔 등의 다양한 정서를 통해 인간사의 희노애락을 표현했다. 구체적으로 만남의 기쁨과 이별의 아쉬움, 체념과 한의 정서로 대변된다. 인간 삶은 사람과 사람의 우연 혹은 필연적 만남과 헤어짐의 연속이다. 고려 속가는 세속의 삶을 남녀 간의 애정을 중심으로 표현하고 있다.[61] 고려 속가가 유독 남녀 간의 애정에 집중한 이유는 민간 노래가 궁중으로 유입되는 노래의 유통 구조 때문이다. 즉, 남녀 간 사랑 노래의 대상이 임금을 향한 윤리적 충, 열 지향으로 쉽게 변환될 수 있기 때문이다. 임의 다중적 의미 변환은 후대의 시조와 가사의 충신연주지사의 전통으로 이어진다. 또한 역사적으로 무신란, 몽고란을 겪으면서 왕조의 위엄과 이념적 질서가 상당부분 붕괴되면서 이별과 체념의 정서가 보편화되었던 사회상과 무관하지 않다. 관념과 추상보다는 경험에 의한 생생한 체험의 감정이 노래에 스며들게 된 것이다. 관념적 추상보다는 실제적 현실감이 우세한 것은 고려 속가의 특징이며 이는 시대적 변화에서 기인한다. 다음으로 고려 속가는 최마악에 비해 송도와 송축의 의미가 약화되어 나타난다. 찬양은 짧은 어구(송도지사)가 삽입되어 궁중악으로서의 기능을 하지만 주제화의 국면으로까지 확대되지 않는다. 민간의 노래가 궁중악화 되는

61 윤성현, 앞의 책, 49~51쪽.

표지로서의 송도적 찬사는 노래의 주제 형성에 결정적 역할을 하지는 않는다. 추상적 개념으로서의 의미화는 음악(궁중악)에 합당한 장치일 뿐, 노래 말은 님과의 영원한 사랑을 갈구하고 있다. 마지막으로 조롱과 해학은 고려가요에 적극적으로 나타나지 않는다. 현실 사회의 모순을 풍자적으로 비꼬거나 해학적으로 조롱하는 내용은 궁중악에 적합하지 않았기 때문에 수용에서 제외되었을 가능성이 크다. 즉, 고려 속가는 최마악에 비해 궁중악에 적합한 방식으로 아(雅)화되어 문학적 표현, 주제 구현을 미적으로 세련된 방식으로 구조화했다.

최마악이 신화적 세계관에 기반하여 신과의 소통, 신을 향한 예찬의 정서를 확장하며 공고화하고 있는 반면 고려가요는 인간 중심의 세계에서 사람간의 다채로운 감정을 일상의 언어로 담아내었다. 이는 고대 한국과 일본이 처한 정치, 문화적 상황과도 긴밀하게 관련된다.

4. 나가며

궁중의 노래로 불린 고려 속가와 최마악의 노래들은 처음부터 궁중의 향연에 사용될 음악으로 만들어 진 것은 아니었다. 대부분의 노래들은 각 지방에 전해지던 민간 가요와 민요, 혹은 기존의 단가를 채택한 것이다. 민간에서 널리 불린 노래 특히 지방색이 강한 노래들을 수집 관리한 이유는 노래에는 국혼(國魂)이 있어 노래를 수집하는 것이 곧 국토 장악이라 생각하는 정치적 발상 때문이었다.[62] 음악을 정치의 수단으로 활용하는 고대 동아시아의 예악사상의 일단이 지배층의 이

62 鈴木日出男, 앞의 논문,

념과 부합하기도 했다. 특히 정치적 의례로서 신화적 세계를 중세의 방식으로 구축한 것이 최마악이며 고려 속가이다. 내용에서는 신과 인간을 결합시키려는 의도는 남녀 간의 사랑과 혼인의 노래, 여성의 적극적 구애와 사랑의 갈망으로 표현되었다. 최마악의 남녀 간의 사랑은 신과의 합일을 바라는 원시 신앙의 확장이라면 고려 속가는 충신연주지사로서 응용이 가능한 중세적 왕권 중심주의를 표방한다. 최마악보다 시기적으로 뒤늦게 궁중악으로 정착된 고려 속가는 원시 신화적, 고대 신앙적 측면이 탈색되어 기록화되었다. 고려 속가는 수사가 세련화되고 형식이 다양화 되었으며 신화적 사고는 합리적인 방식으로 서정성을 이끌어 내는 수사와 구성으로 나타난다. 또한 지방의 노래들을 모아 지역색을 탈각하고 지방의 잡박한 정서를 세련되게 다듬어 중앙의 표준으로 삼았다. 지방을 중심 영역으로 재편함으로써 주변을 중심화한 것이다. 음악을 정치적으로 활용함으로써 중앙의 권위 강화와 지방의 통제가 가능했다. 음악을 통해 중앙 권력 혹은 귀족, 지배층의 권력을 공고화하고 중앙과 지방의 갈등과 소요의 요인들을 잠재우려 한 중세적 문학관의 일면을 보여준다.

고려 속가와 일본의 최마악은 중국의 변방으로 머물면서 자국어를 기록할 문자도 없는 문학 상황에서도 창조와 혁신으로 자국 문학을 중심에 두려했던 문학정신을 보여준다. 궁중음악으로서 격식과 예를 갖춘 아(雅)한 선율에 세간의 속된 노랫말을 얹어 아속(雅俗)의 조화를 도모하였다. 고려는 세속의 속된 노래 말을 수용하여 아(雅)의 음악에 얹어 재편하였다. 반면 헤이안 궁중에서는 일본의 정신(和魂)에 중국의 형식(漢才) 즉, 5.7의 운율로 조화하려 했다. 음악으로서의 명분과 실질로서의 가사의 조화로운 합치점을 모색하였다는 점에서 이 시기 문화의 성숙도를 높이 평가할만하다. 한자문화권에서 한자를 사용하는 한문학을 유지하는 한편 자국어 노래를 궁중의 깊은 자리까지 흡수하려 했다는 점에서 문학사적 의미를 찾을 수 있다.[63]

—이 글은 「高麗 俗歌와 日本 催馬樂 비교」, 『東아시아 古代學』 제30집, 2013, 41~78쪽에 실린 논문을 수정·보완한 것임.

63 일본은 최마악이 모노가타리(物語)에 간혹 삽입됨으로써 노래로서의 생명력을 이어갔고 이후 와카문학의 활성화에도 기여한다.

고려가요 연장체 형식과 월령체 가사의 상관성

◉

김형태

1. 머리말

고려가요와 가사의 상관성 내지는 전통의 계승을 밝히는 일은 그리 간단하지 않다. 시대성, 음악적 측면 등 선행되어 풀어야할 난제가 너무도 많기 때문이다. 그러나 무엇보다도 양식의 발생에 있어서 후행한 가사의 정체성이 아직도 명확하지 않다는 점이 이를 매우 어렵게 한다. 더구나 가사의 발생에 대한 학설[1] 중 속요(俗謠)와 관련된 연속성에 대한 논의가 드물다[2]는 점에서 그 어려움이 더욱 크다.

그런데 이처럼 일견 연관이 거의 없는 듯 보이는 두 양식에도 작은

---

1 가사의 유래에 대한 기존 학설에는 경기체가기원설, 악장기원설, 한시현토기원설, 시조기원설, 교술민요기원설 등이 있고, 가장 최근에 제기된 한시사부(漢詩辭賦)가창설 등이 있다. 이에 따르면, '한시→시조시→한시의 가창화→가사로 전이'라는 맥락을 그려볼 수 있다. 윤덕진, 『조선조 長歌 가사의 연원과 맥락』, 보고사, 2008, 16~43쪽.

2 이와 관련된 구체적 연구로는 허남춘의 「동동의 송도성과 서정성 연구」(1)(『陶南學報』 第14輯, 陶南學會, 1996)를 제시할 수 있다.

접점이 존재한다. 그것은 바로 '연장'과 '월령'의 형식이다. 물론 고려와 조선후기라는 상거(相距)가 존재하지만, 속요가 조선에 와서야 기록되었다는 점과 조선후기라는 특정 시기에 가사 등의 갈래를 통해 월령이 성행했다는 점은 시사하는 바가 자못 크다. 주지하듯 고려가요는 속요와 경기체가(景幾體歌)로 나눌 수 있는 거대 양식인데도 불구하고, 그간 연속성과 전통 양식의 계승이라는 측면에만 초점을 맞춰 억지로 그 하부 공간에 가사를 끼워 맞추려고만 했던 것은 아닌지 고민해볼 필요가 있다. 양식을 중심으로 한 전통의 계승은 유행을 전제로 하지 않고서는 설명할 수 없다. 생성·성장·소멸의 원리는 일회성이 아니라 지속적으로 순환하는 것이기 때문이다. 따라서 일순간 새롭게 등장한 형식이라 하더라도 그 안에 내재한 원리는 시기적으로 불특정한 연속성의 측면을 담지(擔持)하고 있다고 할 수 있다.

본고의 목적은 이러한 사항에 착안하여 고려가요 연장체와 가사 월령체 형식의 몇몇 작품을 대상으로 그 상관성을 통해 우리 시가의 전통이 고려를 거쳐 조선의 가사에까지 이어지는 맥락을 살펴보는 데 있다. 이를 위한 연구 방법으로는 우선 전제 조건인 연장 및 월령의 의미와 연속성을 고찰하고, 형식적 측면의 특성인 도식성(圖式性)을 탐색하며, 비유와 상징의 열거를 통해 주제가 실현되는 경로를 찾아보도록 하겠다. 비록 본 논의가 작은 단초(端初)에 불과할 수도 있겠지만, 이를 통해 고려가요와 가사의 전통 계승 양상 및 우리 시가 양식의 연속성 확인이라는 측면을 짚어볼 수 있는 작은 출발점이 될 수 있을 것이다.

2. '연장체' 및 '월령체'의 의미와 연속성

'연장'이 고려가요의 형식적 특성 중 하나임은 주지의 사실이다. 그리고 여러 개의 장을 연결해 하나의 작품으로 구성되는 시가의 형식을 '연장체'라고 한다. 특히 속요에서 장(章)은 화자가 표현하고자 하는 바를 동일한 성격을 지닌 순환적 단위로 나누어서 표현하는 형식적 구성요소로 화자가 표현하려는 것에 대한 범주를 설정하여 의미를 명확하게 함과 동시에 독자적인 의미의 세계를 완성하는 것[3]이다. 따라서 연장은 작품의 내용을 진행시켜 노래를 완성시키는 구실을 하고, 경계를 나누고 이어주며, 분단(分段)의 기능을 수행하기도 한다. 그리고 이 점은 월령과도 그 맥락을 함께 한다. 물론 월령을 연장의 하부 구조로 파악할 수도 있지만, 일정한 준거에 의해 고유성을 갖게 된 분단들이 모여 통일성을 지닌 전체 구조를 완성하고 있다는 점을 감안하면, 연장과 월령은 그 형식 구성의 인자에 있어서 상호 연관성을 내포하고 있다고 할 수 있다.

'월령체'는 작품의 구조가 1년에 해당하는 12개월로 나뉘어져 구성된 형식이다.[4] 이는 매월의 정령(政令)이나 의식, 농가의 행사·수렵·

---

3 손종흠, 『속요 형식론』, 박문사, 2010, 247쪽.

4 학계에서는 월령체를 '달거리' 계통의 시가와 '월령체' 계통의 시가로 구별하기도 한다. '달거리' 계통의 시가는 1월부터 12월까지 매연마다 달을 걸어 한 장면을 이루면서, 달의 순서에 따라 구성하되 상사(想思)의 정을 내용으로 한다. 여기에는 고려가요 중 속요인 〈동동〉(動動)과 『청구영언(靑丘永言)』에 전하는 가사 〈관등가〉(觀燈歌)(일명 〈월령상사가〉(月令相思歌)), 규방가사의 하나인 〈사친가〉(思親歌)와 〈과부가〉(寡婦歌) 및 청상요(靑孀謠)라 명명한 여러 편의 소위 '달풀이' 구전민요, 고소설 〈흥부전〉의 삽입가요인 '달거리' 등을 포함시키기도 한다. 임기중, 「달거리와 월령체가(月令體歌)의 장르계정에 대한 이의」, 『성봉김성배박사회갑기념논문집』, 형설출판사, 1979.

채집 등 주요 생산 활동과 관련된 내용을 각 달에 행할 일에 따라 서술한다. 이 형식은 일반적으로 『시경』(詩經)의 「빈풍」(豳風) 〈칠월〉(七月) 편에서 그 유래를 찾는다.

五月斯螽動股,	오월에는 여치가 다리를 부벼 울고
六月莎雞振羽,	유월에는 베짱이가 깃을 떨어 울며
七月在野,	칠월에는 들에 있고
八月在宇,	팔월에는 처마 밑에 있고
九月在戶,	구월에는 문에 있고
十月蟋蟀 入我牀下.	시월에는 귀뚜라미가 상 아래로 들어온다.
穹窒熏鼠,	구멍을 막고 쥐구멍에 불을 놓으며
塞向墐戶,	북쪽 창을 막고 창문을 바르고
嗟我婦子,	아, 우리 처자들아
曰爲改歲,	해가 바뀌게 되었으니
入此室處.	이 집에 들어와 거처할지어다.

『시경』「빈풍」〈칠월〉 편은 전체 8장(章)으로 구성되어 있는데, 인용문은 이 가운데 5장이다. 여름이 지나고 겨울을 대비하는 가을까지의 상황을 각 달의 흐름에 따라 전개했고, 이를 인가(人家) 근처 곤충의 근접 이동 순서에 따라 비유적으로 서술하고 있다. 그리고 '아, 우리 처자들아'라는 감탄구(感歎句) 이후에서는 가족을 사랑하는 집안 어른의 마음을 표현하고 있는데, 사실 이러한 개인의 정서에 내포된 의미는 주(周)나라가 창업했으니, 대세를 거스르지 말고, 귀부(歸附)하라는 것이다. 이를테면, 비유와 상징을 통해 주제의식을 표출하고 있는 셈이다.

이처럼 〈칠월〉 편은 월령의 방식을 사용하기는 했지만, 그 기저(基

底)에는 월령의 방식을 통해 연장체와 같이 각 분단의 경계 구분을 함은 물론, 여러 개의 장을 효율적으로 연결해 한 작품으로 구성하는 형식적 요소를 채택하고 있다고 할 수 있다.

물론 우리 시가 문학 중에도 월령체를 사용한 작품이 다수 존재한다. 그 효시라 할 수 있는 속요 〈동동〉(動動)은 전체 13연으로, 서사(序詞)인 수련(首聯)은 송도(頌禱)의 뜻이며, 이하 2·3·5연은 임에 대한 찬송과 축도(祝禱)의 뜻을 가졌고, 그 외의 연은 그리움을 노래하였다.[5] 즉, 세시풍속의 모습을 각 연의 핵심 제재로 삼아 각 달의 세시풍속 및 자연의 변화 양상과 결합시켜 작가의 개인적 정서를 표출하고 있다.

또한 가사작품 중에는 소년들의 행락을 부러워하며, 죽은 임을 추모하는 청상과부의 외로운 정서를 정월부터 섣달까지의 절기 및 풍속과 결부시켜 노래한 〈월령상사가〉(月令相思歌), 어버이에 대한 사모(思慕)의 정서를 매 절기와 연관 지어 노래한 〈사친가〉(思親歌), 각 달의 명절을 중심으로 옛일을 열거하고, 어버이에 대한 효를 강조한 〈달거리〉, 일 년 열두 달을 두고 돌아오지 않는 아버지를 그리워하는 〈일년가〉(一年歌), 〈과부한탄가〉(寡婦恨歎歌) 등이 월령 형식이다. 민요로는 세시풍속과 관련지어 온갖 떡의 이름을 나열한 〈떡타령〉, 숫자풀이와 비슷한 〈각설이타령〉 등이 있다.

이상의 작품들에 사용된 월령 형식은 두 가지 양상으로 범주화시킬 수 있다. 첫째, 월령 형식이 그리움 등의 개인적 정서를 고양·심화시키기 위한 수단으로 기능하는 경우이다. 여기에는 속요 〈동동〉[6]과 가

---

5 양주동, 『麗謠箋注』, 동국대학교 출판부, 1995, 71쪽.

6 〈동동〉의 월령 형식과 관련된 논의는 임기중의 「동동과 십이월상사」(『고전시가의

사 〈월령상사가〉, 〈사친가〉, 〈달거리〉, 〈일년가〉 등이 포함된다. 둘째, 사물이 반복 나열되면서 월령 형식이 명시(明示)와 조흥(助興)의 구조적 틀로 기능하는 경우이다. 〈떡타령〉과 〈각설이타령〉 등의 민요가 여기에 속한다.

한편, 앞서 언급했던 연장체는 조선시대 시가의 장형화(長型化)와도 연관 지어 볼 수 있다. 즉, 조선조 시가의 장형화는 악곡적 전제에 의해 이루어진 관습이라고 할 수 있는 연장체와 연장체 내에서 매장(每章)의 사설을 확대해 나가는 두 가지 방식으로 이루어졌는데, 악장(樂章)을 통해서는 연장체의 방식이 극대화되었고, 민간 사대부들에 의해 축소된 형태로는 경기체가로 전승[7]되었다. 그리고 후자(後者)는 다분히 고려시대로부터 이어져온 경기체가의 향유 전통이 반영된 결과라고 할 수 있다.

華山南 漢水北 千年勝地
廣通橋 雲鐘街 건나 드러
落落長松 亭亭古栢 秋霜烏府
위 萬古淸風ㅅ 景 긔 엇더ᄒᆞ니잇고
(葉) 英雄豪傑 一時人才 英雄豪傑 一時人才
위 날조차 몃 분니잇고

鷄旣鳴 天欲曉 紫陌長堤
大司憲 老執義 臺長御史
駕鶴驂鸞 前呵後擁 辟除左右
위 上臺ㅅ 景 긔 엇더ᄒᆞ니잇고

실증적 연구』, 동국대학교 출판부, 1992, 259~334쪽)를 참조할만하다.

7 윤덕진, 앞의 책, 38쪽.

(葉) 싁싁ᄒᆞᆫ뎌 風憲所司 싁싁ᄒᆞᆫ뎌 風憲所司
위 振起頹綱ㅅ 景 긔 엇더ᄒᆞ니잇고

이상의 인용문은 조선 초기 권근(權近, 1352~1409)이 지은 〈상대별곡〉(霜臺別曲)의 제1장과 제2장이다. 1장에서는 천년승지인 한양과 사헌부의 위엄을 노래하였고, 2장에서는 사헌부로 등청(登廳)하는 관원들의 행차 모습과 이를 통한 엄숙하고 씩씩한 기상을 그리고 있다.[8] 흥미로운 점은 한양의 '사헌부'라는 중심 공간에 도달하기 위한 도정(道程)을 주변 소재를 활용해 나열하고 있다는 점이다. 즉, 1장에서는 '북한산의 남쪽', '한강의 북쪽', '광통교', '운종가', '소나무', '우뚝 솟은 측백나무'를, 2장에서는 '닭', '서울 도성 큰길', '학 무늬 가마', '봉황 무늬 수레'를 사용함으로써 사설을 확대해 나가고 있다. 아울러 한자어 이외에 한글을 사용함으로써 사설 확대의 효과를 극대화하고 있다. 이 점은 연장체와 월령체의 연속성을 파악하는 데 매우 중요한 단서를 제공한다. 경기체가는 물론 초기 가사의 주된 향유층도 사대부였다는 점을 감안하면, 공통 사유 체계에 의한 형식 정립의 측면에서 연장체와 조선후기 월령체 가사의 중간에 경기체가가 자리한다고 볼 수 있기 때문이다.

한편, 가사는 호흡이 매우 길고, 대부분 연장에 의해서 나눌 수 없는 작품들이다. 이는 가사 정립기의 그 향유 계층이 현학적(衒學的)이고 고답적(高踏的)인 사대부 계층이라는 점과도 무관하지 않다. 그러나 조선후기는 사정이 다르다. 무엇보다 작가나 향유층이 평준화되었고, 실용성의 추구 등 그 창작 목적성이 뚜렷해지기 때문에 장편이라도 민요

8 윤성현, 『우리 옛노래 모둠』, 보고사, 2011, 238쪽.

등의 갈래를 바탕으로 이미 친근한 월령의 방식을 통해 구조적 분단이 가능했던 것이다.

(가) 三月 나며 開ᄒᆞᆫ 아으 滿春 ᄃᆞᆯ욋고지여
ᄂᆞ미 브롤 즈슬 디녀 나샷다
아으 動動다리

四月 아니 니저 아으 오실셔 곳고리 새여
므슴다 錄事니ᄆᆞᆫ 녯 나ᄅᆞᆯ 닛고신뎌
아으 動動다리

(나) 三月 三日날의
江南셔 나온 제비 왔노라 현신하고
瀟湘江 기러기난 가노라 下直한다
梨花桃花 滿發하고 杏花芳草 훗날린다
우리 임은 어디가고 花遊할 쥴 모로난고

四月 初八日에 觀燈하려 臨高臺하니
遠近 高低의 夕陽은 빗겻난대
魚龍燈 鳳鶴燈과 두루미 南星이며
鍾磬燈 仙燈 북燈이며 수박燈 마늘燈과
蓮꽃 속에 仙童이며 鸞鳳 우희 天女로다
배燈 집燈 산듸燈과 影燈 알燈 甁燈 壁欌燈
가마燈 欄干燈과 獅子 탄 쳬팔이며
虎狼이 탄 오랑캐라 발노 차 구을燈에
日月燈 밝아 닛고 七星燈 버러난듸
東嶺의 月上하고 곳고지 불을 현다
우리 임은 어듸 가고 觀燈할 줄 모로난고

(가)는 속요 〈동동〉(動動)의 제4연과 제5연이며, (나)는 〈관등가〉의

삼월령(三月令)과 사월령(四月令)이다. 일시적 헤어짐과 죽음이라는 차이는 있지만, 두 작품 모두 님과 이별한 슬픈 심정을 읊고 있다. 두 작품 모두 분단에 월령의 방식을 사용하고 있으나, 속요보다는 가사가 장편화되었음을 확인할 수 있다. 속요가 조선시대에 전승될 수 있었던 계기 중 하나는 『경국대전』(經國大典) 권3 예전(禮典)에 악공 취재 곡목 지정에 의한 수용을 들 수 있다.[9] 즉, 속요는 악곡적 전제에 의해 이루어진 관습의 실현이라는 뚜렷한 목적성을 지니고 있기 때문에 각 연장의 길이나 전체 구조가 비교적 단형일 수밖에 없다. 그러나 가사는 규범화된 틀에 얽매일 필요가 없었고, 다만 사설의 확대를 통해 정서 표출을 극대화 할 필요가 있었기 때문에 점점 장편화의 길을 걷게 되었다고 할 수 있다. 그리고 그 장편화의 한 축에 월령체가 자리 잡고 있는 것이다.

결국 연장체와 월령체는 각각 이러한 형식적 목적성을 실현하기 위한 수단으로 사용되었고, 조선후기 가사 서술의 양적 확대인 장편화는 부분의 구체성을 확보하기 위한 방안이었다고 할 수 있다.[10]

---

9 김명준, 『악장가사 연구』, 도서출판 다운샘, 2004, 269쪽.

10 하나의 관념으로 대표되고 나머지 부분의 구체성은 숨어버리는 사유에 대하여 부분의 조합에 의해 전체를 파악하는 사유는 그 경험적 파악을 허용하는 여유를 필요로 하였고, 장편화는 그 사유 방식에 대한 양식적 부응이라고 할 수 있다. 서술의 장편화는 율문 실현인 소설 양식과 공동 영역을 가지게 되고 실제로 이 두 양식 사이를 오가는 공동 담론이 형성되기도 하였다. 〈노처녀가〉(老處女歌)처럼 주로 사회 풍속과 관련된 담론에는 당대 사회를 바라보는 새로운 문학 향유층인 서민의 일정한 시각이 투영되어 있었다. 윤덕진, 앞의 책, 192쪽.

3. 형식 구조의 도식성(圖式性)

고려가요 중 속요는 후렴을 중심으로 전반부와 후반부로 나누어지는 2단 구성이 뚜렷하며, 이를 특징지어 '전대절'(前大節)과 '후소절'(後小節)이라고 부른다. 전대절은 시상을 일으키기 위해 소재로 취해 온 외부 사물이나 현상들을 분석해 화자의 의식 속으로 끌어들이는 추상화 과정을 수행하기 위한 부분이고, 후소절은 이를 자신의 감정들과 연결시키면서 장을 마무리하고, 자신의 정서를 집약적으로 표현하고 있는 부분이다.[11]

월령체 가사 작품 〈관등가〉 역시 이와 같은 구조의 도식성을 보인다. 다음은 관등가의 정월령(正月令)과 이월령(二月令)이다.

正月 上元日에
달과 노난 少年들은 踏橋하고 노니난대
우리 임은 어듸가고 답교할 줄 모르는고

二月 淸明日에 나무마다 春氣 들고
잔디 잔듸 쇽입 나니 萬物이 化樂한듸
우리 임은 어듸 가고 春氣 든 쥴 모로난고

이상에 제시한 월령체 가사 작품 〈관등가〉 예문을 통해 마치 앞서 살펴본 〈칠월〉 편이나 속요 〈동동〉의 구조와 같은 도식성을 발견할 수 있다. 즉, 그것은 '절기→외부 사물·현상의 분석(추상화)→정서 표출'의 천편일률적인 구조를 보여주고 있는 것이다. 더구나 각 달거리가 끝나는 부분에서는 각각 어김없이 '아으 동동(動動)다리'라는 후렴구나

11 손종흠, 앞의 책, 257쪽.

'우리 임은 어디가고 ~할 쥴 모로난고'를 사용함으로써 고려가요의 후렴구와 같은 기능을 수행하고 있다. 이처럼 연장체와 월령체에는 관습적인 시적 패턴이 도식적으로 답습·반복되기 때문에 진부하다[12]고 할 수 있다.

그리고 '외부 사물·현상의 분석'에 있어서는 사물의 나열을 통한 심상의 제시를 통해 도식성을 극대화하기도 한다. 아래에 제시한 예문 중 (가)는 경기체가 〈한림별곡〉(翰林別曲), (나)는 속요 〈정석가〉(鄭石歌)의 일부분이다.

(가) 元淳文 仁老詩 公老四六
李正言 陳翰林 雙韻走筆
冲基對策 光鈞經義 良鏡詩賦
위 試場ㅅ 景 긔 엇더ᄒᆞ니잇고
(葉) 琴學士의 玉笋門生 琴學士의 玉笋門生
위 날조차 몃 부니잇고

唐漢書 莊老子 韓柳文集
李杜集 蘭臺集 白樂天集
毛詩尙書 周易春秋 周戴禮記
위 註조쳐 내 외ᄋᆞᆫ 景 긔 엇더ᄒᆞ니잇고
(葉) 太平光記 四百餘卷 太平光記 四百餘卷

12 허남춘은 "이월이라 초하릿날 / 앞집선부 발원하고 / 뒷집선부 소지한데 / 애달불쌍 우런님은 / 어느곳에 잦아지고 / 소지할줄 모르던공 / 그달그믐 다보내고 / 삼월초승 들어가니"로 진행되는 〈과부한탄가〉의 예를 들면서 이 작품이 'A월이라 B날 C하고 C하는데 우리 님은 C할 줄 모르네'라는 관습적 문맥이 반복되기 때문에 기억과 환기가 용이하여 그 결과 월령체가는 상당한 전파성과 확장성을 갖게 되었지만 관습적이고 관용적인 표현을 담고 있기 때문에 월령체가는 진부하다는 견해를 제시했다. 허남춘, 앞의 논문, 156쪽.

위 歷覽ㅅ 景 긔 엇더ᄒᆞ니잇고

(나) 삭삭기 셰몰애 별헤 나ᄂᆞᆫ
삭삭기 셰몰애 별헤 나ᄂᆞᆫ
구은 밤 닷 되를 심고이다
그 바미 우미 도다 삭 나거시아
그 바미 우미 도다 삭 나거시아
有德ᄒᆞ신 님믈 여ᄒᆡᄋᆞ와지이다

玉으로 蓮ㅅ고즐 사교이다
玉으로 蓮ㅅ고즐 사교이다
바회 우희 接柱ᄒᆞ요이다
그 고지 三同이 퓌거시아
그 고지 三同이 퓌거시아
有德ᄒᆞ신 님 여ᄒᆡᄋᆞ와지이다

(가)는 〈한림별곡〉중 금의가 선발한 당대 문인들의 글 솜씨를 자랑한 제1장과 문인들이 공부해야 했던 필독서를 나열한 제2장이다. 이상의 예와 같이 〈한림별곡〉은 자신들의 풍류적 분위기를 고취하기 위해 전대절에 각종 사물을 나열함으로써 '외부 사물·현상의 분석'을 완결짓고 있다. 이외에도 제3장에서는 각종 서체(書滯)연습, 제4장에서는 좋은 술에 취하는 흥취, 제5장에서는 각종 꽃이 피어있는 아름다운 경관, 제6장에서는 당대 유명 기녀(妓女)들의 음악 연주와 풍류, 제7장에서는 신선세계의 의취, 제8장에서는 그네놀이의 즐거움을 노래한 데서도 구조의 도식성을 활용한 흔적을 확인할 수 있다.

(나)는 〈정석가〉의 제2연과 제3연이다. 경기체가 〈한림별곡〉과 마찬가지로 주제 의식을 구체화하기 위해 전대절에 '구운 밤'과 '옥(玉)연

꽃'의 비유 및 실현 불가능한 사실을 나열함으로써 절대 불가한 이별을 강조하고 있다. 아울러 연달아 '무쇠옷', '무쇠소', '끈' 등의 소재를 활용함으로써 그 도식성을 완성하고 있다.

삼복은 속절이오 유두는 가일이라.
원두밭에 참외따고 밀갈아 국수하야
가묘에 천신하고 한때음식 즐겨보세.
부녀는 헤피말아 밀기울 한데모아
누룩을 드디어라 유두곡을 헤느리라.
호박나물 가지김치 풋고초 양념하고
옥수수 새맛으로 일없는이 먹어보소.
장독을 살펴보아 제맛을 잃지말고
맑은장 따로모아 익는족족 떠내여라.
비오면 덮겠은즉 독전을 정히하소
남북촌 합력하야 삼구덩이 하여보세.
삼대를 비어묶어 익게쪄 벗기리라
고운삼 길쌈하고 굵은삼 바드리소.
농가에 요긴키로 곡식과 같이치네
산전모밀 먼저갈고 포전은 나종갈소.

위의 예문은 〈농가월령가〉의 유월령(六月令) 후반부이다. 맨 앞의 '삼복은 속절이오 유두는 가일이라.'는 절기의 소개에 해당한다. '원두밭에 참외 따고~'부터 '일 없는이 먹어보소.'까지는 세시 풍속과 관련된 먹거리 소개로써 외부 사물·현상 분석의 범주에 포함된다. 마지막으로 '장독을 살펴보아~'부터 마지막까지는 농가에서 때맞춰 할 일에 대한 권고(勸告)로써 시적 화자의 정서 표출에 해당된다고 하겠다. 이처럼 월령체 가사 역시 일정한 패턴에 의해 반복되는 개별 분단이 모여 전체 구조를 완성하고 있다.

이와 같이 개별 분단이 모여 장형(長形)의 완결 구조를 형성하는 속요와 가사의 사이에 자리매김할 수 있는 갈래가 악장(樂章)이다. 특히 125장의 분단이 모여 하나의 완결된 작품을 구성하는 〈용비어천가〉(龍飛御天歌)는 민간의 칭송과 지배계층의 악장이 결합되었다는 점에서 상층의 향유 형식인 연장체와 하층의 향유 형식인 월령체의 구조적 연관성을 가늠해 볼 수 있는 좋은 잣대이다. 또한 이 점은 〈용비어천가〉에 이르러 조선조 악장이 완성을 보았다고 평가[13]받는 중요한 척도이기도 하다.

이상의 내용을 종합하면, 결국 조선후기 가사 작품 중에서 정학유의 〈농가월령가〉나 가창가사 〈관등가〉는 고려가요 속요 〈동동〉처럼 월령체에 기반한 연장체이기 때문에 동일한 맥락의 단락 구분이 가능하다고 할 수 있다.[14] 그리고 이는 연장체와 월령체에서 공통적으로 확인할

---

13 "〈용비어천가〉 이전의 악장은 대부분 지배계층의 성향을 드러낸 것이거나, 아니면, 극소수이긴 하지만 그 반대의 성향을 지닌 일면적인 것들이었다. 그러나 〈용비어천가〉에 이르러 민간의 칭송이 지배계층에 수용되어 새로운 모습의 거대한 악장을 이루어냄으로써, 문학으로나마 상하가 함께 참여하는 이상적 질서를 구현할 수 있게 되었다. 조선 초 악장의 특징을 '군-신(민)'의 이상적 질서관념에서 찾을 수 있지만, 〈용비어천가〉의 찬성 과정이나 내용상으로도 이 말은 타당하다." 조규익, 『조선조 악장의 문예미학』, 민속원, 2005, 565쪽.

14 윤성현은 조선후기에 들어 본격적으로 연이 나뉘는 가사가 나타난 것이 노래판과 관련이 있다고 보았다. 즉 노래를 얹은 짧은 가사 중에서도 이른바 '십이가사'에서 주로 찾을 수 있는데, 〈황계사〉와 〈매화가〉, 그리고 〈죽지사〉와 〈군악〉 등이 바로 그것이다. 여기서 〈죽지사〉와 〈군악〉의 경우는 그 연 사이사이에 후렴구까지 끼어 있어, 정통 가사로 보기 어려운 점이 있다. 하지만 이 노래들의 본줄기가 가창가사와 한가지로 같은 만큼 이 같은 조짐을 가사형식의 마지막 틀마저 흔들리는 증거로 내놓은 것이라고 보았다. 윤성현, 『후기가사의 흐름과 근대성』, 보고사, 2007, 138~139쪽.

수 있는 구조적 도식성에 기인한다고 할 수 있다.

4. 비유와 상징의 열거 및 주제 실현

내용적 측면의 강화를 위해서 연장체와 월령체는 흔히 열거의 수사법을 사용하는데, 여기에는 보통 사물을 통한 비유와 상징을 활용하고 있다. 물론 시적 화자가 자신의 감정을 사물에 빗대 표출하는 비유와 상징은 시가의 본령이다. 그러나 속요 작품들에 대해서는 기존 연구들에서도 확인할 수 있듯이 작가나 창작 연대가 명확치 않기 때문에 그 내용에 있어서는 비유와 상징의 코드[code]로 읽지 않고서는 해석이 어려울 때가 많다. 앞서 언급했듯이 경기체가도 크게 다르지 않다. 즉, 〈한림별곡〉의 경우에도 사대부 자신들의 향락과 풍류적 삶과 관련된 각종 사물을 나열함으로써 그들만의 독자적인 세계관을 제시하고 있다. 아울러 이별의 역설적 회피를 역설[15]하기 위해 '구운 밤', '옥(玉)연꽃', '무쇠옷', '무쇠소' 등의 상징성을 차용(借用)한 〈정석가〉에서도 역시 이러한 특성을 확인할 수 있다.

조선후기의 월령체 가사도 이와 같은 점에서는 마찬가지이다. 예컨대 〈농가월령가〉의 경우, 비록 그 주제 표출을 통한 목적은 고려가요와 정확히 부합하지 않는다고 하더라도 사물에 빗댄 비유와 상징의 열거를 통해 시적 화자의 정서를 표출하고 있다.

구체적으로 〈농가월령가〉에는 농가의 행사나 풍속 등과 관련하여 매우 다양한 물명(物名)이 등장한다. 그것은 주로 식물과 동물 및 농기

15 윤성현, 『속요의 아름다움』, 태학사, 2007, 102~109쪽.

구 등으로 집약되는데, 대부분 열거의 방식으로 표현되고 있다.

뉵츅(六畜)은 못다ᄒᆞ나 우마계견(牛馬鷄犬) 기ᄅᆞ리라
씨암ᄃᆞᆰ 두셰마리 알안겨 ᄭᆡ여보자
산ᄎᆡ(山菜)ᄂᆞᆫ 일너시니 들나믈 캐여먹세
고들박이 씀바괴며 쇼로쟝이 물쑥이라

이상은 〈농가월령가〉 이월령(二月令)의 한 대목이다. 이를 통해 여섯 가지 가축 중 돼지와 양을 제외한 소·말·닭·개를 기르려는 작가의 의지를 확인할 수 있는데, 작가 정학유(丁學游, 1786-1855)가 부친인 정약용(丁若鏞, 1762-1836)과 주고받은 서신을 참고하면, 정학유는 실제 향리에서 닭을 길러 『계경』(鷄經)을 짓고자 했던 것으로 보인다. 그리고 예문에 드러난 바, 아직 산나물을 채취하기에는 이른 시기이므로 주변의 들나물을 먹자고 하여 푸성귀를 얻을 수 있는 시기까지도 명확하게 구별하여 제시하고 있다.[16] 이는 결국 비유와 상징의 열거를 통한 의미 전달을 명확히 확인할 수 있는 대목이다.

또한 이러한 점은 실용적 측면에서 고상안(高尙顔, 1553-1623)의 〈농가월령〉(農家月令), 유효통(兪孝通)의 〈향약채취월령〉(鄕藥採取月令), 박세당(朴世堂, 1629-1703)의 〈전가월령〉(田家月令) 등 월령체를 활용한 서적과 이기원(李基遠, 1809-1890)의 〈농가월령〉 등 가사 작품과도 그 전통의 궤를 같이한다[17]고 하겠다.

16 김형태, 「〈農家月令歌〉 창작 배경 연구 -歲時記 및 農書, 家學, 『詩名多識』과의 연관성을 중심으로-」, 『東洋古典硏究』 제25집, 동양고전학회, 2006, 17~18쪽.

17 "이 노래들은 농업 생산과 관계있는 노래인데, 기후의 변화를 농업과의 관련에 따라서 체계화한 24절기라는 계절적 기준을 좇고 있다. 이 24절기의 계산 원리는 천문학과 우주론에서 온 것이다." 허남춘, 앞의 논문, 157쪽.

〈농가월령가〉의 작가 정학유는 특히 물명(物名)에 평소 관심이 많았고, 명대(明代) 이시진(李時珍)의 『본초강목』(本草綱目) 등을 포함한 서적들을 참고하여 『시경』 관련 동식물 백과사전이라고 할 수 있는 『시명다식』(詩名多識)을 저술하기도 했다. 따라서 그가 평소에 『본초강목』의 실용성을 얼마나 중요시했는가 하는 점과 〈농가월령가〉의 연관성은 이월령의 다른 대목에서도 확인할 수 있다.

본쵸을 샹고ᄒᆞ야 약ᄌᆡ을 ᄏᆡ오리라
창ᄇᆡᆨ츌 당귀텬궁 ᄉᆡ호방풍 산약ᄐᆡᆨᄉᆞ
낫〃치 긔록ᄒᆞ야 ᄊᆡ밋쳐 ᄏᆡ여두쇼
츈가의 긔구업시 갑진약 쓰올소냐

이상의 예문은 『본초강목』을 자세히 살펴보고 약재를 캐되, 제 철을 적어두었다가 시의(時宜) 적절하게 사용할 수 있게 한다면, 주변에 흔하게 널린 약초만으로도 충분히 값비싼 약을 대신할 수 있다는 내용이다. 바로 이러한 실용성이 정학유가 〈농가월령가〉에 약초의 이름을 열거한 까닭이자, 이 작품을 향유하는 사람들에게 바라던 바라고 해도 무방할 것이다. 따라서 비유와 상징 및 주제 표출을 통한 실용성의 연장선상에 〈농가월령가〉가 자리 잡고 있다고 하겠다.

이와 같이 조선후기에 들어서면서 제반 여건에 의해 가사 양식의 다기화(多岐化)가 이루어지는데, 이는 조선후기 담론 구조의 다변화와 연관이 있다. 그리고 그 중심에는 실용적인 언어 사용과 서민적 사유가 자리 잡고 있어서 생활 그 자체를 작품 속에 끌어들이는 역할을 하였다. 역사와 풍물에 대한 관심이나 산업에 관심이 투영된 〈한양가〉(漢陽歌), 〈만고가〉(萬古歌), 〈농가월령가〉(農家月令歌) 등이 이에 해당하는

데, 이들이 모두 장편을 지향한다는 점을 특기할 만하다.[18]

한편, 갈래는 다르지만, 이와 같은 현상을 입증하는 또 다른 사례가 있어 주목을 요한다. 그것은 장흥에 살던 장흥 위씨 문중 사람들을 위해 위백규(魏伯珪, 1727-1798)가 〈농규〉(農規)를 노래화해 만든 작품 〈농가구장〉(農歌九章)이다.

〈耘草〉
둘러내자 둘러내자 길 찬골 둘러내자
바라기 역괴를 골골마다 둘러내자
쉬 짓튼 긴 사래는 마조 잡아 둘러내자

〈點心〉
행기에 보리 뫼요 사발의 콩잎 채라
내 밥 만을세요 네 반찬 적을세라
먹은 뒤 한숨 잠경이야 네오 내오 다를소냐

〈농가구장〉은 총 9수(首)인데, 이상의 예문은 그 가운데 2수이다. 〈운초〉에서는 '바라기'와 '역괴'로 비유되는 쓸모없는 사물을, 〈점심〉에서는 '보리 뫼'와 '콩잎 채'로 비유되는 먹거리를 열거하되 각각 때맞춰 농가에서 할 일과 소박한 휴식을 상징하고 있다. 이 가곡은 문중 농촌 일에 있어서 연대감에 초점을 맞추었는데, 민요투·사투리·청유형 등을 사용하여 문중 사람들에게 농가 일을 권면하는 의도를 분명히

18 서민적 사유란, 당대의 사회현상을 현상적 측면에서 바라보고자 하는 시각을 기반으로 세계의 의미를 변화 속에서 읽어내고자 하는 지향 전반을 가리킨다. 그리고 그 의미 천착은 세계의 순간적 회귀 가운데 이루어지는 노래의 감흥보다는 낱낱의 사물을 열거하여 그 차등의 만화경을 읽어내는 데에서 찾아질 수 있었다. 가사의 장편화는 이러한 세계 인식의 변화를 반영한 것이다. 윤덕진, 앞의 책, 2008, 192쪽.

하고 있다.[19] 이러한 사례는 당대 가문이나 마을 공동체의 구성원들에게 익숙한 갈래를 통해 시가의 실용성이 얼마나 쉽게 전파될 수 있었는지를 보여주고 있다. 그리고 그 저변에는 연장체의 특성이라고 할 수 있는 비유와 상징을 통한 주제 표출이 자리 잡고 있다.

이와 같은 사항들을 고려할 때, 고려가요의 연장체와 월령체 가사는 내용적 측면에 있어서도 그 맥이 이어질 뿐만 아니라 여타 갈래에까지 그 영향이 파급되었다고 볼 수 있다.

5. 맺음말

이상에서 연장체와 월령체 형식의 작품을 대상으로 그 상관성을 통해 우리 시가의 전통이 조선시대까지 계승되는 맥락을 간략하게 살펴보았다. 그 과정과 이를 통해 도출해 낼 수 있었던 결론은 다음과 같다.

제2장에서는 연장체 및 월령체의 의미와 연속성을 살펴보았다. 여러 개의 장을 연결하여 하나의 작품으로 구성하는 시가 형식이 '연장체'라면, '월령체'는 작품의 구조가 1년에 해당하는 12개월로 나뉘어져 구성된 형식이다. 이러한 형식의 기원은 『시경』의 「빈풍」 〈칠월〉 편 등에서 찾을 수 있으며, 월령의 방식 또한 연장체와 같이 각 분단의 경계 구분을 함은 물론, 여러 개의 장을 효율적으로 연결해 한 작품으로 구성하는 형식적 요소로 채택되고 있음을 살펴보았다. 또한 경기체

---

19 마을의 문중사람들이 지켜야 할 규약들을 어려운 가곡으로 일부러 지을 수는 없다. 따라서 이는 당시 이 지역 향촌 문중 사람들이 가곡을 일반적으로 알고 있었음을 단적으로 보여준다. 이런 사례는 위백규에 한하지 않는다. 신경숙 저, 『조선후기 시가사와 가곡 연행』, 고려대학교 민족문화연구원, 2011, 200~203쪽.

가 〈상대별곡〉, 속요 〈동동〉, 가사 〈관등가〉 등을 비교하여 연장체와 월령체는 각각 이상의 형식적 목적성을 실현하기 위한 수단으로 사용되었고, 조선후기 가사 서술의 양적 확대인 장편화는 부분의 구체성을 확보하기 위한 방안이었음을 밝혔다.

제3장에서는 가사 〈관등가〉, 〈농가월령가〉, 경기체가 〈한림별곡〉, 속요 〈정석가〉 등을 비교하여 연장체와 월령체의 형식적 특성이 '절기→외부 사물·현상의 분석(추상화)→정서 표출'로 정리할 수 있는 구조의 도식성에 기반하고 있음을 고찰했다. 특히 〈관등가〉나 〈농가월령가〉는 월령체에 기반한 연장체이기 때문에 동일한 맥락의 단락 구분이 가능하며, 이는 연장체와 월령체에서 공통적으로 확인할 수 있는 구조적 도식성에서 기인한다고 보았다.

제4장에서는 〈농가월령가〉를 중심으로 비유와 상징의 열거를 통해 주제가 실현되는 경로를 살펴보았으며, 〈농가구장〉의 고찰을 통해 여타 인접 갈래에 대한 영향 가능성을 가늠해보았다. 결국 연장체와 월령체는 내용적 측면의 강화를 위해서 흔히 열거의 수사법을 사용하는데, 여기에는 보통 사물을 통한 비유와 상징을 활용하고 있다고 할 수 있다.

본 논문은 시론(試論)적 성격의 연구이므로 여건상 많은 작품을 그 대상으로 삼지 못했다. 본고에서 미처 다루지 못한 여타 작품들에 대한 정치(精緻)한 분석은 다른 기회를 통해 보충하고자 한다.

— 이 글은 「고려가요 연장체(聯章體) 형식과 월령체(月令體) 가사(歌辭)의 상관성 연구 시론(試論)」, 『한국시가연구』 35, 2013, 67~86쪽에 실린 논문을 수정·보완한 것임.

참고문헌

총론

【고려가요의 갈래, 작자, 수용】 _ 최철

『고려사』 악지
『성종실록』
『중종실록』
『추강집』
『국조시산』

이용기 편, 정재호 등 주해, 『樂府』, 고려대 민족문화연구소, 1992.
김명호, 「고려가요의 전반적 성격」, 『한국시가문학연구』, 신구문화사, 1983.
김학성, 「고려가요의 작자층과 수용자층」, 『한국학보』, 여름호, 일지사, 1983.
이명구, 『고려가요의 연구』, 인아사, 1973.
이병기, 『국문학 전사』, 신구문화사, 1957.
이우성, 「고려말기 소악부 고려속요와 사대부 문학」, 『한국한문학연구』 1집, 한국한문학회, 1976.
임동권, 『한국민요사』, 문창사, 1969.
장덕순, 『한국문학사』, 동화출판사, 1975.
정병욱, 『한국고전시가론』, 신구문화사, 1976.
조동일, 「고려가요의 갈래 시비」, 『고려시대의 가요문학』, 새문사, 1982.
조윤미, 「고려가요의 수용양상」, 이화여대 석사학위논문, 1988.
조윤제, 『한국문학사』, 동국문화사, 1963.
차주환, 「고려사 악지 해설」, 『고려사 악지』, 을유문고, 1972.

【고려가요 어석(語釋)의 연구사와 그 전망】 _ 박재민

『악학궤범』(京城帝大本, 古典刊行會, 1933)
『악학궤범』(蓬左文庫本, 김지용 해제, 연세대학교 인문과학연구소, 1968)

『속악가사』I(蓬左文庫本, 김지용 해제, 『국어국문학』 36집, 국어국문학회, 1967)
『속악가사』II(蓬左文庫本, 김지용 해제, 『국어국문학』 37·38집, 국어국문학회, 1967)

김명준, 『고려속요집성』, 다운샘, 2002.
김소원, 「高麗寺歌」, 『불교』 통권8호, 1925.
김열규·신동욱, 『高麗時代의 歌謠文學』, 새문사, 1982.
김완진, 「高麗歌謠의 語義 分析」, 『高麗時代의 가요문학』, 새문社, 1982.
______, 『향가와 고려가요』, 서울대학교 출판부, 2000.
김태준, 「高麗歌詞是非 -梁柱東氏에게 一言함」, 『朝鮮日報』, 1939년 6월 10일자.
______, 『高麗歌詞』, 學藝社, 1939.
______, 『朝鮮歌謠集成』, 朝鮮語文學會, 1934.
김학성, 「高麗歌謠 硏究의 硏究史的 批判의 語義 分析」, 『高麗時代의 가요문학』, 새문社, 1982.
김형규, 『古歌註釋』, 白映社, 1955.
남광우, 「高麗歌謠 註釋上의 問題點에 관하여」, 『高麗時代의 言語와 文學』, 형설출판사, 1975.
박병채, 『高麗歌謠의 語釋硏究』, 二友文化社, 1968.
______, 『새로 고친 고려가요의 어석연구』, 국학자료원, 1994.
박재민, 「'정석가' 주석 재고와 문학적 향방(1) -三同·삭삭기를 중심으로-」, 『고전과해석』 12집, 고전문학한문학연구학회, 2012.
______, 「'청산별곡'의 어석에 대한 재고」, 『한국시가연구』 32집, 한국시가학회, 2012.
______, 「'동동'의 어석과 문학적 향방」, 『반교어문연구』 36집, 한교어문학회, 2014.
서두수, 「朝鮮歌謠集成」, 『동아일보』 1934년 2월 27일 3면.
서재극, 「여요주석의 문제점 분석」, 『어문학』 19, 한국어문학회, 1968.
안자산, 「麗朝時代의 歌謠」, 『現代評論』 1권 4호(5월호), 現代評論社, 1927.
______, 「朝鮮歌詩의 條理 一~十四」, 『동아일보』, 1930년 4월 16일~9월 21일자.
______, 「朝鮮詩歌의 苗脈」, 別乾坤 12월호, 開闢社, 1929.
양주동, 「古文學의 一受難 金台俊氏의 近著 麗謠註釋 (1-2)」, 『조선일보』, 1939년 5월 28일~5월 30일.
______, 「新羅歌謠硏究」, 『每日經濟新聞』, 1969년 3월 6일.
______, 『麗謠箋注』, 乙酉文化社, 1947.
이등룡, 『여요석주』, 한국학술정보, 2010.

이병기, 「時用鄕樂譜의 한 考察」, 『한글』 113호, 한글학회, 1955.
전규태, 『高麗歌謠』, 正音社, 1968.
지헌영, 『鄕歌麗謠新釋』, 正音社, 1947.
최용수, 『高麗詩歌硏究』, 계명문화사, 1996.
최 철·박재민, 『석주고려가요』, 이회문화사, 2003.

내용과 사상

【속요의 장르적 특질과 서정성】 _ 윤성현

『고려사』
『성종실록』
『중종실록』

고정옥, 『조선민요연구』, 수선사, 1949.
김대행, 「정서의 본질과 구조」, 『고려시가의 정서』, 개문사, 1985.
_____, 『우리 시의 틀』, 문학과 비평사, 1989.
김대행 외, 『고려시가의 정서』, 개문사, 1986.
________, 『한국문학강의』, 길벗, 1994.
김명호, 「고려가요의 전반적 성격」, 『한국시가문학연구』, 신구문화사, 1983.
김상억, 「정석가고」, 『고려시대의 가요문학』, 새문사, 1982.
김수업, 『배달 문학의 갈래와 흐름』, 현암사, 1992.
김영수, 『조선초기시가론연구』, 일지사, 1989.
김학성, 「고려가요의 작자층과 수용자층」, 『한국학보』 31, 일지사, 1983.
김학성, 『한국고전시가의 연구』, 원광대 출판국, 1980.
김흥규, 「고려 속요의 장르적 다원성」, 『한국시가연구』 창간호, 한국시가연구, 1997.
박노준, 「속요의 형성과정」, 『고려가요의 연구』, 새문사, 1990.
_____, 『고려가요의 연구』, 새문사, 1990.
송재주, 『고전시가요론』, 합동교재공사, 1991.
양주동, 『여요전주』, 을유문화사, 1947.
윤성현, 「고려 속요의 서정성 연구」, 연세대학교 박사학위논문, 1994.
_____, 『속요의 아름다움』, 태학사, 2007.

윤영옥, 『고려시가의 연구』, 영남대 출판부, 1991.
이임수, 『려가연구』, 형설출판사, 1988.
임동권, 『한국민요사』, 집문당, 1964.
전규태, 『고려가요의 연구』, 백문사, 1991.
정동화, 『한국 민요의 사적 연구』, 일조각, 1981.
정병욱, 『한국고전시가론』, 신구문화사, 1977.
정상균, 『한국중세시문학사연구』, 한신문화사, 1986.
정홍교, 『고려시가유산연구』, 과학·백과사전출판사, 1984.
조동일, 『한국문학통사 2』, 지식산업사, 1983.
_____, 『한국시가의 역사의식』, 문예출판사, 1993.
조윤미, 「고려가요의 수용양상」, 이화여자대학교 석사학위논문, 1988.
조윤제, 『한국문학사』, 동국문화사, 1963.
차주환, 『고려당악의 연구』, 동화출판사, 1983.
최동원, 「고려 속요의 향유계층과 그 성격」, 『고려시대의 가요문학』, 새문사, 1982.
최미정, 「고려 속요의 수용사적 연구」, 서울대학교 박사학위논문, 1990.
최용수, 『고려가요연구』, 계명문화사, 1996.
최정여, 「고려의 속악가사논고」, 『청주대 논문집』 4, 청주대학교, 1963.
최 철, 『고려국어가요의 해석』, 연세대 출판부, 1996.

【고려시가와 불교의 거리】 _ 신명숙

『고려사』
『고려사절요』
『세종실록』
『太古集』
『증보문헌비고』
『대동야승』
『균여전』
『석가여래행적송』
『월인석보』
『악장가사』

김두진, 『신라 화엄사상사연구』, 서울대학교 출판부, 2002.

김성배, 『韓國 佛敎歌謠의 硏究』, 아세아문화사, 1973.
윤성현, 『속요의 아름다움』, 태학사, 2007.
인권환, 『고려시대 불교시의 연구』, 고려대 민족문화연구소, 1983.
______, 『韓國佛敎文學硏究』, 고려대학교 출판부, 1999.
조평환, 『한국 고전시가의 불교문화 수용 양상』, 조율, 2011.

강소연, 「水月, 淸淨慈悲의 美學 -고려시대 水月觀音圖의 '水月'의 도상학적 의미」, 『한국불교학』 58집, 한국불교학회, 2010.
권재선, 「時用鄕樂譜 內堂歌詞의 語釋」, 『한민족어문학』 14권, 한민족어문학회, 1987.
김영태, 「新羅佛敎의 信仰的 特殊性」, 『佛敎思想史論』, 민족사, 1992.
김경집, 「고려시대 麗·元 불교의 교섭」, 『회당학보』 14집, 회당학회, 2009.
김명호, 「고려가요의 전반적 성격」, 『古典詩歌論』, 새문사, 1984.
김복순, 「신라와 고려의 사상적 연속성과 독자성 -불교를 중심으로」, 『한국고대사연구』 54, 한국고대사학회, 2009.
김영태, 「신라불교대중화의 역사와 그 사상연구」, 『불교학보』 6, 동국대 불교문화연구원, 1969.
나정순, 「고려가요에 나타난 성과 사회적 성격 -〈쌍화점〉과 〈만전춘별사〉를 중심으로」, 『한국고전여성문학연구』 6, 한국프랑스학회, 2003.
노권용, 「高麗佛敎思想의 展開와 性格」, 『韓國宗敎史硏究』 제4집, 한국종교사학회, 1996.
박노준, 「〈履霜曲〉과 倫理性의 문제」, 『高麗歌謠의 硏究』, 새문사, 1990.
이도흠, 「高麗俗謠의 構造分析과 受容意味」, 『한국시가연구』 창간호, 한국시가학회, 1997.
이병희, 「高麗時期 佛敎界의 布施活動」, 『선문화연구』 제4집, 한국불교선리연구원, 2008.
이은봉, 「高麗時代 佛敎와 土着信仰의 接觸關係 -燃燈會·八關會의 宗敎儀禮機能을 中心으로」, 『宗敎硏究』 6, 한국종교학회, 1990.
이종찬, 「涵虛의 文學世界」, 『韓國佛敎詩文學史論』, 불광출판부, 1993.
이태진, 「염천개심사석탑기의 분석」, 『歷史學譜』 53·54합집호, 歷史學會, 1972.
정은우, 「고려후기 불교조각과 원의 영향」, 『진단학보』 114, 진단학회, 2012.
신명숙, 「麗末鮮初 敍事詩 硏究」, 단국대학교 박사학위논문, 2004.
______, 「서정과 교술의 변주 〈보현십원가〉」, 『향가의 수사와 상상력』, 고가연구회, 2010.

신명숙, 「고려후기 불교사로 본 '삼장亽'와 '그뎔샤쥬'의 정체」, 『國文學論集』 제22집, 단국대 국어국문학과, 2013.
채상식, 「高麗後期 佛敎史의 전개양상과 그 경향」, 『高麗 中後期 佛敎史論』, 민족사, 1986.
_____, 「高麗後期 天台宗의 白蓮社 結社」, 『高麗後期佛敎展開史硏究』, 불교사학회 편, 민족사, 1986.
최 철, 「고려시가의 불교적 고찰 -처용가, 동동, 이상곡, 정석가, 쌍화점을 중심으로」, 『동방학지』 96, 연세대학교 국학연구원, 1997.
최미정, 「고려속요의 세계관과 미의식 -고행적 사랑의 미학적 가능성」, 『국문학연구』 제5호, 국문학회, 2001.
황패강, 「처용가」, 『향가문학의 이론과 실제』, 일지사, 2001.

【고려 소악부와 속요의 관계】 _ 김유경

강준흠, 『삼명시집』
서거정, 『동문선』
서거정, 『사가집』
이유원, 『가오고략』
이 익, 『성호전집』, 『해동악부』
이제현, 『익재난고』
『고려사』 18권, 「세가」, 「毅宗」
『고려사』 99권, 「열전12」, 「崔陟卿」

김유경, 「쌍화점 연구」, 『열상고전연구』 10, 열상고전연구회, 1997.
김혜은, 「번역시가로서의 소악부 형성 과정과 번역 방식 고찰」, 『한국시가연구』 31집, 한국시가학회, 2011.
박성규, 「익재 「소악부」론」, 『동양학』 25, 단국대 동양학연구소, 1995.
박현규, 「중국 초기 죽지사고」, 『중어중문학』 제15·16합집, 한국중어중문학회, 1994.
_____, 「이제현·민사평의 소악부에 관한 연구」, 『한국한문학연구』 18, 한국한문학회, 1995.
박혜숙, 「고려말 소악부의 양식적 특성과 형성경위」, 『한국한문학연구』 14집, 한국한문학회, 1991.

박혜숙, 『형성기의 한국악부시 연구』, 한길사, 1991.
서수생, 「익재 소악부의 연구」, 국어국문학회 편, 『高麗歌謠研究』, 정음사, 1979.
신하윤, 「「竹枝詞」 연구를 위한 탐색」, 『중어중문학』 36집, 한국중어중문학회, 2005.
여운필, 「고려시대의 한시와 국문시가」, 『한국한시연구』, 한국한시학회, 2008.
윤덕진, 「소악부 제작 동기에 보이는 국문시가관」, 『열상고전연구』 34, 열상고전연구회, 2011.
이우성, 「고려말기의 소악부-고려속요와 사대부문학」, 『한국한문학연구』, 한국한문학회, 1976.
이종찬, 「소악부 시고」, 『동악어문연구』 창간호, 동학어문학회, 1965.
최미정, 「고려가요와 역해 악부」, 『우전 신호열선생 고희기념논총』, 우전신호열선생 고희기념논총간행위원회, 창작과 비평사, 1983.
황위주, 「조선전기 악부연구」, 고려대학교 박사학위논문, 1989.

【소악부 제작 동기에 보이는 국문시가관】 _윤덕진

李齊賢, 『益齋亂藁』 제3,4권 詩
閔思平, 『及菴詩集』
『고려사』「악지」2 속악조
權 近, 『陽村先生文集』 卷之十 詩 〈見蝶〉
洪世泰, 『海東遺珠』 序文
洪大容, 「大東風謠序」, 『湛軒書』 內集卷三, 序
李德懋, 『靑莊館全書』 卷三十四 「淸脾錄」[三]
申 緯, 『警修堂全藁』17책, 「北禪院續藁」3, 小樂府의 序
______, 『警修堂全藁』二十六 册 「覆瓿集」三권, 十권
李裕元, 『林下筆記』 제29권, 「춘명일사(春明逸史)」〈觀劇詩〉
______, 『嘉梧藁略』 권1, 「樂府」 小樂府의 跋
진서간행회 간, 『청구영언』, 1948.

이종찬, 「소악부 시고」, 『동악어문논집』 제1집, 동악어문학회, 1965.
손팔주, 「신자하의 소악부 연구」, 『동악어문논집』 제10집, 동악어문학회, 1977.
박혜숙, 「고려말 소악부의 양식적 특성과 형성 경위」, 『한국한문학연구』 제14집, 한국한문학회, 1991.

박성규, 「익재 소악부론」, 『동양학』 제25집, 단국대학교 동양학연구소, 1995.
김명순, 「신위 소악부서의 독법과 그 의미」, 『대동한문학』 제17집, 대동한문학회, 2002.
황병익, 「익재·급암 소악부의 제작과 그 배경에 관한 고찰」, 『한국민속학보』 11집, 한국민속학회, 2000.
왕국유(권용호 역주), 『송원희곡사』, 학고방, 2007(개정판).

형식과 수사

【속요의 율격론 -名, 句, 行을 중심으로-】_손종흠

강봉룡, 「고대 동아시아 海上交易에서 百濟의 역할」, 『韓國上古史學報』, 韓國上古史學會, 제38호, 2002.
고정옥, 『朝鮮民謠研究』, 首善社, 1949.
국립국어원 편, 『표준 국어대사전』, 1999.
김경복 외, 『이야기 가야사』, 청아출판사, 2003.
김대행, 『운율』, 문학과 지성사, 1984.
______, 『시조유형론』, 이화여자대학교 출판부, 1986.
김문기, 「삼구육명의 의미」, 『어문학』 제46호, 어문학회, 1986.
김선기, 「三句六名'再考」, 『語文研究』 28호, 어문연구회, 1996.
김수업, 『배달문학의 갈래와 흐름』, 현암사, 1992.
김수태, 「新羅의 國家形成」, 『新羅文化』, 제21집, 東國大學校新羅文化研究所, 2003.
김완진, 『향가해독법연구』, 서울대학교 출판부, 1991.
김준영, 「삼구육명의 귀결」, 『국어국문학』 26호, 국어국문학회, 1986.
서수생, 『한국시가 연구』, 형설출판사, 1970.
성기옥, 『한국시가 율격의 이론』, 새문사, 1982.
성기옥·손종흠 공저, 『고전시가론』 방송대학 출판부, 2006.
손종흠, 「'彗星歌'와 민족시가형식의 탄생」, 『향가의 수사와 상상력』, 보고사, 2010.
______, 「민족통합과 향가의 발생」, 『방송대 논문집』 45집, 한국방송통신대학교, 2008.

손종흠, 『고전시가미학강의』, 앨피, 2011.
______, 『속요형식론』, 박문사, 20102.
양희철, 『고려향가연구』, 새문사, 1988.
芮昌海, 「三句六名'에 대한 하나의 假說」, 『한국시가연구』 5, 한국시가학회, 1999.
劉　勰, 『文心雕龍注』, 商務印書館, 香港, 1980.
이　탁, 『국문학논고』, 정음사, 1958.
이병기, 『국문학개론』, 일지사, 1957.
李炳魯, 「장보고 사후의 해상세력과 고려 왕건과의 관계」, 『日本語文學會』 제32집, 일본어문학회, 2006.
이웅재, 「삼구육명에 대하여1」, 『어문논집』 18호, 중앙대학교문리과대학 국어국문학과, 1985.
이종욱, 「韓國 初期國家 形成過程의 小國」, 『韓國上古史學報』 제27호, 韓國上古史學會, 1998.
이진한, 「고려 시대 예성항 무역의 실상」, 『내일을 여는 역사』 제22호, 내일을 여는 역사, 2005.
이호영, 「韓國上古社會 發展段階의 諸說: 城邑國家說을 中心으로」, 『壇國大學校論文集』 12호, 檀國大學校, 1978.
임동민, 「신라 상대(上代) 국가발전과정의 해양사적 고찰」, 『Strategy 21』 제24호, 한국해양전략연구소, 2009.
정병욱, 「한국 시가의 운율과 형태」, 『고전시가론』, 새문사, 1984.
조동일, 『韓國詩歌의 傳統과 律格』, 한길사, 1982.
______, 『한국문학통사 1』, 지식산업사, 1982.
지헌영, 「鄕歌의 解讀 解釋에 관한 諸問題」, 『崇田語文學』 2호, 崇田大學校國語國文學科, 1973.
漢語大辭典編輯委員會編, 『漢語大詞典』, 漢語大辭典出版社, 上海, 中國, 2001.
赫連挺, 『均如傳』.
홍재휴, 『한국고시율격연구』, 태학사, 1983.
황희영, 『韻律研究』, 형설출판사, 1969.

【고려속요의 언어·문학적 관습이 운율 층위에 미친 영향】 _ 박경우

21세기세종계획 말뭉치
『時用鄕樂譜』

『樂章歌詞』
『樂學軌範』
『朝鮮王朝實錄』

김대행 편, 『운율』, 문학과 지성사, 1984.
김진웅·박상훈, 「구어말뭉치에 나타난 대등연결어미 운율의 양상」, 『담화와인지』, 20(3), 담화인지언어학회, 2013.
김창섭, 「문어와 구어에서의 조사 '의'의 문법」, 『진단학보』 106, 진단학회, 2008.
노대규, 「국어의 구어와 문어의 특성」, 『한국정보과학회 언어공학연구회 학술발표 논문집』, 1989.
노대규, 『한국어의 입말과 글말』, 국학자료원, 1996.
문금현, 「구어적 관용표현의 특징」, 『언어』 25(1), 한국언어학회, 2000.
朴慶禹, 「高麗俗謠 노랫말의 兩層性과 律格 意識에 關한 考察」, 『열상고전연구』 35집, 열상고전연구회, 2012.
______, 「말뭉치 검색 시스템을 활용한 고려속요의 관용적 패턴 연구-〈처용가〉와 〈만전춘〉을 중심으로-」, 『한국문학과 예술』 16집, 한국문예연구소, 2015.
______, 「呼吸律 再論과 基底律 生成에 對한 考察」, 『어문연구』, 40(3), 한국어문교육연구회, 2012.
박병채, 『고려가요의 어석 연구(새로고친)』, 국학자료원, 1994.
박진원·권도하, 「말더듬 성인의 심한정도에 따른 구어속도 특성 비교연구」, 『특수교육저널 : 이론과 실천』, 11(1), 한국특수교육문제연구소, 2010.
배진영, 「구어와 문어 사용역에 따른 정도부사의 분포와 사용 양상에 대한 연구」, 『국제어문』 54, 2012.
서은아·남길임·서상규, 「구어 말뭉치에 나타난 조각문 유형 연구」, 『한글』 264, 한글학회, 2004.
성기옥, 『한국시가 율격의 이론』, 새문사, 1982.
成昊慶, 「元 散曲이 한국시가에 끼친 영향에 대한 고찰-元曲이 한국문학에 끼친 영향에 대한 연구(1)」, 『한국시가연구』 제3집, 한국시가연구, 1998.
신지영, 「구어 연구와 운율」, 『한국어의미학』 44, 한국언어의미학회, 2014.
원 철, 「문자성과 구어성의 통합과 공감각적 서사로서의 텍스트」, 『인문연구』, 58, 영남대학교 인문과학연구소, 2010.
유혜원, 「구어에 나타난 주격조사 연구」, 『한국어의미학』 28, 한국어의미학회, 2009.
이소영, 「현대 국어의 구어 문형 연구」, 숙명여자대학교 박사학위논문, 1996.

이은경, 「구어 텍스트에서의 목적격 조사의 비실현 양상」, 『우리말글』 64, 우리말글 학회, 2015.
이현희, 「구어성 언어 단위의 설정과 그 유형」, 『한글』 303, 한글학회, 2014.
장경현, 「문어/문어체·구어/구어체 재정립을 위한 시론」, 『한국어의미학』 13, 한국어의미학회, 2003.
전영옥, 「구어와 문어에서의 감탄사 비교 연구」, 『담화·인지언어학회 학술대회 발표 논문집』 2008.
전지은, 「세종 구어 말뭉치의 사회적 변인별 세부 분류 방안 및 활용 가능성」, 『언어와 언어학』 62, 한국외국어대학교 언어연구소, 2014.
전혜영, 「구어 담화에 나타나는 '-ㄴ 것이'의 화용 의미」, 『국어학』 46, 국어학회, 2005.
전희숙, 「치료 받은 말더듬 성인의 느린 구어에서 나타나는 휴지 특성」, 『음성과학』 15(4), 한국음성학회, 2008.
정병욱, 「한국 시가의 운율과 형태」, 『고전시가론』, 새문사, 1984.
趙東一, 『韓國詩歌의 傳統과 律格』, 한길사, 1982.
지은희, 「국어교육에서 '구어, 문어'와 '구어성, 문어성'의 구분 문제」, 『한국언어문화』 44, 한국언어문화학회, 2011.
Goody, *The Interface Between the Written and the Oral*, Cambridge, UK:Cambridge University Press, 1987.

【고려가요 의문문의 수사적 의미와 기능】 _ 최선경

『악장가사』
『악학궤범』
『시용향악보』

고은숙, 『국어 의문법 어미의 역사적 변천』, 한국문화사, 2011.
김대행, 『한국시가구조연구』, 삼영사, 1976.
김명준, 『고려속요집성』, 다운샘, 2002.
김욱동, 『수사학이란 무엇인가』, 민음사, 2002.
金埈五, 『詩論』, 三知院, 1997.
로만 야콥슨, 신문수 편역, 『문학 속의 언어학』, 문학과지성사, 1989.
박성창, 『수사학』, 문학과지성사, 2004.

박영순, 「국어의문문의 의문성 정도에 대하여」, 『국어의 이해와 인식』, 갈음 김석득 교수 회갑기념논문집, 1991.
박진완, 「수사의문문에 나타나는 종결어미 고찰」, 『어문논집』 38, 민족어문학회, 1998.
서철원, 「향가와 고려속요의 장르적 차이를 통해 본 전변 양상의 단서」, 『한국시가연구』 제23집, 한국시가학회, 2007.
손종흠, 『속요형식론』, 박문사, 2010.
오형엽, 『문학과 수사학』, 소명출판사, 2011.
올리비에 르불·박인철 옮김, 『수사학』, 한길사, 1999.
유 협, 최동호 역편, 『문심조룡』, 민음사, 1994.
윤성현, 『속요의 아름다움』, 태학사, 2007.
이광호, 「고려가요의 의문법」, 『한국시가문학연구』, 백영정병욱선생 환갑기념논총 Ⅱ, 신구문화사, 1983.
이현희, 「악학궤범의 국어학적 고찰」, 『진단학보』 77호, 진단학회, 1994.
장윤희, 『중세국어 종결어미 연구』, 국어학회, 2002.
정재영, 「전기중세국어의 의문법」, 『국어학』 25, 국어학회, 1995.
정종진, 『한국고전시가와 돈호법』, 한국문화사, 2006.
崔翔圭, 『文學用語事典』, 대방출판사, 1987.
최철·박재민, 『석주 고려가요』, 이회, 2003.

【고려가요 여음구와 반복구의 문학적·음악적 의미】 _ 김진희

『高麗史』「樂志」
『大東韻府群玉』 권8
『大樂後譜』
『世宗實錄』「樂譜」
『時用鄕樂譜』
『樂章歌詞』
『樂學軌範』

권영철, 「〈維鳩曲〉 攷」, 김열규·신동욱 편, 『고려시대의 가요문학』, 새문사, 1982.
김기동, 『국문학개설』, 대창문화사, 1957.
김대행, 「高麗歌謠의 律格」, 김열규·신동욱 편, 『고려시대의 가요문학』, 새문사,

1982.
김대행, 『高麗詩歌의 情緖』, 개문사, 1985.
______, 『우리 詩의 틀』, 문학과 비평사, 1989.
김동욱, 『韓國歌謠의 硏究』, 을유문화사, 1961.
김사엽, 『국문학사』, 정음사, 1945.
김준영, 『국문학개론』, 형설출판사, 1983.
나정순, 「履霜曲과 정서의 보편성」, 김대행 편, 『高麗詩歌의 情緖』, 개문사, 1985.
박병채, 『高麗歌謠의 語釋硏究』, 이우출판사, 1975.
박재민, 「〈정석가〉 발생시기 再考」, 『한국시가연구』 제14집, 한국시가학회, 2003.
박춘규, 「麗代 俗謠의 餘音 硏究 -餘音의 韻律과 活用的 機能을 中心으로-」, 『어문론집』 제14집, 중앙어문학회, 1979.
성호경, 『韓國詩歌의 類型과 樣式 硏究』, 영남대학교 출판부, 1995.
양태순, 『고려가요의 음악적 연구』, 이회문화사, 1997.
______, 「音樂的 側面에서 본 高麗歌謠」, 성균관대학교 인문과학연구소 편, 『高麗歌謠硏究의 現況과 展望』, 집문당, 1996.
유종국, 「高麗俗謠 原形 再構」, 『국어국문학』 제99집, 국어국문학회, 1988.
윤성현, 『속요의 아름다움』, 태학사, 2007.
윤철중, 「「鄭石歌」攷」, 성균관대학교 인문과학연구소 편, 『高麗歌謠硏究의 現況과 展望』, 집문당, 1996.
이명구, 「〈處容歌〉 硏究」, 김열규·신동욱 편, 『高麗時代의 가요문학』, 새문사, 1982.
정재호, 「〈鄭瓜亭〉에 대하여」, 김열규·신동욱 편, 『高麗時代의 가요문학』, 새문사, 1982.
조윤제, 『韓國詩歌史綱』, 을유문화사, 1954.
조홍욱, 「고려가요에 사용된 감탄사의 악보에서의 의미와 그 변모 양상에 대하여」, 『한신논문집』 제3권, 한신대학교 출판부, 1986.
최미정, 「「履霜曲」의 綜合的 고찰」, 성균관대학교 인문과학연구소 편, 『高麗歌謠硏究의 現況과 展望』, 집문당, 1996.
최용수, 『高麗歌謠硏究』, 계명문화사, 1996.
최 철, 『고려국어가요의 해석』, 연세대학교 출판부, 1996.
황희영, 「韓國詩歌餘音攷」, 『국어국문학』 제18권, 국어국문학회, 1957.

장르와 전승

【고려 속가와 일본 최마악(催馬樂) 비교】 _ 최정선

一然, 『三國遺事』
臼田甚五郎, 新間進一校注·譯, 『神樂歌;催馬樂;梁塵秘抄;閑吟集』, 日本古典文学全集 25, 東京: 小學館, 1976.
土橋寛·小西甚一校注, 『古代歌謠集』, 日本古典文學大系3, 東京: 岩波書店, 1957.
『詩經』
『說文解字』

금기창, 「高麗歌謠에 미친 詞文學의 영향」, 『語文學』 제44·45집, 한국어문학회, 1984.
김명준, 「고려속요 형성에 관여한 외래성」, 『고시가 연구』 22호, 2008.
김선기, 「고려사 악지의 속악가사에 관한 종합적 고찰」, 『한국시가연구』 제8집, 한국시가학회, 2000.
김쾌덕, 『고려노래 속가의 사회배경적 연구』, 국학자료원, 2001.
김태준·노영희 역, 『日本文學史序說』 1, 시사일본어사, 1995.
김학성, 「고려가요의 작자층과 수용자층」, 『한국고시가의 거시적 탐구』, 집문당, 1997.
김해명, 「平安時代 雅樂과 唐樂의 關係」, 『중어중문학』 39, 한국중어중문학회, 2006.
박노준, 『高麗歌謠의 硏究』, 새문사, 1990.
성호경, 『한국시가의 유형과 양식연구』, 영남대 출판부, 1995.
여기현, 『고려 속악의 형성과 향유, 그 변용』, 보고사, 2011.
오태석, 「북송문화의 混種性과 이학문예심미」, 『중국어문학지』 제34집, 중국어문학회, 2010.
윤성현, 『속요의 아름다움』 연세국학총서 81, 태학사, 2007.
이지선, 「催馬樂 流波의 음악적 변화」, 『동양음악』 서울대학교 동양음악연구소, 1998.(http://www.leejisun.com/)
이혜구, 「催馬樂의 五拍子」, 『정신문화연구』16 (3), 한국학중앙연구원, 1993.
임주탁, 『고려시대 국어시가의 창작, 전승 기반 연구』, 부산대학교 출판부, 2004.
하경심, 「高麗詩歌내 元曲 및 元代 문화의 영향에 대한 연구」, 『중국어문학논집』 44, 중국어문학회, 2007.

高橋信孝, 「催馬樂の世界」, 『國文學解釋と鑑賞』 55卷, 至文堂, 1990.
鈴木日出男, 「催馬樂における戀」, 『國語と國文學』, 1995.
竹內日出男 外, 『吟詠 系譜』, 東京, 吟濤社, 1985.

【고려가요 연장체 형식과 월령체 가사의 상관성】 _김형태

김명준, 『악장가사 연구』, 도서출판 다운샘, 2004.
김형태, 「〈農家月令歌〉 창작 배경 연구 -歲時記 및 農書, 家學, 『詩名多識』과의 연관성을 중심으로-」, 『東洋古典研究』 제25집, 동양고전학회, 2006.
손종흠, 『속요 형식론』, 박문사, 2010.
신경숙, 『조선후기 시가사와 가곡 연행』, 고려대학교 민족문화연구원, 2011.
양주동, 『麗謠箋注』, 동국대학교 출판부, 1995.
윤덕진, 『조선조 長歌 가사의 연원과 맥락』, 보고사, 2008.
윤성현, 『속요의 아름다움』, 태학사, 2007.
______, 『우리 옛노래 모듬』, 보고사, 2011.
______, 『후기가사의 흐름과 근대성』, 보고사, 2007.
임기중, 「달거리와 월령체가(月令體歌)의 장르계정에 대한 이의」, 『성봉김성배박사회갑기념논문집』, 형설출판사, 1979.
______, 「동동과 십이월상사」, 『고전시가의 실증적 연구』, 동국대학교 출판부, 1992.
조규익, 『조선조 악장의 문예미학』, 민속원, 2005.
허남춘, 「동동의 송도성과 서정성 연구」(1), 『陶南學報』 第14輯, 陶南學會, 1996.

찾아보기

저자소개

최 철
전 연세대학교 국어국문학과 교수

박재민
숙명여자대학교 한국어문학부 교수

윤성현
배재대학교 주시경교양대학 교수

신명숙
단국대학교 국어국문학과 강사

김유경
연세대학교 국학연구원 전문연구원

윤덕진
연세대학교 국어국문학과 교수

손종흠
한국방송통신대학교 국어국문학과 교수

박경우
중국 산동대학 한국학대학 교수

최선경
가톨릭대학교 ELP학부대학 교수

김진희
아주대학교 다산학부대학 교수

최정선
동덕여자대학교 교양학부 교수

김형태
경남대학교 국어국문학과 교수

고가연구총서3

고려가요 연구사의 쟁점

2016년 3월 2일 초판 1쇄 펴냄

지은이 고가연구회
펴낸이 김흥국
펴낸곳 도서출판 보고사

책임편집 이유나
표지디자인 오동준

등록 1990년 12월 13일 제6-0429호
주소 경기도 파주시 회동길 337-15 보고사 2층
전화 031-955-9797(대표)
02-922-5120~1(편집), 02-922-2246(영업)
팩스 02-922-6990
메일 kanapub3@naver.com / bogosabooks@naver.com
http://www.bogosabooks.co.kr

ISBN 979-11-5516-510-2 93810

© 고가연구회, 2016

정가 23,000원
사전 동의 없는 무단 전재 및 복제를 금합니다.
잘못 만들어진 책은 바꾸어 드립니다.

이 도서의 국립중앙도서관 출판예정도서목록(CIP)은 서지정보유통지원시스템 홈페이지(http://seoji.nl.go.kr)와 국가자료공동목록시스템(http://www.nl.go.kr/kolisnet)에서 이용하실 수 있습니다.(CIP제어번호 : CIP2016002557)